Robert Gold

Robert Gold travaille pour une maison d'édition britannique depuis vingt ans. Originaire de Harrogate, il vit désormais à Putney, qui lui a inspiré la ville fictive de Haddley dans *Douze secrets*. Ce premier roman, best-seller du *Sunday Times*, est traduit aux éditions Michel Lafon en 2023. En 2016, Robert Gold a coécrit trois titres de la série *Bookshots* de James Patterson.

DOUZE SECRETS

ROBERT GOLD

DOUZE SECRETS

Traduit de l'anglais
par Marie Tillol

Michel LAFON

Titre original :
TWELVE SECRETS
Première publication en Angleterre en 2021 par Sphère

ISBN : 978-2-266-33913-1
Dépôt légal : janvier 2025

Pour mon père, le véritable Michael Noel

I

« Je ne veux plus jamais revivre mon propre passé. »

1

L'invitation de Madeline a atterri dans ma boîte mail en fin de matinée. Elle ne mentionnait pas d'objet, mais j'ai immédiatement su de quoi il retournait. Il n'y a pas plus tenace que Madeline.

Tout l'après-midi, j'ai tué le temps. Incapable de me concentrer sur quoi que ce soit, j'ai rapidement abandonné toute velléité de travailler. Les trois tasses de café avalées en quarante-cinq minutes n'ont pas aidé. Je suis resté pour l'essentiel à lire les anecdotes sur les célébrités que notre site d'infos en continu débite à la chaîne.

— La famille royale a un nouveau corgi à poil roux, dis-je à Min, en face de moi dans l'open space. Combien tu paries qu'ils vont l'appeler Harry ?

Min arque un sourcil. J'ai beau savoir qu'elle a un article à rendre, ça fait une heure que je rame pour engager la conversation.

J'articule un « Désolé » silencieux et retourne à mon ordinateur. À Hollywood, un couple annonce ses fiançailles – un de plus – et un joueur de football américain de Premier League a fracassé le crâne d'un coéquipier contre un casier de vestiaire. Sympa.

Une notification s'affiche à l'écran. Comme si j'avais besoin d'un rappel. Je jette un coup d'œil en direction du bureau vitré de Madeline : elle gesticule avec furie dans son bocal, devant deux cadres du marketing, qui se font tout petits face à elle. J'ai réalisé il y a longtemps déjà que la seule manière de réussir à travailler avec Madeline, c'est de lui tenir tête – une leçon que beaucoup de mes collègues n'ont pas encore apprise.

— Tu vas être franc avec elle ? demande Min, qui semble lire dans mes pensées.

— J'essaie toujours.

Mais s'il y a une chose que Madeline m'a inculquée, c'est la détermination à creuser à fond toute bonne histoire. On a ça en commun, désormais. C'est pour ça que j'appréhende tant cette discussion.

— Il n'y a que toi qu'elle écoutera vraiment.

— Le problème, c'est qu'en l'espèce je ne crois pas qu'il y ait de terrain d'entente possible.

Min m'adresse un sourire compatissant et remet son casque. Les deux gars du marketing s'éloignent, congédiés sans préavis. Déterminé, je referme mon ordinateur et me lève. Par la porte restée ouverte, j'aperçois Madeline assise dans son fauteuil en cuir blanc, les yeux rivés sur l'écran devant elle.

Sans même tourner la tête, elle m'appelle :

— Allez, reste pas planté là, Ben. Viens.

— Il n'y a aucune raison que ça devienne un sujet de conflit, dis-je en entrant dans le bureau d'angle, dont les grandes baies vitrées offrent une vue plongeante sur Tower Bridge.

Derrière le bureau ovale en verre sont accrochées trois photographies frappantes, pile dans la lumière du soleil, toutes prises par Madeline en personne, comme elle me l'a raconté un nombre incalculable de fois. La première, c'est le palais de Westminster ; la deuxième, la Maison Blanche ; la dernière, sa propre demeure, en lisière de Richmond Park. Elle surnomme le tout « les trois sièges du pouvoir mondial » et, à mon avis, elle ne plaisante qu'à moitié.

— Vingt-neuf millions virgule quatre, dit-elle. (Elle n'a toujours pas détaché les yeux de son ordinateur.) On est presque à trois pour cent et ces deux clowns me disent de ne pas m'en faire. On est à moins de deux millions d'utilisateurs devant le *Mail Online*. Hors de question que ça baisse d'un point tant que je suis aux commandes.

Elle n'attend pas de réponse et je ne lui en donne pas. Au lieu de quoi, contournant la vaste table de réunion, je m'installe sur le siège face au sien.

— Et je ne cherche des poux à personne, continue-t-elle. Je sais que la période n'est pas facile pour toi, Ben. Cette date anniversaire qui approche, ça nous replonge tous dans le passé.

Cette douceur, dans sa voix. Elle a préparé sa réplique. Pas question de me laisser avoir.

— Ta mère serait tellement fière de tout ce que tu as accompli, poursuit-elle. Il y a dix ans, ça nous a brisé le cœur à tous. Si seulement elle pouvait te voir aujourd'hui. Tu chroniques les affaires criminelles comme personne, dans ce pays. Un sacré parcours que le tien, Ben, tu as triomphé de la tragédie. C'est à toi de raconter cette histoire.

— On pourrait en parler mille fois, répliqué-je, la réponse resterait non.

— Ben ! s'exclame-t-elle. Tu ne m'as même pas écoutée jusqu'au bout.

— Je sais ce que tu cherches. Et ça n'est pas moi. J'écris des enquêtes, je ne fais pas pleurer dans les chaumières.

— Je ne cherche pas à te soutirer un texte mélo et putassier. Tu livrerais ta vérité – une histoire touchante, bouleversante et brute, une histoire de rédemption. La vérité des faits, racontée par un homme que le pays entier porte dans son cœur.

— Ça ne m'intéresse pas.

— Mais ça intéresse des millions de gens, Ben.

Madeline a adopté le ton qu'elle emploie quand elle est résolue à emporter le morceau, chaque mot est appuyé.

— Tu sous-estimes l'affection que les gens ont pour toi. Ce qui est arrivé à Nick, puis le décès de ta mère… on s'en souvient tous. Les gens te connaissent, ils se sentent sincèrement liés à toi.

Elle se lève, fait quelques pas pour venir se percher sur le bout de table près de moi.

— Je ne dis pas qu'il n'y a pas quelques cinglés dans le lot mais, que ça te plaise ou non, ils s'imaginent avoir partagé ta peine. Ils veulent te soutenir, tout en étant éternellement reconnaissants que ce soit tombé sur quelqu'un d'autre. Et maintenant ils veulent le lire à travers tes mots, en exclusivité mondiale chez nous.

Madeline ne craint jamais de se montrer directe. Sa capacité tout-terrain à aller droit au but est ce qui fait d'elle une journaliste hors pair.

Je me contente de secouer la tête.

— Je te l'ai dit, je ne compte pas l'écrire.

— Ben, nous savons pertinemment tous les deux que tu vas l'écrire. Aussi douloureux que ce soit, l'histoire est trop bonne pour que tu te dérobes.

— Si j'écris l'article que tu attends, je n'y couperai pas : chaque jour de l'année à venir, on va m'aborder dans la rue pour me demander comment je vais et me dire qu'on prie pour moi.

— Et c'est si terrible que ça ? Ça part d'une bonne intention, même si certains sont un peu spéciaux.

— C'est non, Madeline. Non.

— Ben.

Bondissant sur ses pieds, elle traverse la pièce pour aller fermer la porte et se retourne vers moi.

— Je vais être franche avec toi. Les chiffres sont tendus, en ce moment. On est sous pression. Il nous faut un texte qui marque les esprits.

— Ma réponse est toujours non.

Madeline m'a transmis son art impitoyable de la chasse aux lecteurs. Mais j'ai vite compris que, quand on chasse sur ses propres terres, on voit les choses sous un autre angle.

— Personne n'est plus dévoué que moi au succès de ce site, réponds-je. Mes histoires attirent plus de lecteurs que n'importe quel autre article. Lesquels, va savoir pourquoi, restent ensuite lire les rumeurs racoleuses que tu qualifies d'informations.

Un éclair passe dans les yeux de Madeline et, l'espace d'un instant, je crois que nous en avons fini. Puis ses épaules se relâchent.

— Tu l'as dit toi-même, je suis ton meilleur journaliste.

— Le fait d'avoir reçu une récompense ne fait pas de toi mon meilleur journaliste.

— Deux récompenses, et ce sont les seules que le site ait jamais gagnées.

— On n'est pas là pour parler médailles, on est là pour les lecteurs. Et il nous en faut plus. Et vite.

Je sens que je perds patience. J'inspire à fond. Si je ne la connaissais pas si bien, j'aurais du mal à croire qu'elle essaie de m'imposer ça. Madeline a grandi non loin de chez moi, elle est donc bien placée pour savoir le traumatisme qu'a été la mort de mon frère Nick, pour ma famille bien sûr mais aussi pour toute la communauté. J'ai effectué des recherches et suis allé lire les articles qu'elle avait rédigés à l'époque : elle avait compris l'impact dévastateur que ça avait eu sur la ville entière.

Je pivote mon siège pour la suivre des yeux tandis qu'elle va se poster à la fenêtre.

— Je ne vais pas le faire, Madeline. Tu dois t'y résoudre. Tu n'auras jamais idée de ce que ç'a été. De voir le visage de Nick imprimé en une de tous les journaux – celui de ma mère, le mien. Je n'ai aucun désir de publier la dernière miette de ma vie qui n'a pas encore été rendue publique.

Ce n'est pas la réponse qu'elle attendait. Lèvres pincées, elle regagne son fauteuil et se met à taper énergiquement sur son clavier. Voyant qu'elle n'ajoute rien, je suppose l'entretien clos et, soulagé, m'apprête à quitter les lieux.

Mais à l'instant où je franchis le seuil, elle lance :

— Ben, as-tu envisagé que, si tu n'écrivais pas ce texte, quelqu'un d'autre pourrait s'en charger ?

Je m'immobilise, toujours dos à elle.

— Et que, le cas échéant, je ne pourrai pas contrôler ce que cette personne dira ?

2

Nous quittons le bureau à seize heures après que j'ai dit à Min que j'avais besoin d'un verre, juste un verre. Qui en devient deux et, presque aussitôt, je me mets à chanceler. J'ai cessé de boire il y a dix ans de cela, mais j'ai besoin de couper court à la colère que m'inspire Madeline. Si j'admire sa capacité sans pareille à publier des histoires inédites, son appétit vorace de lecteurs est parfois impossible à encaisser.

Ma conversation avec Madeline se répand comme une traînée de poudre dans le service. Notre groupe grossit et, quand il s'avère que nous sommes trop nombreux pour le pub bondé de la City, nous décidons de pousser plus à l'ouest, loin du centre de Londres, vers notre restaurant favori, Mailer's. Situé sur les rives de la Tamise, dans le village de St. Marnham, cet établissement tenu par le chef londonien de haute volée East Mailer est le fruit de la reconversion d'un ancien entrepôt. C'est moi qui l'ai fait découvrir aux collègues. La plupart ne s'étaient jamais aventurés si loin en banlieue ouest avant cela, mais la nourriture épatante qu'on y sert combinée au panorama à couper le souffle sur le fleuve ont eu tôt fait de convertir la troupe.

Même quand elle n'est pas présente, Madeline a l'habitude de dominer les conversations entre collègues. Autour de la table, le soutien qu'on m'apporte est quasi unanime, la majorité de l'équipe est outrée qu'elle me pousse à publier cet article. Seule Min demeure silencieuse et je la vois qui hésite tandis que le reste d'entre nous tempête contre la détermination de Madeline à gagner des lecteurs quoi qu'il en coûte. Pour finir, tout en répartissant le fond de la dernière bouteille entre les verres, elle me demande s'il se pourrait que Madeline ait raison. En partie, du moins. Se pourrait-il que le dixième anniversaire de la mort de ma mère soit un moment propice pour marquer une pause, l'occasion de vraiment comprendre ce qui s'est passé ?

Il m'est arrivé, dans des moments de noirceur extrême, de faire part à Min de mon sentiment de culpabilité ; de mon impuissance à concevoir, même après tant d'années, les motivations de ma mère. Tout le monde se tait. Je promets d'y réfléchir. En vérité, je sais déjà que je n'écrirai jamais cet article, pour toutes les raisons que j'ai exposées à Madeline. Certes, mon travail me permet d'explorer la vie de mes semblables, mais je ne veux plus jamais revivre mon propre passé.

La soirée touche à sa fin, et tandis que chacun dans l'équipe rentre chez soi, Min et moi nous dirigeons vers le bar aux briques apparentes pour un dernier verre. J'ai beau savoir que je regretterai demain matin d'avoir tant bu, je ne résiste guère quand Min m'explique qu'un de plus ne fera aucune différence.

Assis près de la cheminée, Will Andrews, à qui le lieu appartient en partie, nous sourit en nous voyant arriver et nous fait signe de nous joindre à lui, commandant au barman trois whiskys. Il y a plus de vingt ans de cela, Will était un des plus proches copains d'école de mon frère. Après avoir connu des succès incroyables à la City, il y a quelques années, Will a investi dans ce restaurant avec son compagnon, East. Je ne le connaissais pas si bien que ça, mais Will s'est montré extrêmement généreux avec ma mère, n'omettant jamais un anniversaire et lui envoyant immanquablement des roses le jour de la mort de Nick.

Will et moi échangeons d'agréables banalités, les dernières nouvelles. Il m'interroge sur le site et je lui parle d'un article que j'ai publié récemment, dont j'ambitionne à terme de faire un podcast d'affaires criminelles. Puis j'évoque la conversation que j'ai eue plus tôt dans la journée.

— Alors qu'on est tous soumis à la règle, Ben a l'habitude de manœuvrer sa barque à sa manière, rit Min. C'est carrément son chouchou.

— Non, pas du tout, protesté-je. Enfin, peut-être un tout petit peu.

— Quand j'ai posé la question au dîner, ce n'était pas pour dire qu'il fallait absolument que tu rédiges cet article, et bien sûr la décision ne dépend que de toi, mais reconnais que tu n'aimes pas ça, quand Madeline et toi vous n'êtes pas d'accord.

— Enfin, même Madeline doit être capable de voir les choses sous l'angle de Ben, non ? dit Will. C'est une histoire tellement personnelle.

— Je ne prétends pas le contraire, fait Min, mais je crois que Ben devrait se saisir de cette opportunité, non pas pour livrer à Madeline l'article qu'elle demande, mais pour mener sa propre enquête, en allant au fond des choses. Ça me coûte de l'admettre, mais il n'y a pas meilleur que lui dans sa catégorie.

— Ben est le seul à savoir ce qu'il doit faire, insiste Will. La mort de Clare a eu beaucoup d'impact sur nous tous. Et, avant cela, la mort de Nick. Mais, pour Ben, c'est carrément son monde qui a volé en éclats. Madeline doit respecter le fait qu'il a passé sa vie à tenter de retrouver une existence normale. À un moment donné, il doit savoir où se situe la limite.

— Je peux dire un mot ? fais-je en souriant, juste avant que nous ne soyons interrompus par East Mailer qui nous apporte nos boissons.

Je me lève pour le saluer. Il promet de se joindre à nous quand les derniers dîneurs seront partis.

— Je peux te poser une question ? demande Min quand nous reprenons la discussion.

J'acquiesce.

— Comment tu aborderais la chose, s'il s'agissait d'une autre histoire ?

— Il ne s'agit pas d'une autre histoire, c'est bien là tout le problème, intervient Will. C'est l'histoire de Ben. Et puis, de toute façon, après tout ce temps, est-ce bien réaliste, d'espérer trouver de nouveaux éléments ?

— Absolument, c'est ce qu'on fait à longueur de journée, réplique Min. Ben, je sais que c'est pénible, plus pénible qu'aucun de nous ne peut l'imaginer, mais ce que je sais aussi, c'est que, tout au fond, il y a une part de toi qui brûle de poser des milliards de questions.

— Sauf que je ne suis pas le seul concerné, dis-je, faisant lentement rouler le verre de whisky dans ma paume. Je ne crois pas que ma mère aurait voulu ça.

Toute ma vie, ma mère m'a enseigné que ce sont souvent les choses les plus simples qui font la différence. Ça signifiait pour elle qu'il fallait me laisser mener la vie d'un adolescent *lambda* : jouer au foot, parler de filles, boire un verre en douce ou fumer une clope en cachette. Elle se comportait avec moi comme n'importe quelle mère l'aurait fait. Pas une fois elle n'a flippé et essayé de m'empêcher de faire quoi que ce soit. Pas plus qu'elle n'avait utilisé Nick comme alibi. Quand j'avais trente minutes de retard, ou une heure, bien que, je n'en doute pas, ç'ait parfois dû être terrifiant pour elle, elle ne me l'a jamais montré – ni scène dramatique ni réaction excessive. Après sa mort, il m'a fallu toute ma force et le soutien de mes plus proches amis pour remettre ma vie sur les rails. Je suis certain qu'elle ne voudrait pas que je renonce à tout ça pour aller fouiller le passé.

— Je comprends, Ben, je t'assure que je comprends, dit Min gentiment, ajoutant un peu d'eau à son whisky avant de pivoter vers moi. Mais je crois que tu as encore des interrogations au sujet du décès de ta mère et que ça t'empêchera toujours de tourner définitivement la page. Je ne pense pas non plus que ta mère aurait voulu ça, pour toi. Donc je dis : pourquoi ne pas profiter de cette occasion de découvrir la vérité ?

— Pas sûr que ce soit ce que Madeline a en tête, réponds-je.

— Et depuis quand ce genre de chose t'arrête ?

Je ne peux retenir un sourire.

— Ce qui m'horripile, c'est la manière dont chacun s'est toujours fait sa propre idée. Tout le monde est convaincu que ma mère était tellement malheureuse qu'elle n'a pas pu en supporter davantage, que plus rien ne la rattachait à la vie. Mais je sais que ce n'est pas ce qui s'est passé. Même après tout ce qu'on avait traversé, elle avait retrouvé un certain allant. Je ne comprends toujours pas son geste. Il doit forcément y avoir autre chose.

— Comme quoi, Ben ? répond doucement Will, tandis qu'East remplit de nouveau nos verres.

Je marque un temps d'arrêt.

— Ça, je ne saurais pas le dire.

Une fois les derniers convives partis, East vient s'asseoir à notre table et nous bifurquons sur la vie du village. Le projet d'installer une grande roue sur Haddley Common[1], lors de la fête locale, fait l'objet d'une controverse.

— Le président du comité des fêtes a menacé de rendre son tablier, dit East. Et ma proposition de payer pour ce fichu machin n'a pas franchement reçu l'accueil escompté. Certains membres m'ont accusé d'essayer de détourner l'événement à mon profit. J'ai été mortellement vexé.

— Ne l'écoute pas, conseille un Will rieur. Il adore ça. Et ils l'adorent en retour. Quand il a suggéré de s'occuper en personne d'un barbecue mongol, on aurait cru qu'il venait de proposer de marcher sur l'eau.

— De carrément traverser l'étang ! ajoute East.

Face à la proposition d'un dernier verre, je lève les paumes, signe que j'ai largement dépassé mes limites ; quant à Min, elle déclare qu'elle doit retourner au bureau tôt le lendemain matin. East lui appelle un taxi

1. Les Commons sont un héritage des terres communales du Moyen Âge, vastes espaces verts moins travaillés que les célèbres parcs royaux de Londres, entre la pelouse ou la prairie selon les cas. *(N. de la T.)*

et je décide de marcher le long des berges jusqu'à ma ville natale, Haddley.

— L'air frais m'aidera à retrouver mes esprits, dis-je, debout à côté d'East que j'observe s'allumer un joint dans la cour du restaurant.

— Will m'autorise uniquement à fumer dehors, ces temps-ci, répond-il et, tandis qu'il tire sur son cône, nous regardons les phares arrière du taxi de Min se fondre au loin.

East retire son petit calot à carreaux de chef cuisinier et, ébouriffant ses cheveux mi-longs grisonnants, il me propose une latte.

— Je crains que ça ne m'aide pas trop, dis-je, sachant déjà que je vais regretter les deux généreux verres de Glenmorangie.

— Tu as sans doute raison.

Nous quittons la cour et gagnons à pas lents le fleuve.

— Ben, reprend-il tandis que, derrière nous, les lumières du restaurant s'estompent, je n'ai pas pu m'empêcher d'entendre, tout à l'heure, et je ne savais pas trop si je devais intervenir ou non…

— Vas-y, je t'écoute.

Nous nous arrêtons au bord de l'eau, sur le chemin de halage éclairé par les lampadaires.

— Je connais Madeline depuis un bail. Elle venait souvent manger dans mon premier restaurant, à Richmond, dans une autre vie. Elle peut se montrer très persuasive. Ne te laisse pas embarquer dans un truc dont tu n'aurais pas envie. Mon conseil, c'est de continuer comme avant, de regarder vers l'avenir. On ne gagne jamais rien à se tourner vers le passé.

3

La lumière du jour se faufile à travers les persiennes, et moi, allongé dans mon lit, pleinement réveillé, je n'ai aucune idée de l'heure qu'il est. Je tends la main vers mon chevet, farfouille en quête de mon téléphone, et un grand verre d'eau va valser au sol. J'ai peur que la pièce ne se mette à tournoyer si je redresse la tête alors, lentement, je me retourne et jette un coup d'œil. Je sens encore l'alcool éventé dans ma bouche.

Dix ans plus tôt, j'étais allongé sur ce même matelas quand ma mère m'avait crié, troisième et dernier appel, de me lever. J'étais en deuxième année à la fac de Manchester et j'étais rentré à Londres pour les vacances de Pâques, je travaillais pour un site Internet d'infos sportives et passais mes journées à fact-checker des articles. Il m'avait fallu moins d'une semaine pour comprendre que les journalistes sportifs ne se mettaient jamais au boulot avant midi, terminaient tard et passaient l'essentiel de leur temps libre au pub à regarder des matchs sur Sky Sports. J'avais adopté ce rythme avec enthousiasme et, allongé dans mon lit ce matin-là avec une belle gueule de bois, je ne m'étais pas pressé de me joindre aux préparatifs matinaux de ma mère.

Aujourd'hui, sous mes paupières encore fermement closes, la voix de celle-ci passe et repasse en boucle – son énervement à mon égard, son agacement grandissant devant mon apathie. Avant de franchir la porte, elle m'avait appelé une dernière fois.

— Ben, tu peux pas passer ta vie à glander comme ça. Lève-toi, maintenant ! avait-elle crié, et je l'avais entendue attraper son sac avant de claquer la porte derrière elle.

Ce sont les ultimes paroles qu'elle m'ait jamais adressées.

Ce matin-là, ma mère a quitté la maison juste avant huit heures. Elle a pris le sentier qui traverse Haddley Common et a ensuite longé les bois, suivant la ligne de chemin de fer. Ç'aurait dû lui prendre moins de dix minutes, d'arriver à la gare de St. Marnham, avec ce trajet qu'elle effectuait à l'identique tous les jours. En général, elle avançait jusqu'au bout du quai, où elle attendait debout, et montait dans le wagon de queue – le seul où elle était certaine de trouver un siège pour ses vingt minutes de voyage jusqu'au centre de Londres. Mais quant à ce qu'elle a fait ce matin-là, tout ce que je sais, c'est ce que la police est venue me dire plus tard.

Je m'étais préparé un petit déjeuner, ainsi qu'un sandwich à emporter au boulot et, debout à la fenêtre du rez-de-chaussée, une tasse de café à la main, je réfléchissais à ce que j'allais faire de ma journée. J'étais absorbé dans la contemplation de Mr. Cranfield, mon voisin, un monsieur d'un certain âge qui jardinait, quand un véhicule de police s'était garé devant la maison.

Deux officiers en étaient sortis, qui s'étaient dirigés vers chez moi. J'avais immédiatement senti mon ventre se tordre. Enfant, j'avais vu tant de policiers frapper à notre porte, et la terreur qui accompagnait leur arrivée ne m'était que trop familière. Après la mort de Nick, je m'étais si souvent caché en voyant approcher des policiers… Allongé sur le palier à l'étage, j'épiais les informations qu'ils venaient livrer à ma mère. Soudain, ç'avait été comme si j'étais de nouveau cet enfant. Mais cette fois-ci, malgré mon envie, il n'y avait nulle part où se cacher.

La sonnette avait retenti et j'étais resté figé, immobile devant ma fenêtre, à observer Mr. Cranfield caler sa fourche contre le mur de sa maison. Après quoi il s'était assis sur son perron pour ôter ses bottes de caoutchouc, qu'il avait disposées avec soin avant de se relever et rentrer chez lui.

Ce n'est qu'au deuxième coup de sonnette que je m'étais mis en mouvement. J'avais traversé le hall d'entrée à pas lents, j'avais hésité longuement avant de poser ma main sur la poignée ; j'aurais tout donné pour que rien ne vienne perturber le cours de ma vie – vie qui, je le pressentais, m'échappait déjà.

On avait sonné une troisième fois et j'avais ouvert la porte.

Un vent froid soufflait depuis le parc en face et les deux flics sur mon seuil s'étaient inconsciemment collés l'un à l'autre. Sans même leur laisser le temps de parler, j'avais tourné les talons vers la cuisine. Les deux agents m'avaient emboîté le pas et je les avais entendus refermer la porte derrière eux. L'homme avait demandé si j'étais bien Mr. Benjamin Harper. Relativement résigné, j'avais confirmé d'un « Oui ».

Ils savaient pertinemment qui j'étais.

Dans la cuisine, je m'étais installé à notre vieille table rustique. Un meuble massif, qui prenait toute la place dans la pièce. Après Nick, elle nous avait paru trop grande pour juste nous deux, mais au fil des ans nous avions appris à l'occuper. À cet instant, assis seul à table, son immensité me suffoquait.

Encore dans le couloir, la femme m'avait demandé de confirmer que j'étais le fils de Clare Harper. Y avait-il quelqu'un d'autre à la maison ? avait-elle voulu savoir. J'avais secoué la tête et vu l'homme faire quelques pas hésitants dans la pièce, pour venir s'adosser du côté où traînaient encore les reliefs de mon petit déjeuner. J'avais omis de ranger le beurrier au frigo. La surface du beurre miroitait là où il commençait à fondre, et un couteau émergeait d'un pot de Marmite. Ma mère n'aurait pas été contente.

La femme avait tiré une chaise et s'était tournée vers moi. J'avais relevé la tête et l'avais regardée vraiment pour la première fois. La compassion qu'on lisait dans ses yeux était quelque chose que j'en étais venu à mépriser.

Elle m'avait redemandé si Clare Harper était ma mère et j'avais répondu que oui. Travaillait-elle dans un bureau situé sur Welbeck Street ? Je me souviens d'avoir ri, un rire involontaire et nerveux, puis d'avoir senti sa main se poser sur la mienne. Tournant la tête, j'avais entrevu un instant le regard de l'officier avant qu'il ne se détourne brusquement vers le jardin, où l'herbe avait bien poussé sous le soleil printanier. Ma mère avait passé la semaine précédente à me demander de tondre la pelouse. Je lui avais répondu de me lâcher la grappe.

La femme avait voulu savoir si ma mère prenait le train à la gare de St. Marnham. Je m'étais lancé, lui racontant qu'elle montait dans le train au même endroit tous les matins, que c'était une femme d'habitudes, qui suivait invariablement le même programme, quittant la maison à heure fixe et passant par le Common quelle que soit la météo. L'officier avait tenté de m'interrompre mais j'avais continué à parler. Elle était cheffe de projet dans une agence de design, apportait toujours son déjeuner au bureau, prenait une heure de pause à midi et demi, se faisait couler un petit café en arrivant le matin ; elle devait se trouver là-bas à l'heure qu'il était, ils pouvaient y aller. La policière m'avait serré la main et avait prononcé mon nom.

Une femme s'était jetée sous un train roulant en direction de la gare de Waterloo.

J'avais hoché la tête, soudain muet.

— Nous pensons qu'il s'agit de votre mère, Ben.

J'avais regardé le policier, qui désormais m'observait en opinant légèrement du menton, et je m'étais surpris à l'imiter. Au mur, derrière nous, l'horloge de la cuisine égrenait son tic-tac. Tout à coup, elle m'avait paru affreusement bruyante.

— Je regrette, Ben, mais elle est morte sur le coup, avait dit la femme.

Il y avait eu un silence, jusqu'à ce qu'elle reprenne :

— Je sais que ça fait beaucoup à encaisser, ce serait sans doute mieux si vous aviez quelqu'un à appeler, un membre de la famille qui pourrait venir.

Je n'avais rien dit.

— Ou peut-être un proche, un ami, avait-elle ajouté rapidement, consultant son collègue.

Elle attendait que je réponde, or je n'avais rien à dire. Je voulais qu'ils s'en aillent. Il y avait des formalités à remplir mais je n'écoutais plus. Il faudrait aller reconnaître le corps, pourtant le fait que j'allais devoir m'en charger ne s'était pas imprimé dans mon cerveau. J'avais vingt ans.

— Y a-t-il quelqu'un qu'on puisse appeler pour vous ? avait-elle répété. Je crois vraiment qu'il faut que vous soyez accompagné.

Allez savoir pourquoi, je n'arrivais pas à penser à autre chose qu'à Mr. Cranfield dans le jardin avec sa fourche.

— Ben ?

Je m'étais forcé à me concentrer sur ce qu'elle disait et j'avais menti. J'avais dit que j'appellerais mon père. Je ne connaissais même pas son numéro.

L'homme avait traversé la cuisine et, la main sur mon épaule, avait voulu savoir si je tiendrais le coup. J'avais répondu que ça irait. Je voulais qu'ils s'en aillent. Je suis sûr qu'il voulait la même chose.

Je m'étais levé, m'étais dirigé d'un pas de tortue vers l'entrée. Ils m'avaient suivi, la femme avait vérifié que je comptais bien téléphoner à mon père.

J'avais promis une nouvelle fois. Je voulais juste qu'ils s'en aillent.

Ils me recontacteraient, avaient-ils dit.

J'avais hoché la tête et les avais remerciés. De quoi, je ne savais pas.

Le vent s'était engouffré dans le hall quand ils avaient ouvert la porte. Une pluie épaisse s'était mise à tomber et les deux policiers s'étaient précipités vers leur voiture, la femme s'accrochant désespérément à son chapeau. J'avais refermé la porte et j'étais demeuré seul dans le hall vide.

4

Dani Cash sortit de sa chambre, alluma la lumière et traversa l'étroit palier menant à la chambre du fond de sa maison de Haddley. Ce qu'elle l'avait adorée, cette maison, la première fois qu'elle y était venue – ses murs fraîchement peints, l'odeur accueillante des moquettes moelleuses flambant neuves, les meubles pile à la bonne place, qui permettraient que tout soit bien rangé ! La maison était parfaite : le foyer dont elle avait toujours rêvé. Peu importait à ses yeux qu'elle fût située à plus d'un kilomètre de la Tamise et du charme victorien qu'on prêtait aux propriétés en bordure du fleuve à Haddley. Elle y serait chez elle. Elle s'était convaincue que ce pourrait devenir un lieu incroyablement heureux.

Quatre mois plus tard, on s'y serait cru en prison.

Debout sur le seuil de la pièce, elle songea à la chambre d'enfants qu'elle avait projeté d'y installer – des animaux peints au mur, ces pingouins qu'elle aimait tant sur les rideaux. Était-ce se bercer d'illusions que de croire que ce jour pouvait encore arriver ?

Mais ce n'était pas le moment d'y penser. Elle devait se reconcentrer sur le travail.

Elle observa l'uniforme qu'elle avait étalé avec minutie sur le lit d'invités la veille au soir, et resta un instant à hésiter. Était-elle prête ?

Il fallait qu'elle le soit.

C'était sa seule issue.

Elle saisit le chemisier blanc bien repassé, avec ses épaulettes déjà en place. Elle le boutonna et arrangea son foulard, avec l'impression d'avoir deux mains gauches. Elle se baissa pour nouer ses lacets et, ce faisant, croisa son reflet. La veille, c'était avec fierté qu'elle avait repassé un pli récalcitrant sur son pantalon noir. Elle avait songé à son père et à ses années sous les drapeaux, il aurait partagé cette fierté, elle le savait.

Sa veste était pendue à un cintre devant l'armoire. Elle arracha le plastique du teinturier, ouvrit le bouton supérieur et l'enfila – ça bouffait un peu au niveau des hanches et des fesses. Elle n'en fut pas surprise : voilà quelques semaines qu'elle avait perdu l'appétit. Elle attrapa son chapeau et y enfouit le plus de boucles blondes possible. Debout face au miroir, l'espace d'un instant, c'est tout juste si elle se reconnut.

Elle était de nouveau officière de police.

En haut de l'escalier, elle marqua un temps d'arrêt, en quête de signes de vie. Attentive à éviter la deuxième marche qui, en dépit des promesses du menuisier, continuait de gémir à la moindre pression, elle descendit à pas feutrés. Elle trouva la porte du salon fermée et expira sans bruit.

Une fois dehors, elle ferma brièvement les yeux, tourna son visage vers le ciel et laissa les rayons du soleil lui insuffler leur bonne humeur. Elle resta un moment ainsi sur le perron, puis avança, déterminée à laisser ces cinq derniers mois derrière elle.

Ses cinq années dans la police avaient montré qu'elle pouvait être un bon flic. Jeune recrue de vingt et un ans, elle avait immédiatement impressionné. Le fait d'être la fille de Jack Cash l'exposait uniquement à être davantage sur le gril. Mais dès son premier jour, elle avait assuré. Calme, réfléchissant vite, elle avait clairement été la favorite des formateurs. Il y avait encore six mois de ça, on parlait de la passer sergente.

Dani chassa cette pensée. Elle avait été un bon élément et elle serait un bon élément encore aujourd'hui.

À mi-chemin de Haddley Hill, elle s'arrêta au passage piéton. La circulation était déjà dense, les enfants convergeaient vers le collège. Souriant à deux adolescentes venues se poster près d'elle au feu, Dani laissa son regard dériver vers la Tamise. La navette fluviale passait sous le pont de Haddley, un flot de travailleurs en route pour la City.

L'explosion surgit de nulle part. Les filles hurlèrent et Dani fit un bond en arrière, avec une force et une soudaineté telles que son chapeau alla rouler au sol. Elle tâtonna le bas-côté pour le ramasser mais la panique l'avait rendue quasi aveugle. Où étaient les filles ? Elle ne pouvait pas les laisser se faire tirer dessus. Elle se releva sans traîner mais sa vision demeura floue. C'est alors qu'une main se posa sur son bras.

— Ça va, madame ? dit l'une des filles en tendant à Dani son chapeau.

— Mais quels abrutis ! cria l'autre, avant d'éclater de rire. Vous êtes vraiment trop des gamins !

Dani regarda à la ronde, la vie suivait son cours. De l'autre côté de la chaussée, elle distingua trois garçons qui s'évanouirent aussitôt, fonçant à toutes jambes dans Haddley Hill Park.

— Ils arrêtent pas de balancer des pétards, fit la fille qui avait rendu à Dani son couvre-chef. Ils se prennent pour des bonshommes mais ils ont trois ans d'âge mental !

Cet ultime commentaire fut crié par-dessus la chaussée à un volume maximal.

— Oui, ça va, merci, dit Dani et, tandis que le feu changeait de couleur, elle prit le temps d'épousseter son chapeau.

Les filles traversèrent la route et disparurent dans le parc. Avant qu'elle ait le temps de dire ouf, la circulation avait repris et Dani rappuya sur le bouton pour traverser. Tandis qu'elle suivait le chemin menant au bas de la colline vers la rue principale, le trafic se fit plus pénible. Un bus en direction de Wandsworth bloquait le carrefour principal. Un regard de Dani suffit à calmer le conducteur frustré qui jouait du klaxon. Un camion de livraison s'immobilisa pour tourner et, l'invitant à poursuivre sa route, Dani quitta les lieux, laissant derrière elle un trafic fluide.

À mesure qu'elle approchait du commissariat de Haddley, elle ralentit l'allure. Elle observa depuis le trottoir d'en face deux agents pénétrer dans le bâtiment, puis une vieille dame, appuyée sur sa canne. Un officier plus gradé qui sortait à ce moment-là lui tint la porte, et un collègue s'engouffra derrière elle. Dani ne reconnut aucun des agents, et les autres lui étaient étrangement peu familiers, comme des personnes d'une autre vie qu'elle aurait vaguement connues. Cela faisait-il si longtemps qu'elle était partie ? Elle avait résolu de se tenir éloignée du commissariat, ces cinq derniers mois. Elle avait parfois retrouvé un collègue ou deux pour boire un verre, mais avait délibérément coupé le contact avec tout le reste de l'équipe.

Elle le regrettait, à présent. Si elle avait passé une tête ne serait-ce que de loin en loin, ç'aurait peut-être été plus facile, ç'aurait brisé la glace.

Après un moment, elle tourna le dos au bâtiment.

Arrivée au pont de Haddley, elle jeta un œil à sa montre. Il lui restait trente minutes avant de prendre son service. Elle allait pouvoir traverser le fleuve, admirer la vue depuis le pont puis retourner au commissariat. D'ici là, elle serait prête.

Depuis le pont, son regard suivit le fleuve jusqu'aux péniches, où l'activité battait déjà son plein. Derrière, c'était Haddley Common, puis les bois menant à St. Marnham. Dans la direction opposée, une vaste tour vitrée surplombait la rive nord. Des appartements luxueux, au pied desquels on trouvait un supermarché raffiné, regorgeant de légumes bio et de bonnes bouteilles. L'emplacement idéal pour attraper dans ses filets les portefeuilles bien garnis des cadres en quête d'un dîner de flemme avant de rentrer chez eux.

Et le lieu idéal pour une attaque à main armée lors des festivités d'Halloween.

Ils avaient l'air de gosses tout juste sortis du lycée quand ils s'étaient engouffrés avec leur masque à l'effigie de monstres. Elle les avait à peine remarqués, son esprit tout à la bouteille de vin à laquelle elle comptait faire honneur après une longue journée de travail.

Ils ne l'avaient pas vue entrer dans le magasin derrière eux. Elle portait encore son uniforme.

Quand ils avaient fini par la repérer, ç'avait été la panique.

Une lame avait jailli. Puis une deuxième. Les cris des clients.

Soudain, il y avait eu des otages et la pointe d'un couteau pressée contre son dos.

Dani entendait encore les sirènes dans sa tête – comme ça lui était si souvent arrivé durant ces cinq derniers mois. Aurait-elle dû agir autrement ?

Elle songea au visage de son père, à ses pattes-d'oie quand il souriait, « Ne doute jamais de toi, Dani, avait-il l'habitude de dire. Tu es capable de tout, tout est à ta portée. » Elle se détourna brusquement et fit demi-tour sur le pont, vers le commissariat. Sans faiblir l'allure, elle avala d'un bond les trois marches de l'entrée principale et franchit les portes en trombe, déterminée à faire ses preuves, une fois de plus.

5

La lumière qui envahit ma chambre est presque intolérable. Je me redresse et j'attrape mon portable, qui m'apprend que je suis déjà en retard pour le boulot. Je dirai à Madeline que je consacre ma matinée à faire des recherches pour mon prochain article. Sans compter que, comme on est jeudi, la moitié de la rédaction doit déjà songer au week-end.

Je passe la pièce en revue. Mes vêtements sont éparpillés sur le sol, mon portefeuille vide gît près de la montre que ma mère m'a offerte pour mes dix-huit ans. J'ai encore la tête qui tourne, et je me laisse retomber sur mon oreiller pour m'absorber dans la contemplation du plafond. Je sens des larmes poindre et presse mes doigts au coin de mes yeux. Après une profonde inspiration, je repousse ma couette mais, à cet instant précis, un bruit d'eau me parvient depuis la salle de bains.

Une poignée de secondes plus tard, la porte s'ouvre et Mrs. Cranfield surgit dans ma chambre. Je n'oserais pas qualifier Mrs. Cranfield de gouvernante à temps partiel, surtout sachant que je ne lui ai jamais versé l'ombre d'un penny, mais elle est remarquablement efficace pour ce qui a trait à la tenue de mon intérieur.

Avec son mari, ils font partie de ces gens formidables qui m'ont aidé à me remettre sur pied après le décès de ma mère. Ils me tiennent lieu de mère et de père de substitution plus qu'autre chose. Je détesterais me retrouver sans eux, même si, comme tous les parents, ils sont parfois un tantinet pénibles.

— Ah, mais tu es réveillé ! dit Mrs. Cranfield. Cette salle de bains est une horreur.

— À ce point ? réponds-je, remontant à la hâte la couette sur mon corps.

— Rien de bien nouveau.

Elle traverse la pièce, ramasse mon caleçon et me le jette sur le lit.

— Tu as dû revomir une fois rentré. Il faudra que je repasse tout à l'heure pour y donner un bon coup.

— Re… ? demandé-je d'un ton hésitant.

— Après avoir vomi dans le jardin avant d'atteindre la porte. George a sorti le tuyau et arrose la clématite, à l'heure qu'il est.

— Mon Dieu, je suis tellement désolé…

Mortifié, j'essaie d'attraper mon sous-vêtement.

— Sincèrement, Ben, ces toilettes sont infectes. Je préfère ne pas songer à quand remonte la dernière fois que tu les as récurées.

Sous ma couette, je parviens tant bien que mal à enfiler mon caleçon avant de me rasseoir sur le matelas.

— Mrs. C., je suis réveillé maintenant, donc je pense que…

Elle ouvre les stores et m'écoute à peine.

— Je vais nettoyer ici pendant que tu te douches. Un petit déjeuner t'attend en bas.

Quand Mrs. Cranfield a une idée en tête, inutile de résister.

— Tu fais peur à voir, dit-elle tandis que je me lève, et je me rends compte que j'ai mis mon caleçon devant-derrière. Quand on n'a pas l'habitude de boire, ça plombe davantage. Tu n'as pas cultivé de résistance comme mon George.

Je me dirige à pas rapides vers la salle de bains, dont je referme la porte.

— Et que dirait ta mère ? me lance-t-elle.

La vapeur brûlante de la douche n'aide guère à me clarifier l'esprit et je regagne ma chambre avec les tempes qui martèlent. Mrs. Cranfield a déjà dépouillé mon matelas de ses draps et ramassé les habits qui jonchaient le sol. Les fenêtres sont grandes ouvertes, ramenant de la vie dans la pièce. Sous le soleil de ce début de printemps, le parc a ressuscité, des narcisses parsèment l'herbe et des fleurs de cerisier colorent les arbres. Un dais vert s'est formé au-dessus du sentier qui mène de la route, où le bus s'arrête toutes les dix minutes, à l'orée des bois, frontière obscure noyée d'ombres.

Au coin de la rue, Mr. Cranfield s'occupe des fleurs de son jardin, tout comme il le faisait dix ans auparavant. Du plus loin que je me souvienne, il était déjà en semi-retraite et, l'année dernière, il a enfin lâché la boutique qu'il a gérée pendant presque vingt ans comme opticien. Une fois par mois, on essaie d'aller voir un match au club de rugby de Richmond. Je n'ai jamais eu le sentiment qu'il était particulièrement fan de ce sport, mais on s'est mis à assister aux matchs il y a des années de cela quand mon meilleur ami, Michael Knowles, a été sélectionné en équipe. Il n'y est resté qu'une saison, avant de partir jouer à Bath, en Premiership, mais Mr. C. et moi, on a continué à soutenir l'équipe locale. Son vrai plaisir, je crois, c'est que ça lui offre l'occasion de me questionner sur les dessous des histoires qu'on publie sur notre site d'infos – il est toujours curieux de connaître la vérité que cache le dernier scandale politique en date. Bien qu'il parle en continu pendant le match, je passe de bons moments en sa compagnie.

Je l'observe marcher vers son carré de légumes, adossé au mur. Leur maison étant en bout de lotissement, ils ont une parcelle de terrain supplémentaire, dont il s'occupe religieusement depuis le jour de son emménagement. Fourche levée – dont la poignée a été rafistolée avec un morceau de ficelle –, il a exactement la même allure qu'une décennie plus tôt. Il a peut-être quelques kilos en plus et quelques cheveux gris en moins mais, pour le reste, je pourrais aussi bien observer une scène d'il y a dix ans.

J'entends Mrs. Cranfield faire du raffut dans la cuisine. Ce matin-là, une fois la police partie, j'étais encore dans l'entrée quand Mrs. Cranfield avait ouvert la porte donnant sur l'arrière. Elle avait traversé la cuisine pour venir s'asseoir à côté de moi au pied de l'escalier. Elle m'avait pris dans ses bras tandis que je pleurais à chaudes larmes. Je ne crois pas que j'aurais survécu à cette journée sans elle.

Je descends à la cuisine, où m'accueille une odeur de café fraîchement passé et de bacon grésillant.

— Tu es plus présentable, approuve Mrs. Cranfield. Qu'est-ce qui t'a valu une soirée pareille ?

— Le boulot, dis-je en soulevant la cafetière. J'ai eu une discussion houleuse. Et j'ai bêtement dit qu'il me fallait un verre pour relâcher la pression.

— Je parie que ça n'a fait qu'empirer les choses. C'est le principe, avec l'alcool, dit Mrs. Cranfield en me tendant un sandwich au bacon avant de se jucher maladroitement sur un des tabourets hauts qui ont remplacé les bonnes vieilles chaises paillées de ma mère. Je ne comprendrai jamais pourquoi tu as acheté ça.

Elle s'accroche au plan de travail pour retrouver son équilibre.

Voyant que je réprime un sourire, elle se met à rire :

— Mes formes ne sont pas compatibles avec ce design moderne tout en angles.

— À mes yeux, tu es splendide.

— Beau parleur, va ! réplique-t-elle.

C'est Mrs. Cranfield qui m'a poussé à me réapproprier cette maison, au fil des ans. Après la mort de ma mère, je suis retourné à Manchester, j'ai arrêté de boire et réussi à obtenir mon diplôme avec des résultats honorables. L'année suivante, j'ai voyagé aux quatre coins du globe. Mon vieux copain d'école, Michael, est venu me rejoindre d'un coup d'avion l'espace de quelques semaines quand j'étais aux États-Unis et nous avons passé mardi gras à La Nouvelle-Orléans. Je n'avais toujours pas rebu une goutte depuis la mort de ma mère et le voir se prendre de plein fouet une baie vitrée – choc qui lui a valu de passer deux semaines à l'hôpital universitaire de Louisiane – m'a conforté dans l'idée qu'une consommation excessive d'alcool était dangereuse.

À mon retour en Angleterre, j'ai eu mon premier vrai boulot – et le trajet était assez pratique, depuis Haddley. Le temps était venu de rentrer à la maison, je le savais. Ç'a été difficile, les premiers temps ; je m'étais convaincu que je ne pouvais pas faire un pas dans le centre de Haddley sans qu'on me reconnaisse, mais j'ai fini par comprendre que la plupart des gens n'avaient que de bonnes intentions à mon égard.

— Et donc, pourquoi cette discussion houleuse ?

— À ton avis ?

Mrs. C. sourit. Elle en a entendu des vertes et des pas mûres sur ma relation en dents de scie avec ma cheffe.

— Madeline veut que j'écrive un article sur maman, pour le dixième anniversaire. J'ai refusé, ajouté-je à la hâte au moment où Mrs. Cranfield s'apprêtait à parler.

— Cette femme n'a aucun sens moral, dit-elle en faisant claquer sa langue en signe de réprobation. Te demander de revivre tout ça… Comme si ça pouvait être bénéfique à qui que ce soit. Elle dépasse vraiment les bornes.

Je bois une gorgée de café et souris.

— Donc tu trouves que je devrais m'en tenir là ?

Elle prend un air étonné.

— Parce que tu envisages autre chose ?

— Min pensait que ça pourrait m'aider à mettre un point final aux questions restées en suspens.

— Elle est bien gentille, cette Min, mais franchement…

— Je me demande toujours ce qui serait arrivé si je n'avais pas eu une telle gueule de bois, Mrs. C., si je lui avais parlé avant qu'elle ne quitte la maison, ou si je lui avais couru après. Tout aurait peut-être été très différent.

— On en a déjà parlé, Ben. Ce n'est pas ta faute. Tu ne dois jamais te le reprocher, murmure Mrs. Cranfield en délaissant son tabouret pour venir me serrer le bras.

Ensuite, tête basse, elle se dirige vers l'évier et se met à récurer vigoureusement la poêle.

— Tu vas t'écorcher les mains, dis-je tandis qu'un panache de vapeur d'eau s'élève.

Mais Mrs. C. continue à frotter. Je la rejoins et ferme le robinet.

— Tu n'arriveras pas à faire en sorte que ce soit plus propre. Ces traces-là sont incrustées à vie.

Elle s'essuie les mains sur un torchon et m'examine un moment.

— Raconte un peu ta soirée, dit-elle. Min était avec toi, c'est ça ?

— Min et aussi d'autres collègues.

— Parce que Min est juste une collègue ?

— Collègue-slash-amie, rien de plus.

— Et les autres, c'étaient aussi des collègues-slash-amis ? Ou est-ce que ça ne s'applique qu'à Min ?

— Ça suffit !

Je regagne le comptoir en riant et j'ajoute une lampée de ketchup à mon sandwich au bacon.

— Entendu, je ne poserai plus de questions.

Mrs. C. lève les paumes en signe de reddition.

— Ça ira comme ça, le ketchup ?

Je secoue de nouveau la bouteille.

— La première fois que tu es venu déjeuner avec George et moi, tu as refusé de manger quoi que ce soit tant que ça ne serait pas noyé de ketchup.

— J'avais dix ans !

— Certaines choses ne changent pas.

Ce jour-là, ma mère avait son premier entretien d'embauche depuis qu'elle avait pris la décision de recommencer à travailler. À cause d'une réunion pédagogique, je n'avais pas cours le matin. Coincée, ma mère avait accepté avec joie la proposition de ses nouveaux voisins, qui venaient d'emménager dans le quartier quelques semaines plus tôt. Mrs. Cranfield était occupée à déballer ses cartons et Mr. Cranfield m'avait emmené au bord du fleuve pour m'enseigner les rudiments de la pêche en eau douce. Une fois qu'il avait ouvert le pot d'asticots vivants servant d'hameçons, ç'avait tôt fait de devenir à la fois ma première et ma dernière expérience de pêche à la ligne.

— Elle était tellement heureuse de retrouver un emploi ! dit Mrs. C., et je revois la joie de ma mère quand une lettre était arrivée au courrier l'avant-veille, lui proposant un poste. Elle n'avait qu'un souhait, prendre soin de toi.

Mrs. C. marque une pause.

— Et elle était une si bonne amie pour moi…

Sa voix tremble.

— … mais maintenant, c'est toi la priorité, pour ton bien, et celui de ta mère.

Mrs. C. rince sa tasse dans l'évier avant d'ajouter :

— Viens donc déjeuner dimanche. Accompagné, si tu veux.

Je ris et l'arrête pour la serrer dans mes bras avant qu'elle ait gagné la porte.

— Merci, dis-je.

— Pas de quoi, rétorque Mrs. C. Je suis là pour ça.

Et elle file d'un pas pressé sur le sentier qui mène chez elle.

Je remplis ma tasse à ras bord avant d'ouvrir en grand la double porte qui donne sur le jardinet. Assis sur la terrasse sous le timide soleil printanier, je balaie l'écran de mon téléphone et clique sur notre nouvelle appli d'infos. Notre page sur les célébrités évoque un obscur membre de la famille royale sortant aviné d'une boîte de nuit en compagnie d'un homme qui n'est duc de rien du tout, tandis que la page d'actualité généraliste titre sur trois personnes tuées par la chute d'une grue dans le centre de Nottingham. Suit l'histoire d'une femme retrouvée sans vie dans son studio, en banlieue de Leeds. Je lis les détails. La police se refuse à commenter à ce stade mais n'exclut pas qu'elle ait trouvé la mort dans des circonstances suspectes. N'importe quel journaliste à peu près correct sait que ça signifie qu'il y a toutes les chances qu'elle ait été assassinée, mais que les flics ne sont pas prêts à le confirmer.

Je reviens en arrière et fais défiler les gros titres, jusqu'à ce que le regard de ma mère se plante dans le mien. Je m'arrête net.

CLARE HARPER, DIX ANS DÉJÀ LE JOURNAL SE SOUVIENT

Nous sommes à deux semaines de l'anniversaire de la mort de ma mère et Madeline annonce avec fracas un texte qui reste encore à écrire. Son audace ne cesse de me fasciner.

Je fixe mon téléphone. C'est une image de ma mère que je connais bien. Prise par une fraîche soirée d'été l'année précédant sa mort ; derrière elle la lumière s'effiloche, elle est assise sur les berges de la Tamise, enveloppée dans son pull favori. Ce soir-là, j'étais sorti en ville et je rentrais à la maison à pied, le long du fleuve, quand je l'avais aperçue assise seule sous un soleil liquide qui plongeait dans les bois. J'avais immortalisé cette image avec mon portable, sans qu'elle s'en rende compte – l'image d'une femme en paix avec le monde. Nous étions restés là tous les deux, à parler de son récent voyage à Bordeaux, avec deux de ses plus proches amis – ils avaient visité des domaines viticoles différents chaque jour et passé de longues soirées à boire du vin sur la terrasse. L'image avait capturé cet esprit de liberté, nouvellement acquise lors de cette escapade. À sa mort, c'était celle que j'avais choisi de donner à la presse.

Sous la photo, une liste de liens vers des histoires similaires. L'un mène à une publication vieille de quelques années s'inscrivant dans le cadre d'une série de portraits de « Femmes courage ». Je relis le texte : on y célèbre une femme d'une grande dignité et d'une grande force intérieure.

En parcourant l'article, je m'attarde sur une photo de mon frère Nick avec son meilleur copain, Simon Woakes. C'est une image qui en est venue à symboliser l'histoire de Nick et Simon, une image devenue tristement célèbre dans le monde entier. Nick et Simon, au bord du terrain de rugby de Richmond, en tenue, y arborent des sourires de vainqueurs. À leurs côtés, bras passés autour des garçons, se tiennent deux de leurs camarades de classe.

Les deux jeunes filles de quatorze ans qui allaient les assassiner sauvagement quinze jours plus tard.

6

Je traînais devant chez nous en attendant le retour de Nick et j'observais les deux filles étendues sur la pelouse grillée du Common. L'arrivée du bus les tira de leur torpeur et elles se relevèrent quand le numéro 29 s'immobilisa à l'arrêt. Nick et Simon, sac au dos, en sortirent. Caché par le mur de notre jardin, je vis une brève discussion s'ensuivre.

Puis une des filles partit d'un pas dansant, ses cheveux virevoltant dans la lumière dorée de la fin d'après-midi. Elle tendit les bras, attirant son amie à elle ; toutes deux s'en allèrent en tourbillonnant dans le vaste espace séparant Haddley du village voisin de St. Marnham. Je les entendais pousser des cris aigus tandis qu'elles tournoyaient de plus belle.

Nick et Simon semblèrent hésiter un moment, après quoi je les vis démarrer à fond la caisse à la poursuite des filles. Épiant toujours, je traversai la rue devant chez nous pour gagner le Common. Sous mes pieds, l'herbe sèche craquait. Le soleil cognait dur sur ma tête d'écolier, les longues journées estivales refusant de s'achever. Devant moi, les silhouettes de Nick et Simon se brouillaient sous le soleil. J'étais attentif à garder mes distances, mais je dus bientôt me mettre à courir pour ne pas les perdre de vue. Comme tout môme de huit ans curieux en diable, j'étais résolu à découvrir où ils allaient.

Hors d'haleine, je parvins à l'entrée des bois, inspirant de grandes bouffées d'air sec avant de baisser les épaules et de pénétrer sous le couvert des arbres. Je sentis aussitôt la chaleur se dissiper, la canopée avalant les rayons du soleil.

Je me faufilai plus avant, la sueur ruisselant le long de ma colonne.

Les bois étaient silencieux, les branches immobiles, sans un souffle de vent. L'unique son provenait du craquement des brindilles sous mes semelles. Je guettai un son qui me guiderait dans ma poursuite, mais au même instant un train passa en trombe sur les voies longeant la futaie, au nord.

Je patientai.

Et tendis de nouveau l'oreille. Seul le bruit de ma propre respiration résonnait – jusqu'à ce que l'écho d'un cri au loin transperce les arbres. Nick serait furieux s'il me chopait, mais je continuai d'avancer sur la pointe des pieds, me baissant, me dissimulant derrière des bosquets touffus, en direction de la maigre clairière où mon frère et ses copains se cachaient souvent.

L'étroit sentier s'enfonçait en tortillant devant moi et je fis un pas de côté, traversant les fourrés jusqu'à la trouée. Un instant aveuglé par la clarté soudaine régnant au-delà des arbres, je vacillai un peu, la nuque brûlée par le soleil.

La clairière était déserte.

Je donnai des coups de pied dans le vide, décollant de vieux mégots, soulevant de la poussière. Aucun signe de mon frère. Tiraillé par une soif grandissante, je décidai de rentrer.

Un rire distant rebondit entre les troncs.
Puis un autre.
Suivis d'un cri de plaisir.
Je sus instantanément où ils étaient : un petit coin en hauteur à l'autre bout de la forêt, près de St. Marnham – la planque secrète de Nick. Pour approcher sans être vu, je dus passer par le bas-côté escarpé longeant la voie de chemin de fer, où poussait une végétation abondante. Tandis que je me frayais un chemin parmi les chardons, une épine se planta dans le creux de mon coude. Je la retirai et une ligne carmin courut le long de mon avant-bras jusqu'à ma paume. Je me mordis la lèvre pour faire taire la douleur.
Je me trouvais au pied de la butte gigantesque, le silence retombant sur la touffeur des bois. Je commençai mon ascension, glissant sur le sol poussiéreux. J'avais du mal à trouver des prises, je me sentis partir en arrière et parvins *in extremis* à me retenir à une racine morte et me remettre sur pied. Arrivé au sommet, je m'époussetai puis baissai les yeux sur mon maillot de foot préféré ; il était couvert d'une poussière brune et de sang. Je m'avançai lentement.
Un.
Deux.
Trois pas hésitants.
Je me figeai.
Respiration coupée.
À l'autre bout du monticule, Nick et Simon étaient allongés, nus ; bras tendus, les pieds dans ma direction.
Déboussolé, je fis encore quelques pas.
Mes cris déchirèrent le silence.

7

Le préposé à l'accueil lui sourit et Dani Cash dut se souvenir de respirer tandis qu'elle se dirigeait vers le vestiaire des femmes. Difficile de croire que, cinq mois auparavant, elle s'était sentie ici chez elle. La porte à moitié poussée, elle s'arrêta pour lire le panneau d'affichage : places à saisir pour le semi-marathon de Richmond, cours de Pilates, de tai-chi, officier stagiaire conviant tout le monde à une fête pour ses vingt et un ans. Dani avait punaisé une annonce similaire, au même âge. Elle avait intégré la police quelques semaines plus tôt et célébré l'événement avec tant de nouveaux amis, ce soir-là près du fleuve.

En chemin vers son casier, elle se demanda combien de collègues elle pourrait motiver à venir faire la fête avec elle, à présent. Devant son cadenas, blanc total. Elle essaya une combinaison, puis une deuxième, et encore une troisième – la date de naissance de Mat. Sans songer que ça ne faisait qu'empirer les choses.

Dès la première rencontre, Mat lui avait tapé dans l'œil. L'ambitieux officier dont tout le monde disait qu'il finirait chef, un jour. Avec son mètre quatre-vingts solide, ses cheveux blonds ras, un reflet bleuté sur les joues et de doux yeux azur, impossible de passer à côté. Il avait huit années de plus qu'elle mais ça n'avait aucune importance. À peu près tout le commissariat était raide dingue de lui. Elle avait été raide dingue de lui.

Un lundi soir pluvieux, fidèle à ses résolutions de nouvel an, elle s'était traînée jusqu'au Haddley Leisure Centre – un cours de gym était pourtant la dernière chose dont elle avait envie. La police municipale avait des abonnements à prix réduit, ce qui faisait que dans la plupart des cours on se retrouvait à suer au côté de ses supérieurs. Elle lui avait vaguement souri, se tournant quand il était apparu juste derrière elle dans un cours de body pump. À la fin de la séance, elle avait de nouveau esquissé un sourire. Émergeant du vestiaire, elle l'avait trouvé là, sur un banc dans le hall, qui l'attendait.

Ce troisième gin-tonic au pub surplombant Haddley Hill Park avait peut-être été une erreur. Mat avait dit qu'il ne buvait que des doubles, et il lui avait commandé la même chose. Avant vingt et une heures, ils étaient déjà dans l'appartement qu'il louait au sommet de la colline et, même pompette, elle avait adoré le sentir si profondément, si férocement en elle. Au petit matin, il était plus tendre, et elle était partie avec l'envie de le revoir. Au boulot, ils n'avaient pas parlé mais, plus tard dans la journée, il lui avait fait un clin d'œil et, le soir, ils étaient de nouveau ensemble. À la fin de l'été, ils avaient passé une semaine tous les deux sur une plage en Croatie et, par-dessus des verres glacés remplis d'un vin blanc local servi bien frais, elle avait commencé à leur imaginer un avenir commun.

La puanteur frappa Dani sitôt qu'elle ouvrit la porte de son casier. Pendant cinq mois, ses baskets et sa tenue sale avaient macéré. Le cœur au bord des lèvres, elle balança le tout dans la poubelle près des lavabos.

— J'pensais pas te revoir par ici.

Dani se redressa et, tournant la tête, vit que sa collègue Karen Cooke se tenait à ses côtés. Celle-ci parvenait toujours à donner l'impression que son uniforme était plus serré aux coutures que celui de n'importe quelle autre représentante du sexe féminin.

— J'avais entendu dire que tu pouvais plus supporter, continua-t-elle, tout en offrant à Dani un sourire désagréable.

Elle n'avait jamais tenté de dissimuler l'inimitié que Dani lui inspirait. Celle-ci avait toujours supposé que ça datait de l'époque où son père était le taulier, mais quand même : le ton vénéneux de Cooke la surprit.

Sans rien dire, Dani voulut reculer vers son casier. Cooke se mit en travers.

— J'ai aussi entendu dire que tu suivais les traces de ton paternel – que tu pétais les plombs.

Dani piqua un fard et sa mâchoire se crispa, mais elle soutint le regard de Cooke.

— Espèce de lâche.

Cooke avait un regard haineux. Dani s'en écarta pour aller chercher une serviette sur le rebord du lavabo, mais elle sentait pulser la présence de Cooke dans son dos tandis qu'elle passait la serviette sous le robinet d'eau chaude.

— Ton père, lui, au moins, a eu un minimum de décence, il a démissionné. Personne veut d'toi, ici.

Dani sentit Cooke peser de tout son poids contre elle pour venir lui murmurer à l'oreille :

— On n'a pas confiance.

Puis, sans prévenir, elle plaqua Dani contre les lavabos – un bras enserrant son cou et l'autre pressé fermement contre sa poitrine. Le rebord en PVC lui rentrait dans les hanches. À court d'air, Dani se débattit furieusement pour se libérer, mais Cooke l'attrapa par la ceinture et l'envoya cogner contre le miroir.

— Trouve-toi un autre commissariat. Et vite.

D'un geste vif, Dani parvint à se projeter en arrière. En trois pas lestes, elle balança Cooke contre les casiers et appuya la serviette mouillée contre son visage. C'est sur ces entrefaites que la porte du vestiaire s'ouvrit et que la lieutenante Lesley Barnsdale fit son entrée. Dani lâcha la serviette et gagna sans un mot l'autre extrémité de la pièce.

— Bonjour, mesdames.

Barnsdale avait parlé calmement mais Dani avait bien conscience que sa supérieure était en train d'évaluer la situation.

— Bon retour parmi nous, Cash. Vous serez avec moi aujourd'hui. On a eu un appel des forces du West Yorkshire. Soyez prête à partir dans cinq minutes.

— Oui, cheffe, répondit Dani, fourrant son sac dans son casier.

— Cooke, vous m'avez l'air un peu humide, dit Barnsdale. Je suggère que vous vous séchiez un peu et, après, vous vous occuperez des deux PV de la semaine dernière que j'attends toujours.

Barnsdale traversa la pièce avant d'aller s'enfermer dans une des cabines de W.-C.

— Oui, cheffe, répliqua Cooke tout en prenant une poignée de serviettes en papier. J'te lâche pas, toi, souffla-t-elle à Dani. Et t'oublie pas d'embrasser Mat pour moi, on a tous tellement hâte qu'il revienne parmi nous.

Dani s'écarta et attrapa Cooke par le col.

— Va te faire foutre, dit-elle avant de la repousser et de quitter les vestiaires.

8

Treize mois après le meurtre de Nick et Simon, Abigail Langdon et Josie Fairchild avaient été condamnées. Durant le procès, aucune des filles n'exprima le moindre remords. Elles avaient tué ces garçons, à la veille de leurs quatorze ans, de la plus inhumaine des manières.

Il fut démontré que les filles avaient attiré Nick et Simon dans les bois. Je ne crois pas que je comprenais grand-chose de ce qui se disait au tribunal, mais je fus cité à comparaître en vidéo. Je me souviens qu'on m'avait demandé si j'avais vu les filles embrasser les deux garçons quand ils traversaient le Common. J'avais ressenti une irrépressible envie de rire en entendant cela mais, comprenant que c'était sérieux, j'avais simplement secoué la tête.

Il ne me fut jamais demandé de faire le récit de la découverte des corps. Des photographies furent placées parmi les pièces à conviction mais on exigea de la presse qu'elle taise les détails les plus choquants.

Par cette affreuse journée d'été, j'avais dévalé la colline et, dans ma panique, je m'étais perdu. Au lieu de courir chez moi, j'avais cavalé au hasard dans les bois et m'étais retrouvé à St. Marnham. J'avais couru jusqu'au petit étang au centre du village. Hors d'haleine, confus, je m'étais laissé tomber au sol. Agenouillé dans l'herbe, j'avais sangloté jusqu'à ce qu'une paume se pose sur mon épaule. Je m'étais levé d'un bond. Un homme se tenait près de moi, me tendait la main. Je l'avais regardé et j'avais crié. Crié que mon frère était mort, mort dans les bois. Il m'avait dit de ne pas bouger, le temps qu'il parte à toutes jambes vers les maisons surplombant l'étang. Voulant à tout prix fuir, je m'étais remis à courir, moi aussi, cette fois le long de la route reliant St. Marnham à Haddley.

Je sais aujourd'hui que ça fait à peu près un kilomètre cinq et, sous la chaleur intense de cette journée d'été infernale, j'avais commencé à flancher. Incapable d'aller plus loin, je m'étais effondré sur le bas-côté et m'étais roulé en boule. Du haut de mes huit ans, j'avais eu le sentiment de rester seul au bord de la route des heures durant, mais il n'avait sans doute fallu que quelques minutes pour qu'une voiture de police surgisse. Tandis qu'on me ramenait à Haddley, j'avais été pris de tremblements sur la banquette arrière : j'allais devoir dire à ma mère ce que j'avais vu.

Trois jours plus tard, les filles avaient été arrêtées et mises en examen. On avait trouvé leurs vêtements ensanglantés fourrés sous le lit d'Abigail Langdon. Au moment de leur condamnation, leur identité avait enfin été révélée au public. Sur les photos de leur arrestation, on les voit sourire bêtement à l'objectif, avec un air absolument indifférent à tout. Tueuses aux pratiques sadiques, elles étaient devenues le visage de la haine, symbole d'une jeunesse dépravée.

Immédiatement après le verdict, elles avaient été emmenées dans deux centres distincts de haute sécurité pour mineurs. Pendant le trajet, le véhicule transportant l'une des filles avait été attaqué par un bloc de béton lâché depuis un pont autoroutier. Il avait fallu fermer les routes à la circulation pour que leur transfert reprenne en toute sécurité. Le Premier Ministre, à qui l'on demandait de commenter l'événement, en avait appelé au calme ; cependant son message rappelant la solidité des valeurs familiales avait été noyé dans une soif nationale de vengeance.

Le surlendemain du meurtre de Nick, mon père s'était présenté chez nous. Ma mère avait accepté son droit à partager notre peine et l'avait laissé revenir dans le foyer qu'il avait quitté quand j'avais tout juste trois ans.

Dans l'intervalle, il avait fait quelques apparitions éparses, se pointant inopinément avec des cadeaux à côté de la plaque qu'il présentait avec un enthousiasme surjoué. Trois semaines après mon septième anniversaire, je l'avais trouvé un soir, en rentrant de l'école, assis sur un banc, en lisière du parc. Il m'avait fait signe de venir et avait exhibé un maillot enfant de l'équipe de Chelsea. Mon ingratitude l'avait agacé, à la longue, et Nick l'avait pris à part pour lui expliquer que nous supportions Brentford, et non Chelsea.

— Comment il peut ne même pas savoir ça ? avais-je demandé à Nick le soir, tandis que nous faisions nos devoirs à la table de la cuisine.

— Ça fait longtemps qu'il est parti.

— Mais on a toujours soutenu les Bees.

— Je sais, avait répondu Nick. Et, la semaine suivante, ils m'avaient emmené voir un match de Brentford, avec maman – je n'ai jamais porté ce maillot de Chelsea.

En revenant à la maison, je pense que mon père avait apporté à ma mère un peu de réconfort passager. Face à une douleur si vive, tout ce qu'ils avaient vécu auparavant avait brièvement été oublié. Mais je ne le connaissais pas. Avec lui, j'étais toujours ce môme de trois ans guettant à la fenêtre le retour de son père qui s'était absenté quelques jours pour le travail. C'était après un autre de ces déplacements professionnels qu'il avait disparu, et cela, je ne le lui pardonnerai jamais. Quatre jours après l'enterrement de Nick, il était parti.

La première année fut un calvaire pour ma mère. Le deuil d'un fils qu'elle adorait, la traversée d'un procès criminel et le battage médiatique qui s'ensuivit : je me demande souvent comment elle a survécu à cette année. Son chagrin dut être au-delà de tout et je me rappelle notre désolation, assis dans la cuisine, face à la chaise de Nick, vide. Au dîner, ma mère chipotait dans son assiette, avalant trois fois rien. Tous les soirs, au moment de lui dire bonne nuit, je sentais ses os contre les miens et je n'osais pas la serrer trop fort contre moi de peur qu'elle ne se brise.

Pendant qu'elle se débattait avec le deuil et, comme elle me le raconta plus tard, tâchait de survivre heure après heure, pas plus loin, elle s'efforçait simultanément de me ramener dans le monde. J'avais sans cesse besoin qu'on me rassure sur ma propre sécurité, qu'elle me confirme qu'elle était là pour me surveiller. Dans les semaines qui suivirent la mort de Nick, sortir de la maison me terrorisait. Je ne tolérais pas que ma mère soit hors de ma vue un seul instant. Tous les soirs, elle s'allongeait à côté de moi le temps que je m'endorme, y trouvant sans doute autant de réconfort que moi. Je ratai l'école jusqu'aux vacances suivantes, mais pendant les semaines précédant Noël, je me mis à rattraper les cours à domicile. Puis, un matin de janvier verglacé, Holly et Michael, mes meilleurs amis pour la vie, vinrent chez moi accompagnés de leurs mères. Tenant fermement la main de la mienne, je longeai le Common, puis suivis le fleuve jusqu'à mon école primaire située au-delà du pont de Haddley. À mi-chemin, au bord de la Tamise, Michael se mit à courir et je consultai ma mère du regard. Elle me lâcha la main et, avec Holly, nous le poursuivîmes. Après quelques secondes, je me retournai pour faire signe à ma mère, qui marchait bras dessus bras dessous avec ses deux amies.

À la fin de chaque journée, elle m'attendait devant l'école et nous rentrions ensemble. Je continuais d'éviter d'aller ailleurs qu'à l'école ou à la maison. Ma passion pour le Common s'était envolée, et même la perspective d'aller taper la balle avec les copains ne parvenait pas à me décrocher de la table de la cuisine.

Dans les mois qui suivirent le verdict, la couverture médiatique commença à faiblir et ma mère essaya de me convaincre de reprendre une vie de petit garçon de dix ans. « Pourquoi on ne retournerait pas voir jouer Brentford ? » proposait-elle régulièrement. Le club était bien moins glamour que les mastodontes londoniens, mais Nick et moi le supportions depuis tout petits, nous en avions fait notre club familial. Nick avait beau être davantage porté sur le rugby, nous adorions aller tous les trois au stade. J'étais toujours un grand fan de foot mais, sans Nick, je refusais coûte que coûte de retourner voir un match. Il fallut que les Bees soient premiers de leur championnat et au bord de monter en ligue supérieure pour que l'excitation l'emporte. Un vendredi soir, ma mère me fit la surprise de rentrer avec deux billets pour le match du lendemain.

Le jour dit, je pris ma mère dans mes bras à chaque but marqué par Brentford – et il y en eut –, et pour la première fois un soupçon de la vie d'avant la mort de Nick refit surface. Tandis que nous quittions le stade, je discourais sur la partie, main dans la main avec ma mère, commentant sans relâche les buts que nous venions de marquer. J'étais hyper-impatient de savoir quand nous pourrions revenir, et je me suis toujours dit que c'était ce jour-là que ma mère avait su que ça irait.

Il fallut encore une année, mais nous commencions plus ou moins à trouver un rythme à nos vies. Ma mère adorait son nouveau boulot, et moi je me débrouillais à l'école et j'intégrai l'équipe de foot des moins de quatorze ans de Brentford, puis des moins de seize. Toutes ces années qui suivirent la mort de Nick, ma mère œuvra patiemment pour reconstruire sa vie. Avec le soutien de quelques amis proches et de voisins, elle s'obligea à voir du monde, à tester de nouvelles choses. Je pleurai de rire le jour où elle me montra ses progrès en poterie. J'ai toujours la tasse bancale qu'elle peignit pour moi aux couleurs des Bees. Elle adorait les cours de cuisine qu'elle suivait à Hampstead, dont elle rentrait systématiquement par la lande avec ses nouveaux amis. Une belle soirée printanière avait même mené à une trempette dans le fameux étang ouvert à la baignade mais, après un rhume carabiné, elle jura qu'on ne l'y prendrait plus.

Quoi qu'elle fît et malgré tout le soutien qu'elle recevait, je savais qu'il n'y avait pas un instant où elle ne se sentait pas incroyablement seule. Certains jours, le simple fait de franchir la porte représentait un effort considérable. Traverser le parc pouvait se révéler insurmontable ; se confronter au monde, une épreuve coûteuse. Mais, dans tout ce qu'elle faisait, je voyais qu'elle était déterminée à relever certains défis, que rien ne la ferait dévier de cet objectif.

Pour ma mère, la mort de Nick, c'était la perte insurmontable d'un fils tant aimé. Pour moi, c'était la disparition d'un superhéros d'une patience sans égale. Que ce soit à la table de la cuisine où il m'apprenait à lire, quand il m'enseignait l'art du penalty ou quand je le regardais, admiratif, plonger du tremplin le plus haut, j'avais toujours vu en Nick ce que je voulais devenir. Après sa mort, ma mère se débrouilla pour combler ce vide. Elle passa un temps fou à me protéger, tout en m'aidant à débusquer les meilleures opportunités qu'offre la vie. Elle me poussa d'un bout à l'autre de ma scolarité et vint m'applaudir, quel que soit le score, à chacun de mes matchs. Transie d'être restée plantée au bord de la pelouse dans le froid humide, elle écoutait attentivement mes analyses post-match tandis que je revivais chaque seconde de la partie en mordant énergiquement dans un Big Mac accompagné d'une portion de frites géante.

J'obtins des notes correctes au lycée et, dix ans après la mort de Nick, entrepris un cursus à l'université de Manchester. À la rentrée de la deuxième année, j'emménageai dans une maison non loin du campus, que je partageais avec quatre copains. Un soir, alors que je m'apprêtais à sortir en ville, je reçus un appel de ma mère sur mon portable. Elle était désemparée. Elle venait de recevoir la visite d'un policier. On l'informait qu'Abigail Langdon et Josie Fairchild allaient recouvrer la liberté sous de nouvelles identités.

Le meurtre de Nick et de Simon leur avait valu onze années derrière les barreaux.

Elles furent libérées six mois avant la mort de ma mère.

9

Chez moi, dans l'entrée, se trouve la photo de Nick que ma mère préférait. Elle datait du dernier semestre de cours ; Nick avait égaré sa cravate d'uniforme après un match de cricket à la pause de midi. Il en avait emprunté une à un copain juste pour la photo et s'était fait un nœud gigantesque. Sur cette image, ses cheveux bruns sont coupés court, et un large sourire éclaire tout son visage. Cette photo, ma mère l'adorait. La joie absolue de Nick en cette fin d'année scolaire, à l'approche de la longue plage de vacances estivales. Je m'arrête devant le cliché et l'observe. Face à ses yeux lumineux et rieurs, je suis obligé de me détourner.

Je sors, déambule devant la maison sous un soleil radieux. J'ai dans l'idée de traverser le parc, un peu d'air frais m'aidera sans doute à dissiper les brumes qui m'assaillent. Mais voyant débouler un véhicule de police au coin de Lower Haddley Road, je me fige. Mon estomac chavire.

Je patiente devant le muret qui ceint mon jardin et suis des yeux la voiture qui vient s'arrêter pile le long dudit muret. Deux personnes en sortent, dont l'une en civil.

— Monsieur Harper ? Monsieur Benjamin Harper ? demande la femme côté passager.

Ses cheveux, excessivement tirés et plaqués en arrière, lui donnent ce que l'un des pigistes du site appelle le « lifting du pauvre ».

— Lieutenante Lesley Barnsdale, se présente-t-elle en me tendant la main. Je me demandais si nous pouvions discuter au calme quelques instants ?

Son acolyte en uniforme fait le tour du véhicule.

— Et voici l'agente Daniella Cash.

Je souris à Cash, qui me renvoie un sourire plein d'empathie. Elles savent déjà qui je suis.

— En quoi puis-je vous aider ? dis-je à Barnsdale.

La réponse fuse :

— Ce serait plus simple si nous pouvions en parler à l'intérieur.

Je soupire.

— Bien entendu.

Je les fais passer au salon. C'est une pièce dont je me sers rarement : bien que je l'aie réaménagée, cette partie de la maison me semble toujours appartenir à ma mère.

— Asseyez-vous, proposé-je en désignant les fauteuils de part et d'autre de la cheminée, ceux que ma mère a choisis il y a plus de vingt ans. En quoi puis-je vous aider ? répété-je, après une plage de silence gênante. Je suis un petit peu pris par le temps.

— Nous allons tâcher de ne pas vous retenir trop longtemps, dit Cash, dont quelques boucles blondes se font la malle sous son calot sévère.

Remarquant mon regard, elle tente, mal à l'aise, de les remettre en place.

— Nous voulions vous parler, continue Barnsdale qui s'efforce de faire preuve de délicatesse, d'un sujet concernant votre histoire familiale.

— Je vois, réponds-je platement.

— Nous devons vous poser quelques questions, reprend Barnsdale, à propos d'un incident qui s'est produit ces dernières quarante-huit heures. La police du West Yorkshire enquête sur une mort inexpliquée qui a eu lieu près de Leeds. À cette heure, ils essaient d'établir les circonstances entourant le décès de cette femme.

— Vous pensez qu'elle a été assassinée ? dis-je en me souvenant de la brève lue sur Internet.

— On ne peut encore rien confirmer, mais c'est une possibilité, répond Cash qui échoue à décrypter le regard de sa cheffe.

De toute évidence, on lui signifiera si sa contribution est souhaitée.

— La police locale n'a pas clos son enquête, poursuit la lieutenante, mais ils ne peuvent exclure une mort suspecte, à ce stade.

— Et en quoi cela me concerne-t-il ?

— Après la découverte du corps, on a procédé à une fouille minutieuse du domicile de la victime, qui a révélé, dissimulées sous une latte du parquet du salon, des lettres reçues par la victime. Nous croyons, monsieur Harper, que ces courriers ont été envoyés à la victime par votre mère.

— Par ma mère ? m'exclamé-je d'une voix trahissant mon étonnement. Vous savez pourtant qu'elle est morte il y a bientôt dix ans.

— Oui, nous le savons, dit Barnsdale, et nous en sommes sincèrement désolées. Toutefois, nous avons tout lieu de croire que ces lettres ont été rédigées durant les semaines ayant précédé son décès. Sauriez-vous me dire quelles raisons votre mère aurait pu avoir d'écrire à une femme vivant dans la ville de Farsley, non loin de Leeds, il y a dix ans et demi ?

Je secoue la tête.

— Je regrette, non. Aucune, mais aucune idée.

— Elle ne parlait jamais de…

Barnsdale marque une pause, avant de reprendre avec une question :

— Monsieur Harper, connaissez-vous une femme du nom de Demi Porter ?

Les deux policières me regardent, pleines d'espoir, et je leur renvoie un regard vide.

— Non, désolé. Jamais entendu ce nom. Si c'est à elle que ma mère écrivait, j'ignore totalement qui ça peut bien être. Je regrette, je ne peux vous aider davantage.

— Vous êtes catégorique, ce nom ne vous évoque rien ? insiste Cash en plantant ses yeux dans les miens.

— Certain, oui. Je vous l'ai dit, je n'ai jamais entendu ce nom de ma vie. Mais des tas de gens écrivaient à ma mère et il lui est arrivé de répondre à certains d'entre eux. En particulier à cette époque-là. Vous l'ignorez peut-être, mais ça correspond *grosso modo* au moment où les filles qui ont tué mon frère sont sorties de prison.

Les policières échangent un regard dont la teneur m'échappe.

— Nous savons que beaucoup de gens cherchaient à correspondre avec votre mère, reprend la lieutenante. Mais les lettres qu'on a découvertes près du cadavre de cette femme sont d'un autre ordre.

— C'est-à-dire ? Vous pourriez me donner une idée de leur contenu ?

Cash s'apprête à parler mais la lieutenante la coupe, ignorant complètement ma question.

— Monsieur Harper, êtes-vous bien certain que votre mère n'a jamais évoqué des connaissances, quelqu'un qu'elle aurait connu à Farsley, ou encore à Leeds, ou dans les environs ?

— Pas avec moi, dis-je en pesant mes mots. Je ne crois pas avoir grand-chose d'autre à vous dire.

J'ouvre la porte, leur signifiant leur congé.

— Vous êtes sûres que les lettres sont de la main de ma mère ?

— Aussi sûres qu'on puisse l'être à ce stade de l'enquête, rétorque Barnsdale, sans se lever. La lecture de ces courriers nous apprend que votre mère s'adressait directement à la victime. Monsieur Harper, je suis dans l'obligation de vous dire que la personne à laquelle votre mère écrivait… Demi Porter n'était pas son nom de naissance. C'était Abigail Langdon.

II

« Ce pourrait être ma chance de découvrir cette vérité à laquelle ma mère aspirait tant. »

10

Depuis le seuil du salon, Holly Richardson observait sa fille de quatre ans, Alice, qui riait de voir Peppa Pig sauter d'une flaque boueuse à une autre. Face au spectacle de l'enfant, avec ses douces boucles tirant sur l'auburn lui arrivant aux épaules, Holly résista à l'envie de se précipiter dans la pièce, de la saisir au vol et de filer sans même un regard en arrière. Au lieu de quoi elle referma sans bruit la porte et monta sur la pointe des pieds les trois volées de marches menant au grenier.

Arrivée dans les combles de la maison qu'elle partageait avec son mari Jake et leur petite fille, Holly sentit son ventre se nouer. Elle ouvrit la porte du grenier, se répétant qu'elle n'avait rien à craindre. La porte donnant sur la rue était fermée à clé – elle l'avait vérifié à deux reprises mais se surprit néanmoins à s'assurer que la clé était bien dans sa poche tandis qu'elle pénétrait dans la pièce.

L'air empestait la moisissure et Holly porta la main à sa bouche. Sans bouger, elle étudia le chaos de mobilier au rebut, de machines de sport inutilisées – un héritage de bonnes intentions – côtoyant des cartons de décorations de Noël et même un barbecue mangé par la rouille. À l'autre bout de la pièce, tout là-bas dans un coin, gisait le secrétaire à volet roulant depuis lequel Jake avait brièvement géré une affaire familiale florissante – elle avait fait long feu, étouffée par l'ambition et désormais noyée sous une épaisse couche de poussière. Holly commencerait ses recherches par là.

Un canapé rouge fané, apporté par Holly il y avait sept ans de cela lorsqu'elle avait épousé Jake, lui barrait la route. Elle le contourna et son cœur se serra à la vue de la cicatrice courant le long de son dos, témoin d'une réparation soigneuse. Sa mère avait recousu le tissu à la main, qui s'était déchiré alors qu'ils montaient péniblement le canapé dans une étroite cage d'escalier. Holly se moquait bien que son petit studio soit coincé sous les toits, au-dessus d'un bar : pour la première fois, elle avait un chez-soi. Sa mère ne parvenait pas à comprendre pourquoi sa fille avait été si déterminée à louer ce qu'elle-même avait toujours décrit comme « un zéro pièce minable » mais, aux yeux de Holly, ça représentait l'indépendance. Elle avait tant d'amis qui étaient partis de chez eux, et ç'avait été sa chance de larguer les amarres.

Pour dégager le passage, elle poussa vers la fenêtre le canapé qui alla cogner le berceau d'Alice. Il bascula en avant et Holly plongea par-dessus le canapé pour empêcher qu'il ne s'écrase au sol. Elle le reposa précautionneusement contre le mur, en profitant pour le caresser doucement. Elle songea à la première nuit où elle avait installé Alice dans sa propre chambre : elle avait passé la majeure partie de la nuit couchée par terre auprès de sa fille.

À côté du berceau se trouvait la chaise haute d'Alice, avec son plateau rayé et ses motifs de ballons dont les couleurs avaient perdu de leur éclat.

Le berceau et la chaise qu'ils avaient gardés dans l'optique d'un second enfant, mais Holly, tout en refermant le clip du harnais de la chaise, savait bien que cet autre enfant ne verrait jamais le jour.

Avançant dans la pièce, elle trébucha contre une pile de cartons renfermant de vieux vêtements et le linge de lit que la mère de Jake leur avait offert peu après leur mariage, qui n'avait pas servi. Jake avait accepté de bon cœur ce cadeau, mais n'avait jamais autorisé Holly à ne serait-ce qu'ouvrir l'emballage. Il refusait catégoriquement qu'on leur fasse l'aumône. Ils n'avaient nul besoin que ses parents leur refilent leurs vieux machins. Il avait eu la même réaction au sujet de l'armoire ancienne en bois brut tristement remisée là-haut, face au secrétaire. Que d'énergie il leur avait fallu mobiliser pour la hisser dans l'étroit escalier et la traîner dans le grenier ! Ils en étaient sortis dégoulinants de sueur et, voyant leur état réciproque, étaient partis d'un grand fou rire. Ils n'étaient pas mariés depuis un mois ; ils avaient ôté leurs habits trempés et avaient fait l'amour à même le sol dans le grenier. Holly se souvenait d'avoir regardé le corps sinueux de Jake dans la glace de la porte de l'armoire mais, à présent, s'observant dans le miroir terni, ses cheveux blond cendré, sa queue-de-cheval lâche, sa frange bancale flirtant dangereusement avec les années 1970, elle avait du mal à convoquer la passion qui avait brièvement embrasé leur mariage.

Elle écarta un vélo d'appartement dépourvu de selle d'un geste brusque, avant de tirer le fauteuil qui conférait au bureau de Jake une touche évoquant davantage Dickens qu'un lieu de business du XXIe siècle. Le volet du meuble était verrouillé. Perchée au bord du siège, elle tira de sa poche un petit canif et trifouilla la serrure. Il y eut du jeu, mais elle resta fermée. Holly appuya plus fort et la lame dérapa, laissant une mince rayure à la surface. Elle se lécha le pouce et goûta à la poussière de la pièce avant de frotter vigoureusement la marque.

Une marche avait-elle craqué dans l'escalier ? Sursautant, elle jeta un regard derrière son épaule.

— Alice ? dit-elle doucement, mais elle n'obtint pas de réponse.

Comme elle détestait avoir si peur dans sa propre maison…

Elle reporta son attention sur le grenier. Il fallait qu'elle accède au contenu de ce secrétaire. Elle glissa de nouveau le canif dans la serrure. *Clic*. La serrure avait fini par céder et elle put relever le volet. À l'intérieur, des piles de papiers sans fin : des quittances de l'entreprise de Jack, des factures non acquittées, des relevés d'imposition. Holly attrapa une première pile et passa les feuilles en revue. Une deuxième, une troisième suivirent, avant qu'elle ne retire le dernier tas. Derrière, deux autres planches couvertes de paperasse. Holly sentit la panique monter, lui enserrer la poitrine. Alice n'allait pas tarder à l'appeler. Elle fourragea furieusement dans le restant des documents ; son mari n'avait clairement jamais rien jeté, pas un papier ne manquait à l'appel depuis la création de la société. Si seulement il avait su faire le tri !

Parvenue au fond du dernier rayonnage, elle sentit un sachet plastique froissé qu'on avait poussé tout au bout. Elle l'extirpa du meuble et découvrit un vieux sac de supermarché orange, un objet déjà anachronique. Dedans, une toute petite grenouillère de bébé. Elle mit le sachet de côté et étala sur ses genoux le minuscule habit tout simple brodé d'un lapin. Elle redressa les manches et les jambes, lissa le tissu jusqu'à ce qu'il n'y ait plus un pli.

De toute évidence, ce pyjama n'avait jamais appartenu à Alice.

Avec ses quatre kilos cinq à la naissance, sa fille ne serait jamais rentrée là-dedans. C'était une tenue poids plume. Holly leva le vêtement devant ses yeux et l'examina sous toutes les coutures. Il n'avait presque pas été porté. Submergée par l'envie irrépressible de respirer l'odeur d'un nouveau-né, elle y enfouit son visage. Mais l'odeur du bébé inconnu auquel il avait un jour appartenu s'était depuis longtemps évaporée. En revanche, le tissu avait absorbé une humidité poisseuse, tout ce temps qu'il était resté dissimulé dans le secrétaire de Jake, qui lui chatouilla la gorge et lui arracha une quinte de toux.

Réinstallant le pyjama bien à plat sur ses genoux, Holly s'interrogea : depuis combien de temps était-ce caché là ? Avec des gestes maternels, elle ferma les trois minuscules boutons-pressions, jusqu'au col, avant de caresser du bout des doigts la cotonnade.

Elle eut un coup au cœur.

Un *ra-ta-tat-tat* frappé sur la porte de la maison. Elle se figea.

Puis de nouveau.

Ra-ta-tat-tat.

Ra-ta-tat-tat.

11

Le cœur battant, Holly fourra précipitamment le vêtement dans le sac et le poussa au fond de l'étagère. Ensuite, elle rangea les piles de papiers dans le secrétaire, dont elle descendit le volet et guetta le cliquetis de la serrure se refermant.

De nouveau, on martelait la porte. Elle examina la pièce en toute hâte, en quête de traces trahissant sa présence. Tandis qu'elle traversait le grenier en trombe, sa manche se coinça dans la poignée de l'armoire et elle dut s'immobiliser le temps de se dégager. Elle s'exhorta au calme. Tâter la clé au fond de sa poche la rassura un instant. La porte ne s'ouvrait pas de l'extérieur. Elle savait qu'il aimait que les portes soient fermées à clé pour qu'Alice et elle soient en sécurité. Elle n'aurait qu'à lui dire qu'elle était aux toilettes.

Sur ces entrefaites, la sonnerie retentit et son cœur cavala de plus belle.

Elle grimpa par-dessus le dossier de son vieux canapé pour jeter un œil par le petit vasistas. Se haussant de son mieux en s'agrippant au rebord de la fenêtre, elle parvint à voir le sentier en bas. Un livreur en uniforme se tenait sur le seuil, un paquet dans les mains. Garée devant la maison, une camionnette blanche floquée des lettres PDQ sur le flanc.

Respirant un grand coup pour se calmer, elle observa l'homme qui reculait. Il tenait toujours le paquet.

Elle ouvrit la fenêtre.

— Désolée ! cria-t-elle. Je suis en haut. Au grenier. Je descends tout de suite.

Tandis qu'elle dévalait les marches quatre à quatre, son rythme cardiaque ralentit. Elle tourna la clé dans la serrure, actionna la poignée et fut soulagée, en ouvrant la porte, de se retrouver nez à nez avec le visage buriné de Phil Doorley, le propriétaire de la société de livraison PDQuick.

— Bonjour, madame Richardson, dit Phil en lui tendant le colis.

— Désolée de vous avoir fait attendre. Comme je disais, j'étais à l'étage. Je ne prends jamais le temps de vraiment ranger. Avec Alice, je n'ai pas une seconde à moi, dit-elle à toute allure. J'aurais su que c'était vous, je serais descendue immédiatement.

— Pas de souci, dit-il en lui présentant un reçu à signer.

— Laissez-moi simplement mettre ça dans l'entrée, fit-elle en reculant d'un pas pour déposer le paquet au pied de l'escalier, avant de revenir signer le carnet à souche. Je n'ai rien commandé. Je me demande bien ce que ça peut être.

— Une agréable surprise, sans doute, répliqua Phil qui, ayant récupéré le reçu, tournait déjà les talons.

— Merci encore d'avoir patienté.

— Pas de quoi, ajouta Phil avec un petit salut de la main.

Phil Doorley ne semblait pas homme à s'en faire dans la vie, songea Holly. Il avait été en cours avec Jake, avant de suivre une formation de professeur et de revenir enseigner au lycée de Haddley. Trois années après ce retour sur les bancs, il avait décidé que l'enseignement n'était pas fait pour lui et, bientôt, elle avait appris qu'il avait monté une affaire de livraison dans les environs. Elle le voyait souvent, naviguant entre Haddley et St. Marnham, toujours un « Bonjour » spontané aux lèvres, semblant mener sa barque avec aisance dans le monde.

Debout dans le vestibule, elle le regarda regagner son véhicule et lui retourna son salut quand il démarra. Elle referma la porte, donna un tour de clé et, quand elle eut entendu le double-clic du pêne, lâcha un soupir de soulagement. Vidant l'air de ses joues, elle se frotta le visage tout en se dirigeant vers le salon. Elle ne pouvait plus vivre ainsi.

Elle se laissa tomber sur le canapé à l'instant même où son téléphone vibrait.

Elle cliqua sur le message.

Tu sais ce qui arrive aux petites fouineuses.

12

— Je suis content qu'elle soit morte, dis-je à Barnsdale tout en reculant d'un pas pour m'adosser au mur du salon.

Le noir se fait autour de moi et je porte la main à mon front. Mon corps est secoué de tremblements, je sens que Barnsdale m'observe. Je me force à respirer.

L'agente Cash bondit aussitôt sur ses pieds, sa main vient doucement se poser sur mon avant-bras et me guide à travers la pièce.

— Venez vous asseoir.

Et tandis que nous avançons à pas mesurés vers le fauteuil que préférait ma mère, elle ajoute :

— Évidemment, c'est un choc pour vous.

Je baisse la tête et nous restons un moment assis en silence, pendant que mon cerveau mouline désespérément pour comprendre ce que les policières sont en train de me dire. On a assassiné Abigail Langdon à l'approche du dixième anniversaire de la mort de ma mère. Les semaines qui ont précédé sa mort, ma mère a correspondu directement avec elle. Aucun de ces deux faits n'a le moindre sens, pour moi.

— J'espère que ça a été brutal, dis-je en regardant Barnsdale.

La rage qui monte en moi, même après toutes ces années, est sans filtre. Je fais en sorte de ne jamais penser à ces filles. Ressentir une haine de cette ampleur, ça vous dévore. Barnsdale ne semble pas surprise.

— Monsieur Harper, prenez votre temps, dit-elle d'un ton neutre. Un choc de cette nature peut être difficile à encaisser.

— Pourquoi serait-ce un choc, d'apprendre qu'elle est morte ?

Je me suis relevé brusquement, mais mes jambes se sont dérobées. Cash fait un pas dans ma direction mais j'ai retrouvé mon équilibre.

— Abigail Langdon était l'une des personnes les plus haïes de Grande-Bretagne. Elle a passé une bonne partie de son existence incarcérée pour meurtre sur mineurs. Il n'est guère difficile d'imaginer quelles devaient être ses fréquentations depuis sa libération. Le seul choc, c'est que ce ne soit pas arrivé plus tôt.

— Monsieur Harper, répond Barnsdale, toujours immobile sur son siège, soyez assuré que toutes les pistes entourant le décès d'Abigail Langdon seront explorées durant nos investigations. Il nous faut toutefois comprendre la raison pour laquelle votre mère écrivait à la défunte et, plus urgent, comment elle avait obtenu ses coordonnées. Ces lettres nous apprennent que cela fait plus de dix ans que sa nouvelle identité en tant que Demi Porter était compromise.

— Compromise par quelqu'un qui vivait dans cette maison, complété-je, reprenant le fil de ma réflexion et reliant les points pour la lieutenante.

— C'est ce qu'il semble, oui.

— Puis-je voir ces lettres ?

— Je crains que non. Ce sont des pièces à conviction dans une enquête criminelle.

— Dans ce cas, je crois que je n'ai plus rien à ajouter, dis-je de manière assez discourtoise.

Cash consulte sa cheffe du regard.

— Nous avons bien conscience que tout ceci est très compliqué pour vous, attaque celle-ci. Tout ce que nous attendons de vous, aujourd'hui, c'est que vous nous aidiez. Nous essayons de comprendre comment votre mère a pris contact avec Abigail Langdon, et pourquoi.

— Sans connaître le contenu de ces lettres, il est quasiment impossible que je le devine, je me trompe ?

— Ce n'est pas que nous refusons de partager ces informations avec vous personnellement, répond prudemment Cash, mais nous détesterions voir la moindre bribe d'information fuiter dans la presse à ce stade. Cela pourrait nuire au bon déroulement de l'enquête.

— Sachant que vous travaillez pour le plus gros site d'infos en ligne du pays, renchérit Barnsdale.

— Lieutenante, j'ai vécu suffisamment d'histoires faisant les gros titres des journaux pour une vie entière. Soyez tranquilles, je ne souhaite aucunement faire la une, une fois de plus.

— Si vous acceptiez de revenir vous asseoir avec nous, alors peut-être que… propose Cash, la main sur le fauteuil de ma mère.

J'obtempère, puis me penche vers la lieutenante.

— Puisque vous ne pouvez pas me montrer ces lettres, pouvez-vous au moins me donner une idée de ce que ma mère cherchait auprès de Langdon ?

Cash observe sa supérieure qui lisse sa jupe crayon d'un geste mal assuré, aplanissant des pliures imaginaires, puis se lance :

— Ce que nous savons, pour l'heure, c'est qu'on a découvert deux lettres chez une femme connue sous le nom de Demi Porter. La première enveloppe est libellée au nom de Miss Porter mais contient une lettre qui s'adresse directement à Abigail Langdon. L'autrice dit être Clare Harper. Nous effectuerons une comparaison avec des échantillons de l'écriture de votre mère mais nous n'avons aucune raison de croire qu'il s'agit d'une contrefaçon. Elle affirme d'entrée savoir où se trouve Langdon mais n'avoir aucune envie de perturber sa nouvelle vie.

J'opine silencieusement.

— Votre mère, poursuit Cash, évoque la peine immense qu'elle a éprouvée en perdant un enfant d'une manière si inhumaine et demande sans détour pourquoi Nick et Simon Woakes ont été visés. Elle dit à Langdon qu'elle ne comprendra la douleur qu'elle a causée que quand elle sera mère à son tour.

Cash s'arrête un instant et se tourne vers Barnsdale, qui reprend le flambeau :

— Notre interprétation, c'est que cette première lettre avait pour but de créer un certain niveau de confiance avec Langdon. Elle insiste à plusieurs reprises sur le fait qu'elle ne compte pas révéler l'adresse ni l'identité de cette dernière. Elle termine en expliquant les conséquences que l'acte des deux jeunes filles a eues, pour elle, pour vous, au niveau émotionnel. Elle invite Langdon à lui faire part de l'impact que ça a eu sur sa propre existence.

Barnsdale plante de nouveau son regard dans le mien mais je reste muet.

— La seconde lettre, commence Cash en me surveillant attentivement, semble avoir été envoyée peu de temps après que votre mère a reçu une réponse à la première. Elle y parle de votre frère plus en détail – ce qui lui a été enlevé, la vie qu'il aurait pu avoir, selon elle. Elle continue en supposant que Langdon doit vivre constamment dans la peur, mais lui assure qu'elle n'a rien à craindre d'elle. Elle fait également référence à une demande qui devait se trouver dans la réponse de Langdon... Bien entendu, ce n'est qu'une interprétation et nous n'avons qu'une moitié de la discussion, mais il semblerait que Langdon ait exigé la somme de vingt-cinq mille livres en échange des secrets en sa possession.

— Vingt-cinq mille livres !

J'envoie valser le tabouret devant moi d'un coup de pied rageur.

— Pas croyable. Comment a-t-elle osé exiger de l'argent après ce qu'elle avait fait ?

— Votre mère a été on ne peut plus claire, elle n'avait pas l'intention de payer pour ces informations, fait Barnsdale. Monsieur Harper, auriez-vous en votre possession des lettres que votre mère aurait pu recevoir de Langdon ?

— Non, rien. À ce que je sache, rien, réponds-je en me remettant debout. Le culot qu'elle a eu, cette femme, de demander du fric ! Voilà qui confirme tout ce qu'on sait sur elle.

— C'est-à-dire ? demande calmement Barnsdale.

— C'est-à-dire que c'était elle, la meneuse. Que c'est sur son instigation que tout s'est passé, qu'elle a enrôlé Josie Fairchild, l'a attirée dans ses délires de malade mentale. Que c'était le diable en personne, dis-je, ma voix frisant avec les aigus sous le coup de la colère.

— Tout ça, ce sont des spéculations qu'on a lues dans la presse, ça ne nous aide pas, à l'heure qu'il est.

Langdon et Fairchild ont été condamnées à des peines similaires.

— Elle essayait d'extorquer du fric à ma mère ! Je devrais commencer par demander comment ça se fait qu'elle ait été libérée, déjà !

— Monsieur Harper, pour les événements atroces qui se sont déroulés ici à Haddley il y a vingt ans de cela, vous aurez toujours toute ma sympathie, ainsi que celle de la police municipale…

Je reste immobile, l'observe qui cherche ses mots.

— … mais Abigail Langdon a purgé sa peine et nous n'avons pas lieu de croire qu'elle a contrevenu aux conditions de sa libération anticipée durant les dix années écoulées. Depuis quelques années qu'elle vivait sous l'identité de Demi Porter à Farsley, une ville proche de Leeds, Langdon était parvenue à s'intégrer parmi la communauté locale. Elle était considérée comme une collègue sur laquelle on pouvait compter dans la supérette où elle était employée et louait un petit deux pièces en ville. Aujourd'hui, ce qui nous intéresse, c'est qu'une femme a été assassinée et que, d'après ce que la police du West Yorkshire a découvert, on ne peut pas exclure qu'il y ait un lien avec la mort de votre frère.

Le ton de Barnsdale n'est plus le même.

— Monsieur Harper, pouvez-vous me dire si vous vous êtes déjà rendu à Farsley ?

13

— Jamais. Question suivante.

— Dans le cadre de notre enquête, monsieur Harper, insiste Barnsdale, je suis dans l'obligation de vous interroger sur votre emploi du temps de ces dernières quarante-huit heures.

— Parce que je fais désormais partie des suspects ?

La lieutenante ne dit rien, attendant simplement que je lui réponde.

— Je n'ai pas quitté Londres et sa banlieue de tout ce temps. Soit ici, soit à Haddley, ou au travail. Hier soir, j'ai passé toute la soirée avec des amis. Des tas de gens pourront vous le confirmer, si vraiment c'est nécessaire.

— Je vous remercie, déclare aimablement la policière. Il se peut que nous vous demandions ces noms en temps voulu.

L'agente Cash pose la main sur l'accoudoir de mon fauteuil. Je retraverse la pièce et reviens m'asseoir.

Elle me demande :

— Avez-vous la moindre idée de la façon dont votre mère a pu découvrir la nouvelle identité de Langdon ?

— Aucune, non. Si j'avais su qu'elle était en contact avec elle, j'aurais fait tout ce qui était en mon pouvoir pour l'en empêcher.

— Par deux fois, ces dix dernières années, nous avons saisi la justice d'une demande d'injonction à l'encontre d'un média particulièrement peu scrupuleux pour empêcher la révélation de la véritable identité de Demi Porter.

— Ce n'était pas mon site, rétorqué-je.

Je me tiens coi un petit moment, m'efforçant de chasser Madeline de mes pensées, elle qui en sait tant sur mon histoire familiale, mais je ne cesse d'y revenir.

— Enfin, bref, lieutenante, ces injonctions sont largement postérieures à la mort de ma mère.

— Cela ne signifie en rien que la véritable identité de Porter n'était pas connue au sein d'un petit cercle de journalistes avant le décès de votre mère.

— Ça, je n'en sais rien. (Je croise le regard de Barnsdale.) Il y a dix ans, vos collègues ont conclu que ma mère s'était jetée sous les roues du train de huit heures six en direction de Waterloo.

Puis, baissant la voix et m'avançant vers elle :

— À l'époque, lieutenante, si j'avais su où se trouvait Langdon, je l'aurais tuée de mes mains.

Du coin de l'œil, j'aperçois Cash qui examine son reflet dans ses chaussures impeccablement cirées.

— À dire vrai, reprends-je, jusqu'à tout à l'heure, je n'avais aucune idée de l'endroit où pouvait se trouver Abigail Langdon ni du fait que ma mère avait pu la contacter. (Je me lève et rejoins la porte.) Je crois que nous en avons fini. Abigail Langdon était perverse, une enfant-tueuse. Des millions de gens souhaitaient sa mort. N'importe qui a pu percer sa couverture et, mis à part ces deux lettres rédigées il y a dix ans, rien ne relie sa mort à ma famille ou à Haddley, que je sache.

J'ouvre la porte du salon. L'agente Cash s'apprête à se lever mais Barnsdale ne bouge pas d'un pouce.

— Si vous voulez bien patienter juste un instant, monsieur Harper, dit-elle posément. Vous m'affirmez que rien ne relie directement ce meurtre à vous personnellement ni à Haddley, mais moi, j'ai bien peur du contraire.

14

J'essaie de comprendre ce que les deux femmes m'ont dit. Depuis que leur voiture s'est lentement éloignée, je suis resté planté là, en bordure du parc, le regard aimanté vers l'orée touffue des bois. Comme si tout ce qui était arrivé à Nick et Simon était encore en cours, à Haddley.

Je tourne les talons en direction du jardin des Cranfield.

— Mal au crâne ? m'interpelle Mr. Cranfield tandis que j'approche.

Je me sens comme un vilain garçon retournant sur les lieux de son crime. Je lui réponds que j'ai connu des réveils plus agréables.

— Tu n'es pas encore en train de nettoyer, quand même ? demandé-je alors que Mr. C. m'attrape vigoureusement par l'épaule pour me saluer. Rien de trop dégueu, j'espère, continué-je en jetant un œil aux massifs de fleurs de son jardin, me sentant honteux. Les choses m'ont un peu échappé, au boulot, hier soir.

— Ne t'en fais pas pour ça, j'avais dans l'idée de pailler les parterres aujourd'hui, de toute façon.

Je souris.

— Ça a l'air douloureux.

— C'est pas faux… Surtout pour mon dos. Mais ça va, toi ? demande-t-il en hochant brièvement la tête vers Lower Haddley Road, où Barnsdale et Cash sont prises dans une longue file de voitures à l'arrêt.

— Simple visite de courtoisie, j'imagine qu'on peut voir les choses comme ça, dis-je.

La vérité, c'est que je m'efforce encore de saisir ce qu'elles m'ont dit. Je m'assieds sur le muret de pierre qui borde le jardin de Mr. Cranfield, côté rue.

— Tu as l'habitude, à force, répond-il en venant se poser près de moi. Mrs. C. m'a rapporté que ta patronne t'avait demandé d'écrire un article pour l'anniversaire de la mort de ta mère ?

— J'ai refusé, mais depuis, c'est comme si les questions sans réponse se multipliaient.

Pendant que Mr. C. tape ses bottes pleines de terre contre le muret, je continue :

— Des questions que j'aurais dû poser dès le début. Simplement, je ne voulais pas m'y confronter. Et si je n'avais pas été à la hauteur ?

— Ne dis pas ça.

Mr. C. a parlé d'un ton ferme, en m'agrippant l'épaule. Je repense à ce que les flics m'ont appris.

— Est-ce que j'aurais dû insister davantage pour démêler ce qui s'est passé ? J'étais mieux placé que n'importe qui pour trouver les réponses qu'elle méritait, les réponses qu'elle cherchait si désespérément.

— On n'est certain que d'une chose, c'est que Clare aurait voulu que tu vives ta vie exactement comme tu l'as fait. Ne t'encombre pas de regrets, Ben.

J'observe la rue : les façades bien alignées, les jardinets impeccables. Impossible de deviner qu'une telle tragédie s'est déroulée ici. Qu'est-ce que j'ai raté ?

— Faut que je parle à Madeline, reprends-je. Si je lui dis que je vais lui écrire un papier, mais à ma façon seulement, ce pourrait être ma chance de découvrir cette vérité à laquelle ma mère aspirait tant.

Mr. C. me regarde avec gravité.

— Quoi que tu fasses, Ben, ça ne la fera pas revenir.

— Je le sais bien. Mais ma mère mérite mieux que nos regrets éternels. Elle était entourée de gens qui l'aimaient et la soutenaient. Elle n'avait aucune raison de se tuer. Pourquoi elle aurait fait ça ?

— J'aimerais pouvoir te répondre, Ben.

— Tu étais là. Tout le monde voulait l'aider, la soutenir. Malgré tout ce qu'elle avait enduré, elle faisait preuve de tellement de force et de dignité.

— Elle était étonnante.

— Sans elle, je n'en serais jamais arrivé là où j'en suis aujourd'hui. C'est sa force, sa détermination qui m'ont porté. Son suicide n'a aucun sens. Elle ne se serait pas tuée comme ça, sans même laisser un mot, sans que rien laisse deviner ce qu'elle s'apprêtait à faire.

— Sans un au revoir.

Les larmes me montent aux yeux, et je les ravale férocement.

— Je lui en voulais tellement, de m'avoir laissé, j'avais tellement peur de l'avoir déçue d'une manière ou d'une autre, que je n'ai jamais pris le temps d'y réfléchir, continué-je à voix basse, autant pour moi-même que pour Mr. C. Et si les choses ne s'étaient pas passées comme on le pense ?

La main de Mr. C. vient de nouveau se poser sur mon épaule.

— On ne peut jamais savoir ce que les gens ressentent au fond d'eux.

Nous restons assis là sans un mot, le regard perdu vers le parc, vers les bois.

Puis il me demande :

— Et comment vas-tu vivre le fait de te retrouver de nouveau en une des journaux ? Parce que ça va sans doute arriver.

— C'est ce que j'ai dit à Madeline. Que je n'avais aucune envie de m'exposer. Mais si c'est le prix à payer pour véritablement comprendre ce qui s'est passé, il faut peut-être que j'en passe par là.

Mr. C. hausse doucement les épaules.

— Il n'y a que toi qui puisses le décider.

— Qu'est-ce qui nous vaut cet état si méditatif ?

Nous tournons tous deux la tête. Mrs. C. débouche de la cuisine, une tasse de thé à la main.

— C'est pour moi ? demande Mr. C. qui se lève et attrape le mug.

— Je t'en prépare un, Ben ?

— Non, ça ira. J'ai déjà pris trois cafés ce matin, je suis en survoltage.

— Il était avec Min, hier soir, souffle Mrs. C. d'un ton de conspiratrice.

— On était toute une bande, mais on ne va pas rouvrir ce dossier.

Levant les yeux vers Mr. C., j'ajoute :

— Ta femme m'a sauvé la vie, avec son café bien chaud et son sandwich au bacon.

— Tu es sûr que tu ne veux pas que je t'en refasse ?

— Sûr.

— Dans ce cas, je rentre, je vous laisse discuter entre hommes, fait Mrs. Cranfield de dos tout en remontant l'allée. Et n'oublie pas, déjeuner dimanche, lance-t-elle en rentrant dans la maison.

Je regarde Mr. Cranfield, qui boit une gorgée de thé et m'observe, l'air pensif.

— Madeline m'a appris à repartir de ce que l'on sait et à tout reprendre de là.

Mr. C. acquiesce lentement.

— Le matin où ma mère est morte… elle m'a crié dessus et est partie en trombe. Pas de petit mot, rien qui laisse présager la suite. Puis elle a traversé le parc sans t'attendre, contrairement à tous les autres jours, c'est ça ?

Mr. C. opine.

— Au fil du temps, ta mère et moi avions pris cette habitude, sans que ç'ait jamais été formalisé, tu vois ?

Je souris sans rien dire, le laissant poursuivre.

— Mon train pour Richmond partait quelques minutes après celui de Waterloo, donc on allait à la gare à la même heure, en gros. On a fini par se synchroniser. Quand Clare sortait de la maison, c'était le signal : je disais au revoir à Mrs. C. et je partais, je la rejoignais sur le sentier juste à l'endroit où il tourne, à l'extrémité du bois. On avait dix minutes de marche jusqu'à la gare, pas plus. Il nous arrivait de parler boulot, mais la plupart du temps on parlait surtout de toi.

Je rougis légèrement, mais m'abstiens toujours de commenter.

— Une fois à la gare, elle se dirigeait vers son quai, et moi vers le mien. Souvent on se retrouvait l'un en face de l'autre, de part et d'autre des voies. Un petit salut au moment de monter dans la rame, tout au plus, et quelques minutes d'attente de mon côté.

— Et ce jour-là ?

Mr. Cranfield soupire.

— J'aurais voulu qu'il en aille autrement, mais ça, tu le sais, Ben.

Je l'observe qui s'éloigne en direction du Common. Et je le suis.

— Il n'y a pas grand-chose à dire. Comme j'avais accueilli un nouvel associé peu de temps avant, j'avais commencé à lever le pied, j'allais moins à la boutique.

Nous traversons le parc jusqu'au sentier que ma mère avait dû emprunter, ce matin-là.

— Je l'ai aperçue par la fenêtre du premier étage, je lui ai fait signe mais elle ne m'a pas vu. Elle devait se trouver à peu près ici. (Mr. Cranfield s'immobilise au milieu du chemin et se tourne vers sa maison.) J'ai ouvert la vitre pour l'appeler, j'ai crié que j'avais prévu de rester travailler au jardin ; un truc banal au sujet de la vie de retraité plus pénible que la vie de bureau.

— Et… ?

— Et c'est tout.

Mr. Cranfield se remet en marche, vers chez moi. Je le suis et lui demande :

— Elle a fait quoi, ensuite ?

— Elle a continué son chemin. Elle ne m'a peut-être pas entendu, je n'en sais rien. Est-ce que j'ai crié assez fort ? Elle avait peut-être la tête ailleurs.

— Mais aucun signe qu'elle t'ait entendu ?

— Non, aucun. Elle marchait tête baissée et ne s'est pas arrêtée.

— Tu t'es dit quoi, sur le moment ?

— Sur le moment, rien. C'est après, quand la police m'a posé toutes ces questions, les mêmes que tu me poses maintenant, que j'ai pris conscience que quelque chose clochait. Elle était perdue dans ses pensées, complètement ailleurs. J'aurais pu monter sur le toit avec un mégaphone qu'elle ne m'aurait pas entendu davantage.

15

Holly se leva d'un bond, jetant son téléphone sur le canapé d'un même geste. Comment était-ce possible ? Se pouvait-il qu'il l'ait vue ? Qu'il surveille la maison, d'une manière ou d'une autre ?

Son visage vira au cramoisi tandis qu'elle frottait ses paumes sur l'arrière de son jean.

Le téléphone vibra derechef.

Baissant les yeux, elle vit l'écran s'illuminer.

Ne gâche pas la surprise. N'ouvre pas
la boîte ! Bisou

Elle cliqua sur le second message et vit le nom de l'expéditeur.

Jake.

Elle souffla et se laissa tomber sur le canapé avec un rire nerveux.

— Tu as reçu un message, maman ? demanda Alice, détournant son attention de *Peppa Pig*.

— Oui. De papa.

Serrant le portable entre ses mains, elle comprit que le livreur avait dû envoyer un message à Jake sitôt le colis déposé. Elle voulut taper une réponse, ses mains tremblaient.

Je ne regarde pas, promis. À demain.
Je t'aime. H

La réponse de Jake ne se fit pas attendre.

Je vais rentrer tard. Ne m'attends pas.
Bisou

Elle ferma les paupières et, glissant le téléphone dans sa poche, laissa la vague de soulagement faire son effet. Elle aurait le temps de chercher plus tard.

Elle se pencha vers sa fille, passa ses doigts entre ses bouclettes, lui caressa la nuque.

— Il sera là, papa, pour ta fête ? demanda Alice.

— Bien sûr, voyons, c'est notre anniversaire de mariage, répondit Holly.

— C'est aujourd'hui qu'on va chercher ma robe spéciale à la boutique ?

— Oui. On pourrait aussi te prendre de nouvelles chaussures, qu'en dis-tu ?

— Celles avec les bouts dorés ! fit Alice, qui bondit pour se jeter au cou de sa mère. Allez, dis oui !

— Je ne promets rien. On verra s'ils les ont à ta taille. Elles sont très chères.

— Mais j'en ai besoin, moi, pour la fête !

Holly serra fort sa fille contre elle et ses pensées dérivèrent vers la minuscule grenouillère cachée dans le secrétaire, au grenier. Qu'était-il devenu, le bébé qui l'avait un jour portée ? Elle se souvint de sa propre joie et de son épuisement, lors des premiers mois passés avec Alice à la maison. Du peu de temps qu'il lui avait fallu pour comprendre qu'elle serait prête à tout pour assurer le bonheur de sa fille – et sa sécurité.

Elle savait qu'elle devait agir. Et qu'elles devaient fuir.

16

— Ben ! fait une voix enfantine.

Levant la tête, j'aperçois Alice Richardson qui arrive vers moi en courant sur le trottoir. À mon tour, je crie « Alice ! » et me baisse pour l'attraper et la faire voler dans mes bras.

— Je vais vous laisser, dit Mr. Cranfield.

— Si je comprenais ce qu'elle avait en tête, ce matin-là, Mr. C., je pourrais commencer à me faire une idée de ce à quoi elle pensait en arrivant à la gare de St. Marnham.

— Fais attention, Ben.

Il ne dit rien d'autre et, après une tape dans le dos, il quitte le parc, saluant Holly de la main au passage.

— Ben, dit Alice, les bras enroulés autour de mon cou. Maman et moi, on va m'acheter une robe pour sa fête de mariage.

— Tu veux dire son anniversaire de mariage.

— Et je vais aussi avoir des chaussures avec des bouts dorés.

— Magnifique, réponds-je, tandis que ma filleule m'attrape une mèche de cheveux.

— Ils sont tellement frisés, tes cheveux, Ben. Regarde, si je te coiffe sur le côté, tu ressembles à Zébulon le dragon.

Elle éclate de rire et je ne peux m'empêcher d'en faire de même.

— Je crois que j'aurais besoin d'une petite coupe, dis-je, voyant arriver Holly.

Mon amitié avec Holly a été l'unique constante de ma vie. J'ai plus confiance en elle qu'en personne sur cette terre. À l'âge de quatre ans, nous avons fait notre rentrée ensemble en maternelle et avons été placés à la même table. Un certain Michael nous a bientôt rejoints. Michael allait rester le plus grand des garçons de la classe jusqu'à la fin de sa scolarité mais, en ce premier jour d'école, il était surtout le plus tétanisé. Quand sa mère lui a dit au revoir, tout son visage a frémi. Holly a immédiatement tendu le bras et pris sa main.

Depuis ce premier jour, notre trio a connu une amitié indéfectible pendant plus de vingt ans. On faisait la course en rentrant de l'école, on pédalait le long des berges, on a vécu ensemble toutes les aventures. Puis, ce petit matin gelé de janvier quand il a fallu retourner à l'école après la mort de Nick, c'est leur amitié qui m'a fait tenir.

Il y a sept années de cela, quand Holly a épousé Jake Richardson, on a fait la fête jusqu'au bout de la nuit. Ce fut un mariage sophistiqué, la réception avait lieu au domicile des parents de Jake. Alors que la soirée touchait à sa fin, Holly, Michael et moi avons déserté pour aller nous asseoir au bord de l'étang, où nous avons trinqué à une amitié que nous croyions éternelle.

Trois ans plus tard, Alice est venue au monde et je n'aurais pas pu être plus fier que le jour de son baptême, quand je l'ai tenue dans mes bras de jeune parrain. Mais la fierté n'éclipsait pas la douleur que nous causait, à Holly et moi, l'absence de Michael, qui venait de mourir quelques semaines auparavant, écrasé par une voiture qui s'était enfuie, un accident stupide qui nous avait dévastés.

17

Holly nous rejoint, Alice et moi, devant mon jardin.

— Mr. C. te faisait coucou, lui dis-je.

— Désolée, j'étais à des années-lumière d'ici.

Elle pivote pour rendre son salut à Mr. Cranfield, mais ce dernier est déjà absorbé dans ses massifs de fleurs.

— À quoi tu penses comme ça ?

— À rien. Je rêve, c'est tout, répond Holly.

— Veux-tu que je prépare un café ? J'aurais bien besoin de parler.

Laissant les portes grandes ouvertes sur le jardin derrière, nous nous asseyons, Holly et moi, tandis qu'Alice creuse à la base des fleurs, à l'autre bout de la pelouse.

— Alors ? dis-je.

— Mais vraiment, c'est rien, rétorque Holly. Je stresse pour samedi, c'est tout.

— C'est sympa, que ça se passe chez tes beaux-parents.

— Ça dépend de ce que tu entends par « sympa ». Chez les Richardson, rien n'est jamais gratuit. On attend toujours quelque chose en retour.

— Hol, c'est votre anniversaire de mariage.

— Et Francis va s'en servir pour se faire mousser devant tout le monde. Le héros militaire, le self-made man, la plus grosse maison de St. Marnham ; que personne, jamais, ne l'oublie. Résultat, Jake va stresser à mort, à coup sûr il boira trop et finira par dire un truc qu'il regrettera le lendemain.

— J'ai hâte ! dis-je en lui pressant le bras.

— Ben !

— Allez, Holly, ça va être la fête !

Mais Holly se détourne.

— Holly ?

— Avec Francis, tout est affaire de contrôle, cette fête ne fait pas exception. Il organise un événement que Jake et moi on ne pourrait pas se payer, dans le simple but de nous rappeler ce fait.

— Eh bien accepte-le gracieusement et passe à autre chose. Y a rien d'autre à faire.

— Je sais, réplique-t-elle d'un ton résigné. Je devrais arrêter de me plaindre. Et toi, quoi de neuf ?

— Il y a une chose que je dois te dire.

Je marque une pause puis me rapproche d'elle. Elle se tourne directement face à moi.

— Ben ?

— Abigail Langdon est morte.

Holly semble d'abord incrédule mais me prend d'instinct dans ses bras.

— J'espère qu'elle aura souffert, murmure-t-elle, me serrant fort. Comment l'as-tu appris ?

— Les flics sont venus me voir ce matin.

— Et elle est morte pour de bon ?

— Oui.

— Enfin, merci ! Je m'en fiche, si j'ai l'air d'être atroce, mais je pourrais pas être plus heureuse.

— Ben, j'ai trouvé trois vers de terre ! s'écrie Alice à l'autre bout du jardin. Viens voir.

— Trois ! m'exclamé-je, et avec Holly, nous nous levons.

— Regarde, Ben ! triomphe Alice. Encore un ! Et il est tout tortillé.

— C'est un ver monstre, dis-je en m'accroupissant auprès d'elle.

— Je vais le rapporter à la maison.

— Pourquoi ne pas le laisser ici avec sa famille ? Je crois qu'il aime mieux vivre dans la terre.

— Oui, sans doute, répond Alice, et elle se replonge dans le massif de fleurs, lâchant sa proie au passage.

Holly et moi retournons vers la maison.

— La police pense que sa mort pourrait être liée à Haddley et au meurtre de Nick, dis-je.

— Qu'est-ce qui leur fait croire ça ? demande Holly aussi sec. Ils t'ont dit ce qui s'était passé ?

Je repense à la fin de la conversation avec la lieutenante Barnsdale et, soudain, je me retrouve transporté à cette insupportable journée d'été plus de vingt ans en arrière. Le rire des filles se répercute dans mon esprit et je les entends appeler les garçons qui courent à travers bois jusqu'à la butte qui se trouve complètement à l'opposé.

J'imagine Nick et Simon à genoux, les filles renversant lentement la tête en arrière et les embrassant à pleine bouche. Les lames scintillantes cinglent sans hésiter. Et plongent dans la gorge des garçons, par le côté. Avec une force féroce, les couteaux sont enfoncés jusqu'à la garde, puis ressortent à l'avant en déchirant les chairs.

Je regarde Holly et me masse les tempes du bout des doigts.

— Tu te rappelles comment Nick et Simon ont été tués, avec tous les détails ignobles qui n'ont pas été révélés au public ?

Holly frissonne. Oui, elle se souvient.

— Eh bien, la personne qui a tué Langdon en savait bien plus que le péquin moyen sur la mort de Nick et Simon. Langdon a été assassinée exactement de la même manière.

III

« On ne sait pas vraiment ce qui est arrivé à ces filles après qu'elles ont été emmenées. »

18

Nathan Beavin referma la porte derrière lui et son regard se porta vers Haddley Common. Le soleil de la fin de matinée ravivait tout, une douce brise soufflait du fleuve et le parfum du gazon fraîchement tondu emplissait l'air. Il gonfla ses poumons du tiède air printanier, puis descendit du perron, en route pour son jogging quotidien.

Il longea le sentier pédestre qui bordait le parc. Dans son dos, une rangée d'imposantes demeures victoriennes, chacune au centre d'un vaste terrain, avec une vue plongeante sur la Tamise. Sur un des côtés, Haddley Common était flanqué d'un alignement de maisons mitoyennes plus modestes, dont beaucoup avaient été rénovées récemment par de riches Londoniens. Progressant sur le sentier, Nathan reconnut son voisin retraité occupé à jardiner, puis son regard s'arrêta sur chacune des villas qui donnaient sur le parc et les bois au-delà. Elles avaient vu plus d'un siècle de vie familiale, des rigueurs de l'ère victorienne jusqu'au Blitz, et renaissaient maintenant comme partie intégrante du Londres moderne. Nathan songea à l'histoire unique que chacune avait à raconter, ainsi qu'aux secrets plus sombres qu'elles continuaient à taire.

Il était arrivé à Haddley le mois précédent, laissant derrière lui sa ville natale de Cowbridge, un peu en dehors de Cardiff, pour la première fois. C'était un garçon sociable, qui avait été heureux à l'école, avait veillé sur sa petite sœur et dont les parents s'occupaient bien au quotidien. Pourtant, très jeune, il avait su qu'il y avait davantage à découvrir : une vie à vivre en dehors des terrains connus. Il ignorait où ce trajet pourrait bien le mener au bout du compte, sachant seulement que Haddley n'était que la toute première étape.

Deux jours après son arrivée, il avait été embauché dans un des nombreux bars qui peuplaient l'artère principale. À un quart d'heure du centre de Londres, la vie nocturne de Haddley, avec ses bars en bordure du fleuve, jouissait d'une popularité grandissante auprès d'un public prêt à débourser cinq livres pour une pinte de bière. Nathan, qui servait des cocktails sur la terrasse donnant sur le pont de Haddley, eut vite fait de saisir que les fêtards ne se cantonnaient pas au vendredi et au samedi – les cadres de la City qui s'arrêtaient en rentrant du boulot, les rameurs qui sortaient de l'entraînement : quel que soit le soir, les bars étaient plus bondés qu'au plus fort de l'animation à Cowbridge. Mais la soirée du vendredi était la plus animée de toutes, avec le relâchement de la fin de la semaine, qui commençait parfois dès quatre heures de l'après-midi et battait encore son plein passé deux heures du matin.

Le troisième vendredi de Nathan à Londres, le gérant du Watchman lui demanda d'assurer un service supplémentaire en début de soirée. Il avait volontiers accepté, connaissant d'avance les énormes pourboires que laissaient les types de la City en ces veilles de week-end. Le bar était noir de monde depuis midi, mais Nathan avait tout de même trouvé le temps de remarquer cette femme, arrivée en fin d'après-midi, venue rejoindre un groupe d'amis dehors sur la terrasse. Il avait apporté du prosecco à leur table à trois reprises, et plus tard dans la soirée, quand elle s'était frayé un chemin jusqu'au comptoir pour commander une quatrième bouteille, il l'attendait de pied ferme.

En papotant de tout et de rien avec Sarah Wright le temps de remplir un seau de glace, Nathan avait appris qu'elle venait de clore un dossier de divorce à six zéros et qu'elle se réjouissait à la perspective de passer le week-end avec son jeune fils, Max. Se penchant sur le bar, il avait plaisanté sur sa propre envie de s'en jeter un, regardant Sarah au fond de ses yeux presque noirs, et elle avait tourné la tête vers ses amis et rigolé grassement. Ils lui avaient crié depuis la terrasse de l'inviter à leur table et Nathan avait senti monter une vague de désir en voyant Sarah rougir tout en triturant nerveusement entre ses doigts une mèche de ses longs cheveux bruns. Il s'était calé dans un coin du box auprès de quatre autres femmes, s'était laissé taquiner, jouant le jeu tandis qu'elles l'interrogeaient : que faisait donc un joli petit Écossais de sa trempe tout seul perdu loin de chez lui ? Après trois semaines, Nathan disposait d'un panel de réponses toutes prêtes à ces questions.

Une cinquième bouteille de prosecco avait suivi, puis une sixième à minuit, pour eux deux seulement, cette fois. Ils avaient déjà bien trop bu, mais ça ne les arrêta pas. Ils s'étaient raconté leurs vies : pour elle, une enfance à Édimbourg, des études de droit à Londres, un job dans une boîte dans le quartier de la City où elle était tombée amoureuse d'un des associés seniors, de neuf ans son aîné. Elle était un tel cliché, avait-elle dit. Nathan lui avait assuré qu'elle était tout sauf ça, et elle avait ri, disant qu'elle voyait mal comment appeler ça autrement. Elle n'était avocate de plein droit que depuis un an quand elle avait épousé James Wright et, ensemble, ils avaient emménagé dans une maison à Haddley Common.

Pendant un temps, ils avaient été heureux, du moins c'est ce qu'avait cru Sarah. Max était né avant leur premier anniversaire de mariage mais, trois mois plus tard, James était rentré un soir et lui avait annoncé qu'il en aimait une autre. Il enseignait à King's College – le cabinet s'était donné pour objectif de former et investir dans les générations à venir. C'est là qu'il était tombé amoureux fou d'une étudiante de troisième cycle de vingt-deux ans prénommée Kitty.

— Je lui ai fait ses valises et l'ai fichu dehors sur-le-champ, dit Sarah tout en sifflant son prosecco. Il n'a pas remis les pieds dans la baraque depuis. Et tu sais quoi ? Ça n'arrivera jamais. S'il y a bien une chose que je sais faire, c'est trouver le meilleur avocat pour mon divorce.

L'arrangement stipulait qu'elle gardait la maison, et elle comptait bien siphonner James au maximum jusqu'aux dix-huit ans de Max. Pourquoi auraient-ils dû se priver ? Elle avait quitté son job à la City et était carrément plus épanouie aujourd'hui avec la boîte qu'elle avait montée à Haddley. Max était chez son père le vendredi soir, elle le récupérait dans l'après-midi du samedi. Ce n'était pas parfait, mais Sarah était certaine qu'elle élèverait mieux son fils seule.

Nathan avait déroulé son histoire. Naissance en Écosse, enfance heureuse, scolarité réussie et de super-parents, puis l'appel de l'aventure. Il n'avait que vingt ans, il faisait un break le temps d'explorer. Sarah avait ri.

— Un break, mais de quoi ? Tu n'as encore rien vécu. Reviens dans dix ans. Quand tu auras mon âge.

Nathan s'en moquait. C'est le moment qu'il avait choisi pour se pencher vers elle et l'embrasser.

Quand le bar avait fermé, ils avaient marché le long du fleuve jusque chez Sarah, bras dessus bras dessous. Arrivé au pied du perron de la villa sensationnelle de Sarah, Nathan avait vu à quel point cet univers était différent de celui qu'il avait quitté trois semaines plus tôt.

Il l'avait de nouveau embrassée et ils avaient grimpé la volée de marches menant à la porte noire vernissée. Elle avait farfouillé pour chercher ses clés et ils avaient gloussé tandis qu'elle essayait de déverrouiller la serrure à l'aveugle. Ils avaient trébuché sur le seuil, Nathan rattrapant Sarah *in extremis* avant qu'elle ne finisse au sol. Quand il l'avait prise par la main pour monter l'élégant escalier, il l'avait sentie qui s'appuyait sur lui pour garder son équilibre. Il avait lentement parcouru le couloir, jusqu'à sa chambre. Elle lui avait donné un dernier baiser avant d'entrer à pas précaires dans la salle de bains. Comme elle refermait la porte derrière elle, Nathan avait fait un tour complet sur lui-même, le temps de s'acclimater à son nouvel environnement – le lustre suspendu au plafond, la cheminée en marbre. Tandis qu'il passait la main au dos du fauteuil flanquant l'âtre, le tissu sous ses doigts lui avait semblé bien doux. Il était resté debout à contempler la toile accrochée au-dessus du lit – un petit garçon et sa mère marchant sur une plage déserte, le soleil pointant son nez par-dessus l'océan. C'était le même garçon qu'il avait vu Sarah pourchasser à travers le parc la semaine précédente.

Il avait tamisé la lumière du lustre, jeté un dernier regard à la ronde puis avait quitté la pièce. Il avait fusé dans le couloir, s'arrêtant un instant sur le seuil de la chambre du garçon. Il avait entrebâillé la porte et le rai de lumière était tombé sur un cadre photo posé sur une table de chevet. Il avait scruté l'image, sa main se crispant sur la poignée de porte en laiton. Même avec plus de vingt ans d'écart, les cheveux bruns souples et le nez de rugbyman de l'homme étaient reconnaissables entre mille.

Reculant, il avait ramené doucement le battant à lui, avant de filer au rez-de-chaussée. Une fois dehors, il avait posé le pied dans la fraîcheur nocturne et laissé la porte d'entrée se refermer sans bruit dans son dos.

19

Cinq semaines après cette première soirée, Nathan accéléra le rythme, savourant la tiédeur du soleil sur son dos. Les rameurs matinaux étaient de sortie en nombre, des équipages frappant l'eau en cadence en plein entraînement, qui remontaient le fleuve en direction de St. Marnham. Quand il eut atteint les bois, il fit demi-tour et repartit, toujours en courant, vers le cœur de Haddley Common, vers la maison de Sarah. Ce faisant, il aperçut Sarah et Max main dans la main, sur le perron devant chez eux. Sarah portait un regard attentif sur son fils, lui agrippant fermement la main tandis que le garçon, concentré, descendait une marche après l'autre. Arrivés au parc, Max se libéra et Nathan fit de grands gestes au petit qui se précipitait vers lui.

— Nathan ! cria Max, courant aussi vite que son pas mal assuré le lui permettait. Moi aussi je cours !

Nathan le rejoignit à petites foulées, le prit dans ses bras et le hissa vers le grand ciel bleu. Max poussa des cris de ravissement. Nathan n'aurait jamais imaginé prendre si vite sa place dans le cercle familial ; il n'en avait jamais eu l'intention.

Il avait suffi de cinq semaines pour que Sarah, Max et lui développent ce lien si chouette, et le premier passant venu qui les aurait vus jouer au milieu du parc les aurait instantanément pris pour une famille. Alors que Sarah venait lui planter un baiser sur la joue en guise de bonjour, Nathan se prit à espérer qu'ils le fussent réellement.

Une fois revenu au sol, le petit, du haut de ses quatre ans, informa Nathan qu'ils se rendaient chez Alice.

— Holly va me garder cet après-midi pendant que maman est au travail et moi je vais manger là-bas mais pas le dîner. Tu viens manger à la maison, ce soir, Nathan ?

Ce dernier s'accroupit pour répondre à l'enfant :

— Je dois travailler, donc je ne pourrai pas manger, ce soir.

— Mais tu vas avoir faim.

— T'inquiète pas, je grignoterai un truc avant de partir, dit-il en ébouriffant la tignasse de Max avant de se relever.

— Tu termines à quelle heure, aujourd'hui ? demanda Sarah.

— Je suis du midi, ensuite je reprends à cinq heures. Je devrais pas finir trop tard, cela dit. Je croise les doigts pour être rentré sur le coup de vingt-deux heures.

— Je t'attendrai, dans ce cas, fit Sarah et, se hissant sur la pointe des pieds, elle embrassa Nathan sur les lèvres.

Observant la mère et le fils qui repartaient dans le parc main dans la main, il avait conscience qu'il avait de la chance d'être tombé sur eux. Le lendemain de la nuit où il avait filé sans prévenir de la chambre de Sarah, il avait rassemblé son courage et était retourné sonner à la porte. Sur le seuil, il avait écouté l'écho de la sonnette se répercuter dans la maison, l'estomac en capilotade. Peu après, Sarah s'était matérialisée, un peu plus fatiguée peut-être mais tout aussi vibrante que dans son souvenir. Son estomac s'était retourné de manière folle.

Il l'avait vue hésiter une seconde, pendant qu'il lançait son « Bonjour ». Pourvu que ce ne soit pas une bourde, de revenir, avait-il espéré.

— Je crois que je te dois sans doute des excuses, avait-elle commencé, piquant un fard.

— Je crois plutôt que c'est à moi de m'excuser.

— Mais non, pas du tout, avait répliqué Sarah en portant la main à son visage, je me suis endormie sur le carrelage de la salle de bains, je suis vraiment désolée.

— Non, vraiment, il n'y a pas de quoi.

— Quand j'ai réussi à regagner mon lit, il devait bien être dans les cinq heures. Heureusement que Max était chez son père. J'ai émergé à dix heures passées.

Nathan avait souri et dit :

— Content que tu aies pu te reposer un peu (Sarah entortillait ses cheveux autour de ses doigts), même si le confort n'était pas optimal d'un bout à l'autre.

— Merci encore de m'avoir raccompagnée.

— Tout le plaisir était pour moi. On a tous les deux un peu forcé sur l'alcool.

— Un peu ?

— À quelques bouteilles près, peut-être, avait fait Nathan, reculant d'un pas sur le perron. Bref, je ferais mieux d'y aller. Je voulais juste m'assurer que ça allait, ce matin.

— Tu n'as pas le temps de prendre un petit café ? Je te dois bien ça, tout de même.

— Si, volontiers, avait répondu Nathan qui avait aussitôt craint d'avoir eu l'air trop enthousiaste.

Ils avaient passé les deux heures suivantes dans la cuisine puis, au moment du déjeuner, Max était rentré. Assis devant l'îlot central, Nathan était resté momentanément scotché, en voyant, dans le hall, Sarah ouvrir la porte à un petit bonhomme surexcité. Elle s'était baissée pour le serrer contre elle et le regard de James Wright l'avait traversée sans la voir, pour se fixer directement sur Nathan, qui s'était empressé de détourner la tête.

— Tu as de la visite ? avait dit James en s'avançant légèrement dans l'entrée.

— Oui, rappelle-moi en quoi ça te concerne ? avait rétorqué Sarah en lui bloquant le chemin sans ménagement.

— Je vois qu'il ferait un bon compagnon de jeu pour Max.

Elle s'était contentée de répondre :

— Allez, à vendredi prochain.

Puis elle avait repoussé son ex-mari dans l'encadrement de la porte restée ouverte.

— Et ne viens pas trop tôt.

Cet après-midi-là, avec Sarah et Max, ils s'étaient baladés le long du fleuve, avec une pause aux balançoires pour que Nathan pousse Max. Il avait insisté pour que Sarah s'installe sur la balançoire voisine de celle de son fils, et Max avait crié de plaisir, demandant à Nathan de pousser Sarah toujours plus fort jusqu'à ce qu'elle hurle et le supplie d'arrêter. Plus tard, ils étaient allés en ville et avaient dévoré trois cheeseburgers au bacon.

Après avoir couché Max, Sarah était venue s'asseoir auprès de Nathan et ils avaient ouvert une bouteille de rouge. Cette nuit-là, Nathan était resté auprès de Sarah. Et ç'avait été le cas la plupart des nuits suivantes. Nathan n'avait pas prévu d'aller à Londres pour y tomber amoureux et y trouver une famille. Mais, tandis qu'il regardait Sarah et Max s'éloigner dans l'herbe, il craignit que ce ne fût chose faite.

Quand la mère et le fils eurent atteint l'extrémité de la pelouse, le petit garçon se retourna vers lui et Nathan agita le bras. Puis il reprit sa course tranquille dans le parc. Quand le sentier pénétra dans les bois, il leva la tête vers la cime des arbres se refermant au-dessus de lui. Le soleil perçait la canopée, projetant des ombres effilées sur le sentier. Plus il courait, plus le couvert des arbres s'épaississait et, peu à peu, la luminosité se tamisa. La température chuta, et Nathan sentit la forêt se refermer sur lui.

Il écoutait le murmure des arbres et savait que ces bois dissimulaient un secret.

Il ne devait pas oublier que c'était la teneur de ce secret qu'il était venu chercher à Haddley.

20

— Au revoir, Ben ! Je t'aime ! crie encore une fois Alice, tandis qu'avec sa mère elles avancent sur le sentier qui chemine derrière la maison.

— Moi aussi je t'aime ! hurlé-je en retour avant de rentrer dans ma cuisine et de refermer la porte en accordéon. Alors que je pousse le verrou, un portrait de ma mère et moi sur le mur attire mon attention.

Dix ans plus tôt, en tout début d'année, par un matin de janvier frisquet, ma mère et moi avions quitté la maison de bonne heure, traversé Richmond pour nous rendre au centre d'examens d'Isleworth, où je passais mon permis.

Nous avions franchi le fleuve et dépassé le supermarché Asda quand soudain ma mère s'était tournée vers moi, tout sourire.

— Je suis impressionnée, avait-elle dit alors que je m'arrêtais au feu rouge. Tu n'as pas roulé une seule fois sur le trottoir.

J'avais ri. Encore quelques mois auparavant, après quelques leçons, j'avais annoncé à ma mère que j'étais prêt pour l'examen. Elle avait accepté de m'emmener faire un tour pour m'entraîner encore un peu. À la sortie du quartier, en tournant dans Lower Haddley Road, j'étais monté sur le trottoir sans crier gare, causant une peur bleue à Mr. et Mrs. Cranfield qui revenaient du fleuve. Ma mère avait agrippé le volant et la voiture avait regagné la route brusquement, manquant d'emboutir un taxi noir venu d'en face. Elle avait sur-le-champ promis de me payer une quinzaine d'heures de conduite et juré de ne plus jamais m'emmener m'entraîner.

— Le seul moment où je monte sur le trottoir, désormais, c'est quand je fais des créneaux en marche arrière.

— Eh bien abstiens-toi.

— Pas le choix. Ils vont pas me saquer pour ça, quand même ?

— Benjamin, je n'en serais pas si sûre, à ta place.

Une heure plus tard, j'avais brandi sous les yeux de ma mère le certificat tant convoité.

— Pas de créneau en marche arrière ! avais-je souri.

J'avais conduit sur le trajet du retour et nous avions discuté chemin faisant du voyage à Arran dont elle avait envie. C'est là que j'avais fait le serment de l'accompagner, à condition qu'on se partage le volant. Elle avait accepté, mais vraiment à contrecœur.

Début mars, ma mère m'avait retrouvé à Manchester avant d'aller en Écosse. Nous avions loué un cottage surplombant la baie de Whiting et, trois jours durant, nous avions parcouru l'île, passé de chouettes moments ensemble, incognito. Le deuxième jour, nous avions visité la distillerie de whisky, et le portrait accroché au mur de ma cuisine est un instant volé à cette matinée : nous deux assis sur un banc de pique-nique en bois, entourés de vertes collines ondoyantes. L'après-midi, nous avions suivi le sentier des douaniers, et contemplé, de l'autre côté de la baie, l'île Holy. Ma mère adorait les grands espaces et le grand air, et pendant la balade j'avais évoqué ce que j'envisageais de faire après la fac. Mon diplôme en sciences politiques n'ouvrait sur aucune voie prédéfinie et je me tâtais à me lancer dans une carrière d'avocat.

— Toi, plaider ! s'était exclamée ma mère. C'est pas du tout toi, Ben.

La réponse de ma mère m'avait fait rire.

— Et pourquoi pas ? Je crois que je serais plutôt doué. Tu ne m'imagines pas au tribunal ?

— On n'est pas dans *La Loi de Los Angeles*.

— C'est quoi, ça ?

Elle avait secoué la tête en signe d'incrédulité.

— C'est une série télé formidable qui date d'avant ta naissance ; ça dépeignait des avocats incroyablement passionnants et glamour. La réalité du droit est toute différente : un monde procédurier et hiérarchisé au-delà du concevable. Tu n'es ni l'un ni l'autre.

En quoi elle n'avait pas tort.

— Je ne doute pas que tu en sois capable, avait-elle continué, mais au bout de deux ans tu détesteras, tu voudras faire autre chose. Si c'est véritablement ce dont tu as envie, tu auras mon soutien, bien évidemment, mais n'oublie pas que tu devras travailler avec des avocats qui, eux, seront ultra-procéduriers et respecteront la hiérarchie.

— Je ne crois pas que ces gens me plairont, avais-je dit en riant. Je commence à penser que ça ne va peut-être pas me plaire tant que ça, le droit.

Nous avions continué de cheminer, sous un ciel d'azur infini, à parler de certaines orientations professionnelles et de séries télé, jusqu'à ce que je demande à ma mère ce qu'elle, elle envisageait de faire, après.

Avant ce jour, c'était une question que je n'avais jamais songé à poser. Pendant si longtemps, l'avenir avait été un truc que ni elle ni moi ne nous sentions le cœur d'envisager. Ma mère m'avait aidé pour mes examens, pendant mes années d'études universitaires, mais sa propre vie n'avait jamais eu d'épaisseur propre, à mes yeux. Ce jour-là, cependant, elle s'était livrée, avait parlé de voyager, de redécouvrir de la beauté dans notre propre pays à laquelle elle avait été aveugle pendant tant d'années, de ses amis ; et nous avions même plaisanté du jour où elle rencontrerait quelqu'un. Je construisais ma vie, et je crois qu'elle avait commencé à penser à se trouver un compagnon, alors je l'avais encouragée à s'inscrire sur Match.com.

— C'est pour les jeunots, ça ! avait-elle rétorqué. J'aurais trop honte. Et si on me voyait ?

— C'est le but, en fait. Un gars sympa d'âge intermédiaire.

— Pas trop intermédiaire, si ça t'embête pas. La plupart des hommes plus âgés qui s'inscrivent cherchent de la chair fraîche. Je ne les intéresserais pas. Ce serait une telle humiliation, pour moi !

— Le monde a changé.

— Oh, non, Ben, sûrement pas. Je vais forcément tomber sur un tordu qui va me harceler ! Non, j'ai juste envie de me trouver un compagnon agréable avec qui voyager de temps en temps ou me faire de petits restos sympas. Je suis même prête à payer ma part.

— Tu es résolument moderne.

La luminosité commençait à baisser et un vent revigorant s'était levé. Nous avions fait demi-tour vers notre cottage.

Dans la nuit, le temps s'était dégradé et, ce dernier jour sur l'île, quand nous nous étions levés, une pluie torrentielle fouettait l'immense baie vitrée à l'avant de la maison. Nous avions traîné toute la matinée à lire le journal, puis j'avais allumé un feu dans la cheminée pendant que ma mère nous bricolait un déjeuner tardif. Après quoi elle s'était calée confortablement dans le canapé, sirotant un verre de liqueur à la crème qu'elle s'était offerte à la fin de notre visite de la veille. Nous avions contemplé le mur de pluie balayant l'océan.

— Merci, avait-elle dit abruptement.

— De quoi ?

— De passer trois jours avec ta vieille mère sur une île écossaise. Vraiment, là, tu outrepasses largement ton devoir filial.

Cela m'avait fait sourire et elle avait poursuivi :

— Je n'ai aucune envie que tu passes ta vie à t'inquiéter pour moi ni que tu te sentes obligé d'être tout le temps présent. Je suis toujours contente de te voir, mais ça va aller.

Elle s'était tue, avait regardé au-dehors, vers la baie, où un navire esseulé creusait un sillon poussif.

— Je sais. Et quel que soit l'endroit où je me trouve, je serai toujours joignable.

— Je le sais.

Il y avait eu un petit moment de silence. Au loin, le bateau continuait sa course résolue, bataillant sans fin sur la mer en furie.

— Tu dois vivre ta vie, Ben, avait-elle déclaré. Il n'y a pas une journée où je ne pense pas à Nick, mais ça ne le fera pas revenir.

— Il sera toujours présent dans nos cœurs.

— Il serait tellement fier de toi.

— De nous deux, avais-je corrigé d'un ton ferme.

— Parfois, je me dis que…

J'avais attendu qu'elle poursuive et, comme rien ne venait, j'avais insisté :

— Tu te dis que…

— Je ne sais pas. Ces filles… Pourquoi Nick ?

Je l'avais regardée, mal à l'aise.

— Maman, parfois il n'y a rien à comprendre. Ces filles, elles avaient ça en elles. Le mal à l'état pur. Si ça n'avait pas été Nick et Simon, ç'aurait été quelqu'un d'autre.

Ma mère s'était tournée vers moi.

— Mais tu n'imagines jamais qu'il y a des choses qu'on ignore ? Qu'il puisse y avoir à Haddley des gens qui savent quelque chose ? On ne sait pas vraiment ce qui est arrivé à ces filles après qu'elles ont été emmenées.

J'avais secoué la tête.

— Ne commence pas. Maman, ça ne fera que raviver la douleur. Tu te souviens de ce que tu m'as toujours appris ? On doit regarder vers l'avenir, pas vers le passé.

Elle avait opiné, l'air sévère, puis s'était radoucie :

— Mais s'il y a des choses qu'on ignore, Ben, tu voudrais savoir ?

— Il n'y a rien, avais tranché en me levant, mettant un terme à cette conversation, que j'espérais close à tout jamais. Absolument rien, maman.

21

Mon train est immobilisé en amont de la gare de Clapham Junction, retenu à un feu rouge interminable. Je dois parler à Madeline face à face, et j'ai passé tout le court trajet depuis Haddley le regard happé par la vitre, à me rejouer en boucle la conversation que j'ai eue avec Barnsdale et Cash. La révélation de la véritable identité de Langdon et la brutalité avec laquelle elle a été tuée relient directement le meurtre à Haddley.

Je repense à ce que, selon l'agente Cash, ma mère a écrit dans sa lettre. Comment a-t-elle pu espérer trouver une quelconque rédemption après une telle barbarie ? Y croyait-elle vraiment ? Ou avait-elle une autre raison l'incitant à contacter Langdon ? *On regarde vers l'avenir, pas vers le passé* – telle était sa devise. Dans ce cas, pourquoi avait-elle pris contact, dans ce qui devait être les dernières semaines de sa vie, avec une des filles qui avaient tué Nick ? Ne détestait-elle pas Langdon de tout son être ? Quelque chose, ou quelqu'un, l'avait poussée à contacter Abigail Langdon. Je dois comprendre quoi, ou qui.

J'allume mon portable et cherche Elizabeth Woakes dans mon répertoire. Je suis certain que, sitôt sorties de chez moi, Barnsdale et Cash seront allées à Richmond rencontrer la mère de Simon. Je tape un bref message.

J'ai rencontré Elizabeth Woakes pour la première fois dans la touffeur de cet été-là, il y a une vie, quand les journées s'écoulaient dans une parfaite insouciance. Simon et Nick étaient des copains inséparables. Moi, je leur courais derrière, essayant désespérément de tenir le rythme. J'ai adoré chaque seconde en leur compagnie. Les journées étaient infinies, nous les passions à crapahuter le long du fleuve, à courir comme des dératés sur les berges, le visage rougi par le soleil éclatant. Les Woakes habitaient une maison sur les quais, souvent nous faisions la course, le départ était donné sur la berge, nous foncions à travers le jardin et déboulions en trombe dans la cuisine de Mrs. Woakes. Elle nous accueillait toujours avec le sourire et une boisson pour étancher notre soif avant que nous ne repartions poursuivre nos aventures.

Mon portable vibre, Mrs. Woakes me propose de venir la voir le lendemain matin. J'accepte volontiers. Mon regard se perd de nouveau par-delà la vitre, vers les trains qui manœuvrent aux abords de la gare de Clapham Junction. Nouveau bourdonnement : l'écran s'illumine avec un message de Will Andrews.

Un peu naze, ce matin ?

Je souris et pianote une réponse.

J'en suis à mon quatrième café.
Merci encore pour les verres hier soir.

C'était bien, de te voir. T'as pas changé d'avis ?

Pour l'article ? J'ai évolué, je crois.

Une pause. Trente secondes plus tard, une réponse apparaît.

Comment ça se fait ?

Il reste des zones d'ombre. Ma mère cherchait des réponses. Je peux peut-être les trouver pour elle. Je le lui dois.

Je vois que Will est en train de rédiger un message mais rien ne vient. Une minute s'écoule, puis je lui envoie :

J'aimerais bien qu'on prenne dix minutes pour parler de l'été où Nick est mort.

J'attends de nouveau un moment. Voilà ce qu'il finit par me répondre :

D'accord, on fait ça.

Le train arrive enfin à Londres, en gare de Waterloo, et je rempoche mon téléphone. Dans le hall, des flots de voyageurs frustrés errent sans savoir où aller, à cause d'une vague de retards massive. J'ai parcouru la moitié des wagons quand mon portable vibre derechef. Je jette un œil au message, m'attendant que ce soit Will :

Ben, c'est East. J'ai eu ton numéro par Will.

Je suis surpris d'avoir de ses nouvelles juste après Will. Voyant qu'il continue à taper, j'attends la suite.

J'espère que tu ne m'en voudras pas
de te contacter.
J'ai repensé à notre discussion d'hier soir.

Je commence à écrire Salut East, mais avant que j'aie pu poursuivre je reçois un autre message :

Ce serait super, si on pouvait en reparler.
Rien d'urgent, mais je connais Madeline
depuis longtemps. J'aimerais pas
que tu te lances sur un coup de tête.

Je ne réponds pas immédiatement.

Suis un peu sous l'eau en ce moment
mais on se voit bientôt.

Appelle-moi quand ça t'arrange.
Une part de tourte au poisson t'attend.

Tu me prends par les sentiments.

Je suis au resto tous les soirs ces jours-ci.
Ce serait cool, que tu passes.

Je fais au mieux.

Les passagers continuent de descendre des wagons mais moi je reste sur le quai un moment, à relire les messages d'East. Avec l'ouverture de ce restaurant à

Richmond, il y a une quinzaine d'années, East Mailer est rapidement devenu une figure locale. Sa cuisine étonnante et son caractère peu conventionnel, couplés au panorama sur le parc, ont concouru à un bouche à oreille d'ampleur, bien au-delà de Richmond. Sur ces entrefaites, un patron de start-up de la City s'est mis à y inviter ses clients fortunés, dans l'unique but de séduire ce chef peu orthodoxe. Trois ans plus tard, East et Will se sont acheté une maison à St. Marnham et leurs modes de vie ont commencé à se rejoindre. Quand l'entrepôt abritant aujourd'hui Mailer's est apparu sur le marché, ils ont investi ensemble dans ce projet : le meilleur restaurant de fruits de mer de Londres était né.

Madeline, à l'époque une jeune journaliste de la presse locale résolue à grimper les échelons rapidement, s'est forcément débrouillée pour connaître East dès ses premiers pas. En relisant les messages d'East, je ne peux que supposer qu'il a parlé à Madeline. J'ignorais qu'East avait le moindre lien avec ma cheffe, mais une chose est sûre : quand Madeline rencontre quelqu'un, elle garde toujours le canal ouvert.

Seule une infime poignée de trains sont à l'heure, à l'arrivée comme au départ, et dans le métro c'est encore pire ; j'opte donc pour la marche et longe la Tamise jusqu'à la tour vitrée qui héberge nos locaux. Les rayons du soleil se reflètent sur l'eau, au-dessus des quais le ciel est d'un bleu immaculé, et je progresse parmi des hordes de touristes. Après dix minutes passées à me frayer un chemin à travers le flot grossissant, toujours sous le coup des excès de la veille, je m'arrête prendre un énième café dans l'espoir qu'il me ressuscite. Je fais une pause sur un banc, en face du théâtre du Globe de Shakespeare, et sirote mon *flat white* en observant la course du monde autour de moi. Trois générations d'une même famille se commandent à boire au café bordant le fleuve. La grand-mère, la mère et la fille, en pleine conversation, rient de bon cœur à une remarque de la serveuse. Leurs visages détendus et rieurs témoignent du plaisir qu'elles ont à être ensemble, à profiter de ce cadre si plaisant sous le soleil printanier. Elles jouissent d'une chaleur familiale qui me manque.

Sitôt le seuil de notre immeuble franchi, mes pensées reviennent à ma mère, dans les jours ayant suivi la sortie de prison de Langdon et Fairchild. J'avais rappliqué *illico* de Manchester, alerté par la colère et l'amertume dans sa voix. À mon arrivée, elle était folle de rage, inconsolable. Elle ne pouvait pas comprendre que les filles aient passé si peu de temps derrière les barreaux. Pourquoi leur donner une seconde chance ? Nick avait-il eu droit à une seconde chance, lui ?

Leur libération avait provoqué un retour de flamme médiatique, les télévisions étaient revenues dans le quartier et les journalistes de la presse quotidienne harcelaient ma mère pour obtenir une interview. LE MAL, avait titré le *Daily Mail* en une, flanqué des deux photos les plus célèbres des filles, souriant pour leur portrait d'identité judiciaire. QUE VONT-ELLES DEVENIR ? s'interrogeait le journal à propos des deux filles, objet d'une haine nationale.

Je ne crois pas avoir bien saisi à quel point leur libération avait angoissé et bouleversé ma mère, emporté que j'étais par la colère et un désir de vengeance adolescent. Pourquoi avait-elle pris contact avec Langdon, seulement quelques semaines après ? Quel calvaire ç'avait dû être, d'attendre une possible réponse…

Qu'est-ce qui avait bien pu la pousser à cette prise de contact ?

À la sortie de l'ascenseur, je me dirige droit vers le bureau de Madeline.

22

Pendant qu'Alice et Max escaladaient la structure de jeux au fond du jardin, Holly Richardson s'assit sur la pelouse et décrocha son portable : c'était son mari qui appelait.

— Salut, comment ça va ?

Un festival d'occasions manquées, des acheteurs qui n'y connaissaient rien et se prenaient un mur, un échange salé avec son plus gros client, rien de tout cela ne la surprenait plus. Elle connaissait ça par cœur.

— Il faut que tu t'accroches, dit-elle en s'efforçant de contrer le pessimisme implacable de Jake avec ses encouragements. On ne sait jamais ce qui peut arriver.

S'allongeant dans l'herbe, écartant légèrement l'appareil de son oreille, Holly songea à toutes les fois où elle avait entendu ces histoires d'humiliation ; toutes les choses formidables qu'ils auraient pu accomplir avec la start-up de Jake si seulement son père les avait soutenus.

— Je sais, Jake, je sais. C'était hyper-injuste, répondit-elle avec ce ton de validation qu'elle avait appris à maîtriser.

Les choses auraient peut-être été différentes si Francis leur avait laissé plus de temps, mais il avait prêté de l'argent à Jake pour vingt-quatre mois et, le jour où le prêt était arrivé à échéance, il avait demandé son dû. Il avait pris le contrôle de la boîte sans état d'âme et, trois mois plus tard, son fils avait reçu un mail l'informant qu'elle avait été vendue. Jake bossait désormais comme directeur régional dans l'entreprise qu'il avait fondée.

Au bout du fil, Jake ressassait ses regrets d'avoir accepté l'argent de son père. Encore aujourd'hui, cinq années plus tard, cette décision le hantait jour et nuit. Sous pression, acculé, il avait jusqu'au bout essayé d'en remontrer au grand Francis Richardson, le militaire qui avait gagné des millions à la City. Rapprochant le téléphone, Holly entendit la main de Jake claquer sur le volant.

— Fais attention, pas trop haut ! cria-t-elle à l'intention de Max Wright juché sur la structure.

Puis, revenant à son appel, elle expliqua :

— On est dans le jardin.

Ses rendez-vous de l'après-midi avaient été annulés, Jake patientait donc dans le parking d'un motel.

— Tu devrais rentrer dès ce soir, dit-elle, tout en sachant pertinemment que Jake était trop fier pour rentrer en avance de sa tournée commerciale.

Elle ne le verrait pas avant le lendemain, en début de soirée. Se redressant sur son séant, elle vit Alice débouler en courant.

— Papa !

— Tu lui fais un petit coucou ? demanda Holly en tendant le téléphone à sa fille.

— Coucou, papa, dit Alice avant d'enchaîner sur un compte rendu de sa journée.

Ils étaient allés aux balançoires, un garçon lui avait tiré les cheveux, Max lui avait dit qu'il était méchant, Max était resté déjeuner mais pas dîner.

— Je t'aime, papa !

Et sur ces mots elle repartit jouer à toutes jambes.

— Je t'aime, Jake, fit Holly en l'imitant.

Elle promit une fois de plus de ne pas ouvrir le paquet arrivé le matin. Et tous deux résolurent de tâcher de profiter au mieux de la réception du samedi. C'était tellement généreux de la part des parents de Jake, d'organiser tout ça, et bien sûr ça n'était en rien pour se donner le beau rôle.

Elle ne put s'empêcher de repenser à son mariage, que ses beaux-parents avaient également organisé. Sa propre mère était restée scotchée devant cet étalage tape-à-l'œil. Avant de la mener à l'autel, elle avait fait promettre à Holly de ne jamais devenir obsédée par les richesses matérielles comme les Richardson semblaient l'être. Holly avait chassé cette idée d'un rire, mais quatre jours plus tard, contemplant le soleil se lever sur la baie de Monte-Carlo depuis son lit, elle avait compris que c'était exactement ce qui s'était produit. Du haut de ses vingt-trois ans, embarquée dans un mariage tissé de bijoux et de fanfreluches, elle avait observé son mari profondément endormi à son côté et su dans l'instant qu'elle ne l'avait jamais véritablement aimé.

Et maintenant, ébahie que sept années aient déjà filé, elle se demandait *in petto* si son mari l'épouserait de nouveau s'ils revenaient en arrière.

Pour sa part, elle savait fort bien ce qu'elle ferait, en pareil cas.

23

Corrine Parsons fit pivoter sa nuque et exerça une pression de ses paumes à la base de sa colonne vertébrale. Enchaîner deux services était éreintant et, chaque fois, elle avait l'impression de dérouiller un peu plus. Dans la matinée, il avait fallu soulever Miss Cunliffe de son lit pour qu'elle puisse se soulager sur la chaise percée au pied de son lit, la manœuvre nécessitait deux personnes. À quatre-vingt-huit ans, la vieille dame réussissait miraculeusement à maintenir un poids trois fois supérieur à celui de Corrine. Les pâtisseries crémeuses que la boulangerie la plus proche lui livrait tous les après-midi n'y étaient pas pour rien. Corrine n'avait pas la moindre idée de comment elle pouvait bien se payer ça. Cette femme ne lui avait jamais lâché le moindre centime.

L'établissement Sunny Sea, situé dans une petite rue discrète de Deal, donnait à Corrine le salaire minimum, même quand elle effectuait des nuits de quatorze heures d'affilée. Au moins, avec le double service de la veille, elle aurait un peu d'argent en plus à la fin de la semaine.

Quittant les lieux, elle consulta sa montre. Déjà dix heures trente passées. Devant elle, la journée s'étendait. Elle était restée une demi-heure de plus pour aider Eddie avec la livraison en cuisine, comme il savait se montrer généreux quand ses placards étaient vides, chez elle. Sachant que Molly ne lui paierait pas ses trente minutes supplémentaires, elle avait planqué quelques sachets de saucisses et un beau morceau de steak au fond du frigo. Elle les rapporterait à la maison le lendemain matin, quand Molly ne travaillerait pas.

Elle traversa d'un pas leste la promenade du front de mer, en direction du Seafront Café. Aux gargouillis de son estomac, elle prit conscience qu'elle n'avait rien avalé depuis le hachis Parmentier froid mangé en cuisine – un reste du dîner des résidents. Elle s'offrit un petit déjeuner complet : saucisses, haricots blancs, bacon, tomates et œufs au plat. Deux bonnes tasses de thé plus tard, elle avait repris pied et, quittant le café, vit que le ciel commençait à s'éclaircir. Les touristes émergeaient pour la journée et, sentant le soleil sur le point de percer, elle se dirigea vers la plage pour parcourir les trois kilomètres la séparant de Walker.

Faute de savoir comment occuper son temps entre deux services, Corrine s'était mise à marcher le long du rivage, depuis peu. Être dehors dans l'air printanier, c'était drôlement plus agréable que de rester à l'étroit dans son appartement et, quand elle finissait par rentrer chez elle en début d'après-midi, elle se sentait suffisamment épuisée pour aller se coucher *illico*. Au début, elle avait hésité à aller si loin sur la plage et, maintenant encore, elle gardait en permanence sa capuche sur la tête, mais elle découvrait chaque jour davantage à quel point elle aimait à être dehors, au grand air.

Passant devant les appartements de luxe qui donnaient directement sur la mer, elle s'imaginait mener grand train dans l'un d'eux. Elle emploierait Eddie comme cuisinier et, chaque matin, elle demanderait qu'il lui prépare un petit déjeuner complet. Après quoi elle lézarderait au soleil une bonne heure avant de s'immerger dans un long bain brûlant. Elle vivrait les fenêtres grandes ouvertes, jour et nuit, été comme hiver, afin de chasser ses souvenirs les plus noirs. Et chaque après-midi, elle s'assiérait à son balcon et dégusterait trois pâtisseries à la crème jusqu'à être aussi grosse que Miss Cunliffe.

— Ouh, désolée ! fit-elle soudain, baissant la tête aussitôt et s'écartant.

Sans faire attention, elle avait foncé dans une femme plus âgée qui venait en sens inverse.

— Devriez r'garder où vous allez, la réprimanda la femme, z'auriez pu me faire tomber.

Mais Corrine, resserrant le cordon de sa capuche, était déjà loin.

Elle continua d'avancer, les yeux rivés au sol. En quittant Deal, le sentier était moins fréquenté et, peu à peu, elle put reporter son attention sur la mer. Sur la plage de galets, deux petits rouquins essayaient de faire voler un cerf-volant en forme de dragon chinois, entre deux éclats de rire ; Corrine était sûre que son format géant était un défi hors de leur portée. Elle sourit devant ce tableau, se demandant brièvement pourquoi ils n'étaient pas à l'école. Ce n'était pas son problème, se dit-elle ; voilà bien longtemps qu'elle avait appris que ce que les autres faisaient ne la concernait en rien.

Le sentier s'étrécit et elle ralentit l'allure. Elle s'arrêta pour contempler deux femmes d'âge mûr se mettant en maillot de bain puis se dirigeant vers la mer. Elle les trouva courageuses, dans ce petit vent encore frais, mais sans hésiter elles plongèrent dans la Manche et se mirent à progresser vigoureusement entre les vagues. Le sentier était désormais quasi désert et Corrine s'octroya une pause sur un des bancs en bois délavé, ôta sa capuche et offrit son visage à la caresse du soleil. Moins de trois minutes plus tard, une des deux femmes sortit de l'eau et remonta la plage pour venir s'envelopper dans une grande serviette rose. L'autre femme continua à nager, soufflant énergiquement à chaque brasse. Le sourire aux lèvres, Corrine songea que, sans doute, Miss Cunliffe aurait apprécié cela au temps de sa jeunesse.

Aux abords de Walmer, elle atteignit une petite bordée de maisons donnant sur la mer, et quand une femme âgée qui jardinait dans un bosquet de fleurs jaunes lui sourit, elle se rendit compte qu'elle n'avait pas remis sa capuche. Elle la rabattit immédiatement sur son visage et pressa le pas, prenant garde de ne pas trébucher sur le sol de plus en plus rocailleux. Le long du sentier, une rangée de cabines de plage aux tons pastel semblaient avoir connu des jours meilleurs. Corrine ne voyait pas quel plaisir il y avait à s'asseoir dans un cabanon décati et exigu, pour contempler la course des rouleaux des heures durant, et leur simple vue la déprima. Son humeur s'allégea néanmoins quand elle aperçut le Zetland Arms.

Comme elle posait le pied sur le seuil du pub, un labrador noir, surgi de derrière les cabines, se faufila vers elle. Corrine se baissa, main tendue, et patienta. Le chien approcha nerveusement.

— Là, c'est bien.

L'animal renifla sa main avant de s'avancer davantage pour la laisser lui flatter le flanc, et sursauta sous la caresse. Sous le poil pelé, les os de sa cage thoracique pointaient et un élan de pitié saisit Corrine. Elle le caressa une dernière fois, se redressa et se dirigea vers le bar. Le chien trottina à côté d'elle.

— Tu ne peux pas venir avec moi. Et si on regardait où tu vis, plutôt ? poursuivit-elle, se penchant vers son collier, pour se rendre compte qu'il n'en avait pas. Il va falloir que tu te débrouilles tout seul pour rentrer chez toi. Allez, file. Tu n'as rien à faire ici.

Elle le repoussa sans ménagement vers les cabines et pénétra dans l'établissement.

Elle commanda une pinte de cidre et une tourte bœuf-oignons au comptoir, tournant le dos au serveur qui lui versait son verre. Elle savoura la première gorgée, qui étancha sa soif, et le temps que sa part de tourte arrive, elle avait descendu la moitié de sa boisson. Elle ressortit et fut contente de se trouver une table en bois pour elle toute seule. Les oignons caramélisés et la pâte moelleuse la firent saliver.

— C'est pas pour toi.

Elle fit non de la tête au labrador qui venait de reparaître à ses pieds. Il la fixait d'un œil triste tandis qu'elle dégustait une première bouchée, puis une deuxième.

— Mais tu vas arrêter de me regarder comme ça !

Elle tourna le dos au chien pour continuer à manger. Elle sentit qu'il posait sa patte sur sa cuisse et ne put s'empêcher de se retourner.

— T'es vraiment affamé, toi, c'est ça ? dit-elle en buvant une lampée de cidre. Je t'en donne un petit bout, mais juste un.

Elle prit un morceau de croûte. La mine piteuse du chien lui fit ajouter un peu de bœuf.

— Après, ça suffit.

Elle jeta la pitance au sol, qui fut engouffrée dans l'instant. Le chien se posta de nouveau à son côté, plein d'espoir.

Elle sourit et donna quelques tapes sur son corps efflanqué.

— Qu'est-ce que j'ai dit ? Allez, un dernier, déclara-t-elle, index dressé, avant de jeter un autre morceau de tourte par terre.

— Oy !

L'appel venait de la plage. Corrine tourna la tête et vit un type barbu, au ventre proéminent sous son tee-shirt, monter avec peine le sentier caillouteux.

— Touchez pas à mon chien ! aboya-t-il.

— Devriez prendre un peu soin de lui, répliqua Corrine, haussant la voix à son tour.

— Ça vous regarde ?

Corrine s'abstint de répondre.

— Panthère, reviens ici ! cria-t-il. Panthère !

Le chien ne bougea pas d'un pouce. Le type vint se planter pile en face de Corrine, de l'autre côté de la table. Le chien se rapprocha d'elle imperceptiblement.

— J'ai comme l'impression qu'il vous aime pas trop, fit Corrine. On dirait même plutôt que vous lui faites peur. Vous devriez essayer de le nourrir correctement.

— Je le répète, c'est pas vos affaires, beugla le type en plantant ses doigts courtauds sur la table et collant son visage en face du sien.

D'un geste, Corrine saisit sa fourchette et la lui planta dans le dos de la main. Le sang gicla vers le ciel, le type poussa un hurlement et le chien bondit en arrière.

Corrine fut debout en moins de temps qu'il ne faut pour le dire, sauta par-dessus le muret du pub et partit en trombe sur le sentier, en direction de Deal.

— Espèce de salope ! hurla l'homme tout en s'efforçant de retirer la fourchette de sa chair. Tu vas pas t'en sortir comme ça !

Jetant un œil par-dessus son épaule, elle le vit qui portait la main à sa poitrine, le bras dégoulinant de sang.

Elle l'entendit gueuler :

— Vas-y, cours, salope ! T'inquiète que je vais t'envoyer les flics.

— Et moi je vais t'envoyer les services sociaux !

— C'est pour les humains, ça ! Non seulement elle est moche, mais en plus elle est conne !

— La conne, elle t'emmerde ! cria Corrine en lui faisant un doigt, mais quand elle se détourna, ses yeux s'emplirent de larmes, car il disait probablement vrai.

24

— Je ne veux rien savoir, Ben, dit Madeline quand je rentre dans son bureau, refermant la porte derrière moi.

Puis, sans détacher le regard de son écran, elle lève les paumes devant elle.

— Il nous faut plus de trafic sur le site. Pour ça, on est tous mobilisés, pas le choix. Sois tranquille, le souvenir de ta mère sera célébré comme il se doit.

— Et si je te disais que je m'en charge ? déclaré-je en traversant la pièce.

— Tu ferais ça ?

Madeline a relevé les yeux de son écran.

— Peut-être. Sous certaines conditions.

— Et quelles conditions pourrais-tu bien poser ?

— Que ce soit un reportage d'investigation.

— Non, rétorque Madeline aussi sec. Ce n'est pas ce que veulent les lecteurs.

— Il reste des questions sans réponse autour du décès de ma mère, argumenté-je, tirant une chaise pour m'asseoir juste en face de ma boss. Je réalise aujourd'hui que je n'y ai jamais cru, à ce suicide, pas comme ça. J'ai envie d'en profiter pour comprendre ce qui s'est passé.

— J'ai dit non. Point barre.

Madeline fait une pause, puis se penche sur son bureau.

— Ben, il n'y a rien de neuf à dire. Tu me fais cinquante mille signes sur le lien qui t'unissait à ta mère, sur tes rêves d'avenir. On ira shooter quelques photos chez toi à Haddley. Les lecteurs vont adorer, et des tas de journaux vont vouloir republier ce texte. Et toi, je te donne une prime de dix mille livres.

— C'est ce que vaut ma famille, à tes yeux ?

— OK, quinze.

— Je ne suis pas en train de négocier.

— Très bien. J'ai une réunion dans trois minutes, donc si ça ne t'ennuie pas… fait Madeline en se levant.

Dans une tenue de styliste chic et sportive qui a dû lui coûter pas loin d'un mois de salaire du commun des mortels, elle fait le tour de la table et vient se poster à mon côté. La chose est entendue.

— Abigail Langdon est morte, dis-je d'un ton sans affect.

Madeline, qui ôtait mécaniquement une saleté imaginaire sous un de ses ongles impeccablement manucurés, est prise de court un instant. Elle m'observe, le temps de me jauger. J'accueille son regard avec froideur. Retrouvant sa contenance, elle appuie sur un bouton du téléphone posé devant elle.

— Annulez mon rendez-vous de quatorze heures.

Sans lâcher le bouton, elle marque un temps d'arrêt et reporte son regard sur moi.

— Et celui de quinze heures aussi.

Elle va se chercher une canette de Coca dans le frigo à l'autre bout de son bureau.

— T'en veux un ?

— Light, s'il te plaît.

Il me semble l'entendre souffler tandis qu'elle attrape une canette et me l'apporte. Elle tire une chaise et s'installe face à moi.

Elle se verse à boire puis dit :

— Langdon est morte ?

J'opine :

— Assassinée.

Madeline frotte ses doigts contre ses lèvres botoxées mais reste silencieuse.

Je poursuis :

— Les flics pensent que sa nouvelle identité a été compromise. Depuis sa sortie de prison, il y a eu une série d'injonctions contre des médias pour éviter que sa couverture ne soit grillée.

— On n'a rien eu, nous.

Madeline s'accoude sur la table et boit une gorgée.

— Langdon a été tuée exactement de la même manière que Nick et Simon.

Je vois ses yeux s'écarquiller d'horreur.

— Tu bossais dans le canard local, à l'époque, j'ai pas besoin de te rafraîchir la mémoire sur les détails.

La main de Madeline se crispe sur son verre.

— J'avais dix-sept ans, Ben, j'étais encore au lycée quand ton frère et Simon Woakes ont été tués.

Madeline vivait à Richmond, elle avait donc assisté à l'horreur et à la dévastation que ces meurtres avaient causées dans toute la communauté. Moins d'un an après le procès, elle avait commencé à bosser pour le journal du coin. Elle avait été embauchée directement après le lycée et avait vite compris que son rêve de devenir reporter-photographe n'avait pas beaucoup d'avenir. En revanche, elle avait un talent avéré pour dénicher des histoires extraordinaires.

— Tu as plus écrit à ce sujet que n'importe quel autre journaliste.

— J'ai commencé comme ça, oui, mais je ne m'en suis jamais cachée.

Madeline, en tant que nouvelle recrue, avait proposé d'axer son article sur les conséquences que ç'avait eues au lycée, et parmi les élèves. L'idée avait plu au rédac' chef, puis aux lecteurs. Elle avait rédigé une suite, en se focalisant cette fois sur le père de Simon, Peter, qui vivait sous les ponts à Haddley. L'article avait été repris dans tout le pays.

— Ça t'a ouvert les portes de la presse nationale, dis-je.

— J'ai toujours écrit des histoires dont je pensais qu'elles aideraient la ville. Ainsi que ta famille.

— Et si au passage ça t'aidait toi, hein…

— Je suis journaliste, Ben, tout comme toi. Je n'avais aucunement l'intention de passer ma vie à écrire sur les meurtres à Haddley.

— Mais si par chance ça propulsait ta carrière et que tu finissais par devenir une des figures médiatiques les plus influentes du monde médiatique du XXIe siècle, alors amen.

— Je ne sais pas ce que tu attends que je te dise, Ben. Si tu veux écrire ton enquête, c'est d'accord. Je te donne sept jours. Faut qu'on l'ait sur le site pour l'anniversaire de ta mère. Content ?

Je reste muet.

— Ben ?

Je regarde Madeline par-dessus la table de réunion.

— On a trouvé deux lettres, de la main de ma mère, au domicile d'Abigail Langdon. Avant sa mort, elle vivait sous le nom de Demi Porter.

Madeline se lève, recule d'un pas, les yeux rivés sur les touches de son clavier. Je la dévisage avec insistance.

— La police voudrait vraiment comprendre comment ma mère a pu découvrir la nouvelle identité de Langdon et se mettre en contact avec elle.

Madeline se tourne vers la fenêtre.

— Allons marcher un peu, murmure-t-elle.

Entre les étals du Borough Market déambulent les flots habituels de touristes et d'employés de bureau éreintés. Nous nous frayons un chemin, sans prononcer un mot. Devant l'étal du fromager, je saisis au vol un petit bout de bleu en dégustation.

— Ça t'arrive, de ne pas avoir faim ? demande Madeline.

— Je n'ai rien mangé ce midi.

Nous quittons la foule et nous dirigeons vers le *Golden Hinde*, où nous trouvons à nous asseoir près du navire, sur le quai surplombant la Tamise.

— Tu m'as appris ça le premier jour, dis-je, avant toute chose. Un bon journaliste a ses sources, et les meilleurs d'entre eux ont leurs secrets. Et personne n'a jamais mis au jour plus de secrets que toi. Raconte-moi ce qui s'est passé quand les filles ont été libérées.

— Tu ne dois pas perdre de vue qu'à cette époque je cherchais encore à faire mes preuves. Ça faisait dix ans que je bossais, et j'étais prête à prendre les rênes d'un quotidien national. (Le ton de Madeline s'emballe.) Il me fallait sortir une grosse affaire, encore une, et après on ne pourrait plus me dire non.

— Tu aurais été la plus jeune rédac' chef de toute la presse nationale.

— Et la première femme, Ben. Il y a dix ans, c'était encore incroyablement difficile.

— Épargne-moi ça. Dis-moi juste ce qui s'est passé.

— Assez vite, j'ai appris que la libération de Langdon avait un peu merdé. Elle s'était retrouvée dans un coup de filet des stups à Glasgow et sa nouvelle identité était menacée. Ironiquement, il s'avère qu'elle ne faisait que passer par là, mais il a fallu la déplacer *fissa*. Le processus a nécessité la collaboration de quelques flics locaux et, à partir de là, il y a toujours moyen que ça fuite. Je n'ai pas mis longtemps à apprendre où elle se trouvait.

— Un super-scoop en puissance, sauf que tu pouvais pas le publier. Ça a dû être rageant, rétorqué-je. C'est à ce moment-là que tu as manigancé ton plan pour utiliser cette info d'une autre manière ?

Madeline dément *illico* :

— Non, pas du tout. Je n'ai jamais été comme ça. J'ai sorti quelques papiers dans les jours et les semaines qui ont suivi la libération des filles, mais c'est tout. J'ai dit combien ta mère avait été solide, un vrai roc, et d'une dignité sans faille… Ces articles lui ont valu énormément de soutien.

— Et après ?

— Après, rien.

— Jusqu'à ce que… ?

Madeline toussote, se racle la gorge.

— Il se trouve que j'étais à St. Marnham. Ta mère sortait de chez le médecin et, moi, j'étais dans la salle d'attente.

— Une coïncidence en or. Tous les journalistes ne rêvaient que de ça : interviewer ma mère.

— J'ai fait mine de ne pas la reconnaître tout de suite, puis je me suis présentée. Elle m'a remerciée de ce que j'avais écrit mais m'a dit que la réalité était bien différente. Ben, tu dois savoir que tu étais tout, pour elle. Tu dois me croire.

Je l'ignore, garde les yeux rivés sur l'eau.

— Qu'est-ce qui s'est passé, ensuite ?

— On s'est assises sur un banc, près de l'étang. Elle m'a interrogée sur les filles – si je pensais qu'il était possible que d'autres personnes aient été impliquées, s'il pouvait y avoir des gens qui en savaient plus qu'ils ne le prétendaient à Haddley.

— Laisse-moi deviner : tu étais prête à lui servir n'importe quelle théorie du complot qu'elle aurait eue en tête. En gagnant sa confiance, tu gagnais aussi la possibilité de l'interview qu'elle refusait à tout le monde, et avec ça, tu serais promue à la tête de la rédaction en moins de deux.

— Non, Ben, tu es injuste !

Madeline a beau protester avec toute la sincérité du monde, quand je me tourne vers elle, ses yeux ne peuvent mentir.

— Je ne suis pas fière de ce que j'ai fait, reconnaît-elle.

Nous restons silencieux un moment, avant qu'elle reprenne :

— On est convenues de se revoir. Juste pour parler, sans rien enregistrer.

— Et elle t'a demandé plus d'infos sur les filles ?

— Oui.

— Et où tu pensais qu'elles se trouvaient ?

— Elle avait le droit de savoir.

Je m'en doute depuis ce matin et cette conversation avec la lieutenante Barnsdale, mais entendre Madeline l'avouer m'emplit de rage.

— Je ne suis pas persuadé que la police verra les choses sous le même angle, parce que je soupçonne qu'à l'heure qu'il est je suis l'unique personne qui empêche que tu sois directement impliquée dans le meurtre de Langdon.

— Qu'est-ce que tu leur as dit ?

Je ne la regarde pas, mais l'inquiétude dans la voix de Madeline est palpable.

— Rien. Jusqu'à présent je n'étais sûr de rien.

Puis, me tournant face à elle :

— Tu savais que ma mère était désespérée, tu lui as fourni ta petite info et tu lui as monté la tête.

— Non, Ben…

— La seule chose que tu pouvais lui donner, c'était Abigail Langdon. Alors tu l'as fait.

Madeline se prend la tête entre les mains.

— Et quelques semaines après ça, ma mère est morte.

Je tremble, sous le coup de la colère.

— As-tu jamais songé que, sans toi, elle serait peut-être vivante, aujourd'hui ?

J'entends derrière moi Madeline m'appeler, mais je ne me retourne pas. Je suis déjà parti.

IV

« Il n'était plus que l'ombre de lui-même
et coupa les ponts avec tous ceux qui l'aimaient
et le respectaient. »

25

Le vendredi, j'ouvre les yeux très tôt, après une nuit de sommeil agité. Je me suis réveillé mille et une fois durant la nuit, imaginant ma mère assise dans la cuisine, pesant les mots qu'elle comptait écrire à Langdon. Puis je la voyais fixer, tout espoir envolé, la réponse toxique qu'elle recevait. Allongé dans le noir, je m'imaginais ce qui se serait passé si elle m'avait appelé, si elle m'avait prévenu qu'elle comptait écrire à la personne responsable de la mort de Nick ; je me voyais passer des heures à la convaincre qu'il ne fallait pas faire ça. À quoi bon ? Ça n'aurait fait que raviver la douleur. Je n'en aurais pas démordu.

Les relations entre un parent et son enfant changent avec le temps, et sous bien des aspects la dynamique entre ma mère et moi a été contrainte d'évoluer plus tôt que la normale. Quand je suis parti pour Manchester, j'étais déjà assez âgé pour prendre la mesure des défis qu'elle devait relever quotidiennement. J'avais conscience qu'elle avait besoin de soutien et que je pouvais jouer ce rôle. Quand j'étais à la fac, loin d'elle, je lui parlais deux ou trois fois par semaine, prenant de ses nouvelles, des petits riens du quotidien. Il m'arrivait à l'occasion de lui prodiguer des conseils, souvent très concrets, parfois plus émotionnels ; mais surtout je m'efforçais de l'écouter. Je peux regretter tant que je veux qu'elle ne m'ait pas parlé d'Abigail Langdon, elle ne l'aurait jamais fait. Elle savait que je l'aurais dissuadée de la contacter.

Il fait encore sombre dehors lorsque je m'aventure en bas pour lancer mon premier café de la journée. J'attrape le grand bloc-notes que je laisse toujours dans un coin de la cuisine et me mets à gribouiller les phrases qui formeront le corps de mon article. Je comprends soudain que je suis fermement convaincu que ma mère n'a jamais pris la décision fatidique de se suicider.

Désireux de me vider la tête avant de petit-déjeuner avec Mrs. Woakes, je vais courir. Le quartier est encore silencieux et l'air frais du petit matin me fait du bien, après cette nuit sans repos. Je prends le chemin de halage encore tout embrumé, c'est à peine si on distingue Haddley Bridge au loin. Les visages de Madeline et de ma mère commencent tout juste à s'estomper quand Nathan Beavin se matérialise tout à coup à mon côté. On s'est parlé quelques fois ces dernières deux ou trois semaines, quand je l'ai croisé dans le parc, qui tapait la balle avec Max Wright. On court côte à côte tout en échangeant des banalités et, bien vite, je sens que me maintenir à sa foulée athlétique me coûte.

— Quelle chance tu as, de vivre dans un endroit comme Haddley, me dit-il, tandis que je me prends à regretter d'avoir choisi cet itinéraire. J'adore courir le long du fleuve. Tu vis ici depuis toujours ?

Je l'observe une seconde et hausse les sourcils. S'il ne connaissait pas encore mon histoire, je suis sûr que Sarah lui aura fait un résumé.

— Désolé, répond-il. Je n'étais pas vraiment sûr…

— T'inquiète, ça va. C'est quand les gens ne sont pas au courant du tout, que ça me fait drôle.

— Et ça arrive souvent ?

— Hélas, non.

— Tu n'as jamais envisagé de déménager ?

— J'ai vécu ailleurs un temps, après le décès de ma mère. J'ai voyagé avec un pote, mais je crois que, malgré tout, c'est ici que je me sens le plus chez moi. Tu l'as dit toi-même : c'est un chouette endroit où vivre.

Pendant un moment aucun de nous ne parle et je reprends ma respiration. Je ralentis, espérant qu'il me dépasse, mais il reste à mon côté.

Voyant qu'il ne revient pas sur le sujet, je lance :

— Tu t'es installé pour de bon ?

Nathan rougit, et pas sous le coup de l'effort.

— Elle est super, Sarah. Et Max aussi. C'est cool, d'être avec eux.

On court encore un peu, forçant l'allure, et je me bats pour garder le rythme.

— Tu devrais passer boire un verre au bar, ce soir, continue-t-il bientôt. Max est chez son père, donc Sarah sera probablement là.

— Ça va être difficile, ce soir.

— C'est la maison qui invite.

— Je verrai.

— Tu le connais un peu ?

— Qui ça ?

— Le père de Max.

— James ? On se dit bonjour, pas plus. Il était plutôt du genre discret, quand il vivait dans le quartier.

— T'étais pas au lycée avec lui ? Il a été à Haddley Grammar, c'est ça ?

— Oui, mais c'était quelques années avant. Il est pas mal plus âgé que moi, dix ans au bas mot, je dirais.

— Il était encore au lycée quand ton frère… ?

J'acquiesce de nouveau.

— Délégué des terminales, rien que ça.

— Ton frère et toi, vous étiez proches ?

Fatigué de l'interrogatoire de Nathan, je brandis ma réponse toute faite :

— Comme tous les petits frères, c'était mon idole à tout point de vue. Encore maintenant, il m'arrive parfois d'avoir du mal à parler de lui.

Nathan rougit derechef.

— Bien sûr, pardon, dit-il, mais je suis déjà en train de prendre congé et de rentrer chez moi.

26

Quand on tape le nom de Nick ou de Simon Woakes sur Internet, la première image qui surgit est invariablement celle avec Langdon et Fairchild au club de rugby de Richmond. C'est la photo dont tout le monde se souvient, celle qui fit la une de tous les journaux après le meurtre, et puis de nouveau après la mort de ma mère. L'image déchirante qui relie nos deux familles.

Elle avait été prise deux semaines seulement avant la mort des garçons, lors de la journée de clôture de la saison du rugby scolaire. Pour la première fois de l'histoire, l'équipe senior de Haddley Grammar était arrivée en finale, menée par James Wright. Nick, lui, était le capitaine de notre équipe junior. Nick avait mené Haddley à une victoire avec quarante et un points, tandis que l'équipe senior mettait fin aux huit années de règne de l'équipe de Twickenham Duke sur le championnat régional. Parmi les gamins chargés de chauffer les gradins, je n'aurais pas pu être plus fier. À la fin du match, nous avions tous dévalé les bancs pour nous masser au bord du terrain. Les équipes triomphantes se rassemblaient pour la remise des prix et on prenait des photos avec tous les joueurs vainqueurs.

Les scènes de liesse furent immortalisées : on y voit les garçons célébrer leur victoire avec famille et amis, y compris Nick et Simon, se tenant par l'épaule, le sourire jusqu'aux oreilles. Puis, sur une autre, rejoints par Langdon et Fairchild, une image qui, plus de vingt ans après, me laisse toujours tremblant.

Avant cet été, ma mère et Mr. Woakes n'étaient pas particulièrement proches, même s'ils prenaient toujours le temps de se saluer quand ils se retrouvaient sur une même ligne de touche battue par le vent à soutenir leurs fils. Le mari de Mrs. Woakes, Peter, était connu dans tout Haddley comme le proviseur du lycée. Juste après la mort de son fils, Mr. Woakes fut mis en congé pour raisons familiales. La perte de son enfant l'avait dévasté, et son deuil fut aggravé car il en vint à symboliser le chagrin pour le lycée et toute la communauté scolaire, l'incarnation du deuil vécu par la ville. Le fardeau devint impossible à porter. Incapable de reprendre ce poste qu'il avait tant chéri, il vécut dans les deux années suivant la mort de Nick et Simon une descente aux Enfers, traversant une phase que j'identifie maintenant, avec le recul, comme une profonde dépression nerveuse et émotionnelle. Il n'était plus que l'ombre de lui-même et coupa les ponts avec tous ceux qui l'aimaient et le respectaient. Il passait ses journées à marcher le long du fleuve, et toute la ville assista impuissante au naufrage de cette âme en peine. Il suivait le même itinéraire tous les jours – longer les berges, franchir le pont puis St. Marnham, et retour à travers bois, ce même bois où Nick et Simon avaient été assassinés. Il émergeait de l'obscurité, les yeux injectés de sang, et traversait le parc pour regagner les berges. Là, il reprenait sa boucle tortueuse, sans fin, toute la journée. Au fil du temps, il se fit de plus en plus débraillé et, à mesure que s'installaient en ville de nouveaux arrivants, dans un Haddley essayant désespérément de tourner la page, il devint un personnage de plus en plus étrange et inquiétant.

Ayant quitté sa famille et rompu avec sa vie précédente, il se mit à vivre à la dure. Chaque matin, je longeais la Tamise pour aller en cours, et je le voyais recroquevillé sous le pont. Parfois, j'apercevais Mrs. Woakes sur le chemin de halage, qui lui apportait à manger ou quelques vêtements. Elle m'a dit plus tard qu'au bout d'un moment il avait cessé de la reconnaître, alors elle se contentait de laisser un repas chaud sous le pont en espérant qu'il le trouve.

Puis, un jour, trois années après le meurtre de Nick et Simon, Mr. Woakes disparut. Il avait suivi sa route habituelle, de Haddley à St. Marnham, mais, au lieu de revenir par les bois, il avait continué tout droit.

Quand son mari quitta Haddley, Mrs. Woakes choisit de faire de même. Elle déménagea dans un appartement à Richmond, avec sa fille Jane, et, bien que ce ne soit qu'à quinze minutes de Haddley, cela lui suffit pour démarrer une nouvelle vie. Ce n'est qu'une fois revenu à Haddley, après la fac, que je tombai sur Jane, un soir. Ce fut d'abord bizarre, puis nous découvrîmes rapidement que nous avions une multitude d'expériences et de vécus similaires. Comme moi, elle était plus jeune que son frère, l'idolâtrait comme souvent les benjamins, et avait dû, année après année, se démener pour gérer son propre chagrin tout en soutenant sa mère en proie au sien. Nous prîmes l'habitude de nous voir. On se retrouvait plusieurs fois par an pour boire un verre, et nos souvenirs d'enfance communs étaient réconfortants.

Il y a quatre ans, Jane s'est fiancée à un Néo-Zélandais, Leon, un entrepreneur du bâtiment dont l'affaire tournait bien, à Richmond. Une année plus tard, je faisais partie de l'assemblée qui la regardait s'avancer dans la travée de l'église Sainte-Catherine. Nous espérions tous qu'elle avait trouvé le bonheur auquel elle n'avait plus goûté depuis ses dix ans. Quand le photographe avait eu fini son travail, les invités étaient descendus au bord du fleuve, jusqu'à un abri à bateaux datant de l'ère victorienne, pour célébrer leur union. J'avais marché aux côtés de Mrs. Woakes, évoquant à voix basse les absents de nos deux familles. Je lui avais demandé des nouvelles de Mr. Woakes. Elle m'avait appris qu'un matin, dix-huit mois auparavant, elle avait entendu l'histoire suivante aux infos. Par une journée glaciale de janvier, le corps sans vie d'un sans-abri avait été retrouvé aux abords de Windsor Great Park. Ç'avait été le lieu de leur premier rendez-vous, trente ans plus tôt. Elle avait su dans l'instant qu'elle ne le reverrait jamais plus.

27

Dans le train vers Richmond, je passe en revue les infos sur mon téléphone. Aucune mention de la mort d'Abigail Langdon, seul le *Yorkshire Post* évoque brièvement le décès inexpliqué d'une femme à Farsley, sous le coup d'une enquête. La dernière bagarre en date au sein de l'équipe de foot locale occupe plus de papier.

À la sortie de la gare de Richmond, je dois slalomer dans le flux de travailleurs se dirigeant vers les trains qui les mèneront à Londres. Je coupe par des voies secondaires de style victorien, pour rejoindre le café sur les berges où j'ai donné rendez-vous à Elizabeth Woakes. Je suis le premier arrivé, et le serveur me guide jusqu'à une table près de la fenêtre.

Je jette un œil à la carte quand une main se pose sur mon épaule. Je me tourne, Elizabeth est là, debout derrière moi. Je me lève pour lui rendre son étreinte chaleureuse, puis elle s'installe en face de moi, retire son long manteau rouge et rajuste les barrettes dans ses cheveux grisonnants, retenus en une queue-de-cheval lâche.

— Je suis tellement désolée d'être en retard, Ben, j'avais promis à Jane et Leon de déposer Finlay à la crèche. J'ai été prise par le temps.

— Comment va Fin ?

— Il est merveilleux. (À l'évocation de son petit-fils, tout son visage s'illumine.) Il marche presque, là. Bientôt, je ne pourrai plus suivre. Jane t'embrasse. Ça fait longtemps qu'on ne s'est pas retrouvés tous ensemble. Il faut que tu viennes dîner.

— Avec joie.

Le serveur repasse nous voir et Mrs. Woakes sourit en m'entendant commander un sandwich œuf-saucisses.

— Pour moi, ce sera un muesli, dit-elle en tendant le menu au serveur. Et un cappuccino.

— Mettez-en deux, dis-je.

Le serveur s'éloigne et je me penche par-dessus la table.

— Je suppose qu'ils vous ont contactée ?

Repoussant ses lunettes à monture blanche sur le haut de son crâne, Elizabeth Woakes recule imperceptiblement sa chaise et me regarde longuement avant de lâcher à voix basse :

— Ben, dans l'histoire, c'est pas nous, les criminels. J'ai souffert toute ma vie par la faute de ces filles. Et toi aussi. Alors ne laisse personne te convaincre du contraire. (Une pause.) Ils m'ont dit comment elle était morte. (J'opine.) Écoute-moi bien : je suis contente. Contente qu'elle ait souffert. Elle n'aura droit à aucune compassion de ma part.

— Ni de la mienne, réponds-je, et Mrs. Woakes sourit. Vous ont-ils interrogée sur votre emploi du temps ?

Elle chasse cette idée de la main.

— Je n'avais rien à leur dire. J'ai gardé Finlay, déjeuné chez Jane, fait des courses en ville. Évidemment, ils ont essayé de me coincer avec des détails, mais rien ne m'obligeait à répondre et je le leur ai dit.

— Ils vous ont demandé si vous étiez déjà allée à Farsley ?

— C'est l'endroit où on l'a trouvée ? Un bled près de Leeds ?

— Oui.

— J'ai répondu que j'en n'avais jamais entendu parler. Ben, reprend Mrs. Woakes d'un ton déterminé, comme je te l'ai dit, je suis contente qu'elle soit morte. Ravie. Peu importe qui l'a tuée, moi j'applaudis des deux mains. Que la police ne compte pas sur moi pour l'aider dans son enquête. Je me fiche de savoir qui est coupable.

Le serveur arrive avec notre commande et Mrs. Woakes rechausse ses lunettes afin d'examiner son petit déjeuner. Les reglissant sur sa tête, elle remercie le serveur et lui fait signe qu'il peut disposer. J'attaque mon sandwich.

— Tu avais l'air d'en avoir grand besoin.

— Désespérément, confirmé-je, la bouche déjà pleine. J'ai sauté le dîner, hier.

— On va bien finir par te caser, un jour. Finlay a une nounou qui vient deux jours par semaine : une Australienne qui adore les enfants. Et elle enseigne le yoga les trois autres jours de la semaine. Je l'inviterai à se joindre à nous pour dîner.

Je ris.

— Vous allez pas vous y mettre aussi ! Mrs. Cranfield passe son temps à essayer de me marier.

— La connaissant, elle va te dégoter une bonne grosse Irlandaise.

— Soyez pas méchante.

— C'était juste une blague. Elle s'occupe toujours aussi bien de toi ?

Je hoche la tête avant de poursuivre :

— La police pense que, d'une manière ou d'une autre, ça a un lien avec Haddley.

— Ils t'ont posé des questions sur les lettres que ta mère a écrites ?

— Vous étiez au courant ?

— C'est la police qui me l'a appris, s'empresse de répondre Mrs. Woakes. Mais sans entrer dans les détails.

— Langdon voulait de l'argent.

— Tu parles d'une surprise ! Est-ce qu'elle a dit quelque chose à ta mère ?

— Je n'en sais rien. Je n'ai pas trouvé la moindre réponse.

— Non, bien sûr que non, fait Mrs. Woakes, repoussant son assiette de côté et se renfonçant contre le dossier de son siège.

— Les flics essaient de comprendre par quel biais ma mère a bien pu contacter Langdon, comment elle a pu découvrir sa véritable identité.

J'observe Mrs. Woakes, qui a ôté ses lunettes pour en chasser un cil qui s'y était égaré.

— Madeline Wilson vous a-t-elle parlé ?

Mrs. Woakes fronce les sourcils, fait mine d'être confuse.

— Je connais Madeline mieux que personne, dis-je. Elle ne se serait jamais arrêtée à mi-chemin d'une histoire, pas s'il restait un angle à approfondir.

Mrs. Woakes fait signe au serveur de lui resservir un café. J'attends.

— Un certain nombre de journalistes m'ont appelée au fil des ans pour me demander un entretien, expliquе-t-elle. Toujours les mêmes questions : comment je m'en sortais sans Peter, est-ce que je le croyais encore vivant, est-ce que Simon me manquait. Tu parles de questions à la con !

Sa voix se grippe, l'espace d'un instant les masques tombent. Elle toujours si enjouée, toujours impeccable ; on oublie facilement la fragilité qu'elle dissimule. Elle jette un regard alentour et observe un jeune couple en train de s'installer, le passé reprend lentement ses droits. Elle porte une main tremblante à son visage. Et, se retournant vers moi, se frappe la cuisse du plat de la main.

— Je suis tellement bête. Il n'y a qu'avec toi. Je ne montre jamais ça à personne. (Elle me serre brièvement la main et inspire profondément.) Je refusais toujours les demandes des médias, point barre. Ta mère et moi, on était cent pour cent sur la même longueur d'onde.

J'acquiesce en silence.

— Avec Madeline Wilson, c'était différent. Elle ne posait pas de questions. Son intention a toujours été de m'aider. Et de fait, elle m'a sacrément aidée. Elle disait qu'elle voulait comprendre ce qui s'était passé, surtout concernant Peter. Je lui ai déclaré d'entrée que rien de ce qu'elle pourrait me dire ne m'intéressait. Il y a des choses qui doivent rester dans le passé. C'était une décision que j'avais prise des années auparavant… parce qu'on a beau essayer de se convaincre que revisiter le passé permettra de modifier le présent, ça ne marche jamais. Le passé, c'est le passé. Je l'ai appris à mes dépens.

À écouter Mrs. Woakes, je constate que la douleur que j'ai vue chez ma mère est toujours à vif chez elle, peut-être même encore plus.

— Madeline sait se montrer coriace…

— Elle a insisté sur la raison du départ de Peter, m'a amenée à faire tout un tas de suppositions qui expliqueraient qu'il ait été si touché. Je lui ai dit que les voies du chagrin étaient impénétrables, mais elle n'a pas lâché. Je savais qu'elle avait un objectif en tête et j'étais la seule à pouvoir protéger la mémoire de Peter, alors j'ai accepté de la rencontrer. C'était stupide de ma part. Quand on s'est vues, elle m'a mise en colère.

— Il y avait de quoi.

— Elle m'a dit qu'elle savait où était Langdon. Je lui ai rétorqué que je ne la croyais pas et elle m'a tout déballé dans la foulée. Je lui ai répondu que ça ne m'intéressait pas. Elle a essayé de me convaincre qu'elle allait parler à Langdon en personne, pour en tirer une histoire. Je savais qu'elle mentait, qu'elle ne prendrait jamais le risque de la contacter, c'est ce que je lui ai dit.

— Qu'avez-vous fait ensuite ?

Mrs. Woakes remercie le serveur qui lui apporte son deuxième cappuccino. Elle m'observe, le temps de réfléchir à ce qu'elle va dire.

— Je suis allée à Farsley. Ne me demande pas pourquoi. Je ne sais pas ce que j'espérais trouver. Ce n'est pas comme si je comptais me balader dans la rue et tomber sur Abigail Langdon. J'ai traîné quelques heures en ville et je suis rentrée.

— Vous l'avez dit tout à l'heure : le chagrin nous fait faire des choses bizarres.

— Parfois, oui. Une semaine plus tard, Wilson est revenue me voir.

— Que voulait-elle, selon vous ?

— Une histoire, n'importe laquelle. Une vraie fouille-merde, à chercher une faille pour parler de Peter. Wilson ne le connaissait pas, elle n'avait aucune idée de l'homme qu'il était et, pourtant, elle était là, à faire semblant d'être mon amie, alors qu'elle voulait juste le compromettre.

Assis face à elle, je perçois combien le sujet est encore douloureux, et ce besoin qu'elle a de protéger la mémoire de son mari.

— Peter n'a jamais été aussi fier que le jour où il a été nommé proviseur du lycée de Haddley, c'est la mère de ses deux enfants qui te le dit. Mais il y a un mais : Peter considérait tous les enfants de l'établissement comme *ses* enfants. La moindre décision lui tenait à cœur, il avait chevillé au corps le souci du bien-être de chacun d'eux.

Je prends une gorgée de café.

— Combien de temps a-t-il exercé ?

— Cinq années avant que Simon et Nick...

J'opine. Mrs. Woakes se ressaisit et poursuit :

— Il n'aurait jamais imaginé avoir ce job, même après coup. Quand l'annonce a paru, on s'est dit qu'il n'avait rien à perdre à essayer, mais tout le long du processus de recrutement, ç'a été l'outsider. À la fin, il n'est plus resté que Peter et le proviseur adjoint de l'époque, E. E. Hathaway – Ernest quelque chose, je n'ai jamais su à quoi correspondait le second E. Il ne doit plus être tout jeune, mais je crois qu'il habite encore un appartement dans ces immeubles chicos de l'autre côté de St. Marnham. Il était déjà vieux jeu il y a vingt-cinq ans. Tout était affaire de discipline, selon lui, les élèves ne devaient pas moufter. Il ne s'entendait pas du tout avec Peter. Lui était moderne, il voulait placer les élèves au centre du système scolaire, tout mettre à bas pour reprendre de zéro. Il a défendu son point de vue avec passion devant le conseil d'administration et, contre tous les pronostics, c'est le type le moins expérimenté, qui n'était alors que directeur des études des sixième, qui a été nommé proviseur.

« Peter espérait que Hathaway allait démissionner, ou se retirer avec élégance, mais non, il était déterminé à lui pourrir la vie. Pour désamorcer le conflit, Peter l'a nommé directeur des terminale. Il savait que les plus âgés ne feraient pas grand cas de lui, l'état d'esprit d'un établissement se déterminant dans les premières années de scolarité. Hathaway a eu tôt fait de comprendre que Peter l'avait mis sur la touche, l'excluant de toutes les décisions à prendre. Dans ces limbes, il a commencé à chercher comment interférer, comment lui savonner la planche. Parmi les administrateurs, Hathaway avait encore des soutiens, il s'est facilement trouvé des alliés en appelant à réintroduire une discipline de fer.

« Peter croyait qu'en laissant un minimum le champ libre à Hathaway, celui-ci créerait les conditions de sa propre chute. Il a accepté qu'on revoie la discipline et certains règlements scolaires, à la simple condition que les élèves aient leur mot à dire. Peu après, des voix se sont élevées, il y a eu des plaintes, dirigées contre Hathaway. Émanant des parents, d'abord, puis d'un ou deux anciens élèves, et enfin des lycéens plus âgés encore au lycée. La discipline avait été poussée à l'extrême – jusqu'au harcèlement des garçons. À un moment donné, il a été question de faire appel à la police, mais Peter a saisi l'opportunité d'intervenir. On a demandé à Hathaway de démissionner : refus total. En retour, Peter a dit que, s'il ne recevait pas sa lettre de démission dans les quarante-huit heures, il lancerait une véritable enquête, impliquant des anciens élèves des vingt dernières années pour rassembler des preuves.

« Hathaway a démissionné dès le lendemain et, depuis lors, Peter n'a plus dévié de sa ligne de conduite : il faisait toujours ce qui était juste pour les élèves. Son seul regret était de n'avoir pas pu éviter que Hathaway soit recruté comme proviseur de Twickenham Duke.

Mrs. Woakes marque une pause et touille le chocolat sur le dessus de son cappuccino.

— C'est lors de cette maudite finale de rugby qu'on a notamment revu Hathaway, après sa démission. Il a pris Peter de haut. Nous, de manière un peu immature, on a savouré cette victoire, sans doute un peu trop. Ce soir-là, on a bu tellement de champagne que Peter a dû annuler la réunion matinale du lendemain.

Les mains resserrées sur sa tasse, Mrs. Woakes se penche vers moi.

— Ce que j'essaie de te dire, Ben, c'est que Madeline Wilson n'a pas vu cet homme, un homme bon, sincèrement décidé à faire de son mieux.

— Qu'a-t-elle vu, alors ?

— Ce qu'elle a glané à droite à gauche. Des rumeurs sur Langdon et Fairchild, des images biaisées, des propos malveillants. Il aurait peut-être fallu être plus strict, Peter avait tout à reconstruire, il apprenait de jour en jour. Je ne voulais plus entendre parler d'elle. J'ai refusé de la revoir.

Mrs. Woakes termine son café et fait signe au serveur d'apporter l'addition.

— Laisse, c'est pour moi, Ben, dit-elle en plongeant la main dans la poche de sa veste en quête de sa carte bancaire. Quoi que la police te demande, essaie de ne pas oublier que toi et moi sommes les seules véritables victimes de ce crime.

Je regarde Mrs. Woakes face à moi et m'en veux de penser à Madeline. Madeline Wilson n'est pas arrivée là où elle en est en publiant des rumeurs sans fondement. C'est une journaliste avec un instinct en béton armé, capable de débusquer la vérité tapie derrière chaque histoire. C'est à ça qu'elle doit cette position indétrônable dans la presse.

Quelle était l'histoire tapie sous les apparences qu'elle pourchassait ici ?

Et, quelle qu'elle soit, pourquoi Elizabeth Woakes me la dissimule-t-elle ?

28

Holly Richardson s'agenouilla sous les coussins étalés précautionneusement sur le sol de son salon.

— Maman, te redresse pas, sinon tu vas défoncer le toit de notre maison, dit Alice tout en dépouillant, aidée de Max, le canapé de deux coussins supplémentaires pour ajouter une pièce à leur cabane.

— Je ne me redresse pas, Alice, simplement, je bouge la jambe avant d'avoir une crampe, fit Holly tandis que Sarah se glissait contre elle.

— Ta mère et moi, on n'est plus si jeunes, dit cette dernière.

— C'est quoi, une crampe ? demanda Max.

— C'est quand tu as hyper-mal à la jambe à force d'être resté trop longtemps dans la même position, explique Sarah, et Holly étendit la jambe.

— Ça me fait pas ça, moi, quand je m'assois en tailleur, répondit Max.

— Ça viendra avec l'âge, répliqua Sarah.

— Mais t'es vieille, maman ! dit Alice, avant de filer hors de la pièce en compagnie de Max chercher des coussins pour agrandir la cabane.

— Je crois que je commence à m'en rendre compte, souffla Holly avec malice à son amie.

Allongée au sol près de Sarah, entourée de coussins, et voyant sa fille occupée, Holly se sentait en sécurité. Elle avait rencontré Sarah quelques années plus tôt, quand Sarah et son ex-mari James avaient acheté une maison donnant sur le Common. Ça avait tout de suite fait tilt, entre eux, et Holly avait pris plaisir à faire découvrir à sa nouvelle amie la vie à Haddley. C'était sa ville natale, le lieu où elle avait passé la majeure partie de son existence et où vivaient tous ses amis.

Et un lieu qu'elle voulait fuir à tout prix, désormais.

— Pitié, dis-moi que tu viens à la soirée demain, lança-t-elle en sirotant une gorgée de thé qui avait miraculeusement survécu à l'édification de la cabane.

— Je ne raterais ça pour rien au monde, répondit Sarah. Je vais enfin voir à quoi ça ressemble, chez tes beaux-parents : qui laisserait passer une opportunité pareille ?

— Je crois que Katherine a mis sa décoratrice d'intérieur parmi ses numéros favoris. Chaque fois que j'y vais, un truc a été rénové. J'ose pas imaginer les sommes en jeu, mais ça n'a pas l'air de la préoccuper. Ni Francis, semble-t-il.

— Si seulement j'avais ce genre de mari.

— Sérieux ?

— OK, peut-être pas, mais t'aurais pu tomber plus mal, niveau belle-famille.

— D'un certain point de vue, j'imagine que oui.

— Et ils sont raides dingues d'Alice.

— Oui. Enfin tout du moins Francis. Katherine, parfois, je me demande.

Sarah haussa un sourcil.

— Ah bon ? Comment ça ?

— Quand j'ai commencé à voir Jake, Katherine était la plus accueillante des mères. Elle m'a invitée chez elle, m'a présenté ses amis et, quand on s'est mariés, elle paraissait si heureuse, d'avoir une belle-fille avec qui passer du temps.

— Et qu'est-ce qui a changé ?

— Je ne sais pas trop. Après Alice, c'est comme si ça ne l'avait plus intéressée. Je n'avais plus le temps d'assister à ses déjeuners, n'avais plus la tête à me saper pour des cocktails. (Soupir de Holly.) Je suppose qu'il n'y avait pas trop la place dans sa vie pour un bébé qui pleure. Il m'arrivait encore de la retrouver pour un déjeuner tous les deux-trois mois, toujours à des adresses chics, mais elle ne parlait que de ce qui se passait en ville, ou de son prochain voyage avec ses copines. Je ne crois pas me rappeler une seule question portant sur Alice.

— Et Francis, alors ?

Holly roula les yeux.

— Fidèle à lui-même. C'est pas simple, entre Jake et son père. La faillite de leur boîte. L'argent. Les trucs habituels qui divisent les familles.

— Mais il passe toujours de temps en temps, il me semble le voir, non ?

— Oui, pour Alice. Je l'ai dit, il est fou d'elle, répondit Holly. Bon, maintenant, tu dois me promettre que tu amèneras Nathan à la fête.

— Ça se pourrait.

— Non ! Tu dois absolument promettre. On meurt tous d'envie de le rencontrer.

— Tous ?

— Sarah, il est canon ! Je l'ai vu courir dans le parc, ce matin, j'ai dû rembobiner ma langue.

Sarah rigola, à deux doigts de recracher son thé.

— S'il ne bosse pas demain soir, je suis sûre qu'il m'accompagnera. Je détesterais vous décevoir tous.

Sur ces entrefaites, Max et Alice reparurent, tirant chacun un coussin. Alice envoya valser une pile de livres d'un repose-pied.

— Alice, ramasse-moi tout ça, dit Holly.

— Mais, maman, j'ai besoin de ce petit siège pour ma maison.

— Ça m'est égal. On ne jette pas les livres par terre.

Alice soutint le regard de sa mère, bouche pincée.

— Tu ramasses, fit Holly, et Alice se mit lentement à genoux et entreprit de reposer les livres sur la table basse.

— La révolte gronde ? intervint Sarah, assortissant sa remarque d'un coup de coude complice.

— Va savoir… répliqua Holly avant d'ajouter sévèrement à l'adresse d'Alice : Je ne veux plus en voir un seul par terre.

— Demain, c'est votre vraie date d'anniversaire ? demanda Sarah.

— Sept longues années, souffla Holly. On a choisi la date de mariage en fonction de l'agenda de Francis, qui partait en Malaisie le lendemain pour un rendez-vous d'affaires indéplaçable. J'aurais dû le comprendre, alors : chez les Richardson, Francis passe toujours en premier.

— Il a dû y avoir des moments heureux, quand même ?

— Bien sûr, répondit Holly, mais autant où j'aurais pu me barrer sans un regard en arrière.

— Vraiment ?

— Cette famille est étouffante. Tout se paie, avec eux.

— Hol, je sais qu'ils te courent sur le système, mais essaie de relativiser.

Holly ne dit rien.

— Ça va aller, hein, Hol ? (Sarah lui toucha le bras, l'inquiétude était palpable dans sa voix.) Ne me dis pas que tu pourrais vraiment t'en aller, quand même ? Des hauts et des bas, on en a tous, même si moi, avec James, c'était plutôt des bas et des bas.

Cela fit rire Holly, qui gigota, se rapprochant de son amie.

— Si je voulais te demander conseil… chuchota-t-elle. Professionnellement parlant, j'entends.

— Hol, ce n'est pas toi.

— J'ai grandi seule avec ma mère, je rêvais de me marier, de vivre dans une jolie maison, de faire partie d'une grande famille. J'avais vingt-deux ans quand j'ai rencontré Jake et je me suis laissé éblouir par le faste et le glamour. Un instant je vivais dans un micro-studio où il fallait tripatouiller le flotteur pour tirer la chasse d'eau, et l'instant d'après je buvais des bellinis au bord de la piscine des Richardson.

— Comment ne pas adorer ça ? répliqua Sarah en riant.

En rencontrant Jake, la vie de Holly avait pris un virage immédiat. Abandonnant la studette au-dessus du pub, elle s'était dit qu'elle avait tout ce dont elle avait toujours rêvé. Elle voyait combien Jake avait besoin d'être aimé, et ça lui avait plu.

— Jake a toujours compté pour moi, aujourd'hui encore, mais la passion n'a pas duré, ça fait bien longtemps qu'elle s'est évanouie.

— Et Jake ? Qu'en pense-t-il ?

— Son père le tient sous son joug. Je ne peux rien y faire. Je ne peux pas m'empêcher de me demander si Alice et moi ne serions pas mieux loin de Haddley, de St. Marnham et de tout le clan Richardson.

— Je vais te dire ce que je dis à tous mes clients quand ils viennent me voir pour la première fois : prends le temps d'être certaine. Ne fais rien tant que tu n'es pas sûre à cent pour cent. Toute ta vie s'est construite à Haddley, c'est beaucoup de renoncements.

— Ce serait si terrible ?

— Eh bien, déjà, il y a la maison. On se battrait pour que tu en obtiennes une partie.

— C'est Francis qui paie les traites.

— Ça complique déjà un peu les choses. Ça fait combien de temps ?

— Quatre ans. On ne pourrait pas vivre ici, sans lui. Il nous tient.

— Tu n'éprouves peut-être plus les mêmes sentiments pour Jake qu'avant, mais si tu lui parlais, tu découvrirais peut-être qu'il veut une deuxième chance, lui aussi.

— Il ne partirait jamais. Francis ne le permettrait pas.

— Hol, c'est un adulte !

— Et le seul et unique fils de Francis, répliqua Holly. Jake fait de son mieux, mais il est acculé à être ce qu'il n'est pas. Ou ce qu'il pense que son père veut qu'il soit.

— Tu devrais le lui dire.

— Je ne crois pas que ça changerait quoi que ce soit. Il a été quasi anéanti par la perte de sa boîte.

— Vous êtes mariés depuis sept ans, vous avez une fille magnifique. Il n'y a rien à sauver, dans tout ça ? Vous ne pourriez pas prendre un nouveau départ ailleurs ?

— Grandpa ! cria Alice en se précipitant vers la fenêtre du salon.

— Alice ? fit Holly, se remettant debout.

— Maman ! cria sa fille tandis que Holly prenait appui sur les coussins, détruisant de ce fait la cabane.

— Désolée, ma puce, fit Holly en prenant sa fille dans ses bras.

— Regarde, maman.

Alice pointait du doigt le parc : Francis Richardson, regard rivé sur elles, se dirigeait d'un pas décidé vers la maison.

— Quand on parle du loup, dit Sarah.

29

Holly contempla son beau-père planté devant chez elle, la forte présence qu'il dégageait encore, malgré ses bientôt soixante-dix ans. S'il avait fallu le décrire, songea-t-elle, elle l'aurait qualifié de distingué – sa chevelure grise épargnée par les ans, au brushing impeccable, qu'il portait plus longue pour adoucir ses traits. Elle se dit qu'il avait dû jouer de sa stature pour se faire obéir et impressionner l'adversaire. L'homme impressionnant qu'il avait été en imposait encore plus avec l'âge.

Et intimidait toujours.

— J'espère que nous vous compterons parmi nous, demain, fit Francis, les yeux rivés sur Sarah. Vous apporteriez une touche d'élégance à n'importe quel événement.

L'intéressée rit. Holly cria à Alice et Max de ne pas sortir du jardin.

— Je ferai de mon mieux, monsieur Richardson.

— Je vous en prie : Francis.

— Je ferai de mon mieux, Francis. J'ai hâte de voir votre belle demeure. Holly m'en a si souvent parlé.

— Je n'y suis pour rien. C'est Katherine qui s'occupe de la décoration. Je ne fais que la complimenter. Et payer les factures.

— Je suis sûre que vous faites davantage, dit Sarah en coulant un regard à son amie. Vous ne me faites pas l'impression d'un homme à rester passif.

— Je m'efforce d'être actif, en effet, fit Francis en inspirant largement. Avec toutes mes participations dans des entreprises, j'ai du mal à suivre ce que fait Katherine. Chacun mène sa barque, j'ai ma vie, et elle la sienne.

Holly observa comme il avait posé doucement sa main sur l'avant-bras de l'avocate.

— Sarah m'a promis qu'elle viendrait avec son nouveau copain, demain soir. Pas vrai, Sarah ?

— Je vais essayer.

— Nous serions ravis qu'il se joigne à nous. Mais, dans le cas contraire, nous serions tout aussi ravis de vous voir seule, dit Francis.

— Merci, monsieur Richards… euh, Francis, répondit Sarah en se décalant d'un pas.

Puis, se tournant vers Holly :

— Merci encore pour ce matin.

— Tu ne veux pas reprendre un thé ? proposa Holly alors que son amie s'approchait pour la prendre dans ses bras. De toute façon, je lance la bouilloire pour Francis.

— Je serais enchanté de passer un peu de temps avec Alice, dit-il, coupant la parole à sa belle-fille. Nous, les grands-pères, on a tendance à être possessifs.

Sarah dit à Holly :

— Il faut que j'y aille.

Puis, dehors, elle appela son fils :

— Allez, Max, il va être midi.

Ce dernier traversa le jardin en trombe et vint lui prendre la main. Alice fonça à l'intérieur se couler dans les bras de son grand-père.

— Grandpa ! s'exclama-t-elle, aux anges, tandis qu'il la soulevait dans les airs. J'ai ma robe pour demain qui est toute prête.

— Tu seras la plus belle des demoiselles de la soirée, n'est-ce pas, Holly ?

— Je n'en doute pas un instant.

Holly referma la porte et Francis et sa petite-fille s'assirent au pied de l'escalier.

— As-tu eu tes escarpins à bouts dorés ?

Alice fit la moue.

— Maman n'a pas voulu.

— On t'a trouvé des chaussures ravissantes.

— Mais moi je voulais celles avec les bouts dorés.

— On en a déjà parlé, Alice, elles étaient bien trop chères.

— Mais c'est des chaussures de princesse.

— Et tu es ma princesse, dit Francis. Et une princesse ne peut pas aller au bal sans escarpins à bouts dorés, continua-t-il, paumes levées, faisant mine d'être épouvanté.

— Je peux les avoir, dis, Grandpa ? C'est vrai ?

— Rien n'est trop cher pour ma petite chérie.

Alice se jeta dans ses bras. Holly tourna les talons en direction de la cuisine. Elle mit la bouilloire en route et resta là face au plan de travail, attendant que l'eau bouille. Elle sentit qu'il était sur le seuil, dans son dos.

La voix d'Alice retentit :

— Tu veux venir me pousser à la balançoire, Grandpa ?

— Jusqu'au bout du bout du ciel ?

— Oui !

— Dans cinq minutes, dit Francis, reposant sa petite-fille au sol, quand j'aurai bu une tasse de thé avec ta maman. Et uniquement si tu me fais un petit bisou d'abord.

Holly vit Alice bondir et Francis se plier en deux pour recevoir un énorme baiser humide sur la joue.

— File dehors, dit-elle, et je viendrai te pousser dans quelques minutes.

Alice fusa dans la cuisine et sortit.

— Vous la gâtez trop.

— Mais si je ne la gâte pas, qui le fera ?

— Il faut qu'elle apprenne qu'on ne peut pas tout avoir, rétorqua Holly en observant sa fille foncer dans l'immense cabane en bois que ses grands-parents lui avaient offerte pour ses trois ans.

— Pourquoi ? C'est notre petite princesse.

Holly entendit Francis fermer la porte de la cuisine. Elle suspendit sa respiration. Soudain, un bras s'enroula autour de son cou et elle fut plaquée contre le comptoir en marbre noir. Son visage pressé contre la surface dure et froide. Elle sentit son beau-père glisser la main dans sa culotte et se tendit lorsqu'il souleva rapidement sa jupe pour s'insérer en elle brusquement. Aussitôt, ce fut une série de coups de boutoir sur un rythme haletant. Elle ferma les paupières et essaya de penser à sa fille qui jouait dehors.

— Faites vite, souffla-t-elle tandis qu'il la pilonnait.

— Tu devrais pas me faire attendre comme ça, avec ta petite copine.

Holly tendit le bras et le tripota, sachant que ça ralentirait ses gestes. Il gémit et elle se repositionna doucement contre lui ; il réduisit l'allure. Elle s'agrippa au plan de travail et esquissa de nouveau un geste en direction de son membre.

— Non, fit Francis.

Un faible grognement lui échappa au moment de se retirer, Holly en eut un haut-le-cœur. Son beau-père pesait sur elle de tout son poids, l'écrasant contre le comptoir en marbre.

— Tu devrais vraiment pas, dit-il, pressant ses lèvres contre son oreille, y introduisant de force sa langue, jusqu'à ce qu'elle se dégage prestement et se retourne.

— Ça suffit, Francis, dit-elle, remontant sa culotte.

— Tu essaies juste d'en finir le plus vite possible, hein ?

— Alice est juste là, dehors.

— Laisse Alice où elle est. (Il se reboutonnait et sanglait sa ceinture sous les yeux de Holly.) Il rentre quand, Jake ?

— Tard, sans doute.

— J'aurai peut-être le temps de remettre ça, dans ce cas ; tu seras peut-être un peu moins tendue.

— Non, Francis.

— J'ai mon jeu de clés, donc pas besoin de m'attendre. Je pourrai te prendre par surprise.

Holly détourna le visage, résolue à ne pas montrer la moindre faiblesse. Francis traversa la pièce et alla toquer au carreau.

— Grandpa, viens ! cria Alice.

— Tu es prête pour aller jusqu'au ciel ?

— Oui !

— Faites attention à elle, fit Holly, sans un regard pour Francis.

— À plus tard, dit-il en sortant dans le jardin à l'arrière de la maison.

Au passage, Holly le vit lâcher trois billets de cinquante livres sur le carrelage.

— Et va lui acheter ses chaussures.

30

Après son service, Corrine était rentrée chez elle sans tarder, parcourant d'un pas pressé un lacis de rues secondaires, déterminée à éviter le front de mer. Elle s'était préparé des saucisses-frites mais y avait à peine touché et, repoussant le plat à demi entamé sur la table éraflée, elle avait regretté d'avoir gâché deux des Cumberland qu'elle avait piquées à la maison de retraite. Devant l'évier dans le coin de sa minuscule cuisine, elle attendit que l'eau chauffe pour rincer son assiette et l'essuyer avec le torchon qu'une des résidentes lui avait acheté lors d'une virée en car au port de Folkestone. Corrine avait été touchée que la vieille dame ait pensé à elle.

Prenant son verre d'eau, elle se dirigea vers sa chambre, posa le verre par terre au pied de son lit. Elle alla remettre les cartons en place contre la vitre. Elle en avait scotché quatre ensemble, qui permettaient de bloquer la lumière du jour. Elle s'assit sur son lit et s'enfonça des bouchons d'oreilles en mousse, même s'ils ne filtraient jamais totalement le vacarme de la salle d'arcade au rez-de-chaussée. S'allongeant, elle contempla l'ampoule nue au plafond et se souvint de l'abat-jour en papier entrevu à Wilko. Il ne coûtait que deux livres, mais elle se demanda si, à ce prix, ça ferait véritablement une différence. Elle pourrait peut-être en dénicher un vieux à Sunny Sea.

Elle s'étira le dos mais se figea quand la sonnette retentit. Elle retira un bouchon d'oreille et écouta attentivement, sans bouger, aux aguets.

Nouveau coup de sonnette.

Elle quitta le lit et alla jeter un œil à travers une fente entre deux cartons. En se hissant sur la pointe des pieds, elle aperçut deux policiers debout devant la porte.

L'autre connard de gros rougeaud, songea-t-elle. Il y était allé, chez les flics. Faut dire qu'elle l'avait plantée bien profond, sa main boudinée.

Elle recula d'un pas et attendit.

Silence.

Jetant de nouveau un coup d'œil, elle vit les deux flics repartir vers la rue. Elle souffla de soulagement et glissa les pieds dans ses chaussures avant de regagner le salon. Elle ouvrit la fenêtre donnant sur l'arrière, se faufila à l'extérieur sur l'escalier métallique de l'issue de secours et, de là, gagna l'entrée de service de la salle d'arcade. Elle pianota le code qui déverrouillait la porte, dépassa les toilettes du personnel qui empestaient et, profitant d'une porte coupe-feu défaillante, pénétra dans le brouhaha de l'arène de jeux.

Son estomac se souleva sous les effluves de pop-corn artificiel et elle cligna des paupières sous les spots de cette caverne étouffante. Une petite famille ramassait les jetons crachés par un jeu de Pac-Man et Corrine pénétra dans la cabine de change surélevée située au centre de la salle d'arcade.

— Les flics te cherchent, dit Chad, le propriétaire des lieux.

— Je sais. Ils sont venus ici ?

— J'ai dit que je t'avais pas vue depuis plusieurs jours.

— T'es un amour. Je te revaudrai ça.

— Qu'est-ce que t'as fait ? demanda Chad tout en empoignant le billet de cinq qu'un retraité lui tendait, qui serait dépensé aux machines à sous à dix pence.

— Qui a dit que j'avais fait quèqu'chose ?

— Juste une visite de courtoisie, c'est ça ?

— Ouais, plus ou moins.

— J'te les envoie, dans ce cas, la prochaine fois.

— Vous ne m'avez rendu que quatre dollars, dit une femme derrière la vitre.

— Désolée, ma belle, répondit Chad, en poussant une autre pile de pièces de dix pence sous l'hygiaphone.

La femme la versa au fond de son gobelet en plastique et partit d'un pas traînant.

— « Ma belle » ? Ça pourrait être ta grand-mère.

— Y a pas que toi qu'apprécies les mots doux, fit Chad.

Se tournant vers Corrine, il vint glisser sa main dans son collant.

— Dégage ta paluche de là, putain, fit-elle en l'envoyant bouler.

— T'étais pas si farouche, l'autre soir.

— L'autre soir, j'étais bourrée.

— Tu m'avais l'air tout à fait satisfaite, à japper comme une chienne.

— Faudra que j'en parle à ta femme, alors.

— Essaie seulement et tes copains les poulets viendront te ramasser *illico*.

Corrine se décala, s'accouda au comptoir, laissant sa cuisse nonchalamment appuyée contre le bras de Chad.

— S'ils repassent, tu voudras bien leur dire que je suis partie, juste pour quelques jours ?

— Tu m'demandes de te rendre un service, maintenant, si j'ai bien compris ?

— Sois pas comme ça, répondit Corrine. On s'est bien marrés, la semaine dernière, mais c'était juste une fois.

— La dernière chose qu'il me faut, par ici, c'est des gens qu'ont des emmerdes avec la police. On brasse pas mal de blé, avec les machines, c'est mieux si de temps à autre les flics ferment les yeux. Je préfère être un bon citoyen et rendre service quand j'en ai l'occasion.

Corrine savait que, si elle pouvait éviter les flics quelques jours, ils se lasseraient de la chercher. Le gros lard de la plage ne serait jamais leur priorité. Se rapprochant, elle caressa du bout des doigts l'hippocampe tatoué sur l'avant-bras de Chad.

— Allez, beau gosse, toi et moi, on est pareils, on veut pas d'embrouilles.

— Demain, j'ai l'aprèm de libre, Dean est de service. Je pourrais te monter un fish and chips, quelques bouteilles de cidre et te tenir compagnie.

— J'aime encore mieux me taper Dean le boutonneux avec un kebab.

— Fait chier ! J'essaie juste de t'aider, moi, fit Chad, tout en fourrant derechef sa main dans le collant de Corrine. Quelque chose me dit que t'es peut-être un peu trop vieille pour Dean. Un homme avec plus d'expérience, comme moi, saura mieux apprécier tes talents.

— Vas-y, c'est bon, à quinze heures, alors, se résigna Corrine. Et si tu rapportes un fish and chips, vérifie qu'il y a la dose de vinaigre.

31

En sortant de la gare, je traverse le village de St. Marnham puis gagne le chemin de halage. Arrivé à la terrasse du restaurant de Mailer, je tombe sur Will assis seul dans le coin opposé. Il s'installe souvent à cette table, en fin de matinée, quand East et son équipe dressent les tables du déjeuner. Penché sur son clavier, il ne me voit pas avant que je sois au-dessus de lui.

— Ben, fait-il en levant les yeux et refermant son ordinateur. Je ne m'attendais pas à te revoir de sitôt.

— J'étais dans les environs et je me suis dit que j'allais passer voir si tu avais dix minutes pour évoquer Nick et l'été de sa mort.

— Là tout de suite ? Oui, je crois. Je n'avais pas saisi que c'était si pressé. Si tu te lances dans cet article, c'est qu'il s'agit de ta mère, j'imagine ?

— Oui, oui, tout à fait, mais tout est lié. De quelque côté qu'on le prenne, tout commence cet été-là. Je peux ?

J'attrape une des chaises en fer forgé avec un lourd coussin.

— Bien sûr. Tu veux un café ? demande Will, le regard tourné vers le restaurant.

— Merci, ça ira. J'ai déjà ma dose de caféine.

Il se lance :

— Je ne suis pas sûr de pouvoir te dire beaucoup de choses. Nick et moi, on était copains au lycée, mais pas tant que ça au-dehors.

— Vous aviez quand même le rugby ? dis-je, revoyant Will parmi les membres de l'équipe victorieuse de Nick.

— Oui et non. L'équipe était très concentrée sur la victoire. Ça ne laissait pas beaucoup de place pour le reste. On ne traînait pas tellement ensemble, après les cours.

Ce que me dit Will ne colle pas avec mes propres souvenirs : Nick toujours à jouer sur le Common avec ses copains. Je suis certain que Will était parmi eux. Mais, devant son embarras, je décide de ne pas insister.

— Mais quand vous passiez du temps ensemble, est-ce que Nick parlait parfois de Langdon ou de Fairchild, pendant les cours peut-être ? Ou tu les as peut-être vus ensemble ?

— Pas d'après mes souvenirs, non. Tout le monde les connaissait au lycée, mais au-delà de ça, je saurais pas dire.

— Et cet été-là ? Elles auraient pu passer du temps avec Nick et Simon ?

— C'est pas à moi qu'il faut poser ces questions. Je pense pas avoir vu Nick plus d'une journée pendant toutes les vacances d'été.

— Et ce jour-là ?

— Ça fait plus de vingt ans, Ben, je ne peux pas me souvenir de ce qu'on a fait. J'ai probablement dû croiser Nick à Haddley et on aura fini par passer l'après-midi au McDo. Ou alors on aura grimpé jusqu'à Haddley Hill Park. Les plans classiques de l'été. On tue le temps. Rien de plus.

— Ce jour-là, est-ce que Nick t'a parlé de Langdon et Fairchild ?

— Non, pas que je me souvienne, répond Will en croisant les jambes, gêné, avant de marquer une pause. Je ne sais pas, peut-être comme ça en passant, rien de plus.

Je ne lâche pas :

— En quels termes ?

— Des trucs de mecs, pour se marrer. Pour chambrer. Abigail et Josie étaient le genre de filles qui attiraient l'attention, souvent pas des meilleures personnes. On a pu faire une vanne à leur sujet mais, franchement, Ben, je peux rien te dire de plus.

— Tu te rappelles combien de temps c'était avant le meurtre ?

— Une semaine, peut-être deux. J'essaie de ne pas y penser. Tu crois que dans tout ça quelque chose a un lien avec ce qui est arrivé à ta mère ?

— Je commence à le penser, oui. Mais t'étais en plein boulot, dis-je en désignant du menton le portable de Will, avant de me lever, alors je ne t'interromps pas plus longtemps.

— Je réponds à une poignée de mails, c'est tout.

— Merci de m'avoir accordé du temps. Tu salueras East pour moi.

Je m'apprête à filer quand, songeant au message de ce dernier, je m'arrête net.

— Ben ? fait Will en me dévisageant.

— T'en fais pas, c'est rien.

Ce n'est qu'une fois de retour sur la berge, en route vers Haddley, que je consulte mon téléphone. J'envoie un texto à East :

J'ai papoté avec Will mais je crois
que tu dressais les tables pour le déj.
À une prochaine.

Une minute ne s'est pas écoulée quand je sens sa réponse vibrer dans ma poche :

Pourquoi pas demain ?

Je sais qu'East veut me convaincre de ne pas écrire cet article. J'ignore pourquoi, mais je ne vais pas me laisser détourner de mon objectif.

Je te tiens au courant.

Voilà ma réponse.

32

Je traverse Haddley Common et observe l'agente Cash sortir d'un véhicule de patrouille et s'approcher de chez moi. Voyant qu'elle est seule, j'accélère l'allure et la rejoins juste devant ma porte.

— Bonjour, dis-je, souriant. J'imagine que c'est moi que vous cherchez ?

— Monsieur Harper, bonjour, répond-elle. J'espérais que vous auriez peut-être eu l'occasion de trouver un échantillon de l'écriture de votre mère ?

Son approche est à des années-lumière des accusations acerbes de la lieutenante Barnsdale.

— Je suis sûr que je pourrai trouver quelque chose, si vous voulez entrer, dis-je, avant d'ajouter : Je vous offre un café ?

— Uniquement si vous en prenez un, répond Dani, de toute évidence soulagée de mon absence d'hostilité.

— Je carbure à la caféine, rétorqué-je par-dessus mon épaule tout en m'enfonçant dans le couloir de la cuisine où je lance la cafetière. Je n'ose pas penser à l'effet sur ma pression artérielle.

Dani m'a suivi et prend un siège devant l'îlot central.

— Deux sucres pour moi, s'il vous plaît, ce qui est sûrement bien pire.

Quand elle sourit, ses yeux s'éclairent.

— Chacun ses vices, réponds-je en ouvrant le tiroir plein de bazar bon à jeter comme il y en a, j'en suis sûr, dans chaque cuisine.

Sauf qu'au fond du mien se trouve une enveloppe brune qui n'est pas à jeter du tout. Dedans, deux cartes envoyées par ma mère que j'ai conservées depuis dix ans – une pour l'anniversaire de mes vingt ans, la dernière écrite de son vivant, et l'autre pour me féliciter d'avoir obtenu mon permis de conduire. Je les tends à Cash, et soudain, je ressens un besoin pressant de les lui arracher sitôt que je m'en suis séparé. Non pas que je les regarde souvent, mais savoir qu'elles sont là me fait du bien, bizarrement.

— Je vous les rapporte dès que je peux, fait l'agente, serrant précautionneusement les cartes dans ses mains, comme si elle devinait ma réticence. Je sais combien ce doit être difficile, pour vous, de revivre tous ces événements.

Je l'observe ; la sincérité patente de son regard me laisse croire qu'elle me comprend vraiment. Je hausse les épaules.

— C'était il y a longtemps.

— Elle est belle, cette photo de vous deux, reprend-elle devant le cliché qui nous montre ensemble devant la distillerie Arran.

— Elle a été prise quelques semaines avant sa mort. On avait demandé à un passant de nous photographier avec mon téléphone pendant qu'on attendait le taxi.

— Elle a l'air heureuse.

— Plus j'y pense, plus je crois qu'elle l'était, oui.

Je tends à Cash sa tasse et m'assieds face à elle.

— C'était un voyage qui comptait beaucoup, pour elle.

— Elle a pu passer du temps avec vous, répond une Cash souriante.

— Oui, mais ça va plus loin que ça. Ce voyage devait lui permettre de me parler. Je me suis toujours dit que peut-être, d'une manière étrange, elle voulait se rassurer sur le fait que j'allais m'en sortir, mais en réalité je n'ai jamais voulu y croire.

— Vous n'avez jamais accepté l'idée qu'elle se soit suicidée ? demande Cash dont le franc-parler me surprend légèrement.

Il me faut un moment avant de répondre :

— Je ne sais pas si je m'y suis jamais vraiment confronté. Je n'en avais pas envie, je crois.

— Et aujourd'hui ?

— Aujourd'hui je suis certain que sa mort cache quelque chose qu'aucun de nous n'a soupçonné.

— D'où vient cette certitude ?

— En repensant à ce voyage, je réalise qu'elle ne se rassurait pas sur mon compte. Elle pensait à sa propre existence, et ses projets d'avenir à elle.

— Qu'est-ce qui vous a fait changer d'avis ?

Je m'arrête.

— Abigail Langdon. Ou plutôt sa mort.

Je me lève et me mets à déambuler dans la cuisine.

— Et si, au moment où nous avons effectué ce voyage, ma mère était déjà en contact avec Langdon ? Les dates collent.

Je songe à la pluie lacérant la baie lors du dernier après-midi passé à Arran.

— Elle est convaincue que Langdon sait quelque chose. Puis elle trouve un moyen d'entrer en contact avec elle, mais pour toute réponse Langdon exige de l'argent.

— Vingt-cinq mille livres, dit Cash.

— Exactement. (Je me débats pour me rappeler la teneur de notre discussion à Arran.) Elle m'a demandé si je pensais qu'il demeurait des zones d'ombre et, si oui, si j'avais envie de savoir. J'ai mis fin à la conversation et lui ai dit que je ne voudrais pas en entendre parler.

— Qu'est-ce qu'Abigail Langdon avait à lui révéler, selon elle ?

Je me rassieds à côté d'elle.

— Je ne sais pas mais, ce qui est clair, c'est que c'était un secret que quelqu'un tenait beaucoup à protéger. Quelques semaines plus tard, ma mère était morte.

— C'est un grand pas en avant, fait Cash d'une voix posée.

— C'est vrai. Mais quelqu'un a décidé de tuer Abigail Langdon. Pourquoi ?

— Pour protéger ce même secret ?

— C'est ce que je compte bien découvrir. En commençant par ce qui s'est passé à Farsley cette semaine.

— Monsieur Harper, cette enquête est du ressort de la police du West Yorkshire, réplique l'agente, et son ton sonne vaguement comme un reproche.

— Peut-être bien, dis-je, mais mon expérience avec la police m'incite à me poser mes propres questions. S'ils n'avaient pas si rapidement conclu au suicide de ma mère, j'aurais peut-être pu poser davantage de questions à l'époque.

— Je ne crois pas qu'il soit besoin de vous rappeler qu'une enquête est ouverte et que tout ce que nous vous avons dit à ce stade demeure confidentiel, fait Cash, un voile d'inquiétude sur le visage.

— Faites-moi confiance, réponds-je en souriant. Je n'ai aucune intention de gêner le travail si précieux de la police. J'ai dans l'idée de me rendre en voiture demain matin jusqu'à Farsley. Juste histoire de prendre le pouls de la ville. Je trouverai peut-être une ou deux personnes qui auront connu Langdon. Rien de plus. Si vous croyez que je vais franchir la ligne rouge, pourquoi ne pas m'accompagner ?

— Demain c'est samedi, je ne suis pas en service, répond-elle en toute hâte.

— C'est demain que je vais à Farsley.

— Monsieur Harper, je ne crois vraiment pas que ce soit une bonne idée.

— Appelez-moi Ben. Je ne fais rien d'illégal. Si vous venez avec moi, tout sera officieux.

Nous sommes interrompus par un coup sec à la porte.

— Réfléchissez-y, dis-je en quittant la pièce précipitamment.

Sur le seuil, je tombe sur Phil Doorley de PDQuick Livraisons.

— Bonjour, Ben, fait-il en me tendant un colis libellé *United States Postal Services*. J'en ai encore trois autres comme ça pour vous dans la camionnette.

Je sèche un moment quant à leur contenu possible. Puis ça me revient : le podcast auquel je travaillais avant ma discussion avec Madeline. Avec tout ce qui s'est passé depuis, ça m'était complètement sorti de la tête.

— Je vais vous filer un coup de main, dis-je en le suivant vers le trottoir.

— Vous avez une boîte d'import des US ?

— C'est un stock de vieilles cassettes d'interviews. Elles ont jamais été numérisées donc y avait pas d'autre moyen de les consulter. Une chaîne télé me les a envoyées.

— Un problème ? demande-t-il en frôlant la voiture de Cash garée devant la maison.

— Pas du tout. Juste une visite de routine.

Phil opine du chef et nous calons les cartons dans mon entrée. Quand nous ressortons, une Range Rover s'immobilise au milieu de la chaussée, à hauteur de la camionnette de Phil.

— Eh, mon pote ! s'écrie James Wright, bondissant hors de sa voiture en direction de Phil. (Puis, me voyant, il suspend son élan.) Salut, Ben, comment allez-vous ?

— Bien, merci.

Sur quoi je le salue et informe Phil que je prendrai le dernier carton.

Je fais demi-tour vers chez moi et, une fois devant ma porte, me retourne pour voir James, le bras passé autour de Phil, deux anciens camarades d'école ricanant sous cape en traînant aux abords du Common. Depuis mon perron, j'extirpe mon téléphone de ma poche et envoie un texto :

Will, qqc dans ce que t'as dit me turlupine,
depuis une heure. T'as dit que Langdon
et Fairchild attiraient l'attention
des mauvaises personnes ?
Qu'est-ce que t'entendais par là ?

Deux coches apparaissent en bordure du message. J'attends qu'il réponde.

Des hommes. Toutes sortes d'hommes.

Quand je reviens dans la cuisine, l'agente Cash repose son portable.

— Je viendrai avec vous demain mais on visite la ville, rien de plus.

— Je ne m'attendais pas à ce que vous acceptiez.

— Pour être honnête, j'en ai ma claque, de Haddley, un peu d'air me fera du bien. Vous me direz quelle heure.

— Tôt. (Elle ramasse les deux cartes que je lui ai trouvées.) Je ne sais pas comment, mais je l'ai eu du premier coup, dis-je en baissant les yeux sur la carte de félicitations dans sa main. (Je récite ce que ma mère y a écrit) : « Préviens-moi chaque fois que tu prends la route. » Ma mère se croyait hyper-drôle.

— Elle avait l'air super. J'imagine comme elle doit vous manquer.

Je reprends ma place en face d'elle.

— Le temps adoucit les choses. Je pense encore à elle, ou à Nick, presque chaque jour, mais maintenant c'est souvent de manière positive. J'ai appris à me souvenir des moments heureux. Il y en a eu.

Disant ces mots, je souris.

— Ces moments de bonheur aident à traverser les phases plus difficiles, pas vrai ? fait Cash, soudain distante.

— Oui, réponds-je, puis, hésitant : Ça vaut pour vous aussi ?

Elle botte en touche :

— On a tous des hauts et des bas. Je ne fais pas exception. Faut être fou, pour croire que tout va se passer comme on l'a imaginé. C'est pas ça, la vie.

J'opine brièvement et elle poursuit :

— On croit que la vie va nous offrir un truc, et soudain sans prévenir on se retrouve dans un plan qu'on aurait jamais cru possible.

Elle fait tourner son alliance autour de son annulaire.

— Ça fait combien de temps que vous êtes mariée ?

Ses mains retombent le long de son corps, puis se logent sous ses cuisses.

— Pas longtemps, quelques mois. C'est tout frais.

Elle termine son café.

— J'ai perdu mon père il n'y a pas très longtemps. Je sais que ça peut être dur.

— Je suis navré.

— Pas évident, la famille, ajoute-t-elle en prenant la deuxième carte.

— Mes vingt ans. Je suis né fin janvier, mais comme la plupart des étudiants je faisais jamais le ménage. Je l'ai retrouvée à mon retour à la fac, après la mort de ma mère.

— Ça n'a pas dû être facile.

— Je l'ai ressortie au mois de janvier suivant. Je me suis dit que je le ferais chaque année pour mon anniversaire mais je l'ai jamais fait. J'imagine que je suis pas aussi sentimental que ça.

— Vous avez toujours été seul avec votre mère ? Je veux dire, enfin, après que Nick…

Elle pique un fard.

— En gros, oui. Mon père n'a jamais trop été là. Il est parti quand j'avais trois ans.

Elle hoche la tête.

— Je suis désolée.

— Faut pas. C'était pas une grosse perte.

Je ramasse nos tasses et les mets dans l'évier.

— Il a toujours beaucoup voyagé pour le boulot, un truc dans la vente, je sais pas trop au juste. Ça devait correspondre à sa personnalité volage, j'imagine. Je me revois le nez collé à la fenêtre, à attendre qu'il revienne de ses voyages. Il nous rapportait chaque fois un petit cadeau, des petits riens mais, à trois ans, ça comptait beaucoup. La dernière fois, je l'ai attendu pendant des jours et des jours mais il n'est jamais rentré.

Je regarde au-dehors, dans le jardin.

— Ce week-end-là, avec Nick on avait transbahuté la tondeuse jusque derrière et on avait essayé de tondre la pelouse.

— Et vous ne l'avez jamais revu depuis ?

— Il passait de temps à autre, mais jamais pour des choses positives.

Je reviens m'asseoir face à elle.

— Le jour de la finale de rugby, il a déboulé de nulle part. Ma mère était au travail et Nick était trop content de le voir. Il voulait que notre père le voie jouer. Il m'a dit d'aller lui dire bonjour mais j'ai refusé. Nick m'a fait promettre de ne rien dire à notre mère. Elle en avait ras le bol, que notre père se pointe à l'improviste et foute le bordel dans nos vies. Il nous faisait des promesses, qu'il tenait rarement. Elle lui a lancé un ultimatum : soit il s'engageait à nous voir sur une base régulière, soit il gardait ses distances. Il n'a fait ni l'un ni l'autre. Il est revenu quelques semaines plus tard, cette fois Nick et moi partions nager au Tooting Bec Lido. Alors que nous courions après le bus, il a promis à Nick qu'il reviendrait la semaine suivante. Mon frère voulait le voir et m'a une fois de plus fait jurer de ne rien dire à notre mère. Il savait qu'elle ne serait pas contente. Une semaine a passé et, par une journée torride, j'ai menti à ma mère en lui disant que je n'avais pas tellement envie d'aller nager. « Comme tu veux », elle a dit, mais je sais qu'elle ne comprenait pas pourquoi je n'avais pas envie d'aller me rafraîchir. J'ai gardé le secret. Je l'ai toujours regretté.

— Votre père n'est pas venu ?

Je secoue la tête.

— En lieu et place de mon père, Nick a retrouvé Simon et ils sont rentrés en bus ensemble. Langdon et Fairchild les attendaient dans l'herbe.

Je me frotte le visage des deux mains.

— Mon père aurait dû être là, avec Nick.

V

« Vous mentez avec un naturel désarçonnant, vous vous faites passer pour un flic et, maintenant, vous piquez des indices sur la scène de crime. »

33

Je longe le Common à la lueur des réverbères. J'allume mon téléphone pile au moment où l'on passe à trois heures du matin. Je veux être à Farsley avant qu'un grand quotidien ne sente qu'une histoire se trame. Un vent fort souffle du fleuve et je remonte le zip de ma veste et boutonne mon col.

C'est alors que j'aperçois une silhouette qui s'engage dans le parc, venue de Lower Haddley Road.

— Ben, c'est toi ? fait une voix.

Plissant les yeux pour percer l'obscurité, je vois Nathan Beavin qui marche vers moi. Super.

— Levé tôt ou pas couché ? demande-t-il.

— Je démarre, réponds-je. T'as fini tard, toi ?

— On a fermé à deux heures, ce qui n'empêche pas que certains traînent encore. Après ça, faut en plus qu'on fasse un peu de ménage avant de pouvoir rentrer.

— Ça fait des grosses journées, ça.

— Ça me plaît. Le vendredi soir, les gens sont marrants, réplique-t-il, désormais près de ma voiture. Je t'ai guetté, ce soir, mais je t'ai pas vu.

— Le boulot a eu raison de moi. Je suis sur un nouveau sujet, j'ai essayé d'avancer dans mes recherches.

— C'est ça que tu vas faire aujourd'hui ?

La conversation a viré sans prévenir à l'interrogatoire minutieux. Ça semble la norme, avec Nathan.

— Plus ou moins.

— Quel genre de sujet nécessite qu'on soit debout au milieu de la nuit ?

— Tu serais surpris, mais j'ai pas mal de route devant moi et je me suis dit que j'allais essayer d'éviter les bouchons.

— Tu veux doubler tout le monde ?

— On pourrait dire ça.

— Une piste intéressante ?

Je ne peux que m'incliner devant sa persévérance.

— C'est juste les prémices. À ce stade, on ne sait jamais vraiment ce que ça va donner.

Je cherche l'agente Cash du regard. Je l'ai prévenue que je partais à trois heures.

— Je te retiens pas, poursuis-je. Tu dois être claqué.

— Je suis carpette, fait Nathan, mais on s'habitue. Comme Max est pas là, j'espère faire la grasse mat, demain. Son père le prend deux soirs de suite ce week-end pour que Sarah et moi on puisse aller à la soirée des Richardson.

— Cool.

— C'est sympa de sa part de garder Max une nuit de plus.

— C'est son fils.

— Pas faux. Il s'est dégoté une petite jeunette, m'a dit Sarah. L'avait pas trop l'air impressionnée, globalement.

— Comme je t'ai dit hier, je le connais pas trop.

— Ouais, répond Nathan. J'ai interrogé quelques personnes mais aucune ne semble vraiment le connaître. Ou alors ils veulent rien dire.

— Tu sembles bien curieux. C'est à Sarah que tu devrais en parler, si tu t'inquiètes.

— Je m'inquiète pas, non, pas du tout. Simplement je suis curieux de savoir ce qui s'est passé avant moi.

— Je suis sûr que Sarah te le dirait, si elle pensait qu'il y avait quelque chose que tu devais savoir.

— Ouais, sans doute, répond-il alors que j'aperçois avec soulagement Cash qui s'approche de nous, vêtue d'un jean et d'un sweat noir. Elle est avec toi ?

— Dani, dit rapidement la policière, se présentant à Nathan avant que j'aie à le faire.

J'explique qu'elle bosse avec moi sur mon enquête.

— Vous travaillez avec Ben sur place ?

— Je suis free-lance, réplique-t-elle tout de go.

— Une super-pro, ajouté-je, croisant brièvement son regard.

— Quel genre de sujets ? demande Nathan.

— Surtout les affaires criminelles. Mais j'aime aussi les faits divers, tout ce qui touche à l'humain.

Au moment où je déverrouille les portières de la voiture, Nathan demande :

— Vous quittez Londres ?

— On va vers le nord, réponds-je, mais j'ai promis à Holly de rentrer ce soir. On se verra à la fête.

— Ça va être grandiose, dit-il en s'écartant, et je l'observe, dans le noir, marcher vers chez Sarah.

34

Corrine se carra contre le dossier du fauteuil. Un instant après, sa tête tomba en avant, ses yeux se fermèrent de nouveau. Puis un autre coup résonna en bas dans le hall et elle se redressa, étira sa nuque. Ils n'étaient pas censés dormir dans le salon des résidents mais elle n'avait pas pu dormir cet après-midi, et puis qu'est-ce qu'ils pouvaient bien faire d'autre toute la nuit ? Un coup d'œil à sa montre lui apprit qu'il n'était même pas quatre heures. Elle se pencha pour jeter un œil dans le couloir. Aucune porte n'était ouverte, tout était éteint. Elle tendit l'oreille mais, hormis le ronflement puissant de Mrs. Hinchcliffe dans la chambre 4, tout était silencieux.

Elle regonfla les coussins empilés dans son dos et essaya de se réinstaller, se tortillant péniblement pour trouver une position confortable. Elle finit par appuyer la tête contre le bord du fauteuil, pour s'en détacher sitôt que son nez toucha le tissu rugueux. Elle était certaine de sentir les traces du dîner moisi de la veille. Elle détestait la façon dont les odeurs persistaient à l'intérieur du foyer. Chaque odeur vouée à s'éterniser des jours durant, un mélange permanent de chou bouilli et d'urine.

Collant plutôt son visage dans sa paume, elle ferma les paupières et laissa son esprit vagabonder. Elle avait pris son service à six heures, la veille au soir, débarrassant les assiettes du dîner avant de pousser les résidents à aller se coucher tôt. « Puis-je vous raccompagner à votre chambre ? » Molly lui avait dit de dire ça à chacun, le soir. Corrine avait hâte qu'ils soient tous au lit. Il y en avait toujours pour traîner dans le hall, ceux qui voulaient parler. Les mêmes histoires, répétées soir après soir. À propos de leur famille, principalement. Ils lui racontaient comme tout réussissait à leur fils, leur fille ou leur petite-fille, quelle personne formidable, et gentille et aimée de tous c'était. Aux yeux de Corrine, c'était du flan. Aucun d'entre eux ne semblait admettre que c'étaient ces mêmes familles qui les avaient laissés là, enfermés à Sunny Sea, semaine après semaine, leur rendant rarement visite. Mais personne ne semblait jamais vouloir parler d'autre chose que de la famille, la leur ou la sienne.

À force, elle s'était mise à inventer ses propres histoires. Parfois, elle leur disait que ses parents étaient morts dans un accident de voiture, d'autres fois c'était un accident de train. Elle appréciait la chaleur qui se dégageait quand on levait sur elle des yeux pleins d'empathie. Elle parvenait presque toujours à tirer une larme à ces vieilles carnes, mais une fois un des petits vieux l'avait interrogée sur le lieu exact du drame. Il avait bossé avec la sécurité du rail dans sa jeunesse. Paddington, avait-elle dit, le cœur serré. Il avait semblé acquiescer, à son grand soulagement, et lui avait présenté ses condoléances. Après, elle avait remarqué qu'il s'était montré particulièrement prévenant avec elle, lui offrant même une boîte de chocolats à Noël. La fois suivante où un résident lui avait posé des questions sur sa famille, elle avait dit qu'ils étaient morts dans l'attentat de Lockerbie mais qu'elle n'aimait pas en parler. À la fin de la semaine, la vieille fille lui avait glissé un billet de dix dans la paume, elle n'en revenait pas de sa chance. La fois d'après, c'était sa sœur qui était morte dans les attentats de Londres et elle s'était fait vingt livres. Puis sa mère avait péri sous un arbre lors de la grande tempête, mais la vieille fouine s'était mise à poser des questions et avait vite compris que les dates ne collaient pas tout à fait. Il avait eu une crise cardiaque à la fin de la semaine suivante et elle avait été contente d'en être débarrassée.

Une alarme se déclencha soudain et, s'extirpant de sa léthargie, elle se retourna vers le couloir. La loupiote au-dessus de la chambre 7 clignotait : Mr. Talisbrook – du moins, elle pensait qu'il s'appelait comme ça. Elle s'étira et était à peine debout que Molly, déboulant de l'autre couloir, était déjà à sa hauteur.

— Mr. Talisbrook, dans la 7, je crois, Molly. J'y allais, dit-elle en hâte.

Molly l'ignora et continua d'avancer. Corrine détestait Molly.

Elle ouvrit la porte de la chambre et vit Molly s'y précipiter. Mr. Talisbrook était étendu sur le sol de la salle de bains, le pantalon baissé – Corrine crut défaillir sous l'odeur. Elle resta dans l'encadrement de la porte, respirant côté couloir, pendant que Molly essayait de le ranimer. Quand Molly lui cria d'aller chercher des secours, elle lui fut reconnaissante d'avoir une raison de filer dehors.

L'ambulance serait là dans quinze minutes, lui dit la femme à l'autre bout du fil. Corrine décida qu'elle ferait mieux de les attendre sur le seuil pour les faire entrer. Quand les secours arrivèrent, avec cinq minutes d'avance, elle fut déçue d'en voir sortir deux femmes.

Quelques minutes après, elles emportaient Mr. Talisbrook sur un brancard et Molly lui commanda d'aller nettoyer la chambre. Elle gagna le placard au bout du couloir. La pagaille régnait : de vieilles alèses y côtoyaient des chiffons propres, des flacons de désinfectant et de gel hydroalcoolique. Elle attrapa une serpillière et un seau, trouva une paire de gants épais encore empaquetés. Ils étaient à elle, désormais.

De retour dans la chambre de Mr. Talisbrook, elle ouvrit la fenêtre et un courant d'air frais s'insinua dans la pièce. Elle remplit le seau dans la douche et y versa une quantité généreuse de produit. Détournant la tête, elle commença à frotter le sol, soulagée que la pestilence soit peu à peu chassée par le parfum de synthèse citronné.

Elle sortit le temps que ça sèche, puis revint défaire les draps. En les jetant dans le couloir, elle vit que Molly était au téléphone. Pour qu'elle appelle les proches au milieu de la nuit, les nouvelles ne devaient pas être bonnes. Corrine regagna la chambre et fit un bref inventaire des maigres possessions de Mr. Talisbrook au crépuscule de sa vie. Une pile de bouquins de poche, le stylo qui lui servait à faire ses mots croisés du matin, une boîte de biscuits Victoria en fer-blanc contenant quelques vieilles lettres et un paquet de chocolats à la liqueur sur sa table de nuit. L'armoire renfermait une boîte intacte de shortbreads Walkers que sa nièce lui avait envoyée pour les fêtes. Elle reviendrait les chercher plus tard. Au mur, deux photos encadrées. Sur la première, Mr. Talisbrook avec une femme qu'elle supposait être son épouse, qui devait avoir été prise vingt ans plus tôt. Elle leur trouva l'air heureux et espéra qu'il n'avait pas passé trop d'années seul. Sur la seconde, une femme avec un nourrisson dans les bras. Corrine l'avait vue venir lui rendre visite. Elle avait supposé que c'était sa petite-fille. Le bébé devait avoir grandi, maintenant, neuf mois sans doute. La femme lui avait demandé si elle voulait le prendre dans ses bras. Elle avait eu très envie de dire oui, mais pour finir elle avait secoué la tête et dit qu'elle devait retourner travailler.

En sortant de la chambre, elle s'arrêta devant la table de chevet et ouvrit le tiroir du haut. Trois pièces d'une livre éparses et, sous les mots croisés du jour, un billet de dix. Elle les empocha et, ce faisant, émit le vœu que tout se passe bien pour Mr. Talisbrook.

35

— « Surtout les affaires criminelles. Mais j'aime aussi les faits divers, tout ce qui touche à l'humain ? », dis-je à Dani tandis que nous roulons sur la rocade nord.

— Le travail de flic, c'est avant tout de s'intéresser aux gens, rétorque-t-elle. J'aime bien me dire que je m'intéresse surtout aux affaires criminelles mais que, de temps en temps, ça s'équilibre avec des affaires plus sensibles qui impliquent davantage l'affect.

— C'est drôlement bien tourné, en tout cas, réponds-je à l'approche de la bretelle d'autoroute.

— C'est quoi, cette fête, ce soir ? demande Dani.

— L'anniversaire de mariage de mes voisins.

— De bons amis à vous ?

— Holly, oui. On est copains depuis l'école. Et je m'entends plutôt bien avec Jake. Je suis le parrain de leur fille Alice.

— C'est sympa, d'habiter tout près.

— C'est clair. J'adore passer du temps avec Alice mais je suis content de la rendre à ses parents le soir. Je l'ai gardée quelques heures la semaine dernière et on n'a pas arrêté de jouer à cache-cache. Sauf que la dernière fois, impossible de la trouver. Au bout de dix minutes de recherches de plus en plus angoissantes, je lui ai crié de sortir de sa cachette. Rien. Ça n'a pas duré plus de deux, trois minutes au plus, mais pendant ce temps où je n'avais pas la moindre idée de l'endroit où elle était, j'ai vraiment flippé.

— Et elle était où ?

— Elle s'était enfermée dans un placard au fond de la cuisine et n'arrivait plus à sortir. Elle a fini par appeler à l'aide et j'ai foncé en bas pour la sauver. Elle a trouvé ça hilarant mais j'ai eu des crampes au bide pendant une demi-heure après. Si j'étais parent, je m'occuperais surtout de maintenir mon enfant en vie !

— Vous feriez un très bon père, dit Dani.

— Je n'en suis pas si sûr. Pas avant un moment, en tout cas. Et vous, alors ? Enfants en vue ?

— Moi ? (Dani tripote son alliance.) Je ne crois pas, non. Ça ne fait même pas six mois qu'on est mariés. Les enfants, ça attendra encore un peu.

— La carrière avant tout ?

— On pourrait dire ça. (J'attends qu'elle poursuive mais rien ne vient et on sent qu'elle a envie de changer de sujet.) Vous me confirmez que vous savez que je ne pourrai rien faire si vous vous prenez une amende pour excès de vitesse ? dit-elle alors que nous nous engageons sur la M1 en direction du Yorkshire.

— Ils vont pas m'aligner, je suis à peine à dix au-dessus de la limite.

— On dirait mon père, et il était dans la police. À mes yeux, c'est plutôt une bonne vingtaine.

Je soupire exagérément et lâche la pédale d'accélérateur.

— Inutile de faire la gueule, ça sera sur la photo du radar.

— Je fais pas la gueule, je me détends la lèvre du bas, réponds-je, et nous rions en dépassant la jonction avec la M25, véhicule solitaire aux petites heures du jour. Votre père les faisait pas sauter, lui, les prunes ?

— La loi est la même pour tous, dit Dani. (Je la vois qui roule les yeux.) OK, on a peut-être un peu de souplesse concernant les amendes de stationnement, mais ça va pas plus loin.

— Je parie que du temps de votre paternel la marge de négo était plus grande.

— Je n'en doute pas, mais autre temps, autres mœurs.

Nous roulons en silence, sur des portions de route éclairées par intermittence, jusqu'à ce que Dani se tourne de nouveau vers moi.

— Parlez-moi un peu d'Elizabeth Woakes.

Je l'observe. Son visage brille, sous l'éclat du néon d'une station-service non loin.

— Qui pose la question ? Dani ou l'officière de police ?

— Parce que ça fait une différence ?

— J'ai envie de vous faire confiance, mais si on veut qu'aujourd'hui ça fonctionne, tout doit rester en off.

— Moi, ça me va.

Je lui souris.

— Et Barnsdale, elle en penserait quoi ?

— Ben, on vient de se mettre d'accord pour que ça reste entre nous. Parlez-moi de Mrs. Woakes.

— Vous l'avez rencontrée, pas vrai ? finis-je par dire.

— Juste après qu'on est venues vous voir.

— Et ?

— J'ai demandé en premier.

— C'est quelqu'un que j'ai toujours apprécié. Elle a eu son lot d'épreuves.

— Je l'ai bien compris, répond Dani. Elle n'aime pas la police. Je vous trouvais coriace, avant de la rencontrer.

— La perte d'un enfant, c'est une souffrance sans commune mesure, bien qu'elle fasse tout pour le cacher. Et puis il y a eu son mari.

— C'est-à-dire ?

— Quand il a disparu, la police n'a pas bougé d'un pouce. Il vivait à la rue depuis deux ans déjà, et le fait qu'il ait quitté Haddley les a laissés complètement indifférents. Dix-huit mois plus tard, il était mort. Vous n'y pouvez rien, mais elle en veut aux flics.

Dani opine sans un mot.

Puis reprend, après un temps :

— Je n'aime pas dire que les gens mentent de prime abord, mais elle s'est donné beaucoup de mal pour prétendre qu'elle n'était pas au courant, pour Demi Porter et Farsley. Je crois qu'elle savait, *via* votre mère ou la personne qui avait informé votre mère.

J'hésite, je sens que Dani me jauge.

— Elle savait, hein ? Quand est-ce qu'elle vous l'a dit ?

— Hier matin. J'ai petit-déjeuné avec elle. Mais elle ne s'est rendue à Farsley qu'une seule fois.

— Parce qu'elle y est allée ?!

— Ça ne signifie rien, me pressé-je d'ajouter. Elle y est allée une journée, c'est tout. C'était plus pour Simon qu'autre chose, une mère sur les traces de son fils. Mais je ne peux pas m'empêcher de me demander s'il n'y a pas autre chose qu'elle m'aurait caché.

— Je vous écoute, lance Dani.

— Avant que Nick et Simon soient tués, des rumeurs ont couru sur Langdon et Fairchild, on racontait qu'elles fréquentaient des hommes plus âgés.

— C'est Mrs. Woakes qui vous l'a dit ?

— Non, pas du tout, c'est le genre de rumeurs que se répètent les élèves, mais j'ai eu le sentiment que ça avait pris suffisamment d'ampleur pour que toute l'école soit au courant, peut-être même son mari. Et j'ai eu l'impression en lui parlant hier qu'il y avait un truc qu'elle ne me disait pas. Peut-être pour protéger la mémoire de Peter.

— Le proviseur et des lycéennes ? Ça s'est déjà vu.

— Ce n'est pas du tout ce que j'insinue. Il a pu être au courant de ces histoires, je ne dis rien de plus ; je n'ai aucun doute sur le fait que Mr. Woakes était quelqu'un de bien.

— Vous le connaissiez ? demande Dani, et je dois reconnaître qu'elle a le chic pour poser des questions simples et pertinentes.

— Non, mais je savais que c'était quelqu'un de bien.

— Et ça, c'est parce que Elizabeth Woakes vous l'a dit.

36

Holly ferma bien fort les yeux et contrôla sa respiration. Pivotant lentement, elle feignit de se débattre dans un sommeil profond. Elle devinait son mari éveillé auprès d'elle, son regard posé sur elle. Puis elle sentit sa peau sur son bras et son souffle dans sa nuque. Elle se recroquevilla à la frontière du matelas. Peu de temps après, quand sa fille cria dans la chambre voisine, elle se détesta pour la vague de soulagement qui l'envahit.

Bondissant hors du lit, elle saisit son portable et, quittant la pièce, elle chuchota à Jake :

— C'est sûrement juste un cauchemar. Rendors-toi, j'y vais. Tu dois être crevé.

— Joyeux anniversaire, répondit Jake en étirant les bras au-dessus de sa tête. Reviens vite.

— Joyeux anniversaire à toi, fit Holly, collant un bref baiser sur la joue de son mari.

Holly traversa le palier et entra dans la chambre de sa fille, où elle trouva Alice assise par terre au milieu de ses jouets préférés.

— Qu'est-ce que tu trafiques ?

— Plissé mangeait tous les gâteaux, répondit Alice.

— Qui ça ?

— Plissé, fit Alice, prenant son chien en peluche. On est à une fête. Moi, Plissé, Woody et Flocon. Mais Plissé était trop gourmand.

Holly attrapa la couette sur le lit et s'installa près de Plissé le chien, Woody le singe et Flocon le lapin.

— Pourquoi je peux pas rester pendant toute la fête, ce soir, maman ? demanda Alice tout en servant à Woody sa boisson. Et tu ne renverses rien, cette fois, le gronda-t-elle.

— Tu seras là presque tout le temps, répondit Holly. Et puis tu vas pouvoir porter ta belle robe.

— Mais je n'ai pas envie d'aller au lit. Je ne veux pas dormir chez Grandma. Je veux dormir chez moi.

— C'est juste si tu es fatiguée. Je suis sûre que Grandma t'aura préparé un joli lit très confortable.

— Grandma, elle m'aime pas.

— Ne dis pas de bêtises. Évidemment, qu'elle t'aime.

— Pas comme Grandpa.

— Grandma aussi t'aime, je te le promets. Pourquoi on n'irait pas chez elle cet après-midi pour que tu sois la première à voir la fête ?

— Avant tout le monde ?

— Oui.

— Même avant papa ?

— Oui, même avant papa. Tu pourrais aider à gonfler les ballons.

— Je pourrai en avoir un ? Ou deux ? Ou trois, ou quatre ou cinq ou six !

— Je suis sûre que oui, dit Holly en démêlant les cheveux de sa fille sur sa nuque. Je crois qu'il va falloir laver tout ça avant ce soir.

— Est-ce que Flocon pourra venir aussi ? Il adore les fêtes. Et Max.

— Je crois que Max sera chez son père cet après-midi.

— Ou peut-être qu'il joue avec Nathan ? Nathan habite chez Max, maintenant.

— Parfois, pas toujours.

— Nathan, c'est le papa de Max, maintenant ? Il m'a aidée sur le toboggan de Max. J'aimerais tellement avoir un toboggan comme Max, dit Alice en passant son bras autour de sa mère.

— Le papa de Max est toujours son papa, fit Holly. Tu pourrais demander un toboggan à ton prochain anniversaire ?

Alice resta songeuse un instant puis dit :

— Plissé a encore soif. Tu veux bien lui servir un verre, s'il te plaît ? (Holly attrapa la théière de dînette entre deux doigts et versa un liquide imaginaire.) Si je peux pas avoir un toboggan avant mon anniversaire, est-ce qu'on pourra aller jouer aux toboggans dans le parc ?

— Quand on sera habillées et qu'on aura pris le petit déjeuner.

— Avec papa aussi ?

— Oui, avec papa aussi s'il en a envie.

— Et Grandpa ?

— Non, je ne crois pas que Grandpa va venir ce matin.

— C'est papa qui me poussera, alors. Je vais remplir ma théière.

Alice, saisissant le petit pot, se dirigea vers la porte.

— Pas trop d'eau, hein ? rappela Holly en entendant sa fille pénétrer dans la salle de bains.

Sans perdre de temps, elle ramassa son téléphone et rédigea un message à Sarah.

T'es dans les parages, ce matin ?

Suis encore au lit.

Veinarde !

Joyeux anniversaire !

Merci. Faut vraiment que je te voie.

Tu as parlé à Jake ?

Ma décision est prise. Il faut que je parte.

Je t'aiderai si c'est vraiment ce que tu veux.
Mais Alice, dans tout ça ?

Alice a besoin de moi à ses côtés.

Les pères ont des droits.

Je ne dis pas qu'Alice ne verra plus Jake.

Mais elle a aussi besoin de son papa, non ?

Holly s'interrompit. Rien que de taper ces mots, elle en avait les mains qui tremblaient.

Jake n'est pas le père d'Alice.

37

Après avoir suivi la rue principale de Farsley, nous débouchons sur la rocade, puis tournons sur le parking du supermarché local. Sortis de la voiture, Dani se plie en deux et, moi, je m'étire, bras tendus, soulagé de voir le bout de ce trajet de presque cinq heures.

— Vous êtes sûre que c'est là ? demandé-je à Dani.

Elle opine du chef.

— La ville n'est pas si grande. Aucun doute, c'est ici que travaillait Abigail.

Un Caddie dévale vers nous, poussé par le vent qui balaie le parking désert ; un gardien le poursuit frénétiquement. Je cours après, referme la main dessus et le gardien me remercie de l'avoir rattrapé. Nous plaisantons sur la folle journée qui l'attend et, comme il se remet à pleuvoir, Dani et moi filons vers l'entrée du magasin. Une fois à l'intérieur, on se réfugie dans le McDonald's, prêts pour un café et une collation.

— Je dirais qu'elle s'est bien débrouillée pour se construire une apparence de nouvelle vie quoi qu'elle ait à cacher, dit Dani en s'ébouriffant les cheveux pour les sécher, dans un chaos de mèches blondes.

— Qui ça, Abigail Langdon ?

— Elizabeth Woakes.

— Vous savez que je les aime beaucoup, elle et sa famille, dis-je. C'est quelqu'un de bien.

— À quel point de vue ?

— Dani, son fils a été sauvagement assassiné et elle a dû élever sa fille toute seule. Je pense qu'elle s'en est sacrément bien tirée.

— Ce que vous m'avez raconté, dans la voiture, à propos de son mari…

— Simplement que lors de notre discussion, elle m'a donné l'impression de le protéger, ou d'avoir cru qu'il était de son devoir de protéger sa mémoire.

— Écoutez-moi bien, fait Dani au moment où nous nous asseyons à une table d'angle. D'une manière ou d'une autre, votre mère et Elizabeth Woakes apprennent où Langdon a été relocalisée. Votre mère essaie de contacter Langdon, convaincue qu'elle a des infos à lui transmettre. On ne peut pas exclure qu'Elizabeth Woakes ait agi de même, mais pour une tout autre raison.

— Jamais de la vie, elle n'a rien à voir là-dedans.

Dani patiente un petit instant.

— Votre mère voulait révéler un secret au grand jour. Elizabeth Woakes voulait en préserver un.

— Vous n'avez aucun élément pour étayer ça. Que Langdon ait eu des informations à vendre à ma mère, tout ça n'est qu'une supposition. Elle pouvait tout aussi bien la faire marcher.

— Des lycéennes qui se font abuser par des hommes mûrs, on voit ça tous les jours. Pourquoi pas par Peter Woakes ?

Agacé de mon incapacité à réfuter les hypothèses de Dani, je suis soulagé quand une voix derrière nous interrompt cet échange.

— Rebonjour.

C'est le gardien du parking.

— Oh, bonjour, dis-je en me tournant. Vous voulez vous joindre à nous ?

— Non, non, c'est très gentil, j'ai que vingt minutes de pause. Me suis dit qu'une petite tasse de thé m'aiderait à me réchauffer.

— Nous aussi on fait vite, mais c'est toujours agréable de discuter un peu, j'insiste en me levant.

— Ça, c'est bien vrai.

Il sourit et s'assied près de nous.

— Ça fait longtemps que vous travaillez ici... Ted ? demandé-je avec un signe du menton en direction du badge à son nom.

— Dix-sept ans. J'ai commencé à bosser quand j'ai pris ma retraite.

Cette blague qu'il a dû prononcer moult fois le fait marrer.

— Et j'en ai soixante-seize.

— Vous les faites pas, commente Dani. On vous en donnerait pas plus de soixante.

— Celle-là, faut pas la lâcher, réplique Ted en me souriant, et je me sens rougir. Le petit malin, il a bien de la chance, dit-il à Dani, un œil sur son alliance.

Je me presse d'ajouter :

— Nous ne sommes pas mariés.

— Peu importe, de nos jours. Chacun voit midi à sa porte.

— Non, ce que je veux dire, c'est qu'elle est mariée, mais pas avec moi.

Maintenant, je suis cramoisi, c'est sûr.

— On est collègues, fait Dani. On est journalistes.

— Je vois... C'était donc ça ? (Le sourire disparaît de son visage.) C'est pour ça que vous étiez si pressés que je me joigne à vous. Et moi qui me disais : en voilà, un joli petit couple. Même moi parfois il m'arrive de mal juger les gens. C'est déjà pas assez qu'elle soit morte, cette pauvre fille ?

— Non, Ted, c'est pas du tout ça. (Je rétropédale de mon mieux.) On s'est arrêtés ici prendre un petit café et manger un morceau, rien de plus. On travaille pour la radio, service des sports. Dani est ma productrice. On est venus de Manchester pour le match de cet aprèm.

Dani opine, souriante.

— Dans ce cas... Le foot, ça me parle, à moi aussi. C'est quoi, votre nom ?

— Oliver Hughes, vous m'avez peut-être déjà entendu. Je commente le match et on prend les appels des auditeurs après.

Hochement de tête de Ted.

— Ça se peut bien, même si la moitié du temps à mon avis vous savez pas trop de quoi vous parlez.

— Vous me la refaites pour l'antenne ? dit Dani, et tout le monde rit.

— Vous pensez que Leeds a ses chances, aujourd'hui ? demandé-je.

— Non. C'est plié. (Ted vide deux sachets de sucre dans son thé.) Je suis désolé si j'étais un peu sur les dents juste avant.

— Mais non, pas du tout, le rassure Dani, saisissant la balle au bond. Vous avez dit qu'une pauvre fille était morte au magasin, c'est ça ? Ça a pas dû être drôle.

— Affreux, oui, fait Ted en se frottant le visage. Le manager nous a appris hier que c'était Demi, la fille qui est décédée. Comme elle est pas venue bosser, fallait être idiot pour pas comprendre que c'était elle, le macchabée qu'ils avaient trouvé.

— Le choc que ça a dû être, pour vous tous ! dis-je en mordant dans mon sandwich. C'est vous qui reprenez les heures de Demi, du coup ?

— C'est pas comme si elle en faisait des masses, réplique Ted, baissant la voix. Elle faisait surtout du réassort. Beaucoup de travail le soir. Ils la laissaient jamais prendre la caisse. « Pas de contact avec la clientèle », va comprendre.

On reste un moment sans parler. Ted s'ouvre à nous et je m'en voudrais de l'effaroucher.

Comme prévu, il embraie bientôt :

— J'imagine qu'elle était correcte, comme fille. Elle pouvait piquer une gueulante, parfois, mais rien de bien méchant. Devait se traîner des casseroles, à ce qui paraît.

— Comment ça ? lancé-je en m'efforçant de ne pas croiser le regard de Dani.

— C'est pas à moi de le dire, mais semblerait qu'elle avait trempé dans des trucs assez vilains, étant jeune. (Ted prend une voix de conspirateur.) Dans la drogue.

Avec Dani, on prend l'air outré attendu.

— Et c'est vrai ?

— Ils disent que ça se peut qu'elle dealait de la drogue.

— Sérieusement ? m'exclamé-je.

— Moi j'en sais trop rien, reprend Ted.

— Ça se devine pas toujours, fait Dani.

— À qui le dites-vous ! Ces gars, là, qui dealent, on les voit à la télé, ils ont toujours l'air pleins aux as. Demi, elle vivait dans un studio au-dessus du resto indien sur la rue principale. L'était toujours fauchée. Toutes les semaines, c'était le même cirque, elle empruntait à droite à gauche pour se payer ses clopes ou sa bibine. Je sais même pas comment qu'elle se débrouillait pour le loyer.

— Elle avait des copains, dans le coin ? demande Dani.

— Ça commence à faire beaucoup de questions, réplique Ted en balançant son index sous le nez de Dani. Disons qu'elle était pas du genre à faire étalage de sa vie privée.

— Le genre discret, quoi ? ajouté-je.

— Pas forcément. L'était pas timide quand il s'agissait de trouver le gars qui lui paierait son coup au pub.

Je propose à Ted une autre tasse de thé avant qu'on ne décolle, mais il refuse, au prétexte qu'il va devoir courir aux W.-C. s'il boit une goutte de plus. Nous quittons le magasin ensemble et, alors que nous traversons le parking, je lui demande si, avec tout ce dans quoi elle avait pu tremper, cette Demi avait parfois l'air d'avoir peur.

— Pas elle, non. Elle croyait toujours qu'elle s'en tirerait d'une manière ou d'une autre. Sauf que cette fois, elle s'est plantée, semblerait.

38

La ruelle qui dessert l'arrière des magasins qui bordent la rue principale de Farsley est déserte. Un type ramasse les bouteilles consignées au moment où Dani et moi arrivons à hauteur de l'entrée de service du pub qui fait l'angle. De la vapeur monte de la laverie et, debout devant la porte de Chez Gracie, une coiffeuse s'allume une cigarette matutinale. Tous les bâtiments de la rangée sont flanqués d'un escalier, chacun menant à deux niveaux de logements. La grille derrière le resto indien est ouverte, la cour encombrée de cartons démembrés gisant à côté des sacs bleus du recyclage.

Dani frôle mon bras. Elle lève les yeux vers un flic en uniforme léthargiquement adossé au garde-corps à l'arrière d'un des appartements. Il a la tête qui tombe, les paupières lourdes.

— Ça doit être là, fait-elle.

Pas le moment de tergiverser. J'avale les marches deux à deux, faisant signe à Dani de me suivre.

— Non, Ben… dit-elle, mais je suis déjà en haut de l'escalier.

— Officier, lancé-je avec fermeté. (Le type se tourne vers moi et tâche désespérément de se redresser et de défroisser son uniforme.) Lieutenant Leslie Barnsdale, police métropolitaine. Et voici ma collègue Dani Cash. Désolé de vous tirer du sommeil.

— Non, pas du tout, lieutenant, je ne dormais pas, se défend l'agent. Simplement, je…

— Vous souffliez un peu ? fais-je en souriant. J'ai vu.

— Oui, lieutenant, répond-il, reconnaissant. Je soufflais.

— Vous savez que nous travaillons de concert avec la police du West Yorkshire pour cette affaire. Sale affaire.

— Oui, lieutenant. Vous arrivez de Londres, c'est ça, lieutenant ?

— Puis-je vous dire un mot, lieutenant ? me demande Dani en ouvrant de grands yeux.

— Pas pour l'instant, répliqué-je. (Puis, m'adressant au flic local :) Nous sommes là juste pour la matinée. Vous nous ouvrez ?

Il farfouille en quête d'une clé et nous ouvre la porte de chez Langdon.

— Ce sera l'affaire de dix, quinze minutes tout au plus.

Je pénètre dans le studio, Dani me suit de près.

— Fermez la porte, Cash, dis-je sitôt que nous sommes entrés.

— Vous savez que se faire passer pour un flic est passible de prison ? Leslie Barnsdale ?

— Lesley, Leslie… peu importe le genre, aujourd'hui, réponds-je. Allez-y, cherchez. Tout ce qui pourrait nous apprendre quelque chose sur sa vie depuis sa libération. Ou la relier à Haddley.

— Ben, vous savez pertinemment que la crim a déjà tout passé au peigne fin.

— La crim qui ignorait que son identité était compromise depuis plus de dix ans ? répliqué-je, ouvrant déjà les tiroirs et les portes de placard de la kitchenette. Elle était incroyablement ordonnée, commenté-je devant l'état impeccable et précis des maigres possessions de Langdon.

— Onze années de taule, répond Dani. On apprend vite que chaque chose a sa place. Et que si on veut les garder, faut les ranger le soir.

— Ça aura au moins servi à ça.

Posant le pied dans un salon spartiate, je lâche un « Merde » discret, avant de me détourner d'un canapé gris clair barbouillé de sang. Dani passe devant moi et contemple la scène de crime.

— Y a beaucoup de sang, dit-elle posément, mais autour, rien n'a tellement bougé. Pas de déchirure dans le tissu du canapé, rien qui laisse deviner qu'on s'est battu. Je dirais, un seul coup de couteau et elle était morte, poursuit-elle tandis que je me frotte le cou.

— Quelqu'un entre dans la cuisine, vient se positionner par-derrière et elle est cuite avant de pouvoir dire ouf, sans doute, renchéris-je depuis mon côté de la pièce.

— Pas de trace d'effraction.

— Content de voir que vous avez tout repéré pendant que je distrayais l'attention du planton. Vous croyez que Langdon a laissé entrer le tueur ? Si oui, on peut imaginer que, selon toute probabilité, elle le connaissait déjà. Ça pourrait être un deal qui aurait mal tourné ?

— Pas impossible. Quelqu'un découvre comment Nick et Simon ont été tués, puis la tue de la même manière pour faire diversion.

— Ou, largement plus probable, avancé-je, c'était une personne liée à elle et aux crimes originels. Et liée à Haddley.

À l'autre extrémité de la pièce, il y a un rideau. Que je tire, révélant un lit simple, fait au carré, et des vêtements bien rangés sur un portant.

— Pas franchement la grande vie, dis-je en m'agenouillant pour ouvrir le tiroir sous le lit. Des serviettes propres et un oreiller supplémentaire.

— On dirait que c'est tout juste si elle existait, fait Dani.

Je lève les yeux vers elle.

— Elle existait toujours plus que Nick.

Je contourne le meuble et tire un second tiroir de sous la tête de lit. Une petite table de chevet en bloque l'ouverture. Je regarde dedans : rien, hormis un roman de E. L. James. Je pousse le chevet de côté et ouvre le tiroir. Je suis frappé par une odeur de moisi : des journaux humides. Je les reconnais immédiatement. La presse nationale d'il y a dix ans. Je les feuillette et la même photo, encore et encore, me dévisage. Ma mère ce soir-là sur les berges de la Tamise.

Ce sont les articles relatant sa mort.

— Je tiens quelque chose, dis-je en sortant les journaux que j'étale sur le lit.

Je vois que Dani reconnaît le visage de ma mère. Je tourne la page du tabloïd et vois, encore, l'image tristement célèbre de Nick et Simon debout, côte à côte, tout sourires, le bras passé sur les épaules des deux tueuses. Le jour de fête n'apportant plus désormais que l'effroi.

Je me détourne, la main de Dani vient me frotter doucement le dos.

— Ça va aller ? demande-t-elle.

— Les voir ici, réponds-je, incapable de dissimuler le trémolo dans ma voix, avec elle. C'est comme si elle avait encore prise sur eux.

Un coup résonne à la porte de la cuisine, qui s'ouvre. Entendant cela, je renfourne les journaux au fond du tiroir.

— Excusez-moi, lieutenant ? appelle l'agent depuis la cuisine.

À quoi je réponds :

— Une seconde, j'arrive.

Dani se précipite à l'autre bout du salon.

Je l'entends dire :

— On est presque prêts à partir.

Je finis de rassembler les derniers journaux dans le tiroir et, ce faisant, une enveloppe glisse d'un vieil exemplaire du *Times*. Je reconnais instantanément l'écriture de ma mère. Je fourre la lettre dans la poche de ma veste, referme le tiroir sans bruit et remets la table de nuit en place.

— Tout va bien ? demandé-je en quittant la pièce d'un pas vif.

Je sors de l'appartement par la porte de derrière sans m'arrêter devant l'officier.

— Oui, lieutenant. Je voulais juste, réplique-t-il tandis que Dani et moi descendons l'escalier de secours, vous informer que j'ai parlé à l'inspecteur Kavanagh. Il voudrait vous voir ici même sur la scène de crime dans trente minutes.

— Impeccable, dis-je au moment où nous posons pied à terre. On va prendre un café et on le retrouve ici.

— Juste une chose, lieutenant, après votre appel, hier, il avait l'impression que vous étiez une femme…

39

Du coin de l'œil, je vois Dani regarder derrière son épaule tandis que je la guide dans la cour et jusqu'à la ruelle.

— Vous êtes content ? dit-elle alors que nous débouchons dans la grand-rue de Farsley.

J'extirpe l'enveloppe de ma poche et la brandis devant elle. Je vois à son regard qu'elle comprend, puis ses pupilles s'étrécissent.

— Vous mentez avec un naturel désarçonnant, vous vous faites passer pour un flic et, maintenant, vous piquez des indices sur la scène de crime.

— Trois compétences utiles, dis-je, taquin.

— Ça n'a rien de drôle, Ben.

— On retourne à la voiture.

Clé en main, je me mets à dévaler la colline en courant vers le parking.

— On sera sur l'autoroute bien avant que l'inspecteur Kavanagh n'arrive.

Je déverrouille les portières et Dani s'engouffre côté passager. Elle ne pipe mot avant que nous n'ayons atteint la rocade.

— Et s'il appelle Barnsdale ?

— Ça pourrait être n'importe qui, rétorqué-je. Et pourquoi jouer votre propre rôle ? Ce serait absurde.

— Quelqu'un se serait fait passer pour moi, jusqu'aux boucles blondes ?

— C'est peut-être un peu casse-gueule, je vous l'accorde.

— Il faudrait déjà que quelqu'un soit au courant que Barnsdale et moi bossons sur ce dossier.

— Ouais, ben, qu'est-ce qu'elle foutait à Londres, de toute manière, Barnsdale ? Elle nous emmerde, aussi.

— Moins vite, fait Dani alors que le compteur dépasse les quatre-vingt-dix kilomètres à l'heure. C'est pas le moment de se faire arrêter. Et n'oubliez pas les contrôles vidéo.

— Oui, madame.

— J'ai comme l'impression que vous ne réalisez pas à quel point tout ça est sérieux !

— J'ai appris à ne pas m'en faire pour les détails, dans la vie. Je vais découvrir la vérité et je me fiche bien de ce que ça me coûtera. Barnsdale peut m'arrêter si ça lui chante, mais bon courage pour la tempête médiatique que ça va déclencher. Je vais découvrir ce qui est arrivé à ma mère et, pour ça, le tueur d'Abigail Langdon va m'aider.

— Je vous laisserai vendre ça à Barnsdale. Vous avez tort de la sous-estimer.

Nous rejoignons l'autoroute en silence mais, alors que nous dépassons un convoi militaire roulant vers le sud, je me tourne vers Dani pour lui demander ma veste. Elle se tord sur son siège pour l'attraper sur la banquette arrière.

— C'est dans la poche avec la fermeture Éclair.

— Vous êtes sûr de vouloir faire ça maintenant ? demande-t-elle, l'enveloppe posée sur ses cuisses.

Je jette un coup d'œil vers la lettre.

— Je reconnaîtrais l'écriture de ma mère entre mille, dis-je, voyant l'enveloppe libellée au nom de Demi Porter.

— On la lira quand on se sera arrêtés, plutôt, non ? C'est potentiellement une pièce à conviction.

— Non, on fait ça maintenant, réponds-je en changeant de voie pour doubler une fourgonnette blanche. Je veux savoir ce qu'a écrit ma mère. Si vous, vous ne voulez pas, je le ferai.

Dani saisit lentement l'enveloppe et en extrait la lettre avec précaution. Je reconnais le papier à lettres – crème, avec notre adresse imprimée en haut. Ma mère avait plaisir à envoyer des missives manuscrites et personnalisées quand l'occasion se présentait. Dani déplie la feuille – il n'y en a qu'une –, c'est juste un recto.

— Vous voulez que je lise à voix haute ?

— S'il vous plaît, oui.

Dani se lance :

Chère Abigail, je voulais tout d'abord vous remercier de m'avoir répondu. Cela seul a dû vous demander beaucoup de courage et je vous en suis reconnaissante. Comme promis, j'ai détruit votre lettre.

Ainsi que je vous le disais dans mon message précédent, je n'ai pas le genre de somme que vous me demandez. Je comprends bien que pour vous la vie n'est pas facile ces jours-ci, mais je crois que je peux vous aider autrement.

Si seulement j'avais pu vous venir en aide quand vous étiez une jeune fille ! Je commence à comprendre combien vous étiez malheureuse, au fond du gouffre. Si seulement je vous avais connue à l'époque ! J'aurais pu vous aider à libérer autrement votre colère contre tous ceux qui vous entouraient. En lisant votre lettre, je commence à comprendre votre animosité à l'égard de Haddley et de certaines personnes qui y vivent encore.

C'est précisément pour cela que je vous écris de nouveau. Je suis certaine que vous dissimulez un noir secret, qu'on vous a assigné pour le reste de votre existence. En tant que mère ayant perdu un enfant, je sais que c'est un fardeau énorme à porter seule. Je ne suis pas en position de vous aider de la manière que vous me demandez, Abigail. Mais je crois que je peux aider votre enfant. Il faut juste que vous me disiez ce que vous savez.

Bien à vous,

Clare Harper

VI

« L'amour d'un parent peut être une force irrésistible. C'est quelque chose qui ne faiblit jamais. »

40

Je repousse le toast au fromage sur le côté de l'assiette. Dans le restoroute perché au-dessus de la M1, Dani, assise en face de moi, picore lentement une salade de quinoa. Le son des voitures fonçant sur l'asphalte se mêle au brouhaha du café et au murmure feutré des conversations qui emplit le vaste espace sans cloison. Dani et moi, pour notre part, sommes silencieux.

J'ai conscience du fossé qui s'est ouvert entre nous depuis que nous avons lu la lettre de ma mère. Pour Dani, cette lettre est un indice matériel dans une affaire de meurtre, et j'ai mis en péril son poste. En ce qui me concerne, je suis certain que, si nous n'étions pas allés à Farsley, personne n'aurait découvert la lettre et on n'aurait jamais su la véritable raison ayant poussé ma mère à prendre contact avec Abigail Langdon. Je sais désormais que ma mère n'avait jamais eu en tête la rédemption ou le pardon. Elle était guidée par sa conviction que Langdon avait donné naissance à un enfant et l'espoir que ce puisse être Nick le père. J'ai encore des questions à poser à Madeline et à Mrs. Woakes. Je ne vais pas m'en tenir là.

— Se peut-il que votre mère ait conservé la réponse d'Abigail Langdon ? demande Dani, rompant enfin le silence.

— Non. Elle tenait toujours parole.

— Vous avez fouillé toutes ses affaires ?

— Oui.

— Ça n'a pas dû être facile, fait Dani après un moment.

— Faire le tri, ç'a été une autre manière de reprendre les choses de zéro. Quand on a eu fini, Mrs. Cranfield et moi on connaissait les prénoms de tout le monde à la boutique solidaire Shooting Star. (Je me lève et débarrasse les assiettes.) Je vais me chercher un café pour la route. Vous en voulez un ?

— Ça ira, merci. Je passe aux toilettes et je vous retrouve à la voiture.

Depuis le comptoir, j'observe Dani traverser la salle et prendre l'escalier. Je commande mon café, j'allume mon téléphone pour payer puis je compose le numéro d'Elizabeth Woakes. Tandis que la barista fait mousser le lait, la voix de Mrs. Woakes m'annonce qu'elle n'est pas disponible pour l'instant, mais que si je laisse un message elle me rappellera. Je coupe, préférant taper une série de textos, tout en hochant la tête en direction de la barista qui veut savoir si je souhaite du chocolat sur mon cappuccino.

Suis allé à Farsley ce matin.

Vous étiez au courant, pour l'enfant ?

Je suis tj avec la police.

C'est moi qui vous appellerai, svp.

Une fois à bord de la voiture qui file vers le sud, Dani ne tarde pas à fermer les paupières, ce qui m'arrange. À la radio, Oliver Hughes commente le match de foot. Nous quittons l'autoroute peu avant Londres et je retrouve avec plaisir le trajet familier qui me mène jusqu'à Haddley à travers la capitale. Au milieu de l'après-midi, nous approchons déjà de la grand-rue et je souffle le prénom de Dani. Elle sursaute, visiblement surprise d'être déjà quasiment à bon port.

— Vous auriez dû me réveiller plus tôt.

— Je me suis dit que ça ne vous ferait pas de mal. Je peux vous déposer quelque part ? demandé-je, songeant soudain que j'ignore où elle vit.

— Non, non, pas la peine, dit-elle, l'air gênée. Vous me laisserez chez vous et je marcherai.

Nous suivons le fleuve puis obliquons vers le Common.

La lieutenante Barnsdale se tient devant ma porte.

Je jette un coup d'œil à Dani qui, elle, regarde droit devant.

— Vous avez appelé Barnsdale ? dis-je en me garant immédiatement sur un espace libre au bout de la rue.

— Je n'avais pas le choix, Ben, je regrette.

— Et le concept du off, on en fait quoi ?

— Ce courrier est une possible pièce à conviction.

Et avant que j'aie pu ajouter quoi que ce soit, elle sort de la voiture.

— Je vous faisais confiance ! crié-je en claquant ma portière sous le coup de la colère, autant envers moi qu'envers elle.

Je la laisse plantée là et me dirige vers Barnsdale.

— Monsieur Harper, fait-elle à mon approche.

Je passe devant elle sans ciller.

— Monsieur Harper, répète-t-elle.

J'arrive devant chez moi et j'insère ma clé dans la serrure.

— Il faut qu'on se parle, continue-t-elle.

J'ouvre la porte et, sans y être invitée, elle me suit à l'intérieur. Je vais jusqu'à la cuisine et, quand je me retourne, elle est là, sur le seuil.

— Monsieur Harper, vous jouez avec le feu.

Je sors une bouteille d'eau du réfrigérateur.

— Dérober un indice sur une scène de crime, vous faire passer pour un officier de police… je pourrais vous arrêter sur-le-champ.

— Mais vous n'en ferez rien, dis-je en dévissant le bouchon, parce que l'histoire du meurtre d'Abigail Langdon se retrouverait en une de tous les sites d'infos et de tous les journaux du pays, révélant aux yeux de tous la nullité de votre enquête.

— Où est la lettre ?

— C'est moi qui l'ai, cheffe, répond Dani, qui se tient désormais derrière sa supérieure.

— Donnez-la-moi, fait la lieutenante en tendant la main sans un regard pour Dani.

Elle ouvre un sachet plastique servant au recueil des indices, y glisse le courrier.

— Attendez-moi dehors, Cash.

Dani regarde dans ma direction mais je tourne la tête vers la fenêtre. Quand je regarde de nouveau dans la pièce, elle n'est plus là.

— Monsieur Harper, c'est moi qui dirige cette enquête, commence Barnsdale en faisant un pas pour se planter face à moi. Votre travail de journaliste d'investigation ne vous autorise pas à interférer avec la procédure de l'enquête et le recueil des indices.

— Lieutenante, je suis prêt à tout pour découvrir ce qui est réellement arrivé à ma mère. Si cela implique de marcher sur vos plates-bandes ou celles de quiconque, c'est exactement ce que j'entends faire.

— Je vous ai confié des informations sous le sceau du secret. Vous avez trahi cette confiance.

— Je n'ai rien trahi de confidentiel.

— Vous vous êtes introduit sur une scène de crime ! (Barnsdale laisse libre cours à sa colère.) Un crime auquel Elizabeth Woakes et vous êtes liés de très près.

— En tant que *victimes*, répliqué-je.

— Cela reste à voir, fait Barnsdale, et la menace est palpable dans sa voix. Ce que j'attends de vous à partir de maintenant, monsieur Harper, c'est une coopération pleine et entière dans notre enquête sur le meurtre d'Abigail Langdon.

À mon tour de laisser parler la colère :

— Lieutenante, j'ai de plus en plus l'impression que l'on me considère non pas comme une victime mais comme un suspect. Si vous voulez m'interroger sur cette base, allez-y, arrêtez-moi, on sera mieux dans une salle d'interrogatoire.

— Ce n'est pas exclu, rétorque Barnsdale. J'ai le sentiment extrêmement gênant d'avoir commis une erreur en vous confiant des informations.

— C'en était peut-être une.

Sans me lâcher des yeux, Barnsdale ajoute :

— Il nous faut un autre échantillon de l'écriture de votre mère pour vérifier l'authenticité de cette correspondance.

— Je vais forcément trouver. (Je traverse la cuisine et, contournant la policière, passe dans le couloir.) Tout ce qui pourra vous aider dans votre enquête.

Dani me cherche des yeux mais je grimpe à l'étage sans lui prêter attention. Du haut de l'escalier, j'entends Barnsdale rejoindre Dani.

Baissant la voix, elle dit :

— Je vous ai donné une chance quand tout le monde vous la refusait. J'espère que vous n'allez pas me décevoir.

— Non, cheffe, répond Dani.

— On a de nouveaux indices et la piste d'un suspect potentiel. Si j'accepte votre explication, à savoir que les choses vous ont simplement dépassée, que Mr. Harper a agi de manière impulsive, je suis certaine que je pourrai trouver moyen de présenter ça comme du bon travail de flic.

J'entends Dani répliquer :

— Merci, cheffe.

— Cash, j'ai besoin d'être certaine à cent pour cent que vous êtes avec moi.

— Oui, cheffe. Absolument.

— Bien. Maintenant vous pouvez aller m'attendre dans la voiture, dit-elle à sa subordonnée, chassant Dani de chez moi.

Je n'ai jamais eu de velléité de redécorer la pièce à l'étage que je considère toujours comme le territoire de Nick, je l'ai donc laissée graduellement devenir une pièce de rangement plus qu'une chambre. Je suis entouré du bazar accumulé au fil des ans – les cartons de livres rapportés de l'université, la collection de CD de mes années d'adolescence, la vieille table de cuisine de ma mère ainsi que les quelques affaires lui appartenant que j'ai décidé de garder. Je décale la table, et la porte menant au placard dans la sous-pente apparaît. Je m'accroupis pour l'ouvrir. Voisinant avec une énième pile de livres poussiéreux se trouvent les décorations de Noël de ma mère ainsi que deux boîtes à chaussures en piteux état.

Dans la première, je trouve une peluche, un lion qui a connu des jours meilleurs, sa crinière d'un orange flamboyant toute raplapla et sa queue pendant mollement. Je le ramasse, mais ensuite je referme promptement le couvercle et repousse la boîte au fond du placard. La deuxième contient les derniers documents de la succession de ma mère. Parmi lesquels les instructions manuscrites qu'elle avait laissées pour son propre enterrement, des instructions que Mr. Cranfield et moi avons suivies à la lettre, au chant près. Je plie la feuille et la glisse dans la poche arrière de mon jean.

Cela fait des années que je n'ai pas ouvert cette boîte, j'en profite pour passer en revue son contenu : vieux papiers d'assurance, actes de naissance et documents officiels attestant que je suis désormais propriétaire de la maison de ma mère. Je feuillette la pile jusqu'au fond de la boîte, où je trouve une pochette de photos aux couleurs fanées.

Pour la deuxième fois de la journée, je suis confronté à l'image vue et revue de Nick et Simon avec Langdon et Fairchild. Cette fois, c'est l'original. J'inspire à fond, embrasse les couleurs vibrantes de ce jour-là – le grand ciel bleu, les shorts de rugby blanc éclatant des garçons, le blason du lycée rouge vif sur leur poitrine, le visage constellé de taches de son de Simon Woakes, le noir profond de la chevelure de Nick, exactement comme la mienne et celle de ma mère. Parcourant rapidement le reste des photos, je me rends compte que c'est toute la pellicule prise le jour du triomphe de l'équipe de rugby de Haddley.

— Monsieur Harper ?

Barnsdale m'appelle d'en bas, je commence à ranger les clichés dans leur pochette.

— Une seconde, je descends !

Dans ma hâte, je lâche toute la pile dans la boîte. Les photos s'éparpillent et le nom du photographe imprimé au verso de plusieurs d'entre elles m'apparaît.

Madeline Wilson.

41

Je passe l'échantillon de l'écriture de ma mère à la lieutenante Barnsdale. Elle y jette à peine un coup d'œil et acquiesce, satisfaite. Elle me le rendra sitôt que les experts auront pu comparer ses caractéristiques avec la lettre.

— J'espère sincèrement que nous pouvons compter sur une coopération sans faille de votre part, à compter de maintenant, monsieur Harper, dit-elle depuis le seuil, en se retournant pour me regarder. Nous souhaitons tous mettre la main sur le meurtrier d'Abigail Langdon le plus vite possible.

Je ne dis rien et, sur un signe du menton un peu sec, elle part. Je referme la porte et remonte en courant dans la chambre de Nick, où j'étale les photos sur le lit.

Je fixe l'image de Nick et Simon, ensemble. Puis, sur une autre, je vois Mr. Woakes auprès de son fils, irradiant de fierté. Je saisis un cliché sur lequel Mr. Woakes pose avec toute l'équipe junior de Nick. Les garçons sont rassemblés sous une bannière aux couleurs de Haddley Grammar – bon nombre des meilleurs copains de Nick : Simon Woakes, Will Andrews, Gavin Chance qui a émigré en Australie, Neil Milton qui dirige une station de ski en Écosse.

Je m'attarde sur des clichés pris sur le vif pendant un match de l'équipe senior où l'on voit Phil Doorley réussir son tir et transformer l'essai et Jake Richardson remonter le terrain sur le côté, encouragé par son père, Francis. Elizabeth Woakes serrant la main aux membres de l'équipe victorieuse avant de tendre le trophée à James Wright, le capitaine. Au verso de chacune, on lit le nom du photographe. Où que se porte mon regard, semble-t-il, Madeline surgit.

C'est entouré de toutes ces images que je compose le numéro d'Elizabeth Woakes. Elle répond instantanément.

— Où es-tu, Ben ?

— Chez moi, je suis rentré. La police vient de partir. J'ai trouvé une autre lettre dans l'appartement de Langdon, de ma mère. C'est la police qui l'a, désormais.

— Et que disait-elle ?

— J'imagine que vous saurez sans doute deviner.

J'attends que Mrs. Woakes réponde.

— Un enfant ?

— Vous saviez ?

Une pause.

— Nous nous sommes vues, ta mère et moi, finit-elle par poursuivre. Quelques semaines après la libération de Langdon et Fairchild. J'étais tellement en colère. Et Clare aussi, sauf qu'elle était déjà passée à l'étape d'après. Elle avait lu des articles, des articles sur Internet à propos de Langdon et Fairchild. Si je ne te l'ai jamais révélé, c'est que je voulais te protéger, nous protéger tous les deux.

Je ne dis pas un mot.

— Leur remise en liberté a beaucoup fait parler. Je n'ai pas besoin de te rappeler, Ben, le genre de trucs dingues que les gens balancent sur le Net sous le couvert de l'anonymat. Il existe plus d'un million de théories du complot pour chaque affaire criminelle célèbre. Et les gens cruels, ça ne manque pas…

— Je sais.

— Clare s'était mise à fréquenter les forums. Elle croyait de plus en plus à ce qu'elle y lisait. Les gens écrivaient des choses débiles – que Nick et Simon étaient vivants, qu'ils avaient été enlevés, que leur enlèvement relevait d'une invasion extraterrestre. Elle savait que c'était un monceau de conneries, bien sûr, mais une histoire revenait avec insistance dans tout ça, et elle s'est convaincue que c'était vrai.

— Elle s'est convaincue qu'Abigail Langdon avait un enfant.

— Oui, et que le père pouvait être soit Nick, soit Simon. Quand Madeline Wilson a débarqué quelques semaines plus tard, ta mère n'en croyait pas sa chance. Soudain, elle allait pouvoir entrer en contact direct avec Langdon, et découvrir la vérité par elle-même.

— Mais Langdon n'a rien voulu lui dire ?

— Pas sans une grosse contrepartie financière, et encore, va savoir ce qu'elle aurait alors pu raconter à ta mère.

— Et vous ? Vous en pensiez quoi ?

— Je n'y ai jamais cru.

— Pourquoi ?

— Ils étaient tous les quatre dans la même classe, mais tous les témoins entendus au tribunal s'accordaient pour dire qu'il n'y avait pas de relation préexistante particulièrement étroite entre eux. Simon et Nick étaient encore des gamins. Ce jour-là, quand les garçons sont descendus du bus, les filles les attendaient dans l'herbe du Common. Simon et Nick les ont suivies dans les bois de Haddley. Je crois que, s'il s'était agi d'autres garçons, Langdon et Fairchild les auraient tués de la même manière. Mais il a fallu que ça tombe sur nos fils.

Je repense à Nick et Simon hésitant après être descendus du bus. Suivant les filles, sac jeté sur l'épaule, parce que pourquoi pas ? Rien de planifié. Juste le jeu du hasard. Un jeu atroce.

— J'ai dit à Clare ce que j'en pensais, Ben, mais elle n'a rien voulu entendre. Elle était déterminée à insister, à trouver l'enfant.

Assis au bord du lit de Nick, je fixe les images étalées sous mes yeux. Je ramasse celle de Nick et Simon en compagnie de Langdon et Fairchild.

— J'ai mis la main sur des photos du jour de la finale.

— Chez Langdon ?

— Non, parmi des vieux papiers de ma mère. Tous ces visages familiers… Mr. Woakes et vous, Simon et Nick. Tout le monde a l'air tellement heureux.

— On l'a été, mais pas longtemps, répond Mrs. Woakes. Langdon et Fairchild ?

— Oui.

— Deux ados pas bien malignes, des filles inoffensives, c'est tout ce que j'ai vu ce jour-là.

— C'est ce que tout le monde a vu.

— Ça se peut… fait Mrs. Woakes, avant de laisser la ligne silencieuse.

— Madame Woakes ?

— Tu as raison, Ben, je le sais bien. Mais quand on passe une vie entière à ressasser une seule journée, on ne peut pas s'empêcher de se demander ce qu'on a raté, quelle occasion manquée on a laissée passer.

— Qu'auriez-vous pu manquer ?

— Plus d'un million de choses, j'en suis sûre.

— Mais un truc en particulier ?

De nouveau, elle s'arrête un instant avant de reprendre :

— Tu te souviens du match senior ? Il s'en est fallu d'un cheveu. Il y a eu des tacles d'une grande brutalité sur le terrain. (Je passe en revue l'éventail d'images devant moi, le regard attiré par le visage ensanglanté d'East Mailer.) Twickenham Duke n'avait pas l'habitude de perdre, et l'animosité entre les deux écoles a dégénéré. Quand Jake Richardson a marqué l'essai décisif dans les dernières secondes, tout le lycée a envahi la pelouse. Les garçons étaient fous de joie. J'étais ravie pour Jake – il avait passé la moitié de la partie à regarder vers la ligne de touche, où son père lui hurlait des instructions. Dans la mêlée, il y a eu des maillots déchirés. Peter s'est pris un regard goguenard de E. E. Hathaway et a immédiatement envoyé certains des joueurs se changer avant la remise de la coupe.

Je lève une photo de James Wright et Jake Richardson dans leurs maillots aux couleurs du lycée, immaculés.

— Continuez.

— Juste avant la remise de prix, Peter a renvoyé Will Andrew au vestiaire. Son maillot était déchiré quasiment jusqu'à la taille. Langdon et Fairchild lui ont aussitôt couru après. Abigail tirait Josie par la main et elles l'ont suivi à l'intérieur. Je suis entrée à leur suite, la porte a claqué avec fracas. Elles ont filé aussitôt toutes les deux, en hurlant de rire. Will a prétendu ne pas les avoir vues. Qu'est-ce que j'aurais pu dire ? Une vie entière passée à méditer sur deux gamines qui étaient tout sauf inoffensives.

42

Corrine vida une troisième bouteille de cidre avant de se diriger vers le frigo d'un pas vacillant pour une quatrième.

— Tu en veux une autre ? dit-elle à Chad qui s'étirait de tout son long sur son canapé deux places élimé.

— Vaut mieux pas, je risquerais de décevoir, répliqua-t-il, son sourire imbécile révélant une dent en or sur le côté.

Corrine fit sauter la capsule et but au goulot tandis que Chad consultait sa montre.

— T'as peur de pas être rentré à temps pour ta femme ? se moqua-t-elle.

Elle prit place dans le fauteuil taché qu'elle avait récupéré à Sunny Sea lorsque, suite au legs d'un résident, on avait remplacé le mobilier du hall d'accueil. Molly n'aurait jamais accédé à ce souhait, soupçonnait Corrine, si le testament ne l'avait pas stipulé noir sur blanc. Quand les meubles neufs avaient été livrés, elle avait demandé si elle pouvait récupérer un des vieux fauteuils d'extérieur, et Molly lui avait répondu qu'il lui en coûterait trente billets. Elle l'avait envoyée se faire voir et, deux jours plus tard, une nuit, Chad avait garé son van près de la porte de service. Molly n'avait jamais remarqué que le fauteuil avait disparu.

Il a été gentil avec moi, j'imagine, songea-t-elle, et elle alla s'asseoir auprès de lui sur le canapé. Repliant les jambes devant elle, elle se pencha vers lui et l'embrassa dans la nuque, puis s'arrêta.

— Chad ! T'arrêtes de zyeuter cette fichue montre.

Une petite tape à la vitre au fond du salon.

— Quatre heures pile, ça, c'est de la ponctualité, dit Chad en bondissant sur ses pieds.

— Tu me fais quoi, là ?

— Je voulais qu'on ait le temps de manger notre fish and chips pépères.

Sous les yeux de Corrine, Chad alla ouvrir la fenêtre donnant sur l'arrière et aida Dean le boutonneux, juché sur l'escalier de secours, à passer par-dessus le rebord.

— Vos désirs sont des ordres, fit Chad. Deux pour le prix d'un. C'est ton jour de chance, Corrine.

— Tu déconnes, mais grave. Y a pas moyen, putain.

Pendant ce temps, Dean restait planté près de la fenêtre, longue chiure de rien du tout dans son tee-shirt blanc et son jean près du corps.

— Salut, Corrine, fit-il.

— Tu dégages !

Sa réponse fusa tandis qu'elle avançait vers eux.

— Vous dégagez tous les deux, putain !

Dean se figea, mais Chad avait bondi et saisi Corrine par le bras, la tirant vers la kitchenette.

— T'as une dette, oublie pas. Les deux flicards sont revenus ce matin. Je leur ai glissé quelques billets et je leur ai dit que t'étais partie pour trois-quatre jours, rien à signaler, la routine, et ils étaient contents avec ça.

Corrine se plaqua contre Chad.

— T'es un amour, mais c'est à toi que j'ai envie de dire merci.

— C'est pas comme ça que ça marche, mon chou. Je te rends un service, tu m'en rends un. Et à Dean au passage.

Corrine ferma les yeux. Elle avait l'habitude, ce n'était pas la première fois. Fermer les yeux, laisser son esprit divaguer, l'emmener loin, très loin.

— On est bons, là, Corrine ?

Elle ouvrit les yeux et hocha le menton.

— Allez Deano, viens, fais donc voir ce que t'as dans le calbut, fit Chad. (Sans desserrer sa prise sur le bras de Corrine, il la guida vers la chambre.) Attrape la bouteille vide sur la table, cria-t-il à Dean, on lui trouvera peut-être une utilité.

Avançant vers la chambre, Corrine vit Dean regarder les fenêtres.

— Elle a que du carton aux fenêtres, cette porcasse.

Elle se sentit rougir.

— T'en fais pas, Deano, répliqua Chad, c'est pas la fenêtre que tu vas niquer.

43

Holly donnait la main à sa fille, qui virevoltait d'une flaque à l'autre le long de l'étang de St. Marnham. Des canards à la queue leu leu la suivaient, en quête des miettes de pain rassis qu'Alice dispersait dans toutes les directions. Elle s'accroupit et tendit un gros morceau de pain aux canards les plus proches, poussant des cris ravis quand ils lui picorèrent dans la main.

— Ça ira comme ça, fit Holly au milieu des volatiles battant des ailes. Jette-moi ce pain dans l'eau.

— Mais, maman, ils aiment venir me voir, les canards, protesta Alice.

— Bien sûr. C'est parce que tu les nourris, dit Holly en reculant d'un bond alors que deux autres volatiles se posaient à ses pieds.

— N'aie pas peur, maman, dit une Alice aux anges parmi le fracas des ailes. Ils vont pas te faire mal.

Holly sourit à sa fille.

— Merci, ma puce, mais je crois qu'il n'y a pas un canard dans tout St. Marnham que nous n'ayons pas nourri. Jette le reste du pain dans l'eau.

Alice déchira le sac en papier et le vida au bord de l'étang.

— Allez, on y va, dit Holly comme trois oies arrivaient à toute allure vers elles. Grandma va nous attendre.

Holly s'écarta de la rive et commença de remonter la pente qui entourait l'étang. Voyant sa mère partir, Alice se précipita à sa suite, éclaboussant les alentours.

Quand elles arrivèrent à la hauteur de chez les Richardson, Alice prit la main de sa mère.

— Maman ? Il faudra que j'enlève mes bottes pleines de boue avant d'entrer chez Grandma ?

— Sans aucun doute.

— Mais j'ai pas emporté d'autres chaussures, donc peut-être qu'il faudra que je les garde.

— Tu peux jouer en chaussettes à l'intérieur.

Alice resta un instant songeuse.

— Je risque d'avoir froid aux pieds, dit-elle en coulant un regard vers sa mère.

— Pas chez Grandma, aucun risque.

— Ah oui, elle a un sol chauffant !

— C'est ça, fit Holly. Tu vas être hyper-confortable.

— On pourrait pas avoir des sols chauffants, chez nous ?

— Ça coûte très cher, donc pour l'instant non.

— Grandpa pourrait payer. Il a plein d'argent.

— C'est vrai ?

— Il m'a acheté ma balançoire, ma cabane dans le jardin et la voiture de papa. (Holly resta muette.) Il nous achèterait des sols chauffants, si on lui demandait.

— Grandpa ne peut pas tout payer, fit Holly d'un ton plus tranchant qu'elle ne l'aurait voulu, et Alice leva les yeux, surprise. C'est très gentil de la part de Grandpa de nous acheter ces choses mais, Alice, l'argent ne fait pas tout. Ce qui compte, c'est qu'on soit ensemble, et qu'on soit heureux.

— Grandpa dit qu'avec de l'argent on peut acheter qui on veut.

— Eh bien parfois Grandpa se trompe.

Holly reprit sa fille par la main et la conduisit jusqu'à l'allée de gravier courbe qui flanquait la demeure de Francis et Katherine Richardson. De conception Art déco, la maison en imposait. Avec une vue embrassant tout St. Marnham, elle projetait une ombre sur l'ensemble des habitants du village. Des fenêtres en ogive surplombaient la propriété et une terrasse tout en longueur bordait le premier étage, où les festivités du soir auraient lieu.

Elles approchaient de la porte d'entrée bleu roi, devant laquelle les attendait Katherine Richardson, impeccable dans un ensemble tailleur crème, les cheveux crêpés avec précision.

— Est-ce toi que j'ai vue nourrir les canards ? dit Katherine à sa petite-fille.

— Trois canards sont venus manger dans ma main, répondit Alice.

— Je t'ai vue de la fenêtre de l'étage.

— Tu aurais dû nous rejoindre.

— Je n'aime pas trop m'approcher de l'étang.

— C'est plein de gadoue, Grandma, dit Alice. Il t'aurait fallu des bottes en caoutchouc comme les miennes.

— Regarde-moi tes bottes, elles sont toutes crottées !

— Je peux les retirer ici.

Alice était déjà assise au milieu de l'allée.

— Tu es gentille, répliqua Katherine. Quand ce sera l'heure de rentrer chez toi, on les rincera au robinet du jardin.

— Tu ne peux pas voir, Grandma, mais mes bottes sont roses, avec des fleurs jaunes.

— Adorable. J'aimerais beaucoup en avoir d'aussi belles.

— Je suis sûre que Grandpa il t'en achèterait, dit Alice avant de se mordre la lèvre et de consulter Holly du regard.

— Et si on rentrait ? fit Katherine. Tout est quasiment prêt pour ce soir.

— Tu as assez de ballons ? demanda Alice.

— La maison en est pleine.

— Je peux voir ?

— File en haut et essaie de tous les trouver, intima Katherine en s'effaçant pour laisser passer sa petite-fille au pas de charge. Allez, viens, reprit-elle en guidant Holly à l'intérieur.

Elles traversèrent le vestibule carrelé de noir et blanc suivant un motif en spirale et grimpèrent le vaste escalier de pierre s'enroulant sur lui-même. Holly ne pouvait se départir d'un sentiment d'accablement. Elle suivit sa belle-mère au salon, où la lumière se déversait par les immenses baies vitrées offrant une vue illimitée sur le village. Il avait fallu des années à Katherine pour peaufiner cette pièce, pour dénicher un à un les objets Art déco parfaits, l'éclairage théâtral, le papier peint aux feuilles d'or et le mobilier tout en courbes tapissé de velours. Au-dessus de l'âtre trônait une image qui glaçait Holly chaque fois qu'elle pénétrait dans les lieux : un tableau à l'effigie de son beau-père. Il le représentait uniquement à partir des épaules, vêtu d'un costume sombre, d'une chemise blanche et d'une cravate rouge.

Bien qu'on ne vît pas son visage, c'était sans erreur possible le portrait de Francis Richardson – et la domination qu'il exerçait.

— Pas de Francis, cet après-midi ? demanda Holly alors qu'Alice, enlaçant trois ballons de baudruche, filait sans s'arrêter.

Katherine et Holly passèrent sur la terrasse, où des employés mettaient la touche finale aux décorations florales, sous un ciel quasiment dépourvu de nuages.

— Il s'amuse quelque part, répondit Katherine, avant d'inviter Holly à s'asseoir auprès d'elle à la table en mosaïque, non loin d'un brasero allumé. Ça me va, tant qu'il me laisse les coudées franches, fit-elle en servant trois verres de citronnade fraîche.

Holly opina doucement.

Katherine poursuivit :

— Cela m'étonnerait qu'il soit de retour avant dix-neuf heures. Tant qu'il lui reste suffisamment de temps pour se faire beau.

Sans lâcher ses ballons, Alice vint prendre son verre.

— Attention, dit Holly à sa fille. Grandma n'aime pas qu'on renverse.

— Mais je fais attention, rétorqua Alice avant de reposer le verre et de s'essuyer la bouche d'un revers de main.

— C'est bien, fit Katherine.

Alice fusa à l'autre bout de la terrasse pour jeter un œil aux canards en contrebas.

— Son père adorait ces canards. Elle doit tenir ça de lui.

— Jake et moi vous sommes immensément reconnaissants, à Francis et à vous. La maison a une allure incroyable, fit Holly alors que passaient deux serveurs, portant la base d'une pyramide de champagne.

— Sous le barnum, dit Katherine en dirigeant les serveurs vers un angle de la terrasse couvert.

— Ce n'était vraiment pas nécessaire de vous donner tant de peine.

— Ça me fait plaisir.

— Mais toutes ces dépenses ! C'est si généreux de votre part.

— Je laisse ces soucis à Francis. Mon plaisir, c'est de pouvoir faire tout ça pour vous. Si seulement je pouvais vous offrir davantage.

— C'est amplement suffisant.

Katherine sourit, mais faiblement, et Holly songea aux cadeaux entassés dans leur grenier. Comme si elle aussi les voyait, Katherine dit d'un air songeur :

— Jake a toujours attaché beaucoup d'importance à son indépendance. Il était déjà comme ça étant jeune. Je me souviens qu'après le collège il mourait d'envie d'aller en internat, comme tous ses copains. Francis a refusé, arguant que c'était en restant au lycée de Haddley qu'il avait appris la valeur du travail. Il pensait que ça lui mettrait du plomb dans le crâne. Jake était anéanti. Les deux années qui ont suivi, c'est à peine s'il a quitté sa chambre, comme si c'était son dortoir personnel.

Holly sourit.

— Il a la tête dure, quand il veut.

— Ça, pour le coup, ça vient de son père.

— Leur relation a toujours été compliquée ?

— D'une certaine façon, ils n'ont jamais été à la hauteur de ce que l'autre attendait. Parfois, il arrive que leurs attentes coïncident, ç'a été le cas quand Jake a monté son affaire mais, comme on l'a vu, les choses ont rapidement divergé de nouveau dans des directions opposées.

— Et vous vous retrouvez tiraillée entre les deux.

— C'est à peu près ça. J'ai toujours voulu donner à Jake autant qu'il m'était possible ; Francis, lui, voulait que tout se mérite, y compris son amour. J'imagine que, quelque part au milieu de tout ça, nous aurions dû réussir à trouver un compromis.

— Qui serions-nous pour prétendre qu'il est facile d'élever un enfant ? répondit Holly. Où est Francis, cet après-midi ? Au golf ?

Elle regretta aussitôt d'avoir posé la question.

— Je ne crois pas qu'il ait pris ses clubs, ma chère, répondit Katherine.

Sous le regard de sa belle-mère, Holly sentit son visage s'empourprer.

44

C'est dans une atmosphère humide que Dani Cash rentra chez elle, montant d'un pas lourd la côte de Haddley. Elle sentait ses cheveux frisotter dans l'air froid collant, mais, épuisée, elle s'en moquait. Elle s'imagina dans un bain brûlant, Mat lui apporterait un verre de sauvignon blanc bien frais tandis qu'elle s'immergerait sous les bulles. Elle essaya de convoquer un souvenir de ce genre durant leur brève relation, mais s'aperçut que c'était une image manquante.

Sa conversation avec Barnsdale au commissariat avait été lapidaire. Celle-ci l'avait de nouveau réprimandée pour ses initiatives, exigeant des preuves de sa loyauté future, puis la lieutenante avait concentré son attention sur Ben Harper et Elizabeth Woakes.

— J'ai briefé mon supérieur et, à compter de maintenant, ils doivent tous deux être considérés comme des suspects, avait dit Barnsdale.

— Pour moi ça ne colle pas, avait objecté Dani.

— Qu'est-ce qui ne colle pas ? Il s'est fait passer pour un flic et a subtilisé un indice sur une scène de crime. Elizabeth Woakes nous a menti les yeux dans les yeux. Les deux sont impliqués dans l'affaire, reste à savoir comment.

— Si la mère de Ben lui avait dit il y a dix ans où vivait Langdon, pourquoi la tuer aujourd'hui ? Ça n'a aucun sens. Ben n'est pas un assassin, avait argumenté Dani sur la chaise qu'elle occupait face à sa cheffe dans l'une des minuscules salles de réunion du commissariat.

— On l'appelle Ben, maintenant ? J'espère que vous gardez vos capacités de discernement. Je ne l'aime pas. Il est trop insistant.

— Parce qu'il a trouvé des trucs qui nous avaient échappé ?

— Vous êtes prévenue, Cash. Vous devez vous mettre en retrait. Je veux vous voir ici demain matin et je veux que vous me trouviez tout ce que vous pouvez sur Ben Harper et Elizabeth Woakes. Je vais bosser avec la police du West Yorkshire pour obtenir l'accès à l'intégralité du dossier de l'époque.

— Vous savez s'il y a eu un enfant, cheffe ?

— C'est une des choses que je vais devoir établir.

Dani s'apprêtait à quitter le commissariat par l'entrée principale, mais était tombée sur Karen Cooke, assise derrière le gars de l'accueil.

— Pitié, ne me dis pas qu'ils te laissent bosser sur de vraies affaires criminelles, avait-elle interpellé Dani au moment où elle passait la porte. Paraît que t'as fait du boulot en sous-marin, aujourd'hui ? Que tu t'es fait passer pour un gradé ? Tu devrais faire gaffe.

— Sinon quoi ? avait répliqué Dani en regrettant aussitôt de rentrer dans son jeu.

— Rien, juste je trouve ça curieux, que tu te lances dans ta petite équipée en laissant Mat tout seul à la maison toute la journée.

Voir Cooke, sans chaussures, les pieds sur le bureau, prendre ses aises à ce poste avait donné à Dani une furieuse envie de l'étrangler.

— Je suis sûre que Mat s'en est très bien sorti.

— C'est le cas, avait retorqué Cooke avec un sourire entendu, je m'en suis assurée.

Dani avait fait un pas dans sa direction.

— On garde son calme, s'il vous plaît, mesdames, avait tempéré peu efficacement l'agent de l'accueil.

— T'avise pas de t'approcher de Mat, avait dit Dani.

— Je lui ai déjà promis que je repasserais dans la semaine. Ça me fait mal de penser qu'il est abandonné tout seul.

Dani avait balancé le registre par-dessus le guichet en direction de Cooke.

— Ça suffit, avait déclaré l'officier.

— Elle aurait pas le caractère de son paternel, elle, des fois ? avait fait Cooke.

— J'ai dit : ça suffit.

Une fois dehors, Dani avait su qu'elle s'était montrée stupide. Elle avait grimpé la colline, yeux rivés droit devant elle, était passée devant le cabinet médical de Haddley. La vision de ce bâtiment la ramenait chaque fois à cette soirée d'Halloween de l'année précédente, à la panique pure qu'elle avait ressentie en roulant pied au plancher derrière l'ambulance qui transportait Mat vers l'hôpital.

Peu après que l'alerte avait été donnée, Mat s'était introduit dans le supermarché par l'arrière. Dani s'était libérée, puis ç'avait été le chaos. Une poignée de minutes plus tard, elle était assise dans une voiture de police qu'un collègue conduisait. Dani tenait à tout prix à ne pas perdre de vue l'ambulance. Jaillissant de l'habitacle sur l'aire d'arrivée des véhicules d'urgence, dans son uniforme couvert de sang, elle avait couru comme une dératée à côté du brancard tandis que les urgentistes transféraient Mat en salle d'opération. Puis ç'avait été l'attente, la peur avait pris toute la place. Une vague de soulagement en apprenant qu'il vivrait, puis le choc ravageur quand on lui avait dit que sans doute il ne remarcherait pas.

À son chevet, elle avait tout tenté pour redonner à Mat la vie qui aurait pu être la leur.

Oui, elle l'aimait, avait-elle dit.

Oui, ils devraient acheter une maison.

Et oui, ils devraient se marier.

Quatre semaines plus tard, le jour où Mat était sorti de l'hôpital, c'était chose faite.

Au fil des mois qui avaient suivi, l'optimisme dont Mat avait fait preuve au début s'était rapidement délité, laissant la place à une colère allant croissant. Chaque jour, Dani comprenait avec plus d'acuité l'erreur tragique qui avait été la sienne.

Et sa culpabilité avait tout dévoré.

À cette heure, alors qu'elle arrivait chez elle, elle ne se sentait pas de taille à affronter une autre soirée de disputes. Elle ouvrit la porte discrètement et monta sans bruit se faire couler un bon bain brûlant.

45

Dans un ballet de mèches balayant son visage, Alice Richardson virevoltait sur la terrasse dans sa robe de soirée bleue pailletée. Elle adressa un petit salut de la main à son grand-père et continua de montrer aux invités, ravis, ses jolies ballerines à bouts dorés. Holly et Jake saluèrent des amis, dont certains étaient les leurs, mais surtout ceux de ses parents à lui. Offrant de larges sourires à la ronde, ils continuaient d'avancer, saisissant d'un même geste un verre sur un plateau chargé de coupes de champagne qui passait près d'eux. Puis le trio familial prit la pose, sur fond de jardin parsemé de guirlandes lumineuses.

Tandis que le photographe les mitraillait, Holly vit, à l'autre extrémité de la terrasse, son beau-père discuter en toute décontraction avec Sarah et son copain, Nathan. Elle les observa partir d'un grand rire et, à cet instant, Francis s'approcha imperceptiblement, touchant le bras de Sarah avant de laisser sa main courir le long de son flanc et se poser fugitivement sur sa taille. Holly ouvrit la bouche, voulut lâcher un cri pour prévenir son amie.

Une main sur son bras la fit se retourner.

— Il tâte le terrain, rien de plus, dit Katherine, soudain tout près de Holly.

Au même moment, le photographe fut avalé par la foule des convives et Alice partit tournoyer sur la piste de danse au bras de son père.

— Venez avec moi, reprit-elle en souriant poliment à un couple de nouveaux arrivants.

Holly siphonna son champagne mais, comme elle tendait la main vers une autre coupe, Katherine arrêta fermement son geste. Sa belle-mère lui prit le bras et la guida à travers la terrasse, jusqu'au salon, plus tranquille.

— Je vous ai observée, dit Katherine.

— Cette réception est formidable, répondit Holly, désirant à tout prix cacher son embarras.

— Je ne parle pas de ce soir. Mais de ces dernières semaines, ces derniers mois. Je n'ai aucune intention de vous mettre mal à l'aise, continua Katherine en voyant Holly piquer un fard, mais parfois, dans un couple, il existe une entente tacite – qui permet à son mariage de survivre.

Katherine emmena ensuite Holly dans la salle de musique, où un grand piano à queue noir laqué trônait devant une fenêtre flanquée de lourds rideaux.

— Avec Francis, nous avons un accord de ce genre. Avec vous, je n'aurais pas trop su dire, jusqu'à cet après-midi.

Le visage de Holly s'embrasa.

Katherine poursuivit :

— Expliquez-moi. Est-ce quelque chose dont vous avez besoin pour que votre couple fonctionne ?

— Non, ce n'est pas du tout ça…

Holly sentit sa voix vriller.

— Je le craignais. Alors je vous en prie, dites-moi, expliquez-moi.

— Je ne peux pas.

— Je ne crois pas que Francis ait jamais abusé d'une femme, mais il n'hésite pas à recourir à une large gamme de leviers. Est-ce l'argent ? Je sais qu'il règle la plupart de vos factures.

Holly secoua la tête.

— Je vous en supplie, ça n'arrivera plus. Je vous le promets.

Katherine prit sa belle-fille par la main et la mena jusqu'au tabouret du piano.

— Asseyez-vous. Il ne s'agit pas de Francis, ça m'est bien égal. C'est vous que je voudrais aider.

Holly respira péniblement sous le regard impassible de Katherine.

— Jake est-il au courant ?

— Il ne se doute de rien.

— Tant mieux, il ne doit jamais savoir. Ça le détruirait. Et… Alice ? hésita Katherine.

— Mon Dieu, non, absolument pas.

— Non, ce que je veux dire, c'est : est-elle la fille de Jake ?

Holly baissa la tête et Katherine caressa du bout des doigts le flanc du piano vernissé.

— J'ai toujours rêvé de savoir jouer. Je devais prendre des leçons quand j'étais jeune. Ma mère possédait un Steinway ancien qui avait appartenu à sa grand-mère. Il était désaccordé, mais elle n'en insistait pas moins pour me jouer un morceau tous les matins. Elle jouait techniquement juste, mais rien de plus. Je me suis mise à haïr ses récitals matinaux, plaqués mécaniquement, dont l'écho emplissait la maison dès le lever du jour. Vous trouverez peut-être cela difficile à croire, mais je me suis rebellée, j'ai refusé d'apprendre à jouer. Je le regrette aujourd'hui, bien entendu, mais je n'ai jamais eu le moindre désir de la contenter. Toute ma vie, quand j'ai eu le plus besoin d'elle, elle a été bizarrement absente.

Katherine s'interrompit un instant.

— Alice aimerait peut-être apprendre ? Ça semble un tel gâchis, d'avoir cet instrument à disposition et personne pour en jouer. J'adorerais qu'elle prenne des leçons.

— Ce serait formidable, oui, répondit Holly en levant les yeux vers Katherine.

— Votre regard me dit tout autre chose.

— Non, ce serait vraiment formidable, je vous assure.

— Je me demande si vous ne préféreriez pas échapper à tout le clan Richardson. On ne doit pas être faciles à vivre.

— Je ne veux pas que Jake souffre.

— Surtout sachant qu'il a peut-être prise sur votre fille ?

Katherine fit le tour du piano à queue et vint s'asseoir près de Holly sur le tabouret. Frappant avec douceur les touches aiguës, elle se tourna vers sa belle-fille.

— Le lien entre une mère et sa fille devrait être impénétrable. C'est ce que je voulais, et c'est la raison pour laquelle je veux vous aider.

Sa main quitta les touches, pour venir se poser sur celle de Holly.

— Vous devez me croire. J'ai fait le serment dès le premier jour que tout serait différent avec ma propre fille. Et ça l'était. Mais le deuil n'en a été que plus douloureux. Je refuse que vous ayez à vivre ça un jour.

46

Ayant conduit huit cents bornes dans la journée avant ma confrontation avec Barnsdale, je n'ai aucune envie de passer mon samedi soir à la réception de Holly et Jake, et je suis déjà en retard. Néanmoins, conscient que Madeline est sur la liste des invités et sera sans doute là, je me mets en chemin. À plusieurs reprises, dans l'après-midi, elle a laissé mes appels sans réponse et n'a pas non plus répondu à mes textos. Quand je songe aux photographies du club de rugby de Richmond, je sais qu'elle ne m'a encore dit que la moitié de la vérité.

— On déjeune à treize heures, demain ? me lance Mrs. Cranfield au moment où je pose le pied sur la pelouse.

Je fais demi-tour vers son jardin, où elle est occupée à remiser les outils de son mari.

— Le meilleur moment de la journée, poursuit-elle en levant les yeux vers le ciel rougeoyant. Où cours-tu comme ça ?

— À la fête de Holly, dis-je en me juchant sur le muret devant chez elle.

— Tu as l'air épuisé. Debout dès l'aube et puis la fête jusqu'au bout de la nuit. (Elle repousse une mèche de mon front.) Si seulement on voyait ton visage.

— Je voulais me les faire couper mais... pas trouvé le temps.

— Mon pauvre Ben. Tu as vraiment besoin que quelqu'un prenne soin de toi.

— Tu ne baisses jamais les bras !

Je ris et, poussant le verrou de la cabane de son mari, elle m'invite à entrer boire quelque chose.

— Juste dix minutes. Mr. C. serait si content de te voir. Il te conduira à St. Marnham ensuite.

Incapable de dire non, je la suis dans sa cuisine embuée où des plats mijotent sur le feu.

— Ça sent bon, dis-je.

— Rien de très spécial. Porc braisé au cidre.

— Ça m'a l'air pas mal.

— Un de mes classiques. Je revois ma propre mère me le cuisiner le jour où on est rentrés dans le comté de Clare. J'étais malheureuse à l'idée de revenir à la maison et elle savait toujours comment me remonter le moral. Mais tu auras sûrement des tas de bonnes choses à grignoter ce soir.

— Surtout des amuse-bouches, je dirais.

— Rien que du très chic. On ne lésine pas sur les moyens, chez les Richardson.

— Je mise sur les mini-burgers !

Mr. Cranfield entre dans la pièce et ouvre le frigo.

— Une bière, Ben ?

— Non merci, ça va, réponds-je tandis qu'il décapsule une bouteille. Juste un petit verre, alors, et rien de trop fort.

— Où est-ce que tu allais comme ça, au milieu de la nuit ? demande-t-il alors que Mrs. C. se met à éplucher les pommes de terre dans l'évier.

— Rien ne t'échappe.

— Quand tu auras mon âge, tu verras que les allers-retours nocturnes au petit coin se font nombreux.

— Un vrai diable sur ressort, certaines nuits, intervient Mrs. C.

— J'ai roulé jusqu'au Yorkshire. J'ai pensé que je devais parler à certaines personnes.

— Au sujet de ta mère ? demande Mr. C.

— Un peu.

Je m'assieds devant la table couverte d'une nappe.

— Je commence à me faire une idée de ce qu'elle pouvait avoir en tête.

— Ce matin-là ?

Mr. C. tire sa chaise rembourrée et vient s'installer en face de moi.

— Je devrais pas vous le dire, mais il semblerait que durant les dernières semaines de sa vie ma mère était en contact avec Abigail Langdon.

Une tension soudaine traverse le visage de Mr. Cranfield, qui consulte sa femme.

— Ben, je sais que tu cherches des réponses, mais promets-moi que tu fais attention, dit cette dernière, tournant le dos à son évier.

— Ne vous en faites pas, je vous le promets, réponds-je avec un sourire.

— Qu'est-ce qui te fait penser qu'elle l'a contactée ? demande Mr. C.

— Elles ont échangé des lettres. J'en ai vu une, je ne peux pas vous dire comment. Je crois qu'il y a une histoire d'enfant là-dessous.

Mrs. Cranfield repose son couteau, se passe les mains sous l'eau chaude, les essuie sur son tablier puis sort un verre à pied du placard.

— Un fond, George, lance-t-elle.

Elle s'assoit avec nous et échange un regard avec Mr. C., qui lui sert une généreuse rasade de vin rouge avant de reboucher la bouteille.

Mrs. Cranfield garde quelque temps son verre entre ses mains, puis prend une première gorgée.

— Nous étions autour de cette table, commence-t-elle. Ta mère et moi. Je n'ai jamais cru bon de te le dire, mais peut-être qu'on aurait dû. On protégeait un secret qu'elle avait découvert.

Soudainement, j'ai la bouche sèche.

— Tu étais au courant ?

— Elle m'a répété ce qu'elle avait appris. Ou du moins ce qu'elle soupçonnait. Elle n'a jamais voulu me révéler comment elle l'avait su et m'a fait jurer de garder le secret. Je lui ai dit qu'elle ferait mieux d'ignorer les rumeurs idiotes mais elle était convaincue, oui, convaincue qu'Abigail Langdon avait eu un enfant.

— C'était quand, ça ?

Mrs. C. consulte son mari. Il est patent qu'elle craint toujours de trahir la mémoire de ma mère.

— Réponds, s'il te plaît.

— Ça devait être deux ou trois semaines avant sa mort, dit Mrs. Cranfield en portant de nouveau le verre à ses lèvres avant de le replacer devant elle. Pour elle, l'idée que Nick puisse avoir un enfant et que ce dernier ne soit pas auprès d'elle était dévastatrice. Je lui ai dit qu'on ne parviendrait sans doute jamais à confirmer si la fille avait eu ou non un bébé ; quant à le localiser… Ça lui était égal. Elle était fermement décidée, comme elle savait l'être.

J'opine lentement ; Mrs. C. est en train de confirmer ce que je pensais déjà être la vérité.

— J'ai voulu l'aider, bien sûr que j'ai voulu, mais je ne savais pas comment. Ta mère affirmait qu'elle ne laisserait pas tomber tant qu'elle ne connaîtrait pas la vérité. (Mrs. C. efface une larme et je pose ma main sur la sienne.) Je ne pouvais rien faire, si ce n'est lui demander de me promettre ce que je vais te demander. (Elle me regarde intensément.) De toujours faire très attention.

Avant de partir, je serre Mrs. Cranfield dans mes bras, et promets.

Quand Mr. C. quitte notre rue et qu'on se retrouve au feu de signalisation temporaire sur Lower Haddley Road, il se tourne vers moi.

— Huit semaines qu'ils creusent ces tranchées. Je suis sûr qu'à l'époque victorienne on faisait ça plus rapidement.

Je souris.

— Désolé de t'obliger à sortir. J'aurais très bien pu y aller à pied.

— Pas de problème, réplique-t-il. Le dîner démarre dans une demi-heure, on ne voudrait pas que tu rates les festivités.

— J'y vais uniquement pour faire plaisir à Holly. M'étonnerait que je reste très tard.

Nous nous rapprochons du feu mais il passe de nouveau au rouge avant qu'on ait atteint l'intersection.

— Tu savais, toi ?

J'observe Mr. Cranfield sous l'éclairage rouge.

— Pas avant le décès de ta mère. On en a parlé avec Mrs. C. et on a décidé qu'il valait mieux laisser tomber. Ce n'est pas qu'on voulait te le cacher, Ben, simplement, on voulait te laisser de l'espace pour vivre ta propre vie.

Sans colère, je demande :

— Si ma mère était si convaincue qu'il y avait un enfant, et que ça lui donnait de l'espoir, alors pourquoi… ?

— Pourquoi elle se serait tuée ?

Mr. C. se tourne de nouveau vers moi.

— Je ne sais pas, Ben. Ça, je ne l'ai jamais compris.

— Est-ce qu'elle se serait mise en danger pour l'enfant d'Abigail Langdon ?

— Pour découvrir un lien avec Nick, je crois qu'elle en aurait été capable. L'amour d'un parent peut être une force irrésistible. C'est quelque chose qui ne faiblit jamais.

— Si bébé il y avait, j'ai du mal à croire que Nick ait pu être le père. On n'a aucune preuve d'une relation véritable entre lui et Langdon. J'ai parlé à Elizabeth Woakes et elle a le même sentiment au sujet de Simon.

Nous avançons enfin, longeons les bois de Haddley jusqu'à St. Marnham. Mr. C. arrête la voiture près de l'étang et se tourne encore vers moi.

— Ben, aucun de nous ne peut savoir avec certitude si cet enfant était de Nick ni s'il y a eu un enfant. Mais si je devais parier, je dirais qu'il y avait autre chose.

— Qu'est-ce que tu veux dire ?

— Quand on s'est installés à Haddley, presque une année s'était écoulée depuis le procès. Tous les jours, je voyais Peter Woakes refaire indéfiniment le même trajet, suivre le fleuve puis couper à travers bois. Il faisait vraiment peine à voir. On ne pouvait pas ne pas ressentir de pitié à son égard. Il vivait déjà quasiment à la rue et, chaque fois que l'occasion se présentait, je lui glissais quelques pièces. Personne n'a envie de voir un homme dans cet état, surtout après ce qu'il avait enduré. Il m'est arrivé une paire de fois de m'asseoir près de lui, au bord de l'eau, de lui apporter une pinte du pub. C'était un être brisé.

— Je m'en souviens.

— Perdre un enfant, c'est terrible, mais il y avait autre chose : il se sentait coupable. Il regrettait de ne pas avoir agi quand il en avait eu l'occasion et ça le bouffait. Chaque fois que je le voyais, il ressassait la même rengaine. Si seulement il avait agi quand c'était encore possible, si seulement il avait agi.

Je songe à mon petit déjeuner en compagnie de Mrs. Woakes et à sa gêne, le jour de la finale de rugby.

— Avant les meurtres, est-ce qu'il avait entendu des histoires au sujet de Langdon et Fairchild ?

— Peu avant qu'il ne disparaisse pour de bon, je l'ai trouvé un jour sur un banc, sur la berge. Je lui ai payé une bière. Et, comme toujours, nous avons parlé de son regret de n'avoir pas agi en temps utile.

— Mais en réaction à quoi aurait-il dû agir ? demandé-je, désireux de pénétrer dans les souvenirs parcellaires de Mr. C.

— Durant le dernier trimestre de cours, le lycée avait reçu un appel. Mr. Woakes avait considéré que c'étaient des commérages, mais après coup, ça l'avait tourmenté. Il disait que ça repassait en boucle dans sa tête.

— Que disait cet appel ?

— Je l'ignore. Je ne l'ai jamais revu.

Mr. C. lève les yeux vers la fête des Richardson et son cortège de lumières, par-delà l'étang.

— Pour être tout à fait honnête, Ben, mon plus grand regret est de ne pas en avoir fait davantage pour l'aider.

Cette fois-ci, c'est moi qui tends le bras pour lui tapoter l'épaule. Je sors de la voiture, puis fais le tour de l'étang. Au moment où j'approche de l'allée menant à la demeure tout illuminée des Richardson, je pivote vers Mr. Cranfield, qui s'éloigne à pas lents de son véhicule en direction du pub.

VII

*« Une de ces fins de journée humides et brumeuses,
où l'on n'arrive jamais à se réchauffer
et l'on ferait mieux de rester sagement à l'intérieur. »*

47

— Ben ! Par ici ! me crie Jake Richardson au moment où je pénètre dans le salon de ses parents, me faisant signe de les rejoindre, ses amis et lui. Une flûte de champagne pour ce monsieur, dit-il en envoyant l'un des serveurs dans ma direction.

Je saisis un verre à moitié plein ; Jake, lui, repose son verre vide et en prend un autre.

Puis il renvoie le serveur vers le bar :

— Vous n'avez qu'à nous rapporter une bouteille.

Puis, à moi :

— Tu connais Martin et Duncan, du village. Leurs enfants sont à l'école avec Alice.

Nous échangeons de brefs hochements de tête en guise de salut et je scanne rapidement la pièce du regard en quête d'amis qui pourraient me sauver.

— Imaginez la scène. Je m'ennuie à mourir. Je descends une deuxième pinte, je termine ma tourte au porc et je traverse ce petit village assoupi à côté duquel St. Marnham ressemble à une métropole débridée.

Martin et Duncan rient au moment escompté, et moi je comprends que j'ai débarqué au beau milieu de la litanie des hauts faits de la semaine de boulot d'un Jake alcoolisé.

— Je suis assommé, littéralement assommé, après deux journées passées à remplir les poches de ces cons auxquels mon père a vendu la boîte – boîte montée par bibi, hein –, donc j'ai décidé de m'offrir un aprèm peinard et ça démarre par une petite sieste garé sous un arbre. Pile au moment où je m'endors, merde, voilà qu'on tape à la vitre de mon Audi. Agacé, j'entrouvre une paupière : une vieille canne militaire s'affiche derrière la fenêtre. Je crois d'abord que je nage en plein cauchemar et que c'est mon paternel, déjà, ça vous pose bien le genre de truc atroce. Je referme les yeux et l'ignore, mais voilà que ça recommence – *ra-ta-tat-tat, ra-ta-tat-tat*. Je baisse la vitre. Major Edwards, qu'il dit s'appeler – je peux pas les blairer, ces ex-militaires qui vous balancent leur grade –, et pourrais-je ficher le camp ? qu'il me dit. « On est libres, oui ou merde, dans ce pays ? » je lui rétorque, et évidemment j'y coupe pas, il m'explique qu'il s'est battu pour cette liberté. Puis il me dit que ma présence provoque un peu de nervosité parmi « les dames du village ». « Si seulement, mon gars, si seulement », je réponds. Je me redresse sur mon siège et l'invite à m'expliquer. Le gars fait un pas en arrière quand j'entreprends d'ouvrir la portière mais continue à discourir sur l'anxiété de « ces dames ». Je demande à cet emmerdeur s'il leur a vraiment parlé mais, avant qu'il ne puisse ajouter un mot, je fais mine de lui sauter à la gorge. Le gars recule aussi sec et se ramasse sur le dos en plein dans une grosse flaque de gadoue. Je n'ai pas pu résister, je l'ai pris en photo.

Jake sort son téléphone tout en attrapant la bouteille de champagne qu'apporte le serveur. Il se sert, puis remplit à ras les verres de Martin et de Duncan. C'est alors que je sens une main sur mon épaule. Je fais volte-face et découvre Will Andrews à mes côtés.

— Besoin d'un sauveur ? demande-t-il à voix basse.

— Tu tombes du ciel.

Je m'excuse auprès du groupe de Jake et nous traversons le salon. J'entends encore Jake manigancer son plan pour ridiculiser le visage rubicond du major Edwards.

— Désolé de pas t'avoir consacré plus de temps hier, Ben. C'était pas vraiment un bon jour, pour moi, fait Will.

— Pas besoin de t'excuser. Rien de pire que d'être interrompu par un journaliste fouineur quand on essaie de bosser.

Will se marre et propose de quitter cette pièce bondée pour aller dans le bureau de Francis, où il est prévu que les buveurs de whisky se retrouvent plus tard dans la soirée.

— Tout ceci est très *Francis*, dis-je tandis que nous entrons dans la pièce lambrissée.

J'examine les rayonnages couverts d'éditions originales.

— Je ne sais pas combien ont vraiment été lus, fait Will, mais faut reconnaître que ça en jette.

— Et ça, pour Francis, c'est essentiel.

— C'est sûr. Serons-nous les premiers à goûter ce whisky ? demande-t-il en soulevant une des quatre bouteilles de single malt à disposition.

Je refuse d'un geste.

— Je crois que j'ai eu mon content pour la semaine.

Will se sert un double sec puis vient s'asseoir près de moi dans un des fauteuils de cuir à haut dossier.

— Je voulais vraiment prendre le temps de te présenter mes excuses. C'est drôle pour personne, de se rappeler cet été-là, mais si je peux t'aider d'une quelconque manière…

Sa voix s'éteint.

— Mercredi soir, au resto, tu m'as demandé ce que ça impliquait, si ma mère ne s'était pas suicidée, et je t'ai dit que j'étais incapable de répondre à ça. Si tu me reposes la question maintenant, je dirais que ça signifie que quelqu'un d'autre l'a tuée.

Will avale une gorgée de whisky. Dans la fraîcheur du bureau, c'est son unique réaction.

— Je crois que la mort de ma mère est liée aux événements de cet été-là, à la possible existence d'un enfant et à quelqu'un qui jouait un rôle auprès de Langdon et de Fairchild plus déterminant que ce qu'on imagine. Explique-moi ce que tu voulais dire par « Toutes sortes d'hommes ». Tu les as vues avec quelqu'un ? fais-je en me tournant vers Will.

— Non, jamais directement.

Will continue de siroter à petites gorgées.

— Néanmoins, pendant l'année scolaire, la rumeur avait couru que Josie était sortie avec des gars plus âgés. Ça lui avait valu une réputation, au bahut. Disons que, une fois que ça s'est su… les mômes, c'est parfois cruel. Je ne lui cherche pas des excuses, mais elle a bien morflé, y compris de la part d'Abigail, au départ.

— Mon cœur saigne, dis-je froidement.

— Josie était ostracisée, harcelée sans relâche, et pas uniquement par notre classe, mais par toute la promo. C'étaient des attaques psychologiques continuelles.

Will marque une pause puis se met à chuchoter.

— *Josie la salope, Josie la salope.* C'était l'hymne qui tournait en boucle chaque fois qu'elle entrait quelque part. Dans tout le lycée, à tous les cours, tous les jours. Le tempo était d'abord tout doux…

Will commence à battre la mesure sur le bureau de Francis. *Ra-ta-tat-tat. Ra-ta-tat-tat.*

— *Josie la salope, Josie la salope*. De plus en plus fort.

Ra-ta-tat-tat. Ra-ta-tat-tat.

— Ça allait *crescendo*, où qu'elle aille. De plus en plus vite. De plus en plus fort. *Josie la salope.*

— Ça suffit !

Après ce cri de ma part, nous restons quelques instants sans parler.

— Rien n'excuse ce que Langdon et Fairchild ont fait, dis-je. Rien.

— Je sais bien. Abigail a repéré sa faiblesse et est devenue sa seule amie. Chacune séduite par la part mauvaise en l'autre. Tout ce que je dis, c'est que ça ne devait pas être bien compliqué, d'observer cette aliénation, et de trouver un moyen de s'en servir contre elles.

48

Depuis le seuil du grand salon, une Holly horrifiée observa un plateau d'argent, chargé de coupes de champagne, valser vers le sol de la terrasse. Lorsque Jake atterrit sur un malheureux serveur, elle enfouit son visage dans ses mains et s'aperçut qu'elle n'avait qu'une hâte : que la soirée se termine.

— Il est déjà ivre, l'interpella Francis Richardson, avec un rire cruel. Putain, j'ai honte, beugla-t-il à l'adresse de son épouse, qui se matérialisa auprès de Holly. Que quelqu'un le relève.

— Rien à voir par ici, dit Katherine, réprimandant son mari.

Un geste souple de la main et deux serveurs avaient calé Jake dans le coin d'un canapé en velours bordeaux.

— Un café serré et un verre d'eau, poursuivit-elle, donnant ses instructions tandis qu'on balayait prestement les bris de verre. Et à manger, aussi. Rien de trop consistant, quelques tranches de pain grillé, ça ira bien.

Katherine prit le bras du chef de rang et lui souffla quelques mots, si bas que seule Holly, toute proche, put les entendre.

— Vous le laissez boire son café puis vous me le descendez en cuisine. Qu'il y reste au moins une demi-heure. Tenez-le éloigné de son père.

— Je suis tellement désolée, dit Holly. Je me sens affreusement mal. Vous avez mis tant d'énergie dans cette réception, et voilà comment on vous remercie.

— N'y pensez plus. Nous savons tous qu'en réalité cette fête est pour Francis. Ça n'aura fait que lui donner davantage de satisfaction.

Holly, choquée, fit volte-face vers Katherine.

— Chacun prend un malin plaisir à voir l'autre échouer, dit-elle en crochetant son bras à celui de Holly pour la guider hors du salon. Ils ont toujours été comme ça. Jake vous a-t-il déjà raconté l'anniversaire de ses douze ans ?

Holly fit signe que non.

— Vers l'âge de onze ans, Jake s'est pris d'une passion folle pour le basket. Francis devait aller à Manhattan pour le travail, donc Jake et moi l'avons rejoint pour quelques jours, poursuivit-elle en descendant à petits pas l'escalier majestueux puis en traversant le vestibule bondé pour gagner la porte d'entrée. Nous avons amené Jake au Madison Square Garden voir les Knicks de New York. Ç'a été une soirée heureuse, Jake a adoré, et une fois rentrés à la maison il n'a plus rêvé que d'avoir un panier. Son anniversaire approchant, j'ai fait construire un petit terrain dans le fond du jardin. Je sais : on ne fait pas les choses à moitié, ici. Le jour J, il avait invité quelques amis et son père a constitué deux équipes, l'une menée par lui-même, l'autre par Jake.

« L'équipe de Jake se débrouillait bien, et malgré tous ses efforts, Francis était mené. Jake était aux anges, mais évidemment Francis n'a pas digéré la chose. Il s'est fait plus agressif et, sans l'avoir voulu j'en suis sûre, il a envoyé Jake au tapis. Ce n'était pas bien grave, ça arrive, mais quand Jake est tombé, la chevalière de Francis l'a écorché au coin de l'œil. Le sang coulait à flots du côté gauche de son visage. Il a refusé de me laisser soigner la blessure et a attendu assis tout seul au bord du terrain le reste de la partie. Il a laissé le sang couler ostensiblement. Il n'avait qu'un désir : que ses amis assistent à l'échec de son père.

Laissant la rumeur des convives derrière elles, Katherine mena sa belle-fille dans l'allée, puis toutes deux firent quelques pas précautionneux sur les berges de l'étang du village, faiblement éclairées.

— Ici, on ne nous dérangera pas, fit Katherine alors qu'elles atteignaient un banc verni de frais sur lequel une plaque de bronze était posée. Voici ce que je voulais vous montrer. C'est le banc de Lily.

Holly déchiffra l'inscription. Elle ne lui avait jamais accordé un regard, avant cela.

Rire et joie sont les présents qu'elle nous a légués.

— Vous ne m'avez jamais parlé d'elle, dit Holly, qui ne voyait que maintenant le chagrin que Katherine avait toujours dissimulé.

— Non, on n'en parle jamais. On se dit que c'est trop douloureux, mais je me demande si ce ne serait pas plus facile, si on en parlait. Elle était tout ce dont j'avais toujours rêvé. Ma propre fille. Exactement comme Alice et vous, je n'en doute pas.

— Je ne peux imaginer ce que serait le monde, sans elle.

— J'étais comme ça, moi aussi. J'ai adoré chacun des moments passés avec elle. Tous les petits riens – l'habiller le matin, lui lire son livre préféré, les heures passées ensemble dans la baignoire, l'envelopper dans une immense serviette en sortant. Sous bien des angles, ç'a été la même chose pour Francis ; il s'en sortait mieux avec Lily, d'une certaine manière.

— Puis-je vous demander ce qui est arrivé ?

Le regard de Katherine dériva vers l'étang. Les lumières de la demeure des Richardson se réverbéraient gaiement sur l'eau.

— C'était un après-midi de novembre. Une de ces fins de journée humides et brumeuses, où l'on n'arrive jamais à se réchauffer et où l'on ferait mieux de rester sagement à l'intérieur. Lily adorait être dehors, courir en toute liberté, sauter dans les flaques. Elle portait des bottes en caoutchouc violettes…

Elle hésita.

— On peut rentrer, si vous préférez, fit Holly d'une voix douce.

— Non, je ne viens pas suffisamment ici.

Après un moment, elle reprit :

— Je me suis laissé distraire… trois fois rien. Je crois que je pelais des carottes, ou une tâche sans intérêt du même genre. Lily est sortie par le portillon qui se trouve au fond du jardin. Il faisait nuit, mais elle n'en a pas moins trouvé le chemin menant à l'étang. Elle adorait les canards. Elle criait de joie chaque fois qu'un d'eux approchait. Nous allions les nourrir presque chaque matin. Elle ne craignait rien. Exactement comme Alice, ils lui mangeaient directement dans la main.

« Les feuilles jonchant les berges étaient détrempées, une couche de boue bien grasse. Combien de fois lui avais-je dit de se tenir loin du bord ! Mais elle était si curieuse. “Ne t'approche jamais du bord”, voilà ce que je lui disais. Elle connaissait la règle, mais elle a dû glisser.

« Une passante l'a aperçue et sortie de l'eau. Les médecins sont arrivés en trombe du service de chirurgie qui se trouve de l'autre côté de la route. Ils ont fait tout leur possible, mais c'était trop tard.

Assise à côté de Katherine perdue dans ses pensées morbides, Holly ressentit un besoin urgent de regagner la maison en quatrième vitesse, d'attraper Alice et de ne plus la lâcher.

— J'ai fait murer le portillon, dit Katherine, puis le silence retomba sur les deux femmes, qui demeurèrent assises là, sans autre bruit que la lointaine rumeur échappée de la fête.

49

Une clameur monte du salon et Will et moi, quittant le bureau de Francis, voyons Katherine Richardson donner une série d'instructions à la ronde. Jake est étendu sur le sol, il y a des éclats de verre partout et, debout dans un coin de la pièce, se tient Holly. Je m'avance vers elle, mais entre-temps sa belle-mère lui attrape le bras et elles s'éloignent. Je prends congé de Will et me mets en quête de Madeline.

Au pied du grand escalier en spirale se trouve une petite alcôve, où je la repère en pleine conversation avec East Mailer. Il se lève à mon approche.

— Content de te voir, Ben.

Il me tend la main puis nous nous donnons une demi-accolade, comme le font les hommes.

— Moi aussi.

— On va se chercher un verre ? Ça fait longtemps qu'on n'a pas eu l'occasion de papoter un peu.

— Je ne voudrais surtout pas vous interrompre, Madeline et toi aviez l'air de deux conspirateurs, dis-je en regardant ma boss.

— Absolument pas, réplique-t-elle.

S'extirpant de l'alcôve, elle jette un immense imperméable sur ses épaules.

— Avec Madeline, on se connaît depuis un bail. Elle m'a écrit des critiques phénoménales quand elle bossait pour le *Richmond Times*, s'empresse de préciser East.

— Je suis certain que tout bon chef aime avoir la presse de son côté, rétorqué-je.

— Elle nous a soutenus dès l'ouverture et, je suis pas peu fier de le dire, elle n'a pas cessé de venir depuis. Mais pas encore assez à mon goût !

— Faut vraiment que je file, lance Madeline en sortant machinalement son téléphone. C'était chouette de te voir, East. Et toi aussi, Ben.

— Attends. Il faut que je te parle, m'exclamé-je en faisant un pas vers elle.

— Je pars dans deux minutes, on a une info inédite. Tu te souviens de ça ?

— Tu as ignoré mes appels toute la journée.

— Ben, ce serait vraiment bien qu'on se parle un peu, fait East en se rapprochant de moi.

— Tu vas devoir me donner cinq minutes, réponds-je. Je crains que ce ne soit pour le boulot.

— Je n'ai pas cinq minutes, dit Madeline. Mon chauffeur est déjà en route. Ça attendra.

— Je ne peux pas attendre, tranché-je.

— Je ferais sans doute mieux de vous laisser, déclare East en reculant maladroitement d'un pas. Je dois y aller, et vérifier que tout va bien au restaurant. Mais, Ben, faut qu'on se parle, plus tard dans la soirée.

— D'accord.

J'acquiesce et East souffle un baiser à Madeline.

— Maddy, trop content de t'avoir vue. Promets-moi que tu viens dîner bientôt.

— Promis.

— Ben, je serai de retour dans trente minutes. Je viendrai te chercher.

Là-dessus, il disparaît dans le vestibule bondé où bon nombre des invités sont maintenant rassemblés.

— Pas maintenant, je peux pas, répète Madeline qui se faufile à travers la foule en lâchant quelques salutations au passage.

— Superbe imper, dis-je en lui emboîtant le pas. Vous aviez l'air bien, dans ce petit coin, East et toi, ajouté-je dans un murmure.

— Un vieux copain de classe, répond-elle laconiquement. Du moins des deux dernières années de lycée, quand Twickenham Duke a daigné autoriser les filles dans le cursus.

— Je l'ignorais.

Nous sommes désormais sur l'allée en gravier.

— Sérieusement, Ben, ça peut pas attendre lundi ?

Je saisis le bras de Madeline et la tire sur le côté.

— Non, ça peut pas. Tu dois me dire la vérité, maintenant, toute la vérité.

— Je ne sais pas de quoi tu parles, se défend-elle en se dégageant alors que sa voiture se gare. En revanche, ce que je sais, c'est que j'en ai ma claque, que tu me harcèles.

— Je suis au courant, pour l'enfant d'Abigail Langdon.

Madeline s'immobilise.

— Tu n'as jamais songé à m'en parler. Ne m'as-tu pas affirmé que tu voulais avant tout le meilleur pour ma famille et moi ?

Sous les lampadaires, le regard vert de Madeline s'embrase.

— Et pas un instant tu ne t'es dit que c'était précisément la raison pour laquelle j'avais choisi de me taire ?

La vitre côté passager s'ouvre, elle demande au chauffeur de lui accorder une minute. Elle revient vers moi et nous faisons quelques pas sur le sentier en arc-de-ciel qui mène chez les Richardson.

— Tu as fait ta vie, dit-elle. Quand est-ce que le moment aurait été opportun pour un truc pareil ?

— Pourquoi pas tout de suite ?

— Si c'est ce que tu veux. C'est très simple. La date du procès de Langdon et Fairchild était constamment reportée. Leur anonymat avait été préservé mais, évidemment, à Haddley et St. Marnham, on savait tous qui elles étaient. Personne n'avait la moindre explication pour cette date sans cesse repoussée, mais dans les journaux, une rumeur tenace courait. Quand j'ai commencé au *Richmond Times*, mon rédac' chef m'en a parlé très ouvertement. À l'époque, il avait essayé de parler à l'enquêteur, en off, mais la police s'en était tenue à la version officielle : on avait pris du retard dans la préparation des éléments du dossier. Quand, quelques années plus tard, je suis passée en presse nationale, c'était devenu une évidence : une des filles avait été enceinte. La date du procès avait été repoussée jusqu'à après l'accouchement, pour ne pas influencer les jurés dans un sens ou dans l'autre.

Le portable de Madeline vibre et, après y avoir jeté un coup d'œil, elle le rempoche *illico*.

— Il faut vraiment que j'y aille, maintenant, dit-elle en tournant les talons vers la berline.

— On n'en a pas fini.

— Je regrette, Ben, mais il n'y a rien de plus à dire. J'ai cherché dans tous les coins pendant des années, mais pas de traces de l'enfant. On manœuvrait avec de telles restrictions judiciaires qu'il était impossible de mettre au jour quoi que ce soit.

— Alors pour ne pas gaspiller ton lot de ragots, quand l'occasion s'est présentée, tu t'en es servie pour appâter ma mère.

— Tu déformes tout.

— Tu t'en es servie, oui ou non ?

— Elle avait déjà sa petite idée, mais oui, je m'en suis servie et j'ai eu tort. Voilà, t'es content, comme ça ? J'ai eu tort.

Je ne dis rien.

— Ça lui a donné de l'espoir, Ben. Est-ce un crime ?

— Si ça l'a tuée, oui. On ne va pas prétendre que tu cherchais juste le meilleur angle pour ton histoire.

— On est des journalistes, toi et moi, Ben. Point final.

Puis, le visage tourné vers moi :

— J'ai donné mon accord pour que tu écrives l'histoire que tu veux sur Clare, mais pas pour que tu prennes des chemins de traverse comme c'est ta spécialité. Le sujet, ici, c'est pas un supposé enfant, et je ne veux pas que tu creuses dans cette direction.

— Cet enfant, c'est tout, réponds-je. C'est ce que ma mère a découvert et c'est ce qui a tué Langdon aujourd'hui. L'enfant est au cœur de toute l'affaire, ainsi que le père, et ce qu'il a fait à ces filles.

— Ça suffit, Ben. J'ai dit que tu pouvais écrire sur ta mère mais ça s'arrête là.

— Si tu ne veux pas de mon histoire, un autre la prendra.

Madeline pose la main sur la poignée du véhicule.

— Tu n'iras pas plus loin.

Plaquant ma main sur la portière, je l'empêche de l'ouvrir.

— Tu ne m'avais pas dit que tu avais rencontré Elizabeth Woakes. Qu'est-ce que tu cherchais ?

— Pousse ta main de là, Ben.

— *Qu'est-ce que tu cherchais ?* répété-je avec insistance.

— J'avais déniché un truc concernant son mari. Il y avait eu un appel au lycée, quand il était proviseur, me dit Madeline, me confirmant ce que j'ai appris de la bouche de Mr. C.

— Au sujet de Langdon et Fairchild ?

— Plus vaste que ça, je crois, mais comment en être sûre ? Des gamines qui fréquentaient des hommes plus âgés, c'est ce qu'on a supposé.

— Et il n'a pas réagi comme il aurait dû.

Madeline hausse les épaules.

— C'était juste un appel mais, à en croire certains, ça l'a fait basculer.

— Et les photos ?

— Quelles photos ?

— C'est toi qui as pris la photo de Nick et Simon avec Langdon et Fairchild.

— Je n'ai jamais voulu qu'on me crédite pour cette image. Ce n'est pas le genre de cliché que je vais afficher au mur de mon bureau.

— Et refiler toute la pellicule à ma mère, c'était quoi ? Encore un acte de bonté ?

Madeline ferme les yeux et recoiffe ses mèches en arrière.

— Ça aurait pu, oui. Ou peut-être que je me servais de tout ce que j'avais en main pour atteindre mon objectif. C'est ça que tu veux entendre ?

Elle ouvre la portière et se glisse dans l'habitacle.

— Mais tu sais quoi, Ben ? Peut-être que je me suis simplement dit que ça ferait plaisir à ta mère ?

50

Holly se prit la tête entre les mains, doigts écartés sur ses joues. Les éclats de rire venus du jardin des Richardson lui donnèrent une envie folle de se boucher les oreilles. Par-delà l'étang, son regard était attiré par Ben, en pleine conversation animée avec Madeline Wilson.

— C'est Francis qui l'a invitée, lui apprit Katherine. Il suit sa carrière depuis qu'elle est passée par le *Richmond Times* ; il se raconte qu'il a des « contacts influents dans les médias ». J'avais oublié qu'elle était la cheffe de Ben. Lui et vous êtes toujours proches ?

— C'est mon meilleur ami, répliqua Holly en soutenant le regard de sa belle-mère. Il n'y a jamais rien eu de plus. Je devrais vous parler d'Alice.

— Seulement si vous le voulez. Je vous ai parlé de Lily parce que je voulais que vous le sachiez. Nous la gardons enfouie trop profondément.

— Ça me terrifie rien que d'imaginer la peine que vous avez endurée. Vous tous. Si seulement j'avais su.

— C'était il y a si longtemps. Vous n'étiez pas née. Quelle différence ç'aurait fait ? demanda Katherine, à quoi Holly fut bien en peine de répondre. Chacun s'est débrouillé pour surmonter son chagrin à sa manière. De plus en plus, Francis a eu sa vie, et moi la mienne. J'ai fait mine de ne pas voir ce qu'il faisait et je me rends compte maintenant que c'était une erreur.

Elle regarda craintivement Holly, qui secoua la tête.

— Francis n'est pas le père d'Alice, dit-elle.

À sa droite, Katherine souffla.

— Il ne s'est rien passé avec lui avant sa naissance. Je n'ai jamais eu l'intention de faire de la peine à Jake, mais quand je l'ai épousé j'en aimais un autre. Je ne le savais peut-être pas, c'est un homme que je connais depuis qu'on a l'âge d'Alice, et j'essaie de me dire que je n'y voyais pas clair.

« Il s'appelait Michael. Lui, Ben et moi avons fait notre première rentrée à l'école ensemble. Pendant des années, notre trio a été inséparable et, si je dois être honnête, même à l'époque une petite voix me disait que je l'aimais comme je n'aimerais jamais personne d'autre. À l'adolescence, Michael et moi sommes devenus plus proches et, pendant les années lycée, je nous ai cru destinés à passer le reste de notre vie ensemble. Sauf que tout le monde était persuadé que Michael deviendrait un joueur de rugby professionnel, et avant même qu'il ait le temps de songer à son avenir, l'équipe de Bath lui a fait une offre. À l'époque, on n'était encore que des gamins et on savait qu'on devait se laisser cette liberté de partir. Moi, je voulais rester à Londres pour être près de ma mère, et lui avait tous les jours un match ou des séances d'entraînement. Nos vies ont bifurqué.

« Michael et moi sommes restés proches et, après la mort de Clare Harper, il a voyagé un petit moment avec Ben. Quand Ben est revenu s'installer à Haddley, Michael s'est mis à passer pas mal de temps chez lui.

Je venais d'épouser Jake, mais on a pris l'habitude de se voir tous les trois, on parlait du bon vieux temps.

Holly se tourna vers Katherine.

— Quand je l'ai revu, j'ai su. Tout ce que je voulais, c'était trouver une raison de passer du temps avec lui, être auprès de lui. C'est lui, le père d'Alice.

— Est-ce que Jake s'en doute ?

— Pas du tout. Je n'ai jamais voulu lui faire du mal, il faut me croire.

Katherine opina.

— Il n'y a que Ben qui soit au courant. Et vous, maintenant.

— Il est mort, Michael, c'est ça ? demanda Katherine après un blanc. L'accident et le délit de fuite dans les bois ?

Holly réfréna ses larmes. Elle se leva et, enroulant les bras sur sa poitrine, alla se poster près de l'eau. Au bout d'un moment, elle sentit la main de Katherine venir doucement se placer sur son épaule.

— Savait-il qu'il avait une fille ?

Dans le reflet des lumières de la fête sur l'eau, Holly hocha la tête.

— Il a pu passer un peu de temps avec elle ?

— Oui : on avait l'intention de partir ensemble. Michael avait reçu une proposition pour aller jouer en Australie. J'avais fait une demande de passeport pour Alice. La semaine avant le départ prévu, nous avons rendu visite à sa mère, pour lui faire nos adieux. Elle n'allait pas bien. Elle avait développé un Alzheimer au début de la cinquantaine. C'était tellement triste à voir. Quand Michael lui parlait, par moments elle semblait le comprendre. Elle était assise là, le regard dans le vide. Quand il lui a demandé si elle voulait prendre Alice dans ses bras – je n'oublierai jamais sa réponse –, elle a levé les yeux et a simplement demandé : « Je devrais ? » Il a répondu : « Je crois, oui », et j'ai déposé Alice dans ses bras. J'ai observé comme elle serrait la main de Michael. Je me suis toujours demandé si elle savait.

— Elle savait, répliqua Katherine, immobile au côté de sa belle-fille. Et je vais vous aider.

51

De retour chez les Richardson, Holly gagna précipitamment la chambre où était couchée Alice. Elle entrouvrit la porte et trouva sa fille profondément endormie. Épuisée après l'excitation de la journée, elle était lovée au milieu du vaste lit, sa robe de fête pendue avec soin sur la porte de l'armoire.

Holly entra sur la pointe des pieds et s'allongea auprès d'elle. Caressant doucement ses mèches souples, elle lui fit la promesse de toujours veiller sur elle. Puis elle ferma les paupières, laissa ses pensées dériver vers une vie loin de Haddley et sombra dans le sommeil.

Soudain, elle sentit une respiration sur sa nuque.

— Elle dort comme un ange, murmura une voix au creux de son oreille.

Confuse, hébétée, encore ensommeillée, elle crut un moment que c'était Michael.

Puis ses yeux firent le point et, se redressant d'un bond, elle s'exclama :

— Francis !

— Chuuut, fit-il en posant un doigt sur les lèvres de Holly. Tu vas réveiller notre petite princesse. Viens, suis-moi.

Il prit Holly par la main.

Tandis que Francis l'emmenait dans le couloir menant à la suite parentale qu'il partageait avec Katherine, Holly sentit la peur se diffuser en elle. La soirée battait toujours son plein, en bas, et quand Francis referma la porte de la chambre derrière eux, ils demeurèrent silencieux. Il avança d'un pas, la forçant à reculer vers le matelas gigantesque avec sa tête de lit Art déco.

— Non, Francis, pas ici, pas maintenant. Non, fit Holly, mais Francis lui bloqua les bras et la poussa vers le lit. Non, j'ai dit.

Mais elle se retrouva à buter contre l'ottomane qui flanquait le pied du lit et elle tomba à la renverse.

— Francis, j'ai dit non !

Roulant sur le lit, elle parvint à gagner le coin opposé de la pièce.

Francis la rejoignit sans se presser, une ébauche de sourire menaçant aux lèvres.

— On ne me dit pas non. On ne me dit jamais non.

Sa voix était d'acier aux oreilles de Holly. Elle était acculée dans l'angle. Elle n'avait nulle part où s'enfuir.

— Francis, je vais sortir de cette pièce immédiatement. Laissez-moi passer ou je crie.

— Je ne négocie pas, dit-il en la vrillant du regard. Tu m'appartiens.

— Plus maintenant. Ça ne peut plus continuer.

— C'est moi qui décide si on continue ou pas. On s'était mis d'accord.

— Non. Ce n'est pas juste pour Jake. Ce n'est pas juste pour Katherine.

— Ne me parle pas de justice.

— Je ne peux plus continuer comme ça.

— Je ne crois pas que ce soit à toi d'en décider.

Francis fit un pas vers Holly qui s'écarta et bondit sur le matelas.

— Faut pas me chercher, reprit-il en faisant volte-face.

Holly saisit une lampe sur la table de chevet, arrachant la prise du mur. Elle la brandit devant elle et menaça :

— Je vous ai prévenu, Francis, ça ne peut plus continuer.

— Ne sois pas stupide. Tu n'as surtout pas envie de mettre un terme à notre arrangement.

— Laissez-moi sortir.

Holly, agrippée à la lampe comme à une batte de base-ball, fit un pas en direction de Francis.

— Tu vas le regretter.

— Laissez-moi sortir ! hurla Holly et, sitôt que son beau-père fit un pas de côté, elle chargea vers la porte, envoyant au passage d'un geste furieux la lampe sur le parquet.

Le verre se brisa, les éclats volèrent aux quatre coins de la pièce, et Francis détourna le visage pour s'en prémunir.

— Tu vas me le payer ! rugit-il alors que Holly ouvrait la porte à la volée. Oh, putain oui, tu vas me le payer ! fut tout ce que Holly entendit dans sa fuite, alors qu'elle était déjà dans le couloir menant à la chambre de sa fille.

Elle entra en trombe dans la pièce, extirpa Alice des draps et se précipita dans l'escalier.

52

Vers la fin de la soirée, mes pas me mènent dans la cuisine des Richardson, aussi remarquable que le reste de la demeure. Visant un plateau de mini-pavlovas à la fraise, j'avance vers l'îlot central en granite blanc.

— Je t'aime, mon Ben, fait une voix dans mon dos.

Jake se matérialise soudainement, comme désincarcéré de la banquette aux coussins bleu roi.

— Tu es comme un frère, pour Hol et moi.

Avant que je puisse répondre, il retombe avachi et ses yeux se ferment. Sur ces entrefaites surgit Will, venu du couloir où s'alignent des œuvres d'art et qui relie la cuisine au vestibule au carrelage en damier.

— Un dessert ? dis-je en choisissant une mignardise au chocolat-caramel pour prendre la suite de la pavlova.

— Je vais m'en tenir à ça, fait Will en sortant un glaçon du freezer pour refroidir son whisky. J'ai fait un tour dans le jardin, continue-t-il en s'affaissant contre le dossier de la banquette. Je crois pas qu'on ait tout à fait fini notre conversation, tout à l'heure.

— La faute aux facéties de Jake, dis-je en jetant un regard sur ce dernier qui dort profondément.

— Je ne veux pas que tu aies l'impression que je cherchais des excuses à Josie ou Abigail. Ce qu'elles ont fait est, et restera, indéfendable.

— Je n'ai pas pensé cela. Ma mère a toujours apprécié la manière dont tu t'es occupé d'elle, dès le tout début, quand tu étais encore toi-même un môme.

— On était tous des mômes, réplique Will en tirant une chaise. Ce que j'essayais de dire, c'est que je savais ce que c'était, d'être exclu, d'être le gamin différent de tous les autres.

— Mais Nick et toi vous êtes toujours restés bons amis.

— C'est vrai, mais j'avais quatorze ans et j'étais en train de comprendre que j'étais gay. J'ai vite appris que les enfants étaient cruels. La mentalité de la meute prend le dessus. Tout à coup, j'étais le garçon à côté de qui personne ne voulait se changer dans les vestiaires. Je me suis retrouvé en dehors du cercle. Pendant un temps, j'aurais tout donné pour ne pas être qui j'étais. Je me sentais comme une merde. Ç'a été un été rude. Je n'ai vu presque aucun de mes copains de classe, j'ai perdu le contact peu à peu.

— Ça n'a pas dû être facile.

— Je ne suis pas tombé sur Nick par hasard pendant cette journée des vacances. Je m'étais arrangé pour le croiser. C'était un jeudi, et on montait vers Haddley Hill Park. Je lui avais dit que j'avais vu Josie et Abigail au début de la semaine.

— Tu étais ami avec elles ?

— Non, je les avais vues près du pont, qui traînaient. On était tous dans la même classe.

— Le jour de la finale de rugby, elles t'ont suivi dans les vestiaires.

— Elles faisaient les connes, rien de plus.

— Et ce jour-là ?

— J'étais OK pour les retrouver dans les bois dans la soirée. Je voulais que Nick vienne avec moi.

— Il a bien voulu ?

— Il a dit qu'il t'emmenait à la piscine cet après-midi-là et qu'il ne savait pas à quelle heure il rentrerait.

Je regarde au-dehors par les portes-fenêtres, vers le jardin des Richardson tout illuminé. Je songe à Nick qui m'apprenait à plonger au Tooting Bec Lido tandis que j'observe East s'allumer une cigarette, seul, au bord de la piscine.

— Et vous y êtes allés ?

Will avale une gorgée de whisky et confirme :

— On s'est retrouvés à la clairière. De but en blanc, Abigail a demandé si je voulais essayer.

Mon regard se reporte sur Will.

— Tu as couché avec elle ?

Il secoue la tête.

— Faut pas que t'oublies, Ben, que j'étais qu'un gamin. C'est pas quelque chose dont je suis fier.

— Qu'est-ce qui s'est passé ?

— Elle me proposait Josie. C'était comme si elle l'avait envoûtée. Abigail s'est assise et a regardé. Quelques semaines plus tard, elles tuaient Nick et Simon.

VIII

« En vingt et un ans, elle en était arrivée
à haïr Abigail. Comme sa vie aurait été différente,
sans cette rencontre ! »

53

Je n'ajoute rien et, à côté de moi, Will est soudain muet. Nos yeux sont attirés par le jardin, où des tourbillons de vapeur montant de la piscine chauffée viennent embrumer la silhouette esseulée d'East.

— Je devrais aller voir comment il va, finit par dire Will.

Je le laisse partir et me retrouve debout devant la fenêtre ouverte tandis qu'il rejoint East. Ils longent le bassin, en pleine discussion, puis se dirigent vers l'extrémité du jardin. Je retourne à l'intérieur pile au moment où Jake roule sur le sol de la cuisine et se remet péniblement sur pied.

— Je vais chercher Holly, dit-il en me saluant d'un geste las. Je t'aime, mon Ben.

Je finis mon verre d'eau, puis le suis dans le couloir menant au vestibule.

Dans le brouhaha joyeux de la fin de soirée, les invités des Richardson commencent à s'égailler, regagnant leur domicile, à St. Marnham ou au-delà. Jake a déjà disparu mais je vois Nathan Beavin, sirotant un digestif dans un verre en cristal, assis sur le canapé qui suit la courbe de l'escalier principal.

— Pitié, ne me dis pas que tu seras sur le pont demain à six heures pour aller courir, lancé-je en m'asseyant auprès de lui.

— Il se peut que je grasse-mate jusqu'à sept heures, répond-il. La règle, c'est de ne jamais se donner d'excuse pour ne pas y aller.

Je me prends à déplorer de n'avoir pas dix ans de moins.

— Attends d'avoir mon âge, dis-je et, aussi terrifiant que ce soit, je me fais penser à Mr. Cranfield.

Nathan me jette le regard désolé qu'on réserve aux ancêtres et je regrette instantanément ma réplique réflexe.

— On se croisera peut-être au parc à sept heures.

Je sais déjà qu'il est peu probable que je sois au rendez-vous.

— C'est une sacrée baraque qu'ils ont là, commente Nathan, se servant un bon verre du cognac Hennessy de Francis, la bouteille bien calée contre lui. T'étais déjà venu ?

— Quelques fois. Holly et Jake ont fêté ici leur mariage, sous un barnum dans le jardin.

— Ça a dû être une soirée mémorable.

— Comme tu as pu t'en rendre compte, Mr. et Mrs. Richardson ne font jamais les choses à moitié.

— Il doit peser lourd. C'est de famille, ce fric, non ?

— Je sais pas trop. Il a bien réussi à la City, mais je pense pas qu'il était de milieu modeste.

Nathan se marre.

— Son père était plus ou moins dans l'industrie, le textile, il me semble. Francis a commencé une carrière militaire, mais il a vite vu les avantages qu'il y avait à gagner son propre pognon.

— Et Jake a juste épousé une fille du coin ?

— Tu parles de Hol ? Oui, elle a vécu toute sa vie à Haddley.

— On ne lui a pas présenté des filles avec plus d'influence ?

— J'imagine que non. Francis en avait assez comme ça.

— Tu la connais depuis toujours ?

— Dis donc, t'aimes ça, les questions, toi !

— Je crois que je suis un peu curieux, rien de plus.

— Vraiment ? Je n'en suis pas si sûr.

Nathan prend une longue lampée de cognac qui doit lui brûler la gorge.

— Et si tu m'en disais un peu plus sur toi ?

— Sur moi ?... Il n'y a pas grand-chose à raconter. Je suis né en Écosse, j'ai eu une enfance normale, une sœur, on a suivi une bonne scolarité, avec des parents formidables.

— Super. Et ensuite ?

— Je suis allé à la fac à Cardiff et j'ai voulu profiter un peu de la vie. Je suis venu à Londres pour tenter le coup. C'est à peu près tout. J'aurais jamais imaginé rencontrer une femme comme Sarah.

— Tu la racontes bien.

— Qu'est-ce que je raconte bien ?

— Ton histoire. J'en ai entendu, pourtant, des histoires. Ça en fera une de plus.

— Je comprends pas ce que tu veux dire, fait Nathan en faisant tourner le liquide restant dans son verre.

— Qu'est-ce qui t'amène vraiment ici ?

— Je viens de te le dire : tenter l'aventure à la capitale.

— La vérité. Tu m'as posé des questions sur ma mère, mon frère, mes amis, sur James Wright et sur mon boulot. Pourquoi ?

Nathan repose son verre, le visage empreint d'inquiétude.

— Ben !

Holly m'appelle. Je me lève d'un bond et cherche son visage parmi les derniers convives.

— Par ici ! crie-t-elle, et je la vois qui descend d'un pas précaire le grand escalier, Alice endormie dans ses bras.

— Qu'est-ce qui se passe ?

À mesure qu'elle approche, il m'apparaît qu'elle a les yeux rouges.

— Hol ?

— Tu peux nous appeler une voiture pour rentrer ? Et trouver Jake ?

L'urgence dans sa voix est palpable, je sors mon téléphone immédiatement.

— Je ferais mieux d'aller chercher Sarah, dit Nathan qui file aussitôt.

— Un chauffeur sera là dans quatre minutes. Viens t'asseoir, dis-je, mais Holly refuse.

— Je préfère attendre dehors, répond-elle en enroulant d'un geste ferme une couverture autour d'Alice.

Elle se dirige vers la porte. Sarah et Nathan débouchent déjà du couloir menant à la cuisine.

— Holly, ça va ? demande Sarah.

— On s'en va. Faut que je trouve Jake et qu'on parte.

— Il n'est pas dans la cuisine, dit Sarah.

— Je vais regarder dans le salon, enchaîne Nathan en fonçant dans l'escalier.

Quant à moi, je me dirige vers le jardin d'hiver au fond du vestibule. Ouvrant la porte, je découvre Jake endormi sur l'un des canapés moelleux, pelotonné comme un bébé.

— Jake, on y va, fais-je, et ma voix le réveille en sursaut. Je crois qu'Alice ne se sent pas très bien, du coup Holly veut la ramener à la maison.

Il se redresse maladroitement et me suit d'un pas vacillant. Je le guide jusqu'à l'allée devant la maison.

— La fête est finie ? demande-t-il, seulement à moitié conscient.

— Je veux ramener Alice à la maison, répond Holly au moment où Sarah et Nathan nous rejoignent dehors.

— Mon bébé se sent pas bien, déclare Jake en regardant fixement Alice.

— Je lui ai expliqué qu'Alice ne se sentait pas bien, dis-je à Holly. Trop de gâteaux et un cauchemar.

Jake opine, il avance devant nous, la démarche chancelante.

— Ça va aller, Hol ? fais-je.

— Faut que je m'en aille, c'est tout.

Je ne dis plus rien jusqu'à ce qu'on ait atteint le bout de l'allée. Soudain, East Mailer, venu du jardin à l'arrière, traverse la pelouse.

— Ben, tu pars déjà ? J'espérais vraiment qu'on aurait le temps de se parler…

— Faut que je ramène la petite chez elle, annoncé-je tandis que notre van Uber se gare. On ira boire un verre bientôt.

East fait coulisser la portière et Sarah et Nathan grimpent sur la banquette arrière. Jake s'effondre sur la rangée du milieu, puis Holly me confie Alice le temps de monter à côté de lui. Je lui tends doucement la petite. Alice se pelotonne contre Holly, qui la serre fort contre elle. Je m'installe à l'avant, avec le chauffeur, coule un dernier regard vers la demeure des Richardson où quelques rares personnes s'attardent sur la terrasse, un verre à la main. Une silhouette solitaire nous observe attentivement depuis la fenêtre en ogive qui surplombe la maison. Le véhicule démarre, contourne lentement l'étang, et tandis que je regarde par-dessus mon épaule, Katherine Richardson m'apparaît, debout, immobile.

Lorsque nous nous arrêtons au feu temporaire sur Lower Haddley Road, j'allume mon téléphone pour consulter notre appli d'infos en continu.

Le gros titre qui s'étale en une me coupe la respiration :

L'HEURE DE LA VENGEANCE A SONNÉ !
ABIGAIL LANGDON A ÉTÉ MASSACRÉE !

— Je suis dans la mouise, dis-je tandis que nous roulons en bordure des bois de Haddley.

Je demande d'abord au chauffeur de ralentir, j'ai besoin de temps pour réfléchir, puis :

— Vous pouvez vous arrêter ici une seconde ?

— Ben ? fait Holly.

Je lui passe mon portable.

Mon regard passe du Common au portail de ma maison, devant laquelle deux voitures de police sont garées.

Les montrant du doigt, je lâche :

— Je crois que c'est pour moi.

— Qu'est-ce qu'ils font là ? demande Sarah depuis la banquette arrière.

Holly lui tend mon téléphone.

— Et cet article n'a aucun rapport avec toi ? dit Holly.

À côté d'elle, Jake et Alice dorment toujours à poings fermés.

— Non, aucun.

Sarah se penche pour me rendre mon téléphone.

— Quelqu'un a parlé, affirme Holly.

Je suis déjà en train d'envoyer un message à Madeline.

C'est quoi, ce merdier ?

Sa réponse est immédiate :

C'est pas nous qui avons sorti l'info.
Regarde le *Sun* de dimanche.
J'étais obligée de suivre.

Il me faut un avocat.

M'en occupe.

— Continuez sans moi, dis-je en ouvrant la portière. Autant que vous soyez pas mêlés à ça.

— Tu veux que je vienne avec toi ? propose Sarah.

— C'est sans doute mieux de garder nos distances, dit doucement Nathan.

— Madeline m'envoie quelqu'un, réponds-je en croisant son regard dans le rétroviseur central.

— C'est le minimum qu'elle puisse faire, commente Holly. T'es certain que tu veux pas que l'un de nous t'accompagne ?

— Ça va aller. Je vous appelle demain.

Je regarde les feux arrière du van s'estomper au loin tandis que je traverse le Common. Quand j'arrive près de ma maison, j'aperçois la lieutenante Barnsdale assise seule dans l'une des voitures de patrouille. Je la dépasse. Elle me court après aussitôt.

— Monsieur Harper ? Attendez-moi, s'il vous plaît. Nous voudrions vous poser un certain nombre de questions.

Un regard derrière mon épaule. Dani Cash sort du second véhicule et suit sa cheffe. Les ignorant toutes les deux, j'ouvre ma porte d'entrée. Je m'apprête à la claquer derrière moi mais Barnsdale la bloque du pied.

— Monsieur Harper, dit-elle en forçant le passage, il faut vraiment qu'on parle.

Je commence à enlever ma veste.

— Il est pas loin de minuit, dis-je en lui tournant le dos. Je ne vois pas ce qui pourrait bien être urgent au point de ne pouvoir attendre demain matin.

— Nous voudrions que vous répondiez à un certain nombre de questions, répète-t-elle en entrant sans y être invitée. Au commissariat.

Je fais volte-face à l'autre bout de l'entrée.

— Je n'ai rien balancé, et mon site n'y est pour rien non plus.

Pourvu que Madeline m'ait dit la vérité…

— Quelqu'un a parlé, réplique Barnsdale en avançant vers moi, sinon comment ça se serait retrouvé là, hein ?

Elle me tend un exemplaire papier de la première édition dominicale du *Sun*. La photo de Langdon s'étale sur toute la une.

— Quand vous serez prêt, monsieur Harper, je serais ravie d'entendre votre explication.

La fuite l'a humiliée. Je baisse d'un ton.

— Je vous l'ai dit, je n'ai rien à voir avec ça. Mais je comprends bien que c'est une situation difficile, je suis donc tout disposé à venir vous voir au commissariat à la première heure, demain, de mon plein gré.

Barnsdale ne répond rien.

La regardant dans les yeux, j'ajoute :

— Ça change tellement les choses, un article ?

— Trois fois rien, juste la légitimité de l'enquête.

— Langdon est morte. Fallait bien que ça sorte à un moment ou à un autre. Un interrogatoire bidon au milieu de la nuit ne va rien y changer.

— Vous préférez que je vous arrête ?

Elle est implacable.

— Sous quel motif ?

— On en a déjà parlé, monsieur Harper. Usurpation de la fonction d'agent de police, soustraction de preuves sur la scène de crime. Vous voulez qu'on poursuive ?

Dani Cash est absorbée dans la contemplation de son reflet sur ses chaussures cirées à la perfection.

— Ça vous déplaît, que l'histoire ait éclaté au grand jour, donc vous vous en prenez à moi.

— Vous nous facilitez drôlement la tâche, monsieur Harper. Vous avez dit vous-même que vous auriez tué Abigail Langdon si l'occasion s'était présentée. Votre mère faisait partie des rares personnes à savoir où elle se trouvait.

Je me rends compte que je n'ai pas le choix.

Nous sortons, Dani Cash m'escorte jusqu'à la voiture qui m'attend. Elle ouvre la portière, je baisse la tête et un flash m'explose au visage. La main de Dani me guide vers la banquette et, tandis qu'elle referme la portière, j'entends un appareil photo mitrailler contre la vitre.

— L'œuvre de Barnsdale, j'imagine ?

Je me détourne de la vitre. Dans la lueur des réverbères, nous nous éloignons lentement du Common. Je regarde le vaste terrain et songe à cette journée d'une chaleur démentielle, pleine de haine, qui a assombri ma vie.

À Haddley comme ailleurs, pénétrer dans un commissariat un samedi soir a de quoi vous déprimer. Trois ivrognes, dont l'un a l'arcade sourcilière droite entaillée, sont avachis sur un banc en face de moi. Ayant clairement stipulé à Barnsdale que j'attendais mon avocat, je passe les deux heures suivantes assis seul dans une salle d'interrogatoire confinée. Dani m'apporte une tasse de thé mais, cette fois encore, nous n'échangeons pas un regard.

Un peu après deux heures du matin, notre responsable juridique, Morgan Turner, fait son entrée.

— Je suppose qu'ils vont à la pêche aux infos, rien de plus ?

Je le mets au diapason de mon escapade à Farsley.

— Donc on parle d'une petite tape sur le dos de la main, mais que voulez-vous qu'ils vous fassent d'autre, dans votre situation ? Vous étiez accablé de douleur, acculé au désespoir.

— Et je faisais ce que n'importe quel enquêteur compétent aurait déjà dû faire.

— On va peut-être faire profil bas là-dessus tant que vous ne serez pas sorti, réplique Turner. Je veux que vous vous absteniez de répondre à leurs questions, sauf contrordre de ma part.

— Entendu.

Quand la porte s'ouvre pour laisser entrer Barnsdale et Cash, je sens monter un flot de colère et d'appréhension. Dani lance l'enregistreur et la lieutenante s'assied en face de moi.

— Mettons-nous d'accord pour laisser de côté les événements d'aujourd'hui et nous focaliser sur le cœur du sujet : le meurtre d'Abigail Langdon. Monsieur Harper, avant les événements des dernières quarante-huit heures, aviez-vous connaissance du fait qu'Abigail Langdon, connue dernièrement sous le nom de Demi Porter, vivait dans la ville de Farsley, dans le West Yorkshire ?

— Le fait que Mr. Harper ait eu ou non connaissance de la localisation d'Abigail Langdon est hors sujet, dit Turner.

— Je m'inscris en faux, réplique Barnsdale en feuilletant les pages de son carnet. Je cite : « si j'avais su où se trouvait Langdon, je l'aurais tuée de mes mains. » Ce sont bien vos mots, monsieur Harper ?

— Je vous rappelle, madame, qu'il s'agit de la femme qui a brutalement assassiné le frère de Mr. Harper. Je serais plus que surpris s'il n'avait pas menacé de la tuer à plusieurs reprises dans sa vie. Ses mots sont tout simplement l'expression d'un chagrin bien compréhensible et de l'indignation.

Barnsdale passe à la question suivante comme s'il n'avait pas parlé.

— Avant ce matin, vous étiez-vous déjà rendu à Farsley, dans le West Yorkshire ?

— Hors sujet, de nouveau. Mr. Harper est libre de se rendre où il veut au Royaume-Uni ou ailleurs. Il n'est sous le coup d'aucune interdiction.

— Monsieur Harper, étiez-vous informé que votre mère était en contact avec Abigail Langdon ?

Turner se tourne vers moi et je réponds :

— Non.

— Mais vous saviez qu'Elizabeth Woakes était en contact avec elle ?

— Elizabeth Woakes n'était pas en contact avec Abigail Langdon.

— *Mea culpa.* Mais vous saviez, en revanche, qu'elle s'était rendue à Farsley ?

— Non, répété-je.

— Vraiment ?

— J'ai découvert hier que Mrs. Woakes y était allée une fois. C'est tout.

Je coule un regard vers Dani. Morgan Turner me prend le bras. J'inspire un grand coup et me recule sur ma chaise.

— Est-ce qu'Elizabeth Woakes vous a expliqué l'objet de sa visite à Farsley ? reprend Barnsdale.

— Non.

— Et est-ce qu'elle est allée à Farsley en de multiples occasions ?

Morgan Turner se tourne vers moi et opine du chef.

— Autant que je sache, non, dis-je.

— Monsieur Harper, serait-ce correct si je disais que vous pensez qu'Elizabeth Woakes voulait protéger son mari, protéger sa mémoire d'une façon ou d'une autre ?

— Ce n'est que pure supposition, répond Morgan Turner.

— Cash, vous voulez bien lire ce qui est écrit dans votre carnet ?

Les mains de Dani tremblent tandis qu'elle passe les pages en revue à la demande de Barnsdale.

— Allez-y, Cash, nous attendons.

— « Lors de notre discussion, elle m'a donné l'impression de le protéger, ou d'avoir cru qu'il était de son devoir de protéger sa mémoire. »

Dani avait reporté mes propos au mot près.

— Qu'est-ce qui vous faisait penser qu'Elizabeth Woakes protégeait son mari ?

— C'était juste une impression. Rien de particulier.

— Savez-vous de quoi elle essayait de le protéger ?

— Non.

— On tourne en rond, là, lieutenante, intervient Turner.

— Très bien, dans ce cas avançons, dit Barnsdale. Savez-vous qui a informé votre mère et Elizabeth Woakes de la nouvelle identité et de la localisation d'Abigail Langdon ?

Je marque un temps d'arrêt pendant lequel Barnsdale attend ma réponse.

— Monsieur Harper ?

— Non.

Je n'ai rien à gagner à balancer le nom de Madeline à Barnsdale.

— Si vous voulez bien clarifier, afin que tout soit au carré dans mon esprit. Vous avez vu Elizabeth Woakes vendredi matin ?

— Oui.

— Elle vous a dit qu'on l'avait informée de l'identité véritable de Demi Porter, elle vous a dit qu'elle s'était rendue à Farsley, et le journaliste d'investigation primé que vous êtes n'a pas songé à lui demander qui l'avait mise au courant ?

— Lieutenante Barnsdale, où voulez-vous en venir ? demande Turner.

— Je cherche simplement à ce que Mr. Harper m'aide à établir les faits.

— En ce cas, pourrais-je vous suggérer que le traîner ici en pleine nuit n'est peut-être pas le meilleur moyen de vous assurer de sa pleine et entière collaboration ?

Barnsdale pose ses mains à plat sur la table devant elle.

— Elizabeth Woakes vous a-t-elle parlé de la raison pour laquelle son mari a fui Haddley ?

— Fui ? répété-je avant que Turner puisse m'en empêcher. Il n'a pas fui.

— Ah bon ? Il n'a pas fui de peur que la relation qu'il entretenait avec Langdon et Fairchild ne soit révélée au grand jour ?

54

L'aube pointait tout juste quand Corrine traversa la cour à l'avant de la station-essence violemment éclairée, avec un service de quatorze heures de plus dans les jambes. Un camion remontait la côte vers Douvres, devant elle ; elle rabattit la capuche de son anorak sur sa tête. Sous les nuages noirs pesants, elle resserra son manteau, pour se prémunir du vent qui la transperçait continuellement, venu de la mer.

Il n'y avait aucun autre client dans la supérette. Un employé adolescent leva nonchalamment la tête de son téléphone quand elle entra et prit un panier, puis la rebaissa aussitôt, indifférent. Les trois semaines de garde de nuit avaient laissé Corrine sur les rotules, et ce matin elle avait irrépressiblement besoin d'un verre. Durant la nuit, deux résidents s'étaient trouvés mal. Dans les deux cas, *a priori* rien de sérieux, et elle se demanda si la fricassée de saumon servie la veille n'était pas en cause. Molly lui avait tout de même fait noter les deux incidents dans le registre sanitaire et n'avait pas trouvé drôle qu'elle ait écrit, dans le dossier de Mrs. Bell, « a chié à 3 h 30 ». Pendant qu'elle se disputait avec Molly pour savoir qui allait nettoyer tout ça, au moins elle n'avait plus pensé à Chad et Dean.

Ce matin, elle savait qu'elle allait avoir besoin d'un truc plus fort pour les chasser de son esprit.

Elle détestait son boulot.

Elle détestait sa vie.

Elle ouvrit son sac. Elle avait assez d'argent pour quatre canettes de Skol. Si on y ajoutait un petit pain blanc et un morceau de fromage, elle pourrait se faire un sandwich grillé au lit. Elle attrapait un grand sachet de chips au vinaigre quand une voix appela de la minuscule cuisine derrière le comptoir de la pâtisserie.

— Tyler, si je dois venir déballer les journaux moi-même...

Elle ne put s'empêcher de regarder l'adolescent qui, roulant les yeux, descendit les pieds de l'étagère derrière le comptoir et traversa d'un pas las la boutique.

— Je le fais maintenant, fit-il, maussade.

Une bouffée soudaine de feuilletés érable-noix de pécan, tout juste sortis du four, la fit saliver. Corrine tâta le fond de sa poche dans l'espoir d'y dénicher quelques pièces de monnaie qui lui auraient permis de s'offrir une viennoiserie. Rien. Elle avait encore le billet de dix de Mr. Talisbrook, mais elle ne voulait pas le gâcher. Il lui faudrait reposer deux des bières et, ça, il n'en était pas question.

L'employé était encore plié en deux sur les journaux quand elle se dirigea vers la caisse automatique. Tout en passant les denrées sur le tapis, elle jeta un coup d'œil dans sa direction. Et c'est alors qu'elle le vit.

Le titre semblait se détacher de la une du *Sun on Sunday*, une secousse la traversa. Elle dut se rattraper au mur pour ne pas tomber. Elle se força à respirer, incapable de détourner le regard du gros titre :

ABIGAIL, L'ENFANT-TUEUSE ASSASSINÉE

En transe, elle prit un exemplaire et, d'un même geste, le passa sous le scanner avant de le replier en hâte. Elle ouvrit son porte-monnaie et en déversa tout le contenu, tout ça pour que la machine lui dise : « Validation nécessaire ». Se tournant vers l'employé, elle sentit la sueur ruisseler sur son visage.

— Attendez une seconde, fit-il avec le plus grand mépris.

Corrine ouvrit son manteau, mais garda sa capuche relevée. Son cœur battait à toute vitesse, elle s'exhorta à reprendre son souffle. Se concentra sur l'écran devant elle. Quand l'employé tapa un code d'un air absent, alors seulement elle se détourna. Tandis qu'il passait en revue ses achats, elle recula de deux pas vers la porte. Il cliqua sur « Valider » et la regarda directement. Elle porta la main à son visage d'instinct, où elle sentit le voile d'humidité sur sa peau. Son cœur pompait agressivement le sang pour la faire tenir debout.

— Ça y est, vous pouvez remettre vos pièces, dit-il sans faire attention à elle.

La main tremblante, Corrine s'empressa de glisser le billet de Mr. Talisbrook dans la fente, puis enfourna ses achats dans un sac disproportionné. En partant, elle ne put s'empêcher de regarder à plusieurs reprises par-dessus son épaule les journaux étalés au sol. Subjuguée par le titre du *Sun*, elle entendit l'employé dire : « L'a eu ce qu'elle méritait », à quoi elle répondit en ouvrant précipitamment la porte pour filer dehors.

Elle retraversa le parking devant la supérette de la station-service et inspira profondément. L'air marin la calmait. Elle demeura au coin d'une petite rue en pente, adossée à la devanture du resto indien où elle aimait se payer un bon déjeuner le vendredi. Ce n'est que quand elle fut certaine que la rue était déserte qu'elle tira le journal de son cabas. Elle lut l'article en diagonale, jusqu'au paragraphe final. Qui parlait de ce qui l'intéressait.

> On ignore toujours où se trouve la complice de Langdon, Josie Fairchild, l'autre bourreau d'enfants.

Corrine referma le journal et le fourra au fond de son sac. Comme elle le détestait, ce nom !

Corrine Parsons.

Si seulement elle pouvait redevenir Josie. Et reprendre sa vie de zéro.

55

Corrine se prépara à contrer les assauts du vent venu de la Manche avant de traverser la route qui longeait le front de mer. La petite ville côtière de Deal, qu'elle vivait comme une prison dont on ne la libérerait jamais, s'éveillait doucement à son train-train quotidien. Des cyclistes pédalaient sur le sentier côtier, un balayeur ramassait les détritus du samedi soir tandis qu'une femme, promenant un chien en direction du château, resserrait son foulard.

Voulant à tout prix être seule et à l'abri d'une interruption, Corrine traversa le parc du bord de mer, parcourut la pelouse jusqu'au kiosque isolé. Elle s'assit sur les marches face au rivage et sortit une canette de bière de son sac. Le liquide froid et amer lui picota la gorge et elle ferma les yeux, écoutant les vagues se briser sur la plage de galets. Elle essaya de s'imaginer loin de là – une plage chaude, des vagues lui léchant les pieds –, mais elle ne réussit à penser qu'à la deuxième canette de Skol et au réconfort que ça allait lui apporter. Ce n'est qu'une fois qu'elle l'eut bue elle aussi que ses nerfs commencèrent à se calmer, et elle remonta de quelques marches pour se trouver un coin plus protégé sous le kiosque.

Elle ouvrit son sac, en tira le journal froissé et se mit à lire.

> Abigail Langdon, condamnée pour des meurtres d'enfants, a été retrouvée assassinée à son domicile du West Yorkshire mercredi soir. Dans ce qui s'avère – nous vous le révélons ici en exclusivité – une réplique macabre du meurtre des deux lycéens Nick Harper et Simon Woakes dont elle s'était rendue coupable, Langdon a été sauvagement égorgée.

Corrine s'arrêta et rabattit le journal sur sa poitrine. En vingt et un ans, elle en était arrivée à haïr Abigail. Comme sa vie aurait été différente, sans cette rencontre ! Si seulement elle l'avait ignorée, ce jour-là, seule dans la queue de la cantine, agrippée à ses tickets-repas, la rengaine insupportable des moqueries des autres élèves lui sonnant aux oreilles. Au lieu de quoi elle s'était arrimée à cette fugace amitié ; un moment de triomphe pour remplacer la honte qui lui brûlait la peau. Ce moment de triomphe, elle le payait cher depuis.

Elles avaient été condamnées pour meurtre ; après avoir quitté le tribunal, elle n'avait plus jamais revu Abigail. Des rumeurs avaient couru sur l'endroit où elle vivait, mais ça ne l'avait jamais intéressée. Son amie l'avait contrôlée, avait généré la tempête autour d'elle, dans le seul but de se venger de son existence même.

Après sa propre libération, Corrine avait tout fait pour qu'il n'y ait aucune trace de sa vie sur Internet. Elle évitait les réseaux sociaux et n'avait pas de smartphone. Même parmi les résidents de la maison de retraite, certains possédaient des smartphones, mais Corrine n'avait aucune envie d'être connectée à qui ou quoi que ce soit. Elle n'avait jamais tapé les noms « Abigail Langdon » ou « Josie Fairchild » dans une barre de recherche. À ses yeux, elles n'existaient plus.

L'espace d'un instant, ce sentiment d'amitié fugace la reprit. L'amour qu'Abigail lui avait donné. Elles deux, contre le monde entier. Le serment d'être toujours là l'une pour l'autre. Personne n'avait connu un amour comme le leur.

Abigail était morte.

Assassinée.

La seule amie qu'elle ait jamais eue. Corrine poursuivit sa lecture.

> La meurtrière vivait à Farsley, une ville aux abords de Leeds. Elle travaillait dans un supermarché et louait un studio minuscule au-dessus du restaurant indien de la rue principale. C'est là que Langdon passait ses soirées, et c'est là que le tueur a frappé.

Corrine frissonna. Quel choc, de se rendre compte que la vie d'Abigail avait été aussi déprimante que la sienne. À vivre seule dans la crainte de se faire démasquer, Corrine avait laissé toute la place aux regrets. Au moins, au travail, elle était entourée de gens, aussi glauque que ce soit. Dormir l'après-midi l'avait aidée à se tranquilliser, ainsi elle n'avait plus à affronter seule l'obscurité. Un couteau sous son oreiller avait achevé de la convaincre qu'elle était en sécurité. Mais était-ce le cas ?

> Dans la ville de Haddley, où les adolescentes tueuses ont commis leurs crimes abjects, le duo

inspire encore une haine des plus tenaces. Parmi les parents des garçons, seule la mère de Simon, Elizabeth Woakes, vit encore là, mais elle n'a pas souhaité commenter. Comme nous l'a confié un voisin : « Il n'y aura jamais de pardon pour ce que Langdon et Fairchild ont fait. Elles ont pris la vie de deux personnes, et dévasté celle de beaucoup d'autres. Tout le monde sera ravi de la savoir morte. J'espère que Fairchild suivra. »

Corrine fit une boule du journal et, sous les cris stridents des mouettes, retraversa en hâte le parc en direction de son appartement. À l'approche de la salle d'arcade, elle balança le journal dans une poubelle. Elle n'en voulait pas chez elle. Elle fourragea dans son sac en quête de ses clés, ouvrit la porte, grimpa les marches quatre à quatre pour, enfin, allumer le téléviseur dans son salon. Elle mit les nouvelles, et le visage d'Abigail s'afficha à l'écran.

Puis le sien.

« La manière dont Langdon a été assassinée laisse à penser qu'il s'agit d'une vengeance suite au meurtre de deux lycéens, Nick Harper et Simon Woakes, disait le présentateur. La question à laquelle la police doit maintenant répondre, c'est : pourquoi aujourd'hui ? »

Cette question n'intéressait pas particulièrement Corrine. Pour elle, Simon et Nick auraient aussi bien pu être morts la veille. Une autre question la tourmentait : Josie serait-elle la prochaine ?

56

Depuis l'accueil du commissariat de Haddley, tôt ce dimanche matin, je regarde au-dehors : trois photographes et un cameraman de télévision attendent sur le trottoir. Mon cœur se serre. Je crois Madeline quand elle me dit que notre site n'a fait que suivre le *Sun on Sunday*, mais eux, qui leur a vendu la mèche ? Est-ce que ça pourrait être Barnsdale ? Elle n'a guère de scrupules quand il s'agit de me pourrir la vie, mais est-elle résolue à me mettre autant la pression pour que je m'en prenne aux Woakes ?

Épuisé, je me prépare aux questions qui vont m'assaillir. Cependant, au moment de pousser la porte, j'aperçois un homme assis sur le banc en bois où je m'étais installé la veille. Il a vieilli depuis notre dernière rencontre – un peu décoiffé, pas rasé et une pointe de gris dans ses cheveux hirsutes. Je suis surpris de ne rien ressentir.

— Tu as pris un coup de vieux, dis-je à mon père.

— Ben !

Il se lève aussitôt et vient à ma rencontre. Je recule d'un pas.

— Sylvie a vu ta photo aux infos. J'ai roulé toute la nuit pour venir. Je t'ai pris ça, lance-t-il en me tendant un gobelet de thé. Ah, et ça aussi, ajoute-t-il en plongeant la main dans la poche de son manteau, dont il extrait une brosse à dents et un tube de dentifrice. Je ne savais pas combien de temps ils te garderaient.

— J'habite juste à dix minutes.

— Je sais, je sais. Mais j'ignorais si...

Il se penche d'un geste lent pour aller poser la brosse à dents sur le banc.

— Alors, tu tiens le coup ? fait-il en reportant son attention sur moi.

— Qu'est-ce que tu fiches ici ?

— Je voulais voir si tu avais besoin de quoi que ce soit.

— Ce n'est pas le cas.

— Ou si je pouvais t'aider d'une manière ou d'une autre.

— Non plus.

Voilà ma réponse, lasse. J'avance, l'obligeant à faire un pas en arrière contre le banc, auquel il s'agrippe pour se stabiliser.

— Tu débarques après dix ans, sans crier gare, pour savoir si tu peux aider ? Qu'est-ce qui te fait penser que j'attends quoi que ce soit de ta part ? Tu croyais que j'allais t'accueillir à bras ouverts ?

— Je ne savais pas ce dont tu pouvais avoir besoin, se défend-il.

Je sens que le flic à l'accueil n'en perd pas une miette.

— Je n'attends rien de toi, lui dis-je en le poussant vers la porte. Toute ma vie, tu n'as fait que ça : te pointer quand on ne t'attendait pas, et toujours avec des merdes pas croyables.

Je ramasse la brosse à dents et la lui enfonce contre la poitrine.

— La dernière fois que je t'ai vu, c'est toi qui m'as mis dehors. Tu ne m'as même pas laissé m'asseoir à côté de toi, dit-il.

— C'était l'enterrement de maman. Tu n'étais jamais là quand on avait besoin de toi. Pourquoi j'aurais voulu que tu sois là dans un moment pareil ?

— Je suis là, maintenant.

— Eh ben tu perds ton temps. Tu te pointes que quand les nouvelles sont mauvaises.

— Ben, c'est injuste.

— Injuste ?

Pour la première fois, je hausse le ton.

— Le seul jour où tu aurais dû être là, le seul jour où ton existence inutile aurait pu faire une différence, tu étais où, hein ? Tu étais où ?

C'est à peine si j'ai conscience de serrer le poing. Mon père flanche, recule d'un pas.

— Tu étais où ? hurlé-je.

Une main se pose sur mon bras.

— Il va falloir venir avec moi, dit Dani Cash, debout dans mon dos, flanquée du préposé à l'accueil.

Je ne bouge pas.

— Allez, Ben, insiste Dani, suivez-moi. Je vais vous faire sortir par l'arrière.

Je regarde mon père qui rétrécit dans un angle de la pièce.

Je suis Dani et nous émergeons du commissariat par l'issue de secours donnant sur l'arrière du bâtiment. J'inspire à pleins poumons l'air du petit matin et Dani me laisse le temps de prendre quelques grandes respirations, sans rien dire.

— Je suis désolé. Je n'aurais pas dû réagir comme ça.

— Vous avez le sentiment qu'il vous a laissé tomber ?

Je ris.

— De tellement de manières, putain ! Je pourrais lui en pardonner la plupart, dis-je en pressant mes paumes contre mes orbites, mais je ne lui pardonnerai jamais, pour Nick. Si j'avais su qu'il ne se pointerait pas ce jour-là, je serais resté avec mon frère. Et alors on serait rentrés directement à la maison.

Je me tourne vers Dani, qui touche du doigt une larme sur ma joue.

— Je ne lui pardonnerai jamais. Jamais.

— Vous devez commencer par vous pardonner à vous-même.

Je détourne simplement le regard. Nous restons silencieux un certain temps, puis Dani déclare :

— Allez, je vous dépose chez vous. Vous semblez à bout.

— Une nuit d'interrogatoire au commissariat peut avoir cet effet sur les gens.

Nous avançons vers une Ford Focus de la police.

En chemin, Dani se tourne vers moi.

— Je ne savais pas que Barnsdale allait faire ça. Je n'avais pas dans l'idée de trahir votre confiance.

— Ah vraiment ? fais-je, cinglant. De mon point de vue, ça donnait l'impression que vous n'auriez pas pu tout déverser à Barnsdale avec plus d'empressement. Vous l'avez appelée des toilettes sur la M1 !

— Nous avions trouvé des indices dans une affaire de meurtre.

— On ne va pas refaire la scène. Barnsdale m'a déjà joué cet air-là.

— Ce n'est pas tout. J'ai eu de la chance de ne pas être suspendue, fait Dani, que Ben sent un peu agacée au moment de monter dans le véhicule. Barnsdale m'a soutenue quand tout le monde me lâchait.

Je scrute Dani pour comprendre où elle veut en venir.

— Disons que ma carrière n'est pas à son meilleur. Je n'ai pas beaucoup de soutien au commissariat, ni même chez moi, d'ailleurs. Barnsdale a été présente quand j'en avais besoin, elle m'a donné une chance. J'ai une dette envers elle.

— Donc dès que vous avez eu une petite info croustillante sous la dent vous avez foncé sur le téléphone.

— Ce n'est pas comme ça que ça s'est passé. Je ne vous ai pas trahi, rétorque-t-elle.

Elle démarre à faible allure et s'arrête à la barrière de sortie du parking.

— Je me suis battue tant que j'ai pu pour vous. Je lui ai dit que je ne croyais pas un instant que vous étiez impliqué en quoi que ce soit là-dedans, mais nous avions toutes les deux des interrogations au sujet d'Elizabeth Woakes et de ce qu'elle pouvait bien cacher.

— C'est ça que vous appelez me soutenir ?

— Je vous ai accompagné à Farsley pour que vous puissiez parler à quelques personnes dans le voisinage. Pas pour que vous vous fassiez passer pour un flic et que vous subtilisiez des éléments sur une scène de crime.

La barrière se lève et Dani redémarre, avant de s'immobiliser derechef au carrefour.

— Je me suis opposée à ce qu'on vous amène ici, je l'ai dit, mais elle était dans tous ses états. La fuite dans la presse la mettait en porte-à-faux. Elle était convaincue que ça venait de vous.

— Alors que non.

— On peut relier directement Elizabeth Woakes et votre mère à Langdon, et au fait qu'elle vivait à Farsley sous le nom de Demi Porter. Barnsdale peut tirer une ligne droite entre ces deux points.

— Elle se raccroche aux branches. Quant à Peter Woakes, elle délire complètement. Il n'a pas fui. Je me souviens qu'il vivait sous le pont de Haddley. Il était ravagé par le chagrin.

— N'empêche qu'il reste des questions sans réponse, dit Dani alors que nous roulons dans les rues résidentielles. Nous avons convoqué Elizabeth Woakes pour l'interroger cet après-midi.

— Si elle devait tuer Langdon, pourquoi le faire maintenant ? Elle connaissait déjà son identité il y a dix ans. Vous vous trompez de cible. Ma mère s'est approchée de trop près d'un secret, un secret que Langdon avait juré de protéger. Le secret de son enfant.

Dani s'observe dans le rétroviseur avant de se garer en lisière de Haddley Common.

— Nous recevons sans cesse de nouvelles informations. La grande majorité des documents concernant la première affaire est sous scellés et inaccessible mais, avec le meurtre de Langdon, Barnsdale y a un accès limité.

— Qu'êtes-vous en train de me dire ?

— Il y a bien eu un enfant, annonce Dani en coupant le moteur avant de se tourner face à moi. On a procédé à des tests ADN pour voir si Nick ou Simon était le père.

Je regarde, derrière Dani, des joggeurs lutter contre un vent de face sur le sentier de halage en direction de St. Marnham.

— Les tests n'auraient pas dû être réalisés sans l'accord des parents, mais la personne qui a pris cette décision a dû juger qu'il valait mieux savoir d'abord et en informer la famille dans un second temps, le cas échéant.

— Ce n'était pas l'enfant de Nick ? dis-je en reportant toute mon attention sur Dani.

— Non. Je regrette.

Pour la première fois, je prends le temps de songer à ce que ça m'aurait fait, si ç'avait été l'enfant de mon frère. Quelque chose m'aurait de nouveau relié à Nick. J'aurais eu une famille. Ç'aurait été difficile, aucun doute, mais ç'aurait été ma famille et je n'aurais plus été seul.

Soudain, je comprends ce que ma mère cherchait avec tant de force.

57

Nathan, debout devant le plan de travail, feuilletait le journal du dimanche. Depuis la veille au soir, quand il avait vu de la fenêtre la police emmener Ben devant un attroupement de journalistes, il était en proie au malaise. La lecture du journal, où l'on ressassait une énième fois le crime commis par Langdon et Fairchild dans ses détails les plus sordides, le fit frissonner. Après tout ce que Ben et sa famille avaient traversé, pouvait-on lui en vouloir de s'être vengé sur Langdon ? Nathan, pour sa part, avait tranché : non.

Le *Sunday Times* reproduisait une carte détaillée des bois de Haddley, l'endroit exact où il avait couru la veille. Juste à côté, des photos de Langdon et Fairchild adolescentes. Nathan examina leurs portraits. Qu'est-ce qui les avait poussées à une telle sauvagerie ? Étaient-elles nées comme ça ? Ou est-ce que la vie avait conspiré contre elles à un moment donné ? Étaient-ce leurs parents qui avaient déterminé leur passage à l'acte ? Ou est-ce que le mal était venu de l'entourage ? Il se sentit plus certain que jamais qu'il y avait quelque chose de pourri à Haddley, restant encore à mettre au jour.

— Il n'est même pas sept heures, fit Sarah qui entrait dans la cuisine, à moitié endormie.

Nathan referma le journal quand elle vint se planter derrière lui, enserrant sa taille de ses bras.

— Viens te recoucher, dit-elle en posant la tête sur son épaule. James ne déposera pas Max avant huit heures. On a une bonne heure devant nous.

Nathan rit et se retourna pour l'embrasser.

— J'ai promis que je ferais un service du midi en rab. Et ça ne me ferait pas de mal d'aller courir un peu pour dissiper les brumes d'hier.

— Alors fais-toi plaisir, lâcha Sarah.

Un petit bisou sur la joue et elle alla allumer la bouilloire, à l'autre bout de la cuisine.

— Il y a encore des types de la télé qui traînent au parc, dit-elle en sortant deux tasses du placard.

— Tu crois qu'ils seront là toute la journée ?

— Il doit pas rester grand-chose à filmer à Haddley… J'imagine qu'ils espèrent arracher un mot à Ben. Du thé ?

— Merci, oui. Tu penses vraiment qu'il n'y est pour rien là-dedans ?

— Tu parles du meurtre d'Abigail Langdon ? Impossible. C'est le meilleur ami de Holly.

— Quand on a enduré ce que sa famille a enduré…

— Jamais de la vie, répliqua Sarah, l'air de chercher quelque chose.

Nathan tâta sous le journal puis tendit à Sarah son téléphone.

— Merci.

Il la vit taper un message.

— Ça n'en fait pas un meurtrier, ajouta-t-elle en reposant l'appareil sur la table. Pas Ben. Quelle que soit la haine qu'il éprouve à l'égard de ces deux filles, de ces femmes, il n'aurait jamais fait ça.

— Pourtant quelqu'un l'a fait. Et les articles suggèrent ouvertement que ça pourrait avoir un lien avec les meurtres originels.

Le portable de Sarah bourdonna et Nathan baissa les yeux.

Pas de nouvelles. J'ai toujours besoin
de ton aide.

— Et d'où ils tiennent ça ? rétorqua Sarah en disposant un sachet de thé dans chaque tasse. Ces filles ont toujours alimenté les fantasmes aux quatre coins du pays. N'importe quel taré a pu tomber sur Langdon et décider de se venger.

Sarah s'arrêta un instant.

— Et tu sais quoi ? Si c'est ça, tant mieux.

— C'est une opinion professionnelle ?

— Parfois, le système judiciaire ne traite pas les victimes aussi bien qu'il le devrait.

Sarah saisit son téléphone. Nathan la vit taper une réponse puis le reposer devant elle pour aller chercher la bouilloire. La réponse au texto fut instantanée.

Le plus tôt possible. Il faut que je me tire.

Nathan jeta un coup d'œil vers l'écran puis se mit à tourner les pages du *Sun on Sunday*, qui rapportait les détails horrifiques du meurtre.

— En tout cas, la personne qui l'a tuée voulait la voir souffrir, commenta-t-il. Elle voulait qu'elle souffre comme les garçons avaient souffert, et ça, ça sent l'affaire personnelle.

— On ne peut pas savoir, dit Sarah en versant du lait dans la tasse de Nathan.

— Qui d'autre traînait avec ces filles, quand elles étaient gamines ?

— Aucune idée.

Elle tendit à Nathan sa tasse et reprit son portable.

— C'était longtemps avant que j'arrive ici.

— Mais tu as dû en parler avec Holly ? demanda Nathan tandis que Sarah rédigeait un nouveau message.

— Nath, il est sept heures du mat, on est dimanche et j'ai un peu la gueule de bois. Il faut vraiment qu'on parle de ça maintenant ?

— Holly était un peu plus jeune qu'elles, non ? continua Nathan sans écouter.

— Cinq ou six ans de moins, oui, mais quel rapport ?

— Six, répondit Nathan. Si elle a le même âge que Ben, alors elle devait avoir huit ans à ce moment-là. (Sarah le dévisagea.) C'est écrit ici dans le journal.

Sarah hocha la tête.

— Nick et Simon avaient quatorze ans. Langdon et Fairchild *idem*. Et mon cher ex-mari devait avoir dix-huit ans.

— Il était dans le même lycée ?

— James était délégué de la promo. C'est un pur produit de Haddley.

— Tu crois qu'il voudra revenir vivre ici un jour ?

— Pas tant qu'il aura sa garçonnière du côté du fleuve avec Kitty.

Nathan se marra.

— Ça lui arrivait, de parler des meurtres ?

— Nath !

— Allez, fais-moi plaisir.

— Uniquement pour dire que ç'avait été une période atroce. Même James était suffisamment sensible pour s'en rendre compte.

— Il connaissait l'une ou l'autre des filles ?

— Pas que je sache. J'imagine qu'à cette époque, pour le coup, il sortait avec des nanas de son âge.

Sourire de Nathan.

— Je me demande si ces filles avaient un mec.

— Nathan, je n'en ai aucune idée. C'était il y a mille ans. La seule chose qui compte, aujourd'hui, c'est de s'assurer que Ben va bien.

— Je trouve quand même que c'est intéressant, dit Nathan. Je parie que l'autre tueuse doit bien flipper. Josie Fairchild.

— Y a pas de raison de penser que sa couverture est compromise. Langdon a sans doute été imprudente, à fréquenter les mauvaises personnes.

— N'empêche, je crois que j'y penserais constamment, si j'étais elle.

— La police va sans doute la relocaliser par prudence.

— Ils n'ont pas déplacé Langdon.

— Je ne vois pas comment ils auraient su qu'elle courait ce genre de danger. Si ça se trouve, pour ce qu'on en sait, Fairchild est à l'autre bout de la planète.

Nathan hocha lentement la tête et regarda Sarah prendre connaissance de la une du *Sun on Sunday*. Il se détourna, incapable de chasser les images de Langdon et Fairchild adolescentes.

Ra-ta-tat-tat.

Ra-ta-tat-tat.

— Allez, j'y vais, fit Nathan.

Il attrapa son tee-shirt de course et l'enfila, déjà dans le couloir.

— Nathan ! couina Max au moment où il ouvrait la porte.

Le petit se précipita dans ses bras et Nathan s'accroupit pour lui dire bonjour.

— Et voici le sac avec ses affaires, dit James Wright depuis le seuil.

— Je suis monté sur le gros dragon à Legoland ! Et j'ai mangé deux glaces.

Nathan regarda fixement James Wright.

— Je le pose ici, entendu ? reprit James en entrant pour déposer le sac dans un coin de la pièce. Vous devez être le fameux Nathan. Il parle énormément de vous.

— C'est un chouette garçon.

Sarah déboula de la cuisine.

— Il est quelle heure, selon toi ?

— J'ai une heure d'avance. Et après ?

— Maman, on a été sur le gros dragon et j'ai mangé deux glaces, fit Max qui se libéra pour courir vers sa mère.

— Tu en as, de la chance, dis donc, fit Sarah en le serrant dans ses bras. J'aurais apprécié que tu passes un coup de fil, reprit-elle par-dessus l'épaule de Max.

— J'ai une urgence qui ne peut pas attendre demain.

— Oui, comme t'occuper de ton fils. (Sarah baissa la voix.) On est dimanche et il est sept heures du matin.

— Tu es debout et ton petit mec, là, s'apprêtait à aller courir.

Nathan ne dit rien.

— À la semaine prochaine, mon champion, fit James en embrassant son fils sur le dessus du crâne.

On se reverra peut-être, qui sait, lança-t-il à Nathan en sortant.

— Je peux avoir un muffin au chocolat pour le petit déj ? demanda Max à sa mère.

— Tu n'as pas déjà petit-déjeuné chez papa ?

— Non, Kitty dormait. Elle dort tout le temps.

— Veux-tu qu'on fasse des œufs à la coque ?

— Non ! Un muffin au chocolat.

— J'y vais, fit Nathan tandis que Sarah emmenait son fils à la cuisine.

Il descendit le perron à petites foulées et s'arrêta sur le trottoir : James Wright grimpait dans son Range Rover blanc, sa copine assoupie auprès de lui. Le véhicule démarra puis ralentit pour se porter à hauteur de Nathan.

La vitre côté conducteur descendit.

— Un petit conseil. Change de copine, prends-en une plus jeune, dit James en serrant la cuisse de Kitty. Tu verras, on s'éclate franchement plus.

58

L'après-midi était déjà bien avancé quand Corrine Parsons, descendant du train, posa le pied sur le quai de la gare de Haddley. Elle en eut le souffle coupé. Elle n'avait jamais imaginé revenir ici. Elle parcourut les quelques marches menant à la rue principale et découvrit que les choses n'avaient guère changé depuis ses jeunes années. Les magasins, les cafés, les bars – tout lui était familier. Elle aurait dû se sentir chez elle, mais non. Corrine ne se sentait plus nulle part chez elle.

L'espace d'un instant, elle eut de nouveau quatorze ans. Elle prit conscience qu'elle s'était à moitié attendue à tomber sur Abigail – sous le pont, ou dans le parc, près du hangar à bateaux ou dans les bois. Corrine secoua la tête. Elle n'était pas venue là pour poursuivre des fantômes.

Debout devant la gare, elle ne put s'empêcher de s'arrêter pour regarder en direction des collines, vers Haddley Hill Park. Les maisons où elle avait vécu – certaines juste pour quelques jours, d'autres pendant quelques mois, jamais plus longtemps que ça. Aucune où elle se soit sentie chez elle. Chacune apportant son lot de peur ; parfois simplement celle de l'inconnu,

Josie étant une étrangère dans un endroit nouveau. Plus souvent la haine pure de ce qu'elle y découvrait.

Elle tira le cordon de sa capuche autour de son visage et se lança d'un pas vif dans la rue, en direction de la Tamise. Quand elle fut arrivée au sentier de halage, le fleuve lui apparut et son humeur s'allégea brièvement. Le courant était fort et les eaux agitées. Elle laissa passer un équipage de rameurs, qui la remercièrent, avant de déposer leur bateau dans l'abri. Elle s'assit sur le quai ; elle aurait voulu que ce moment dure toujours.

Un regard à sa montre lui apprit que c'était impossible.

Elle tourna le dos au fleuve et regarda en direction de Haddley Common. Puis des bois au-delà.

Un lieu qui la hantait toujours.

Un lieu qu'elle aurait voulu ne jamais revoir.

Mais elle était aux abois et avait besoin d'aide. Abigail était morte et il n'y avait aucune raison de croire qu'elle ne serait pas la prochaine. Elle se pressa le long du Common. Devant elle, le bus 29 ralentit puis s'arrêta pour laisser sortir un passager. Elle l'observa, s'aidant légèrement de sa canne, descendre les marches puis s'engager sur le sentier devant elle. Avec ses cheveux blancs recouvrant son col de chemise, il lui rappelait Mr. Talisbrook. L'homme traversa vers le parc. Appuyée contre la barrière, elle attendit, aux aguets. Quand l'homme fut hors de vue, elle se remit lentement en chemin. Elle devait être certaine d'être seule. Jetant un regard en arrière, elle vit toutes les maisons donnant sur le Common. Parmi elles se trouvait celle de Nick Harper, le soleil tout juste levé se reflétant sur ses fenêtres.

Accompagnée uniquement du son de sa propre respiration, elle reprit sa progression vers les bois. Elle devait marcher sans s'arrêter le long de Lower Haddley Road et ne couper sous le couvert des arbres qu'une fois arrivée aux abords de St. Marnham. Au moment d'obliquer, elle consulta sa montre. Elle avait dix minutes pour attendre la seule personne au monde dont elle savait qu'elle l'aiderait.

59

Plus tard ce jour-là, désireux de me vider la tête, je descends au bord du fleuve ; sur ce quai si prisé des rameurs du dimanche, je me paie un sandwich à l'œuf auprès d'un vendeur ambulant. Je m'assieds sur un banc pour le manger, d'où je regarde les derniers coureurs se presser vers St. Marnham. Faute d'avoir dormi la nuit précédente, j'ai comaté toute la journée devant la télé, où repassait en boucle le résumé de mon histoire familiale.

Dani m'a dit que Simon Woakes n'était pas le père de l'enfant. Je n'ai cessé de me demander depuis si le vrai père serait prêt à toutes les extrémités pour taire ce secret.

Le soleil s'efface et le fond de l'air fraîchit, je termine donc mon sandwich et fais demi-tour sur le sentier en direction du pont de Haddley. Un sans-abri dort sous les arches, je dépose dans sa sébile en alu les pièces en ma possession.

La pénombre gagne, je monte les marches menant des berges à la rue principale, je traverse au feu et me dirige vers le Watchman. Là-bas, on me mène à l'étage, au bar à cocktails, où je trouve Nathan qui fait le réassort pour la soirée.

— Il faut que je te parle, dis-je tout de go.

— Ben ! Qu'est-ce que tu fais là ?

— Ils m'ont laissé sortir.

— Évidemment, qu'ils t'ont laissé sortir, répond-il. Je veux dire, qu'est-ce que tu fais ici, au bar ? Je te sers quelque chose ? Un whisky ?

— J'aurais bien besoin d'un double, mais pour le moment je vais m'abstenir.

Je m'installe au comptoir face à Nathan, qui entreprend de vider les verres du lave-vaisselle.

— À quel genre de questions t'as eu droit, au commissariat ? Ils voulaient savoir un truc en particulier ?

— Ce n'est pas de moi que je suis venu parler, dis-je. (Une ombre de défense passe sur son visage, et un instant je pense qu'il va nier.) Il faut que tu me dises ce que tu sais.

— Je n'étais pas au courant pour Abigail Langdon, je te jure.

— Alors tu ferais mieux de me dire ce que tu sais.

Nathan pose la bouteille qui était dans sa main et se plante face à moi, les paumes à plat sur le comptoir entre nous.

— Mon dossier d'adoption est confidentiel. Même à mes dix-huit ans, je n'ai pu avoir accès à aucune information. Ma mère et mon père m'ont dit que j'avais été adopté après qu'une mère célibataire était morte en couches. J'ai prétendu que j'en resterais là, mais une des raisons pour lesquelles je suis allé à l'université de Cardiff, c'est qu'ils ont une excellente filière de droit. Les étudiants travaillent bénévolement sur des dossiers et quatre d'entre eux m'ont aidé à demander la levée du secret.

— Vous y êtes arrivés ?

— Oui, répond Nathan, transpirant plus que lorsqu'il pique un sprint au parc. Le dossier m'a été communiqué, à moi et à moi seul. Je n'en ai parlé à personne. Je suis venu ici pour comprendre d'où je venais. Tu dois me croire.

— Qu'as-tu ressenti ?

— Ça m'a bouleversé. J'adore mon père et ma mère, mais soudain, savoir qui j'étais… je n'avais jamais imaginé ça.

— Et maintenant ta mère biologique est morte.

Nathan tique.

— Ben, je n'ai aucune idée de ce qui lui est arrivé.

Comme je plisse les yeux, il ajoute :

— Abigail Langdon n'est pas ma mère.

Et brusquement toutes les suppositions que j'ai faites me reviennent en force. Je me rejoue mentalement la conversation que j'ai eue avec Will la veille au soir.

— Ta mère, c'est Josie Fairchild.

IX

« J'aurais dû en parler plus tôt. Je n'avais pas
l'intention de te le dire comme ça,
mais tout part en vrille de manière incontrôlable. »

60

— Je peux jouer dehors, maintenant ? demanda Alice quand elle eut fini sa dernière bouchée de Cheerios.

— Il est encore un peu tôt, répondit Holly en levant les yeux vers l'horloge de la cuisine, qui approchait des huit heures.

— S'il te plaît… je te promets que je ferai pas de bruit. Je réveillerai pas papa. (Holly sourit.) Maman, tu crois qu'il a encore mal au ventre, papa ?

— Espérons que ça aille mieux aujourd'hui.

— J'aime pas ça, moi, quand j'ai mal au ventre, dit Alice en attrapant ses bottes en caoutchouc par la porte donnant sur l'arrière. Je peux manger que des tartines à rien.

— C'est vrai, fit Holly en prenant sa fille sur ses genoux. Tu vas faire du vélo ?

— Non, je vais aller dans ma cabane et préparer des tartines à papa.

— Tu fais doucement, alors, conseilla Holly tandis qu'Alice bondissait de sa chaise et fonçait vers la porte.

— Et peut-être du porridge, fit Alice, déjà dehors, avec beaucoup de myrtilles et de la confiture de fraises ! cria-t-elle en courant.

Holly, de son poste d'observation, vit sa fille ouvrir la porte de sa cabane. Quand elle se retourna, elle tomba nez à nez avec Jake, juste derrière elle dans la cuisine.

— Du porridge avec des myrtilles, ça me semble pas mal, fit-il.

— C'est la recette spéciale d'Alice, précisa Holly en laissant la porte du jardin ouverte. Tu as repris forme humaine, ce matin ?

— C'est encore un peu délicat, mais j'ai le plaisir d'annoncer que ce n'est pas tout à fait une gueule de bois de quarante-huit heures.

— Un petit déj ?

— On dirait qu'Alice a les choses bien en main.

Holly sourit. Dehors, sa fille creusait la terre.

— Je ne suis pas certaine qu'elle utilise les meilleurs ingrédients.

Jake se laissa tomber sur la méridienne sous la fenêtre de la cuisine. Il toqua au carreau et Alice, pivotant, lui fit coucou.

— Ça va mieux, papa ?

— Beaucoup mieux.

— Je te prépare du porridge. Tu viendras le manger dans ma cabane ?

— Dans une minute je viens.

— Je peux te sortir la version pas dînette, si tu veux, proposa Holly.

— Ce serait top, répliqua Jake en se levant pour aller chercher un smoothie au frais.

Il attrapa au passage un sweat sur le dos d'une chaise, avec lequel il se battit, puis trouva une paire de baskets près de la porte.

— Tu es sûr que ça t'embête pas, de la déposer à la maternelle ce matin ? dit Holly. J'ai promis à ta mère que je la retrouverais à St. Marnham.

— Aucun problème. Un moment privilégié avec ma mère ? Tu en as, de la chance ! En quel honneur ?

— Je voulais la remercier pour la soirée de samedi.

Holly mit le lait à chauffer.

— Et rattraper la conduite de son fils, fit Jake.

— Je suis sûre qu'elle t'a déjà pardonné.

— En tout cas, sympa de ta part de passer du temps avec elle.

Il se tenait près de la porte.

— Samedi aussi, tu étais avec elle. Je vous ai vues vous rendre dans le salon de musique, pas vrai ? Fais gaffe, vous allez finir par vous rapprocher.

Holly, tout en versant les flocons d'avoine dans le lait, détourna le regard.

— Elle m'a demandé si Alice aimerait prendre des leçons de piano. L'instrument est si beau, et personne n'en joue jamais.

— Attendons qu'elle soit un peu plus grande, répondit Jake. C'est encore un peu tôt, je dirais. C'est gentil de sa part d'avoir proposé, mais elle s'est sans doute sentie obligée. Elle n'apprécie pas trop qu'on touche à ce piano. Quand j'étais petit, on m'a toujours défendu de m'en approcher.

Holly baissa le gaz et vint s'asseoir sur l'accoudoir de la méridienne.

— Est-ce parce que ce piano était destiné à être celui de Lily, un jour ?

Holly vit son mari agripper la poignée de la porte.

— On ne parle jamais d'elle, dit-il et, sans un mot, il sortit dans le jardin.

61

Holly déposa un bol de porridge fumant sur la table de la terrasse en bois à l'arrière de la maison. De l'autre côté de la pelouse, elle vit Jake recroquevillé dans la cabane d'Alice.

— Alice, c'est l'heure, papa doit venir déjeuner.

— On prend le petit déj dans ma maison, répliqua sa fille. J'ai fait du porridge.

— Je suis sûre que c'est délicieux mais moi aussi j'ai préparé du porridge pour papa. Il en a pour quinze minutes à peine et après il pourra revenir jouer.

Par la fenêtre de la maisonnette, Holly voyait que son mari, de dos, n'esquissait pas un geste.

— Jake, je te le laisse ici.

Au bout d'un moment, Alice émergea par la porte avant et Jake s'extirpa à sa suite.

— Papa, je vais creuser dans le jardin pendant que tu reprends un petit déjeuner pour maman, déclara Alice. Quand tu auras fini, tu pourras me pousser à la balançoire.

Jake embrassa sa fille sur le front et quitta le jardin. Holly vint le rejoindre à table sitôt qu'il fut assis.

— Je suis désolée de t'avoir lancé ça, dit-elle.

— Ma mère t'en a parlé ?

Holly confirma d'un signe de tête.

— Pourquoi un tel secret ? Pourquoi tu me l'as caché ?

— Ce n'est pas vraiment un secret. Simplement, dans la famille, on n'en parle jamais. Je sais que ça paraît rude, mais je crois que pour mes parents c'est tout bonnement trop de souffrance. Surtout pour ma mère. Elle te l'a dit samedi soir ?

— Oui, fit Holly en regardant son mari manger. Visiblement, c'est encore incroyablement douloureux pour elle. Ça m'a permis de mieux la comprendre. Tu sais que tu aurais pu me le dire.

— Ce n'était pas à moi de révéler ce secret.

— Jake, c'est une tragédie. Un poids avec lequel il vous a fallu vivre pendant tellement de temps. J'aurais pu aider.

Jake haussa les épaules.

— Parfois, il est plus facile de garder les choses sous un couvercle.

— Dans ta famille, oui.

— C'est un peu dur.

— Tu trouves ? rétorqua Holly mais, désireuse de ne pas provoquer de dispute, elle s'en tint là. Elle te manque ? demanda-t-elle au bout d'un moment.

— C'était il y a longtemps. Les souvenirs d'elle sont assez vagues. J'avais sept ans, je crois. Je me souviens de ma mère ravagée par le chagrin. Pendant des semaines et des semaines, elle n'a plus quitté sa chambre. Les journées se suivaient sans que je la voie jamais. Je me faufilais dans sa chambre juste pour la regarder. Elle devait être sous médocs, je sais pas trop. Elle ne faisait que dormir. J'ai appris à être très silencieux.

— Et ton père ?

— Il était souvent parti. Peut-être qu'à sa manière il a essayé... Je me rappelle pas. Il devait souffrir. Tu imagines comment on se sentirait, si quoi que ce soit arrivait à Alice ?

— Je suis même incapable d'y penser.

— Ils ont développé une manière de gérer la souffrance en n'en parlant jamais. Je n'en reviens toujours pas que ma mère te l'ait dit. Je ne crois pas qu'elle en ait jamais parlé à quiconque. Comment c'est venu sur la table ?

— Je ne saurais pas dire. J'étais passée plus tôt dans la journée avec Alice, pour donner à manger aux canards. Katherine nous avait observées depuis la fenêtre et je lui ai demandé pourquoi elle ne s'était pas jointe à nous. Elle m'a répondu que l'étang la terrifiait, qu'elle ne pouvait pas s'en approcher. Je lui ai demandé pourquoi et elle m'a raconté.

— Simplement comme ça ?

— En gros, oui. (Holly se leva et, les bras croisés, observa sa fille occupée à remplir son arrosoir.) Ta mère n'a aucune photo de Lily, chez vous ?

— Trop douloureux pour elle. Je suis sûr qu'elle a dû en conserver quelques-unes quelque part.

— Je cherchais l'acte de naissance d'Alice, la semaine dernière, pour l'inscrire à l'école.

Holly observa son mari qui raclait son bol de porridge.

— Et ?

— Je ne l'ai pas trouvé, en revanche, je suis tombée sur une grenouillère de bébé dans ton ancien bureau.

— J'ignorais complètement que c'était là, fit Jake qui alla débarrasser son bol dans la cuisine. Ça a dû se mélanger avec tout le bazar que ma mère nous a envoyé.

— Je trouve ça tellement triste, que Lily demeure cachée comme ça.

— C’est leur choix, conclut Jake en ressortant dans le jardin pour attraper Alice qui courait vers lui.

62

Je me réveille lorsqu'on tape à ma porte. Il est plus de huit heures mais, après la nuit passée au commissariat, je prends tout mon temps. Quand la sonnerie retentit, je sors du lit et jette un œil à travers les persiennes. Une voiture de police est garée devant chez moi. J'attrape un short, j'enfile un tee-shirt et je me passe une main dans les cheveux.

J'ouvre la porte et trouve Dani le regard rivé sur le Common, clairement perdue dans ses pensées.

— Salut, fais-je.

Elle pivote et me sourit.

— Je vous réveille, n'est-ce pas ?

— Ça ne fait rien, j'ai toujours plaisir à recevoir une visite matinale des forces de l'ordre locales.

— J'étais dans le coin et je me suis dit que j'allais passer voir comment vous alliez.

— C'est bien aimable. (Je fais un pas de côté en guise d'invitation.) Un café ?

— Volontiers.

— Vous n'avez jamais de jour de repos ?

— En ce moment, zéro. Barnsdale dicte sa loi. Elle veut que ça bouge. Ses mots, pas les miens.

Je souris à Dani tout en chargeant une capsule de café avant de sortir le lait du frigo.

— Vous avez petit-déjeuné ?

— J'ai mangé quelques tartines avant de partir.

— Ça vous tiendra pas toute la matinée. Un bol de Coco Pops ? dis-je en sortant un paquet du placard.

— Vous avez vraiment le pire régime alimentaire possible !

— J'ai besoin que quelqu'un me reprenne en main, la taquiné-je. Votre mari ne connaît pas sa chance.

— Vous devriez le lui dire.

Je me tourne, attendant qu'elle poursuive.

— Il a eu une année pas facile. Il a eu un accident.

— Méchant ?

— Il est en fauteuil.

— Merde. (Je tends son café à Dani.) Je suis vraiment désolé.

— Merci, répond-elle en en buvant une gorgée tandis que je remplis de nouveau le réservoir d'eau de la machine. Je vous avais dit qu'il était officier de police ? (J'opine.) Il a été impliqué dans un incident à Halloween, l'année dernière.

Un souvenir me revient. On a couvert l'histoire sur le site.

— Dans le supermarché, au rez-de-chaussée de l'immeuble près du pont ?

— Oui.

— Je m'en souviens. Un flic avait failli mourir ? (Dani grimace tandis que je la dévisage.) C'était votre mari ?

— On n'était pas encore mariés, à l'époque. J'imagine qu'on pourrait dire qu'on était ensemble. Je me trouvais sur les lieux au même moment, je faisais quelques courses après le boulot.

— Vous n'avez rien eu, vous ?

— Rien. Je n'avais pas compris qu'ils avaient des couteaux. J'aurais dû. J'aurais agi différemment.

— Comment auriez-vous pu le savoir ?

Elle me coupe la parole :

— J'ai paniqué. L'un des types m'a fait une clé et m'a mis un couteau sous la gorge.

— C'est une position critique pour n'importe qui, dis-je en m'asseyant en face d'elle.

— Mat est arrivé sur zone le premier. Il est entré par le fond du magasin. Si j'avais compris plus tôt qu'il y avait des couteaux, je ne me serais pas mise dans une situation si périlleuse. J'ai été naïve.

— Vous n'aviez pas moyen de le savoir, si ?

— Je suis flic, j'aurais dû piger.

— Vous étiez en train de faire vos courses. Étiez-vous en service ?

— Non, mais ça n'aurait pas dû faire de différence.

Je me sers un bol de céréales que je noie sous le lait.

— Vous en aurez assez comme ça ? demande Dani.

— J'aime bien boire le lait qui reste à la fin.

— Vous avez quel âge, cinq ans ?

Je me marre.

— Je peux vous demander ce qui s'est passé ensuite ?

— Un deuxième homme a attaqué Mat par-derrière. Il l'a poignardé à la base de la colonne vertébrale.

— Aïe.

— Il est paralysé à partir de la taille.

— Ça doit être extraordinairement pénible.

Dani déglutit.

— C'est un tel gâchis. Il aurait pu faire une belle carrière dans la police.

— Parce que ce n'est plus envisageable ?

— Il a perdu le feu. J'espère que ça reviendra. (Dani s'interrompt.) C'est de ma responsabilité de l'aider.

— Vous n'avez pas à vous en vouloir.

— Ben, vous n'étiez pas là.

Le silence se fait. Je meurs d'envie de dire à Dani ce que je pense : que rien de tout ça n'est sa faute. Je voudrais lui dire qu'elle est belle, intelligente et drôle, et qu'elle n'a pas besoin de se punir pour un drame dont elle n'est pas responsable. Mais je ne dis rien. Les mots ne viennent pas.

Dani m'observe avaler mon petit déjeuner, puis tend le bras vers la pile de photos que j'ai exhumées parmi les affaires de ma mère.

— Je peux ?

— Bien sûr.

— C'est votre père ? demande-t-elle en saisissant la photo du dessus.

Je confirme.

— Donc votre mère savait qu'il était là le jour du match ?

— Vu la photo, je suppose. Elle ne m'en a jamais parlé, pourtant.

— Je ne dirais qu'une chose : il a l'air fier comme le sont tous les papas.

Je ne commente pas.

— Mon père et moi on a connu des moments pas faciles, explique Dani, mais j'essaie de me souvenir des moments plus drôles.

— Vous étiez proches, tous les deux ?

— Un peu comme vous et votre mère, pendant longtemps on n'a été que tous les deux. Ma mère est morte quand j'étais toute petite. Sous bien des angles, mon père était mon héros. C'est à lui que je dois d'être ici aujourd'hui. Sans lui, je ne serais jamais devenue flic. (Dani prend le temps d'inspecter de nouveau la photo.) Un jour, peut-être que cette photo aussi sera accrochée au mur.

Je me verse une autre rasade de céréales.

— J'imagine que vous ne vous êtes pas arrêtée juste pour me parler du bon vieux temps et me regarder m'enfiler mes céréales de môme ?

— Effectivement.

— Ni même pour prendre de mes nouvelles ?

— Nous avons reçu de nouveaux documents issus du premier procès. Notamment des extraits des interrogatoires menés pendant que les filles étaient en garde à vue. On les a toutes les deux interrogées sur de potentielles liaisons avec des hommes plus âgés.

Au moment d'insérer une capsule dans la machine, je m'arrête net et me tourne vers Dani.

— Dites-moi que vous avez abandonné l'idée que Peter Woakes avait une liaison avec ces deux filles…

— Sa femme s'est montrée tout sauf coopérative quand on lui a parlé de son mari hier.

— Peut-être est-ce dû aux manœuvres diffamatoires de la police ? (J'attrape la buse vapeur et une giclée de lait bouillant m'arrose les doigts.) Putain ! (Je passe ma main sous le robinet d'eau froide.) Son fils a été assassiné, dis-je en laissant le jet froid faire son œuvre.

Dani n'est pas près de se laisser distraire.

— Se peut-il que les filles aient ciblé Simon Woakes ?

— Vous vous trompez complètement, Dani.

— On va retourner parler à sa mère, aujourd'hui.

Je me sèche avec un torchon et gagne le comptoir.

— Venez avec moi, dis-je en prenant Dani par la main.

Nous sortons prestement côté arrière, et remontons le sentier qui mène chez les Cranfield.

— Ben, où est-ce qu'on va ?

— Vous et moi étions d'accord pour dire que Langdon et Fairchild fréquentaient d'une façon ou d'une autre des hommes plus âgés, qui se servaient d'elles. J'irais même jusqu'à dire qu'Abigail manipulait Josie, en monnayant son amitié. Mais les Woakes ont vécu un enfer à cause de ces filles. Mrs. Woakes est quelqu'un de bien, mais pas une femme qui protégerait la mémoire de son mari par loyauté aveugle. Je veux que vous parliez à quelqu'un qui connaissait Peter Woakes.

Le bout de l'allée se profile et j'appelle Mr. Cranfield, sachant qu'il est à coup sûr dehors, à travailler à son carré potager.

— Tu nous accordes deux minutes ?

— Bonjour, Ben, que puis-je pour toi ?

— Voici Daniella Cash, officière de police, déclaré-je en les présentant l'un à l'autre. Ça reste entre nous : j'aimerais que tu lui répètes ce que tu m'as dit au sujet de Mr. Woakes samedi soir.

Mr. C. me regarde d'un air hésitant.

— S'il te plaît.

Il résume alors brièvement la teneur de notre conversation : le remords qui a dévoré Peter Woakes, l'occasion manquée quand il aurait pu agir.

— Je dirais que cela le hantait.

— Le remords ?

— Oui, sous bien des aspects, oui. Sa propre incapacité à agir.

— Il n'a jamais songé à prendre contact avec la police, à l'époque ? demande Dani.

— Parfois, il faut toute une vie de remords pour réussir à distinguer quelles sont les choses qui comptent véritablement, réplique Mr. C.

— Je comprends, dis-je. On ferait mieux de te laisser tranquille.

— Merci d'avoir pris le temps de nous parler, fait Dani tandis que nous reparcourons le chemin en sens inverse en bordure du Common.

— La rumeur a couru que l'école avait reçu un appel, ajouté-je. Je ne sais pas à quel point c'était vrai, mais n'avoir pas réagi à cela aurait suffi à nourrir ses remords.

— Un appel de qui ?

— D'un parent ? Simple supposition.

— Et malgré cela il a choisi de ne pas réagir.

— S'il avait eu une preuve évidente que ses élèves étaient en danger, je crois fermement qu'il aurait réagi. En fait, j'en suis sûr à cent pour cent.

— Vous l'êtes peut-être, mais pas moi, rétorque Dani. On ne peut toujours pas exclure la possibilité que ce soit son propre secret qui ait détruit Peter Woakes.

— Vous vous trompez. C'est ce qu'il n'a pas fait qui l'a brisé, qui a rendu la perte de son fils encore plus insupportable. Dani, je vous le dis, il y a un autre homme mûr, bien plus âgé, qui a eu des rapports avec ces filles – et qui peut même être le père de l'enfant – et qui, lui, est bien vivant, et résolu à ce que rien ne vienne menacer son secret.

63

— Pourquoi tu ne m'as pas réveillée ? lança Sarah en rentrant son chemisier dans son pantalon tout en dévalant l'escalier, avant d'enfiler sa veste de tailleur. Il est presque huit heures et demie. Je suis censée être à l'audience à dix heures.

— Tu as largement le temps, répondit Nathan, assis par terre auprès de Max qui prenait son petit déjeuner, en levant les yeux. Tu m'avais l'air d'avoir besoin d'un peu de rab de sommeil.

— Je voulais prendre une petite demi-heure pour parcourir le dossier encore une fois. Tu veux bien déposer Max à la maternelle ?

— Ça roule, ça nous va à tous les deux, pas vrai, mon poteau ? fit Nathan en tenue de running.

— Nathan m'a fait des œufs à la coque avec des mouillettes.

— C'est gentil de sa part.

— J'adore les mouillettes ! cria Max en se levant de sa petite table d'enfant.

— Je sais, je sais, fit Sarah en lui souriant. Bois ton jus avant de partir.

— Je dois te parler de quelque chose, dit Nathan.

Il se leva et traversa la cuisine.

— Maintenant ? répondit Sarah en lâchant un sachet de thé dans sa tasse préférée, celle décorée par Max. Ça ne peut pas attendre ce soir ?

— Je ne sais pas si c'est possible.

— Vraiment ? Je ferai attention à ne pas rentrer trop tard.

— Tu ne veux pas t'asseoir juste deux minutes ?

— On aurait pu faire ça plus tôt, si tu m'avais réveillée, renchérit Sarah tandis que Nathan lui tirait une chaise.

— Je te le répète, je ne voulais pas te réveiller. (Sa voix trahissait une gêne, ses mains tordaient un torchon.) J'aurais dû en parler plus tôt. Je n'avais pas l'intention de te le dire comme ça, mais tout part en vrille de manière incontrôlable.

— Nath ?

— Maman ? fit Max.

— Bois ton jus, mon biquet.

— Je peux mettre une barre de chocolat dans mon sac d'école ?

— D'accord, répondit Sarah, les yeux toujours rivés sur Nathan.

— Et aussi une pour Alice ?

— Si elle est là, oui. Mais bois ton jus, maintenant.

— Tu dois savoir que, si je suis venu à Haddley, ce n'est pas uniquement pour découvrir Londres, reprit Nathan. Je suis venu pour essayer de découvrir des choses sur mon histoire, pour comprendre d'où je viens.

— Tu n'es pas écossais ?

— Oui et non. J'ai été adopté. Ma famille adoptive est de Cowbridge. Mes parents biologiques viennent de Haddley.

— Je ne m'attendais pas à ça, lâche Sarah.

— Ce n'est pas tout. Je sais qui est ma mère.

Nathan se prépara à se jeter à l'eau. Il savait qu'il n'y aurait pas de retour en arrière possible.

— Josie Fairchild, dit-il à toute vitesse.

Le visage de Sarah se figea.

— Je viens tout juste de l'apprendre. Je suis venu ici pour comprendre ce qui s'était passé et pour voir si je pouvais découvrir qui était mon père. Je sais que ça semble idiot, mais j'ai envie de savoir qui je suis, ce que cet endroit a fait à ma mère et si mon père a su que j'existais. J'étais loin d'imaginer que je te rencontrerais, que je tomberais amoureux et que j'aurais autant de plaisir à m'occuper de Max.

Sarah se leva d'un bond, prit Max dans ses bras.

— J'adore être avec vous. Je t'en supplie, dis quelque chose.

— Maman, on va où ?

— Maman va te déposer à l'école.

— Mais j'ai pas fini mon jus !

Sarah se dirigea vers l'entrée, prit son sac ainsi que le sac à dos de Max, ramassa ses clés sur la console et ouvrit la porte. Nathan la suivit.

— Sarah, parle-moi, je t'en prie.

— Je peux pas, pas maintenant.

— Il fallait simplement que je sache. Je n'avais aucune intention de te cacher quoi que ce soit.

Sarah, baissant la voix, vint se planter face à lui.

— Je t'ai accueilli chez moi, je t'ai fait confiance. Et tu n'as jamais pensé à le mentionner jusqu'à aujourd'hui ? Jusqu'à la mort d'Abigail Langdon ?

— Ça ne s'est pas passé comme ça.

— Je veux que tu sois parti ce soir.

Nathan resta planté là, immobile, tandis que Sarah emmenait Max au-dehors.

— Maman, t'avais dit que je pouvais avoir une barre de chocolat ! cria Max.

— On en achètera au magasin, fit Sarah en descendant précautionneusement les marches du perron.

— Et pour Alice aussi ?

— Pour Alice aussi.

Nathan l'observa qui posait un baiser sur le front de son fils et le serrait contre elle, comme pour faire rempart de son corps contre une menace invisible. Elle traversa le Common d'un pas vif, et ne jeta pas un regard en arrière.

64

La vie locale de St. Marnham reprenait en ce lundi matin. Holly s'écarta pour laisser passer le primeur qui charriait des barquettes de plants pour les massifs de fleurs devant sa boutique. Devant le pas de porte suivant, le pâtissier emplissait une panière vide de petits pains tout chauds. L'heure de pointe matinale était passée, la rue principale bruissait d'une nuée de mères soulagées après la dépose à l'école sur les chapeaux de roue. Holly aurait voulu être l'une de ces femmes agglutinées dans le café qui faisait l'angle, qui riaient et papotaient, sans autre souci que de mener à bien les tâches domestiques du jour.

Katherine l'avait appelée tard, la veille au soir, lui promettant toujours de l'aider. Avait-elle raison de lui faire confiance ? Elle avait envie d'y croire, mais elle était consciente du pouvoir que Francis pouvait exercer. Elle l'avait laissé contrôler sa vie des années durant. Comment être certaine qu'il ne se servait pas de Katherine, à l'heure qu'il était ?

Quand l'étang fut en vue, elle aperçut sa belle-mère assise seule sur le banc de Lily. Elle pressa le pas et vint s'asseoir auprès d'elle. Elles restèrent un moment silencieuses, puis Katherine, regardant vers chez elle, par-delà l'étendue d'eau, dit :

— Je suis contente que vous soyez venue.

— Je suis désolée pour la lampe.

— Vous auriez aussi bien pu l'assommer avec, en ce qui me concerne.

— Alors je suis désolée d'avoir raté mon coup.

Katherine sourit.

— Une lampe, ça se remplace. Rien ne vaut qu'on reste piégée dans un mariage sans amour. Dieu m'en est témoin : je sais de quoi je parle. Les choses se seraient peut-être passées légèrement autrement si j'avais été honnête avec moi-même dès le début. On se raconte tellement de vérités à géométrie variable pour rendre la vie plus supportable.

— Vous avez été heureux, au début, avec Francis ?

Katherine réfléchit.

— C'est une bonne question. Je n'ai jamais manqué de rien, dans mon mariage. J'ai toujours pu aller m'acheter ce que je voulais sans la moindre remarque inquisitrice de mon mari. J'imagine que c'est une chance, d'un certain point de vue. Il se moquait que je sorte et que j'aille dépenser des centaines ou des milliers de livres. Il ne s'est jamais intéressé à la nature de mes achats. Son plaisir, il le trouvait dans cette capacité même de dépenser. Ça lui donnait un pouvoir de contrôle sur les gens, et sur moi. (Katherine marqua une pause.) Mais en même temps, pendant toutes ces années communes, Francis ne m'a jamais rien donné. (Elle s'interrompit et se tourna vers Holly.) Ça vous semble logique ?

— Oui, tout à fait.

— Par exemple, notre premier anniversaire de mariage, fit-elle en prenant la main de Holly entre les siennes. J'avais passé des semaines dans un tourbillon d'achats pour lui faire des cadeaux, dont chacun symbolisait notre première année ensemble. J'avais commandé une réplique peinte à la main du voilier sur lequel nous avions passé notre lune de miel, une maquette de notre maison avec sa porte d'entrée bleu roi, un minuscule berceau, une barque pour le temps que nous avions passé à nous bécoter sur le fleuve. Que des choses très intimes. Francis m'a acheté le *nec plus ultra* des fours à micro-ondes en m'expliquant que le modèle venait juste de sortir. (Les deux femmes rirent.) Ç'a été un moment en tout point révélateur, mais j'ai choisi de ne pas en tenir compte, ni alors ni pendant tant d'années après cela.

— Et Jake ?

— J'ai tellement voulu que ce soit différent avec lui, dit Katherine. Tout ce que je lui donnais, c'était avec amour, mais il a fini par m'en vouloir et me détester. Il aurait échangé tout ce que je lui avais donné pour recevoir ne serait-ce qu'une infime parcelle d'amour de la part de son père.

Holly pressa la main de sa belle-mère.

— Ça compte beaucoup à ses…

— Stop, répliqua Katherine. Je ne veux rien entendre. J'étais prête à tout pour que Jake m'aime.

— Mais il vous aime.

— Laissez-moi finir, je vous en prie. J'aurais donné n'importe quoi pour créer un lien entre nous, un pont, mais plus j'essayais, plus il s'éloignait de moi. (Katherine ferma les yeux.) Ça ne pouvait pas être facile. Ça ne l'est jamais, quand on n'est pas la mère de l'enfant.

Holly dévisagea sa belle-mère.

— Comment cela ?

— Jake n'est pas mon fils, reprit Katherine d'une voix étonnamment calme. Francis l'a eu avec une autre, avant que l'on ne soit mariés. Pour autant que je sache, Francis pourrait avoir toute une autre famille avec des enfants.

— J'étais loin de me douter. Et Jake, le sait-il ?

— Non. J'ai toujours fait en sorte de le traiter comme mon fils, mais il était écrit qu'il aurait plus besoin de son père ; ce que Francis lui a toujours refusé et que je ne suis pas parvenue à lui donner. (Holly vit la tristesse dans les yeux de Katherine, un secret profondément enfoui depuis tant d'années.) Je ne crois pas que Jake puisse jamais être heureux.

— Pas sans l'aval de Francis, répliqua Holly. J'ai essayé de trouver une manière de…

— C'est gravé trop profondément. Vous n'aimez pas Jake ?

— Non.

Ces mots, prononcés à haute voix, arrachèrent à Holly un rictus.

— Alors vous n'avez rien à ajouter. (Katherine se leva du banc et Holly la suivit, sa belle-mère glissant son bras sous le sien.) J'ai un peu de sous de côté et j'aimerais que cette somme vous revienne, à vous et à Alice.

Les deux femmes se mirent à marcher à petits pas le long des berges de l'étang.

— Vous vous en servirez pour fuir loin d'ici et recommencer une nouvelle vie.

— Et s'ils viennent me prendre Alice ? fit Holly en exprimant sa peur la plus intense. J'ai cherché partout son acte de naissance, en vain. Si je pouvais déclarer Michael comme son père…

— Je ne les laisserai pas s'en prendre à vous. Vous avez ma parole, dit Katherine d'un ton ferme, comminatoire. Ni Francis ni Jake ne doivent avoir la moindre idée de ce qui se trame. Nous devons d'abord vous mettre en sécurité quelque part avec Alice ; ensuite, Francis, je m'en charge. Avez-vous un compte bancaire à vous ?

— Tout est à nos deux noms.

— Alors foncez à la banque ouvrir un compte. Vous me donnerez le RIB et je vous transférerai deux cent mille livres. Préparez votre départ un jour on ne peut plus ordinaire. Vous sortirez comme si vous emmeniez Alice au square. Et oubliez le passé.

Holly ressentit un violent désir de prendre Katherine dans ses bras.

— Je ne pourrai jamais vous remercier suffisamment, dit-elle, un trémolo dans la voix.

— Si seulement j'avais ouvert les yeux plus tôt, répondit Katherine. Il faudra être forte.

Elles prirent congé l'une de l'autre et Holly observa Katherine contourner l'étang en direction de chez elle. Puis elle tourna et retraversa en hâte le village. Les yeux rivés au sol, elle ne se rendit pas compte que Francis surveillait chacun de ses pas.

65

Je sors de chez moi pour aller courir le long du Common.

— Mrs. Woakes, c'est Ben, dis-je dans mon kit mains libres. J'aurais voulu que vous décrochiez. Je suis désolé de vous avoir mise dans une posture délicate. Je sais que vous essayiez juste de protéger Mr. Woakes, mais je vous demande simplement d'être sincère avec la police. C'était un homme bien qui s'est retrouvé coincé dans une situation difficile. Ce n'était pas sa faute. Je suis certain qu'il n'a rien fait de mal et je sais que vous non plus. Rappelez-moi quand vous aurez ce message.

Je coupe la communication et passe en revue mes contacts. Je compose un autre numéro et, cette fois, on me répond immédiatement.

— Will, c'est Ben Harper.

— Salut.

Will est abrupt, tendu.

— Ça va ?

— Oui, je suis désolé, tout va bien, sauf que je suis devant chez moi et qu'un connard a lacéré les pneus de mon Audi. Qu'est-ce qui cloche, avec ces cons ?

— J'en reviens pas.

— Mais bon, surtout, comment tu vas, toi ? demande-t-il. Il paraît que les flics t'ont emmené au commissariat pour t'interroger. Ça devait être fou.

— Ça va, mais je voulais te poser encore quelques questions. Sur le contexte général.

— Vas-y, balance, répond Will sans hésiter.

— Si la police t'interrogeait sur la ville de Farsley, tu répondrais comment ?

— Ben, c'est pas vraiment une question de contexte, fait Will. Je lis la presse du dimanche.

— Prends-le plutôt comme un conseil de ma part, alors. À mon avis, les flics vont pas tarder à s'intéresser aux hommes qui ont eu affaire à Langdon et Fairchild avant le double meurtre.

— J'étais un môme, à l'époque.

— Elles aussi. Mais je suis sûr d'une chose : il y a un enfant. Pas celui de Langdon, mais de Fairchild. (Silence au bout du fil.) Will, t'es toujours là ?

La ligne est rétablie au bout de quelques secondes.

— Désolé, Ben. Je suis là.

— Je crois qu'il est fort possible que la police essaie de chercher le père de cet enfant.

— Ça va pas être simple.

— Non, en effet. Je sais que tu m'as parlé sous le sceau du secret…

— Je n'ai rien à cacher.

— Je n'ai pas envie de te mettre en difficulté, dis-je.

— Ben, la semaine dernière, j'ai passé trois jours à Francfort. J'ai atterri mercredi midi à Heathrow où East est venu me chercher. Il y aura pléthore de témoins pour confirmer que j'étais à mille lieues de Farsley.

— Je n'ai aucune intention de donner la moindre information te concernant aux flics.

— Tu as déjà passé une nuit au poste. Je n'ai pas besoin que tu en passes une autre pour me protéger. Si les flics veulent me parler, je suis certain qu'ils sauront me trouver. Je dois te laisser, Ben. On ira boire un verre quand tout ça sera fini.

Soulagé que Will ait un alibi, je ne m'en interroge pas moins : se pourrait-il qu'il soit le père ? Levant les yeux, j'aperçois Mr. C. qui ouvre la porte de son garage.

J'avance vers lui et l'interpelle :

— Merci pour tout à l'heure. Tu es fin prêt pour une journée de jardinage ? Tu peux venir bosser chez moi quand tu auras fini.

— Je bricole deux-trois trucs, répond-il en venant à ma rencontre. J'ai été étonné de voir que tu collaborais avec la police après avoir passé une nuit au poste.

— Avec Dani, c'est pas pareil, du moins je le crois. Pendant l'interrogatoire, ils allaient à la pêche aux infos, rien de plus. Ils me voient juste comme une source, pas comme un véritable suspect.

— Tu fais leur boulot à leur place, quoi ?

— Je suis peut-être plus doué pour poser les bonnes questions.

— Mrs. C. s'apprêtait à t'amener ton déjeuner hier après-midi (il se penche vers moi avec des airs de conspirateur), mais je l'ai convaincue de te laisser tranquille, un peu de temps seul te faisait peut-être du bien.

— Merci, dis-je. Je dois reconnaître que j'étais rincé. Elle est là ?

— C'est le jour de son club de lecture. À Richmond. Elle est partie tôt ce matin pour retrouver ses copines autour d'un café. Elles vont avoir des tas de choses à se raconter.

— Je ne doute pas que tout le monde soit sur le pont.

— Y en a plus pour longtemps, Ben, dit Mr. C., une main sur mon épaule. Ça te fera du bien d'aller courir.

— Si on peut appeler ça courir… soufflé-je en sortant mon téléphone pour ouvrir Spotify. Trente minutes pour me vider la tête.

— Profite bien, fait Mr. C. alors que je m'élance à petites foulées vers le centre du Common.

Je m'apprête à lancer ma playlist de course quand un bruit de pas me fait tourner la tête : Jake Richardson apparaît derrière moi.

— Ça t'ennuie, si je me joins à toi ?

— Non, pas du tout. Tu ne bosses pas, aujourd'hui ?

La conversation s'engage tandis que nous courons à faible allure en direction de Lower Haddley Road.

— J'ai un rendez-vous à Paddington cet après-midi, mais ça sent la piste fichue d'avance. Hol est allée voir ma mère et je viens de déposer Alice à la maternelle, alors je me suis dit que je pouvais faire l'effort de sortir un peu.

— « Effort », c'est le bon mot, rétorqué-je tandis que nous nous mettons l'un derrière l'autre pour dépasser les passagers descendus du bus 29. Atterrissage difficile, hier ? demandé-je en me tournant pour lui sourire.

— Chaque fois, je me dis que je ne recommencerai pas. Et cette fois, je suis sincère !

— Jusqu'à la prochaine, réponds-je, et nous accélérons vers les bois.

Nous venons d'atteindre le sentier menant au fleuve quand un bruit atroce nous stoppe net. Un instant, tandis que le bus nous dépasse et que la vie poursuit son cours dans la rue, je crois l'avoir imaginé. Mais voilà que ça recommence : le son reconnaissable entre mille d'un cri d'enfant, qui résonne à travers bois.

Jake est le premier à réagir. Il démarre en trombe vers la clairière où j'ai posé le pied il y a plus de vingt ans de cela. Le cœur battant, je le suis, et nous écartons les branches touffues, qui ont bien poussé depuis cet été-là.

À quelques pas dans les broussailles, deux garçons, dix ou onze ans pas plus, déboulent en courant vers nous, la terreur imprimée sur le visage.

Le plus âgé des deux bafouille :

— Au milieu des bois, il y a une femme…

Sautant d'un pied sur l'autre, la sueur ruisselant sur sa figure rouge brique, le plus jeune ne peut rester plus longtemps silencieux.

— Elle est pendue à un arbre !

— Vous sauriez retrouver le chemin ? demande Jake urgemment.

L'hésitation se peint sur les traits des deux gamins.

— Vous en faites pas, on sera avec vous, dis-je. On reste ensemble, on vous lâche pas.

Le plus âgé tourne les talons et guide Jake parmi les frondaisons, le plus jeune me prend la main et nous courons côte à côte. Je slalome entre les troncs, j'ai huit ans de nouveau, je suis le sentier étroit qui zigzague jusqu'à la clairière au cœur des bois. La végétation se fait de plus en plus dense, le chemin est truffé de racines antédiluviennes. J'appelle le groupe de tête :

— Jake, attends une seconde !

Je le vois ralentir et, au même instant, je me tourne vers le petit garçon qui court à mes côtés.

— Comment tu t'appelles ?

— Oscar, et lui c'est mon frère Harry. J'ai neuf ans et lui onze. On passe par les bois tous les jours pour aller à l'école. Ce matin on était en retard parce que j'ai dû aller chez le dentiste pour une carie.

— Moi c'est Ben, et lui c'est Jake. On y est presque ? (Oscar acquiesce.) Tu es d'accord pour continuer ? lui demandé-je, et il acquiesce encore.

— C'est juste par ici, dit Harry d'une voix où perce l'urgence.

Il reprend la tête du cortège, écartant les branches. Devant nous, des rais de lumière filtrent et, tandis que nous arrivons près de la clairière, j'aperçois des mégots éparpillés au sol.

Nous pénétrons dans la trouée et nous rassemblons au centre. Tourné vers le sentier d'où nous sommes venus, Harry pointe du doigt un chêne tentaculaire, dressé fièrement au milieu des bois.

Oscar enfouit sa tête dans mon flanc. Je le serre contre moi mais je ne peux pas me détourner.

L'arbre est légèrement en retrait par rapport aux autres, ses branches partent dans tous les sens.

À la plus épaisse, se balançant sinistrement dans la brise, est pendu le corps d'Elizabeth Woakes.

X

« Le goutte-à-goutte incessant de la pluie
sur le sol de béton avait empêché Corrine
de fermer l'œil presque toute la nuit.
Ça, et le cri assourdissant de la femme
qui tournait indéfiniment en boucle dans sa tête. »

66

Le vrombissement d'un hélicoptère de la télé emplit la pièce, Dani et moi regardons par la vitre du salon. Barnsdale est devant ma maison, qui briefe un gradé. Les médias sont de retour en masse sur le Common. Des voix indiscernables hurlent des questions en direction de chez moi et il est impossible de dire si elles s'adressent aux enquêteurs ou à moi. Avec Dani, nous nous détournons de la fenêtre et allons nous asseoir de l'autre côté de la pièce, sur le canapé.

— Barnsdale refuse toujours d'exclure qu'Elizabeth Woakes soit impliquée dans la mort de Langdon, dit Dani.

— Elle est sûrement en train de lâcher prise, rétorqué-je. Elizabeth vient de se faire étrangler et a été pendue à un arbre.

Dani hausse les sourcils et déclare :

— Elle m'a dit que nous devions « rester ouverts à toutes les pistes de l'enquête ».

Je soupçonne que ça signifie que Barnsdale n'en a aucune.

— Elle s'accroche à sa théorie au sujet de Mr. et Mrs. Woakes parce qu'elle n'a rien d'autre. Vous pouvez me raconter ce qu'il s'est passé avec Mrs. Woakes, hier ?

Dani se redresse et jette un œil par la fenêtre. Barnsdale est toujours en train de parler avec le gradé.

— Mrs. Woakes est venue seule au commissariat, fait Dani en baissant la voix. Barnsdale l'a interrogée pendant environ une heure, mais nous n'avons rien découvert de neuf. Mrs. Woakes a persisté à dire que son mari ne connaissait pas davantage Langdon et Fairchild que les autres élèves de son établissement. On a terminé juste avant dix-sept heures. J'ai visionné les images des caméras de surveillance ce matin, on la voit quitter le bâtiment par la porte principale. Elle se dirige ensuite vers la gare de Haddley.

— Pour prendre son train vers Richmond.

— Oui, confirme Dani, coulant de nouveau un regard vers la fenêtre. Mais voilà le truc. Elle est entrée dans la gare à dix-sept heures passées de neuf minutes. Elle s'est acheté ce qui ressemble à une tasse de thé de Caffè Nero et a franchi le portillon.

J'opine.

— Puis, elle s'est arrêtée pour lire les écrans d'information, et des passagers en provenance de la gare de Waterloo ont commencé à affluer. Quand ces passagers sont sortis de la gare, Mrs. Woakes a fait volte-face et les a suivis vers la grand-rue.

— Pourquoi est-elle entrée puis ressortie ?

Dani se lève d'un bond et file au carreau. Je l'imite et nous voyons Barnsdale, toujours plantée sur le sentier menant à chez moi.

— Immédiatement après la mort de Langdon, il a été décidé de contacter Josie Fairchild et d'activer un plan de relocalisation, explique Dani tout près de moi. La police du Kent s'est présentée à son domicile à plusieurs reprises ces derniers jours, mais personne n'a réussi à la joindre. Cela dit, les caméras de surveillance l'ont repérée qui montait à bord d'un train à destination de Londres, ce dimanche, vers midi. Elle est arrivée à Charing Cross en fin d'après-midi, où elle a pris une correspondance pour Haddley.

— Josie Fairchild était à bord de ce train ?

— Oui ! répond Dani. Et Elizabeth Woakes l'a vue quitter la gare à pied.

— Elle l'a reconnue ?

— Il semblerait que oui.

— Pensez-vous qu'elles avaient rendez-vous ?

Il me paraît toujours inimaginable que ma mère ait été en contact avec Langdon, mais si oui, alors pourquoi pas Mrs. Woakes et Fairchild ?

— On n'a pas la moindre trace d'une interaction entre elles, dit Dani.

Je lui touche le bras et lui montre Barnsdale, qui avance vers ma porte restée ouverte. Dani poursuit en accélérant, baissant encore d'un ton :

— Fairchild a quitté la gare et Elizabeth Woakes l'a suivie. Fairchild se dirigeait vers le fleuve, Mrs. Woakes sur ses traces. Sur les dernières images que nous avons trouvées, Fairchild marche devant le Watchman, et Elizabeth Woakes passe une minute plus tard.

— Et après ça ? Avez-vous une idée de l'endroit où elle pourrait se trouver ?

La porte du salon s'ouvre à la volée. Barnsdale plante directement ses yeux sur Dani.

— Aucune, me répond la policière.

67

J'invite la lieutenante à prendre un siège. Dani et moi regagnons le canapé.

— Le fils de Josie Fairchild vit ici, à Haddley, dis-je à Barnsdale. Il s'appelle Nathan Beavin et travaille comme barman au Watchman.

La lieutenante ne laisse rien paraître, elle lisse le pli impeccable de son pantalon noir corbeau puis brosse des poussières imaginaires. Les yeux brillants, Dani aurait du mal à dissimuler son étonnement mais elle attend, sans mot dire, la réaction de sa supérieure.

— J'aurais dû savoir, après tout ce temps, que vous n'êtes jamais à court de surprises, monsieur Harper.

Je suis tenté de remercier la flic, au lieu de quoi j'accueille son commentaire d'un sourire intimidé.

— Et depuis combien de temps êtes-vous au courant ?

— De manière certaine, depuis hier soir tard.

Elle hoche la tête.

— Lui avez-vous parlé ?

Il n'y a rien à gagner à cacher quoi que ce soit à Barnsdale.

— Oui, il vit dans une maison en haut de la rue. Au numéro 21, je crois.

— Comme c'est charmant.

— Il habite chez Sarah Wright. Elle a un fils, Max.

Dani note les noms.

— Je n'ai pas de raison de penser qu'il a été en contact avec Josie Fairchild, ni qu'il est en quoi que ce soit impliqué dans le meurtre de Mrs. Woakes.

Devant cette affirmation, la lieutenante a un petit reniflement sceptique.

— Monsieur Harper, bien que nous vous soyons fort reconnaissantes de nous avoir fait part de cette information, vous pourriez peut-être *nous* laisser décider qui est et qui n'est pas suspect dans cette affaire.

Je résiste à la tentation de répondre quelque chose de cinglant.

— Comment l'avez-vous trouvé ? veut savoir Dani.

— Il posait beaucoup de questions. M'interrogeait sur Nick et sur ma famille. Il s'est aussi intéressé à James Wright, l'ex-mari de Sarah.

— Bien, je vais au moins vous remercier de nous l'avoir dit, fait Barnsdale en se levant. Nous allons reprendre avec ces données.

— N'en tirez pas de conclusions trop hâtives, déclaré-je. Il n'avait aucune raison de tuer Mrs. Woakes.

— La mère et le fils réunis à Haddley, reprend-elle. Reste à comprendre pourquoi, mais ça, c'est mon boulot.

68

— Reste dans le jardin, lança Holly à sa fille qui s'avançait à pas de loup vers le portail pour jeter un œil aux forces de l'ordre sur la route.

— Elle va aller en prison, Sarah ? demanda Alice en regardant deux policières qui grimpaient les quelques marches devant la maison de Sarah Wright. Et Max ?

— Non, la police a juste besoin de lui poser des questions.

— Pourquoi, maman ?

— Je n'en sais rien, fit Holly, un peu démunie face à la curiosité de la petite. Allez, viens, on va rentrer prendre un goûter. Il recommence à pleuvoir.

— Je veux jouer ici, dit Alice. C'est mon endroit préféré pour jouer.

— Alice, tu rentres, immédiatement. (Holly demeura plantée devant la porte le temps qu'Alice s'éloigne du portail en traînant délibérément les pieds.) Dépêche-toi.

Mais une poignée de secondes plus tard, Alice fonça de nouveau, espionnant deux silhouettes sur la chaussée qui approchaient.

— Max ! appela-t-elle. Max, la police va te mettre en prison !

— Mais non, pas du tout, fit Holly.

— Hol, tu peux me le garder ? Juste pour une demi-heure, dit Sarah tandis que Max se précipitait vers Alice.

— Bien sûr, répondit Holly en prenant la main de Max. Je le fais goûter, si tu veux ?

— Je te remercie. Cette pauvre femme, c'est vraiment affreux. Faut que je sache ce qui se passe.

— J'arrive pas à croire que ça recommence à Haddley.

— Ça va, toi ?

— Ça ira, répondit Holly qui prit son amie dans ses bras puis la regarda traverser d'un pas pressé le Common en direction de chez elle.

Posté à la fenêtre, Nathan avait observé les deux policières approcher de chez Sarah. Il ouvrit la porte sitôt que la sonnette retentit.

— Monsieur Nathan Beavin ? demanda Barnsdale.

Les deux agents de police se présentèrent.

— Entrez, dit-il. Je vous attendais.

Debout dans la cuisine avec les deux femmes, Nathan entendit la porte d'entrée s'ouvrir.

— Miss Wright ? fit Barnsdale au moment où Sarah pénétrait dans la pièce.

— Que puis-je pour vous ?

— Nous sommes ici pour poser quelques questions à Mr. Beavin concernant sa mère, annonce Barnsdale.

— Vous voulez dire sa mère biologique ?

— Oui. Vous êtes au courant ? poursuit-elle, sans chercher à dissimuler sa surprise.

— Que c'est Josie Fairchild ? Oui.

— Monsieur Beavin, nous souhaiterions vous interroger au sujet de votre emploi du temps d'hier, et j'espérais que vous seriez d'accord pour nous accompagner au commissariat.

Nathan se tourna vers Sarah, qui demanda :

— Est-ce une arrestation ?

— Non, répondit Barnsdale, mais j'apprécierais que Mr. Beavin veuille bien coopérer dans le cadre de l'enquête.

— Si vous avez des questions, allez-y, balancez, dit Sarah, mais il est exclu qu'il vous suive au commissariat.

— Êtes-vous l'avocate de Mr. Beavin ?

— Si vous me le demandez, répliqua Sarah à l'intention de la lieutenante.

Nathan souffla mais Barnsdale insista :

— Aviez-vous prévu de retrouver votre mère à Haddley, hier soir ?

— Je n'ai jamais rencontré ma mère biologique, dit Nathan. J'ignore complètement où elle se trouve.

— Avez-vous jamais cherché à entrer en contact avec elle ?

— Jamais.

— Mais vous avez consulté votre dossier d'adoption ?

— Sur décision de justice, oui, répondit Nathan.

— Vous est-il arrivé de rencontrer Elizabeth Woakes ?

— Non.

— Aviez-vous rendez-vous avec Josie Fairchild ou Elizabeth Woakes au Watchman hier soir ?

— Non.

— C'est là que vous travaillez ?

— Oui, mais j'ai fini mon service à vingt heures.

— Et après, on est restés ensemble toute la soirée, ici, ajoute Sarah.

— Toute la soirée ?

— Toute la soirée.

— Pouvez-vous me parler de la raison pour laquelle vous vous intéressez à James Wright ?

— James ? (Sarah se tourna vers Nathan.) Qu'est-ce qu'il vient faire là-dedans ?

Silence de Nathan. Se passant la main dans les cheveux, il vit tous les regards braqués sur lui.

— Monsieur Beavin, fit Barnsdale. Auriez-vous la gentillesse de nous éclairer ?

— Sarah, je n'avais rien prévu de tout ça. Je ne pensais vraiment pas que ça finirait comme ça. Je n'ai rien fait de mal. Il faut que tu me croies.

— Qu'est-ce que James a à voir avec tout ça ?

Nathan alla chercher son portefeuille dans la poche intérieure de sa veste. Il en sortit la minuscule image qu'il avait trouvée enfouie dans les entrailles du Web lors de ses recherches. L'unique photo de cette mère inconnue qu'il avait pu déterrer.

Auprès d'elle se tenait James Wright.

Nathan tendit la photo à Sarah.

— Après qu'on m'a communiqué mon dossier, j'ai découvert cette photo sur Internet.

Sarah tendit l'image à Barnsdale.

— Il s'agit de votre ex-mari ?

— Oui.

— Je cherchais simplement à découvrir qui était mon père, c'est tout.

— Nous aurons d'autres questions à vous poser dans les jours à venir, dit Barnsdale. À tous les deux.

— Ce sera avec grand plaisir, on a hâte, fit Sarah.

Elle quitta la cuisine et se dirigea vers la porte d'entrée. Barnsdale et Cash lui emboîtèrent le pas sans un mot et elle referma la porte derrière elles sitôt qu'elles eurent passé le seuil.

— Tu dois me croire, insista Nathan qui l'avait suivie dans l'entrée. Je n'avais aucune intention de te blesser.

— J'ai dit que je voulais que tu sois parti avant la fin de la journée. Je vais chercher Max, je ne veux plus que tu sois là à mon retour.

69

Le goutte-à-goutte incessant de la pluie sur le sol de béton avait empêché Corrine de fermer l'œil presque toute la nuit. Ça, et le cri assourdissant de la femme qui tournait indéfiniment en boucle dans sa tête.

Quand la femme était tombée sur eux dans la clairière, Corrine avait tourné les talons et était partie en courant. Dans l'obscurité croissante, elle avait titubé à travers les arbres jusqu'au village de St. Marnham. Terrorisée, certaine qu'on allait la reconnaître, elle avait rabattu sa capuche et filé vers le fleuve. L'abri à bateaux était à l'abandon depuis des années. Du temps de la jeunesse de Corrine, déjà, ce hangar n'appartenait à personne. La porte arrière était complètement vermoulue, les gonds avaient cédé facilement et elle avait pu s'y réfugier.

À l'intérieur, ça n'avait guère changé.

Corrine serra les pans de son manteau autour d'elle, mais impossible d'échapper au froid humide. Elle se recroquevilla contre les casiers à bateaux en piteux état, s'efforçant de refouler les souvenirs de sa première venue en ces lieux.

C'était là qu'Abigail l'avait emmenée.

La surprise qu'elle lui avait promise. Le secret qu'elles partageraient.

L'homme s'introduisant de force en elle.

La dureté du béton sous elle, râpeux.

Abigail n'avait cessé de l'emmener ici.

Leur bourreau à l'affût, caché derrière les casiers.

Toute la journée, Corrine se demanda sans relâche si elle n'aurait pas dû s'échapper la veille, quand elle en avait eu l'opportunité. Il pleuvait à verse, elle aurait pu passer inaperçue sur les berges jusqu'à Richmond. Un coup de train, et elle serait déjà à Deal, à l'heure qu'il était, de retour au-dessus de la salle d'arcade. Ce soir, elle était de service au Sunny Sea. Molly saisirait la première occasion de la mettre à la porte. Sa vie lugubre lui paraissait soudain bien attirante. Au moins était-elle en sûreté. Désormais, Corrine doutait de jamais retrouver la sécurité.

Frigorifiée et affamée, elle regarda par la porte vermoulue le ciel morne de fin de journée et se demanda comment elle avait pu croire que c'était une bonne idée, de revenir à Haddley. Elle détestait Haddley. Sa vie ici n'avait été que malheur. Maintenant qu'elle avait enfreint les conditions de sa libération, si la police la retrouvait, elle serait immédiatement arrêtée. Le hurlement des sirènes pendant une bonne partie de la journée l'avait paralysée. Elle n'osait penser à ce qui était arrivé à la femme de la veille, mais elle savait qu'elle n'était plus en vie aujourd'hui.

Il avait tué Abigail.

Il avait tué la femme. Et elle serait sa prochaine victime.

Il fallait qu'elle s'en aille tant que c'était encore possible.

Elle ouvrit la porte d'un coup sec et observa les vagues lécher les berges du fleuve.

Ç'avait été sa dernière chance. Sa dernière fenêtre de tir pour échapper à la vie de Corrine Parsons. Pour devenir quelqu'un d'autre, une nouvelle personne.

Elle était revenue à Haddley pour saisir cette chance.

Maintenant que la femme était morte dans les bois, sa chance était peut-être même encore plus grande. C'était quelque chose qu'il allait à tout prix vouloir cacher.

Resserrant la capuche autour de sa tête, elle fit un pas à l'extérieur. Il s'était remis à pleuvoir. Sur le pont de Haddley, les véhicules étaient à l'arrêt, tous feux allumés.

Refermant la main sur le couteau dans sa poche, elle recula et regagna l'abri à bateaux, dont elle coinça la porte. Elle attendrait la tombée de la nuit pour retourner dans le village de St. Marnham.

70

Mon téléphone bourdonne : Madeline m'annonce qu'elle sera là dans sept minutes. Un deuxième message suit presque immédiatement, me disant de ne répondre à aucune question de journaliste. Dans tous les drames, Madeline voit un scoop.

La confusion règne toujours sur le Common. La route entre Haddley et St. Marnham demeure fermée, barrée de rubalise. Deux agents sont postés à l'orée des bois, et la moitié de l'espace vert est interdite d'accès. Les véhicules de la presse voisinent avec ceux de la police, tandis que des reporters font leur direct pour des chaînes d'infos en continu. J'aperçois Francis Richardson se frayer un chemin dans cette mêlée chaotique, lâchant un commentaire au passage, avant de rejoindre la maison de Jake et Holly. Barnsdale et Cash ressortent de chez Sarah, la lieutenante traverse ensuite le Common en direction des bois, tandis que Dani est envoyée récupérer leur voiture.

Quand j'ouvre ma porte, l'œil des caméras se tourne vers moi mais, posant le pied sur le perron, j'ignore le déluge de questions qui s'abat sur moi. Les journalistes m'interrogent sur ma mère, sur sa relation avec Elizabeth Woakes : étaient-elles proches, est-ce que ça fait resurgir des souvenirs de Nick ? Des questions évidentes. Je baisse la tête, manière de signifier que je n'ai rien à dire. Ils continuent de crier mon nom et je me dis qu'ils font simplement leur boulot.

Je m'avance directement vers Dani, lui touche doucement le bras au moment où elle atteint sa voiture. Elle s'arrête.

— Dites-moi pourquoi. Pourquoi Nathan, alors qu'il vient tout juste de découvrir qui est sa mère, viendrait-il à Haddley pour se retrouver au beau milieu d'une affaire de meurtre ?

— Pas ici, Ben, répond-elle en me désignant la meute de journalistes qui me suit sur la chaussée.

Jetant un coup d'œil vers le Common, je reconnais une équipe de mon propre site, et soudain Min émerge de la foule.

— Ben, viens ! appelle-t-elle.

J'hésite.

— Ben, juste trente secondes, qu'on sache que tu vas bien.

— Venez, on rentre, lance Dani en me prenant le bras.

— Ben ! crie Min, mais Dani me guide et, toujours suivis d'une grappe de journalistes, nous remontons l'allée menant chez moi.

— Ça n'a aucun sens, dis-je en reprenant le fil de mes pensées. Barnsdale peut consulter la décision de justice elle-même si elle veut savoir à quelle date il a découvert l'identité de sa mère, mais c'est une affaire de semaines, même pas de mois. Dans ce laps de temps, il serait censé avoir découvert où elle vivait, formé un pacte meurtrier avec elle puis conçu un plan pour tuer d'abord Langdon puis Mrs. Woakes ? C'est absurde.

— Je ne dis pas le contraire, et je ne crois pas que Barnsdale le pense non plus, fait Dani au moment où nous entrons dans la cuisine. Néanmoins, ce serait manquer à son devoir que de ne pas confronter le fils de Fairchild au moment où il surgit à Haddley. Ce n'est peut-être pas l'assassin, mais il se pourrait qu'il la protège. Les liens entre une mère et son fils sont parfois très forts.

Je dois bien lui concéder cela.

— Nous n'avons aucun moyen de savoir quels sont les sentiments que Nathan nourrit à l'égard de sa mère biologique, dis-je, mais pour autant rien ne le relie à Elizabeth Woakes. Il est venu à Haddley pour essayer de reconstituer un tableau de famille. Je suis certain que cette piste est une impasse. La grande question, c'est : pourquoi Josie Fairchild est-elle revenue à Haddley ?

— Ce pourrait être Nathan, la raison.

— Ayant parlé avec lui, je ne l'imagine franchement pas. Vous, oui ? (Dani secoue lentement la tête.) C'est son père qu'il est venu chercher ici, pas sa mère.

— Il avait une photo de Josie Fairchild posant en compagnie de James Wright.

Je sors les clichés pris le jour de la finale de rugby et les feuillette rapidement.

— Celle-ci ?

Je tends à Dani l'original où l'on voit James Wright debout auprès de Langdon et Fairchild.

— Oui, répond Dani. Il était capitaine de l'équipe senior ? J'imagine que tout le monde voulait être pris en photo avec lui.

— C'est vrai, mais est-ce qu'il n'y a pas autre chose ? Mrs. Woakes était vraiment gênée, ce jour-là. Langdon et Fairchild faisant leur numéro de gamines écervelées. James Wright, capitaine de l'équipe de rugby, promis à de brillantes études à Oxford…

Dani est songeuse.

— C'est ce que tout le monde a vu.

— Il avait quatre ans de plus qu'elles – un adulte s'apprêtant à quitter le lycée.

— Mais on n'a aucun indice qui tende à en faire un tueur, pas plus que n'importe quel membre de l'équipe 1 de Haddley.

— Peut-être bien, mais moi, je sais qu'aujourd'hui il a beaucoup à perdre.

— Barnsdale veut que je vérifie où il se trouvait hier. On verra ce que ça révèle.

— Vous n'avez pas l'air convaincue ? dis-je.

— Après que vous m'avez emmenée parler avec Mr. Cranfield, je suis retournée consulter le dossier de la première affaire. On a enquêté sur un appel anonyme. Il concernait deux filles non identifiées, et leur possible relation avec un homme plus âgé. Le temps qu'on s'intéresse à cet appel, Langdon et Fairchild avaient déjà été arrêtées. Après une brève discussion avec Peter Woakes, il a été décidé de clore cette piste d'investigation.

— Savez-vous exactement ce que la personne qui appelait a dit ?

— C'est tout ce qu'on a : deux filles, mais surtout on insistait sur l'homme « plus âgé ». Est-ce vraiment James Wright, ou un autre joueur de l'équipe ?

— À quand remonte cet appel ?

— D'après mes déductions, à quelques semaines avant la mort de Nick et Simon. On ne peut exclure la possibilité que Peter Woakes ait été trop heureux de l'enterrer.

— Je ne suis pas d'accord, réponds-je.

— Dans ce cas, pourquoi n'a-t-il pas réagi sur le moment ?

— Parce que c'était un unique appel, dis-je. Ou parce qu'il avait trop peur de la personne qu'il risquait de mettre en cause ?

Dani hausse les épaules.

— Vous pensez qu'Elizabeth Woakes avait rendez-vous avec Fairchild, hier soir ? demandé-je.

— Pourquoi Josie aurait-elle prévu de la voir et de la tuer ?

— Je pense la même chose. Si vous étiez Fairchild et que vous retourniez à Haddley, que ressentiriez-vous ?

— De la peur.

— Exactement. Imaginez. Vous êtes terrifiée. Vous voyez ce qui est arrivé à Abigail Langdon et vous vous dites : je suis la prochaine. Vous cherchez une protection, il vous faut du fric. En retournant à Haddley, vous savez que vous risquez votre vie.

— Alors qui, à Haddley, valait qu'on prenne un tel risque ?

Soudain, on tambourine à ma porte et une clameur monte du Common. Nous regagnons l'entrée et des voix nous parviennent ; une fois la porte ouverte, c'est une avalanche de questions, une forêt d'objectifs et de lumières aveuglantes dans la relative pénombre de cette fin d'après-midi.

— Nous ne ferons aucun commentaire, mais si vous voulez lire l'histoire bouleversante de Ben Harper telle qu'il la raconte, une seule adresse.

Les caméras explosent de nouveau, puis Madeline tourne les talons et fait son entrée.

— Sales bêtes, grimace-t-elle avant d'observer Dani qui redresse son chapeau. Tu as de la visite ?

— Daniella Cash, officière de police. Elle bosse sur l'affaire.

— Bonjour, fait Dani en la regardant.

— Je crains que Ben et moi n'ayons des choses à nous dire, fait Madeline en lui signifiant son congé comme si c'était la dernière recrue en date parmi les stagiaires de la boîte. Les verres sont dans la cuisine ? me demande-t-elle en extirpant une bouteille de whisky Hibiki de son imperméable beige XXL.

Bouche bée, Dani voit Madeline s'enfoncer dans le couloir.

— Ravie de vous avoir rencontrée, dit-elle à voix basse.

— Plaisir partagé, répond Madeline en agitant la bouteille.

— Je vous tiens au courant si je trouve quoi que ce soit, lui assuré-je.

Nouvelle éruption de flashs aveuglants lorsque Dani met le pied dehors. Je referme derrière elle et rejoins la cuisine, où Madeline nous a déjà servi deux whiskys.

— Tu sais que je bois à peine.

— C'est pas le moment de me lâcher, s'il te plaît, rétorque Madeline, déjà assise.

Je me retiens de sourire et sors trois cubes de glace du congélateur.

— Avant toute chose, dis-moi si ça va.

— Ça va, réponds-je en laissant tomber les glaçons dans mon verre.

— Tu n'es pas sur le point d'être arrêté pour meurtre ?

— Non. Je crois que je suis hors de cause.

— Ça m'a fait de la peine, d'apprendre ce qui était arrivé à Elizabeth Woakes. Je sais que vous étiez proches.

— Merci.

— Et puis aussi… (Madeline s'arrête.) Je suis désolée. Voilà, c'est dit.

J'acquiesce, manière d'accepter les excuses de Madeline.

Elle s'en tient à ça et le silence se fait, chacun attendant que l'autre parle.

— Merde alors ! s'exclame-t-elle après ce qui semble une attente interminable. Tu es plus doué que moi. Et c'est moi qui t'ai tout appris.

Je souris.

— Écoute, poursuit-elle, il est possible que je m'y sois mal prise avec ta mère, mais mes intentions n'étaient pas si mauvaises. Au minimum du minimum, je lui aurai donné l'impression que j'essayais de l'aider. Tout n'est pas à jeter, chez moi. Et avais-je tellement tort, de vouloir qu'elle sache, pour l'enfant, surtout si c'était son petit-enfant ?

— Ça ne l'était pas. En fait, ça n'a jamais été l'enfant de Langdon, mais celui de Fairchild.

— Continue.

— L'enfant se trouve ici, à Haddley, expliqué-je, sachant pertinemment que les yeux verts de Madeline vont s'illuminer en apprenant cela. Et Josie Fairchild aussi.

— Mon Dieu, Ben, c'est de la dynamite ! Il faut qu'on sorte l'info, mais…

— Mais quoi ? T'es pas du genre à hésiter.

— Je sais que tu vas avoir du mal à le croire, mais même moi, il m'arrive d'avoir des cas de conscience.

— Tu vois, tout n'est pas à jeter, chez toi, en effet. Je suppose qu'on parle d'East ?

Madeline opine.

— Il te met la pression ?

— On peut dire ça. Et bien sûr, qu'on doit sortir l'info.

— Quand on aura tout.

— Et tu nous donnes l'exclu ?

— Je n'ai qu'une parole. J'ai dit que j'écrirais cette histoire, mais uniquement quand je pourrais tout raconter. Donc, parle-moi d'East.

Madeline se rencogne contre le dossier de sa chaise tout en buvant son whisky à petites gorgées.

— On est copains depuis l'école, de bons copains. Les gens comme moi ont tendance à ne pas s'attirer des masses d'amis, et les rares amis qu'on se fait, on finit par les poignarder dans le dos.

— Ou en face.

Madeline sourit.

— Pas faux. Mais depuis l'école, East a toujours été là pour moi. Ça a toujours collé entre nous, dès le début, on a tout partagé.

Je hoche la tête.

— Y compris le fait qu'il y avait un enfant ?

— Oui, confirme Madeline. On avait tous les deux grandi avec cette histoire en toile de fond, on connaissait tellement de protagonistes.

— East connaissait des élèves du lycée de Haddley ?

— Il était capitaine de l'équipe de rugby de Twickenham Duke, alors qu'il détestait ce sport.

Je cherche la photo où l'on voit East taché de sang, le jour de la finale.

— Un sport de brutes, commenté-je en passant l'image à Madeline.

Elle sourit.

— Il n'avait même pas joué, ce jour-là.

— Alors comment il a fini dans cet état ?

— On était arrivés au stade avec plusieurs heures d'avance. Je voulais vérifier la lumière et prendre quelques photos des préparatifs, le montage des gradins, l'accrochage des banderoles, ce genre de choses. East voulait fumer un énorme pétard.

Je me marre.

— L'échauffement idéal.

— Je sais pas ce qu'il a mis dedans, mais putain, une heure avant le match, il tenait à peine debout. J'essayais de le lever quand E. E. Hathaway a déboulé. Déjà à l'époque il marchait avec une canne, et East était incapable de se protéger quand il lui a balancé un coup au visage.

Je tressaille à cette idée.

— Et ça, c'est le résultat ? demandé-je en reprenant la photo.

— East a passé tout le match au vestiaire.

— Il a dû voir tout le monde, même Langdon et Fairchild.

— Ce jour-là, Langdon et Fairchild étaient juste deux gamines venues assister à un match.

— Peut-être, peut-être pas, soufflé-je, de plus en plus hanté par les images de cette journée. Et Will ? Il connaissait East, à l'époque ?

— Non, Will a quatre ans de moins, le même âge que Nick. C'est bien après, qu'East et Will se sont rencontrés.

— Mais des années plus tard, quand ils se sont rencontrés, East savait déjà qu'il y avait un gosse – et à un moment donné, Will lui a dit qu'il avait couché avec Josie Fairchild.

Madeline se passe les doigts dans les cheveux.

— On s'était mis d'accord : mieux valait ne rien dire à Will au sujet de l'enfant. Quelle différence ça aurait fait ?

— Et East voulait vraiment que le secret demeure.

— Qui voudrait être reconnu comme le père potentiel de l'enfant de Josie Fairchild ? East est terrifié à l'idée que ça les détruise.

— Sans compter l'effet que ça aurait pu avoir sur l'enfant.

Madeline sirote une gorgée.

— Tu l'as rencontré, le gosse ?

— Oui.

— Et ? fait Madeline en haussant les sourcils.

— Qui sait ? Attendons que tout soit fini.

Madeline tend le bras vers les photos du jour de la finale. Les trier en trois piles ne lui prend que quelques secondes : match, plans de coupe sur le public, célébrations d'après-match.

— Impressionnant.

— Je suis pas près d'oublier cette journée.

Nous passons les images en revue et, une fois de plus, je contemple des visages venus d'une vie antérieure.

— Il te manque deux photos, dit-elle, une d'une action pendant le match, et une des célébrations.

— Comment le sais-tu ?

— En ces temps reculés, on prenait des photos avec des pellicules de vingt-quatre poses. Tu as deux fois vingt-trois images. Il a pu y avoir des ratés, mais c'était pas trop mon genre.

— Perfectionniste un jour…

— Et tu vois où ça m'a menée.

— Ça, et la première place que t'as volée sur le podium.

Madeline remplit généreusement son verre et, sans commentaire, me passe une photo d'Elizabeth Woakes échangeant une poignée de main avec James Wright. Ils affichent de larges sourires et je ne jette qu'un regard distrait à l'image.

— Je sais que ce n'est pas facile, Ben, dit Madeline, mais quand on va publier cette enquête, ça va tout démonter. Ta carrière va décoller de manière stratosphérique.

— Et le nombre de tes lecteurs aussi.

— On dirige une entreprise.

— Mais rien ne sort tant que je n'ai pas donné mon feu vert ?

— Tu as ma parole, répond Madeline, souriante. C'est ton histoire, Ben, et ta vie. Je ne publierai rien sans ton autorisation. Tu vas où, ensuite ?

— Si Josie Fairchild est venue à Haddley, c'est qu'elle a une bonne raison. Je crois qu'elle avait rendez-vous avec l'homme qui a abusé d'elle.

— Pour le faire chanter ?

— Oui. Et si elle est encore ici, elle va réessayer de le voir.

— Mais qui est-ce ?

— Je sais que ce n'est ni Nick ni Simon, mais pour le reste… lâché-je, impuissant.

— Et si elle a déjà obtenu ce qu'elle voulait ?

— Dans ce cas, je continue à chercher, mais quelque chose me dit que ce n'est pas le cas. Tuer Elizabeth Woakes ne pouvait pas faire partie de son plan.

Madeline ne répond rien. Je la regarde, et je vois qu'elle fixe obstinément l'une des photos.

— Qu'est-ce qu'il y a ?

Madeline pose la photographie sous mes yeux. On y voit l'équipe 1 en plein triomphe, autour de James Wright. De l'index, elle me désigne le coin supérieur. Tournant le dos à son équipe victorieuse se trouve Peter Woakes, qui semble regarder vers l'autre extrémité du terrain.

Ce n'est qu'à ce moment que je vois ce qu'il observe. À peine visibles tout à gauche, Abigail Langdon et Josie Fairchild. Et entre elles deux, le bras passé autour de leurs tailles, se trouve Francis Richardson.

71

Tandis que je suis allongé sur le canapé déglingué au fond de ma cuisine, la télé allumée sans le son sur le match du lundi soir dans un coin, Holly contemple l'image de Francis Richardson avec Langdon et Fairchild. Le téléphone de Madeline a eu tôt fait de la rappeler à Londres pour pister un effluve de scandale politique bien enfoui à Westminster. Je lui ai dit que j'espérais qu'elle aurait mon article la semaine suivante, et lui ai répété que je la prenais au mot et comptais sur elle pour ne rien publier d'ici là. Après son départ, j'ai envoyé un message à Holly, désireux de lui poser davantage de questions sur son beau-père. Elle a toqué à la porte sitôt Alice couchée.

— Je peux pas le regarder, il me révulse, fait Holly, lovée dans un coin du canapé, en repoussant la photo à l'autre extrémité.

— Hol ? dis-je en me redressant et me penchant vers elle. C'est juste une photo. On n'est encore sûrs de rien. (Holly se frotte le front.) La photo relie Francis à Langdon et Fairchild. Oui, c'est l'indice le plus probant qu'on ait, mais de là à affirmer que Nathan est son fils, il y a un fossé.

Holly est silencieuse, et je lui jette un regard interrogateur.

— Je ne t'ai pas tout dit.

— Au sujet de Francis ? demandé-je en repliant mes pieds sous mes fesses tandis que Holly croise les jambes et se tourne face à moi.

— Ça n'a jamais été mon intention de te cacher quoi que ce soit.

— Hol ?

— J'avais trop peur pour en parler, même à toi. (Elle se plie en deux, le corps tendu.) Tout a commencé avec la mort de Michael. C'est à ce moment-là que j'aurais dû t'en parler. C'était stupide. Je voulais te le dire, mais il m'a convaincue que personne ne devait être au courant ; que ce serait plus sûr comme ça. Plus sûr pour Alice et pour moi.

— « Il », c'est Francis ?

Je déteste le désespoir qui perce dans la voix de Holly.

— J'étais terrifiée à l'idée de ce qu'il pourrait faire.

— Je ne comprends pas, fais-je, me rapprochant pour passer un bras autour des épaules de Holly, qu'elle chasse d'un geste avant de se renfoncer dans le canapé. Hol, parle-moi.

Elle prend mes mains entre les siennes et se penche de nouveau en avant.

— J'avais trop peur de te perdre, que tu ne me pardonnes jamais, j'étais pétrifiée. (Je secoue la tête.) Non, vraiment, Ben. J'aimais Michael comme je n'ai jamais aimé personne d'autre. Mais votre amitié remontait à si loin, il était devenu comme un frère, pour toi. (Nos têtes se frôlent doucement.) Ce soir-là, le soir où il a été tué… nous étions allés marcher dans les bois, pour finaliser notre projet de fuite.

Je songe aux conversations sans fin dans ma cuisine après que Michael s'était vu offrir un contrat pour jouer au rugby en Australie. Ç'avait été la promesse d'une nouvelle vie pour Holly, Alice et lui. Une opportunité qu'ils ne pouvaient pas laisser filer.

— Nous étions assis sous un chêne dans les bois. Mon portable a sonné, c'était Jake. Je lui avais dit que je voyais les copines de mon groupe de mamans. Il a dit qu'il n'arrivait pas à calmer Alice. J'ai couru à ma voiture. Une minute plus tard, j'étais au coin de la rue. Jake a de nouveau appelé. J'ai attrapé mon portable. Michael a dû sortir des bois en courant. Je ne l'ai vu qu'une seconde avant l'impact. C'est moi qui l'ai tué.

Je laisse ses mots se répercuter à l'intérieur de mon crâne. Je n'arrive pas à en extraire du sens.

— Ben ?

Levant la tête, je vois ses grands yeux baignés de larmes. Elle a l'air d'avoir peur.

— Je regrette tellement, tellement.

— Tu aurais pu me le dire, fais-je d'une voix à peine audible. Comment as-tu pu supporter ça ?

— Je ne sais pas, c'était… c'était atroce. Ça l'est toujours. Encore maintenant, par moments, c'est à peine si je peux respirer rien que d'y penser. Mais j'étais aux abois. Je devais penser à Alice.

— Qu'est-ce qui s'est passé ?

— Je savais que je ne pouvais pas l'avouer à Jake. J'ai pensé t'appeler, mais il me fallait quelqu'un qui puisse tout effacer.

— Hol, je t'aurais aidée.

— Je ne pouvais pas prendre le risque d'être séparée d'Alice. Je ne regardais pas la route, je cherchais mon portable, dit Holly.

Quittant le canapé, elle se met à arpenter la cuisine à petits pas et poursuit, les bras croisés :

— Je savais que Francis était la seule personne qui pouvait tout effacer. En trois minutes il était là. Michael était mort, Ben, je ne pouvais rien y faire. (J'opine lentement.) Francis m'a renvoyée chez moi, m'a dit de laisser la voiture devant la maison avec les clés à l'intérieur. Je ne l'ai jamais revue. Je ne sais pas ce qu'il a raconté à Jake mais, deux jours plus tard, nous avions une toute nouvelle voiture.

— Et Michael ?

— Exactement ce qui a été rapporté par la presse. Il courait sur Lower Haddley Road. Il faisait nuit, la route était déserte. Le conducteur a pris la fuite. Zéro témoin. On n'a jamais retrouvé le chauffard. Personne n'a su – sauf Francis.

Je traverse la pièce pour aller prendre Holly dans mes bras mais elle s'écarte.

— Hol ?

— Le truc, c'est que rien n'est jamais gratuit, avec Francis, continue-t-elle en se détournant pour regarder le jardin éclairé par la lune. Il est venu me voir le jour de l'enterrement de Michael, m'a dit que j'avais une dette à payer. Il m'a violée, Ben. Il m'a violée alors qu'Alice dormait à côté dans son berceau.

XI

« Il a du fric et ça lui confère du pouvoir.
Un pouvoir de manipulation. Il se croit tout permis. »

72

Un calme étrange a gagné le quartier quand je sors de chez moi, tôt le mardi matin. L'agitation de la veille a laissé place au vide et au silence. Les habitants demeurent cloîtrés chez eux et le gros des journalistes a quitté les lieux, appelé ailleurs par le cycle des infos en continu. À l'orée des bois, un flic esseulé monte la garde devant un sentier barré de rubans de signalisation claquant sous le vent qui forcit.

Mon téléphone vibre : message de Dani Cash.

James Wright a pris un hélico à Battersea
pour rejoindre Sandbanks dimanche matin.
Il était à plus de 150 km quand Elizabeth
Woakes a été tuée.

Je ne réponds pas.

Je m'engage sur le sentier qui coupe le Common, tout boueux à force d'avoir été piétiné. Holly traverse la route devant chez elle et, en arrivant à ma hauteur, me prend doucement la main.

Je note les cernes noirs qui lui mangent les yeux, qui brillent d'épuisement.

— Tu es sûre de vouloir faire ça ?

— Absolument.

Sa réponse résonne avec fermeté tandis que nous posons le pied sur Lower Haddley Road.

— Comment va Alice ?

— Elle était debout à cinq heures du mat, prête pour le petit déj, réplique-t-elle d'un ton qui s'allège toujours à la mention de sa fille.

— Je ne sais pas comment tu fais. J'aime trop dormir.

— J'étais réveillée bien avant Alice, si tant est que j'aie dormi. Et toi ?

— Comme ci comme ça, réponds-je en me tournant vers St. Marnham où la circulation commence à se densifier.

— Je n'ai pas réussi à le chasser de mes pensées, dit Holly.

Nous traversons rapidement devant le bus 29 bondé avant qu'il ne bifurque en direction de Richmond, puis poursuivons vers le centre-ville.

— C'est un être humain répugnant, dis-je.

— Est-ce que ça en fait un assassin ?

— Quand je songe à ce qu'il t'a fait, à toi, sa belle-fille. Il a du fric et ça lui confère du pouvoir. Un pouvoir de manipulation. Il se croit tout permis. Son arrogance lui fait croire qu'il est intouchable et il se délecte de cette position. Je parie qu'il serait prêt à tout pour se protéger – y compris à tuer.

— Mais pourquoi tuer Elizabeth Woakes ?

— Fairchild revient à Haddley, elle a prévu de le voir. Elle veut du pognon. Elle marche vers St. Marnham, où se situe le point de rendez-vous. Mrs. Woakes la voit, la prend en filature, et découvre qu'elle retrouve Francis dans les bois.

Holly et moi traversons le village, contournons l'étang et arrivons au pied de l'allée menant chez les Richardson.

— Prête ?

— Oui, répond-elle. Katherine a sincèrement envie de nous aider. Elle connaît Francis mieux que quiconque. Je crois qu'elle nous dira la vérité.

— Mais elle ne sait pas ce qu'on s'apprête à lui demander. Nous avançons dans l'allée de gravier et, alors que nous approchons du domicile des Richardson, la porte d'entrée s'ouvre. On nous fait passer au salon d'hiver, à l'arrière, où nous trouvons Katherine Richardson déjà installée.

— Merci, Monique, dit-elle à notre arrivée, avant de nous inviter à prendre place sur l'un des canapés blanc profond. Que l'on ne nous dérange pas.

Monique quitte la pièce et Katherine, cafetière en main, nous sert à chacun une tasse.

— J'aurais dû vous demander si vous vouliez grignoter quelque chose. Je ne prends pas de petit déjeuner, pour ma part, mais je vais rappeler Monique.

— Non, non, inutile, fais-je en m'asseyant face à Katherine et prenant la tasse qu'elle me présente.

— Rien pour moi non plus, ajoute Holly.

— Nous devons vous remercier de nous recevoir à une heure si matinale, déclaré-je.

— J'ai toujours été du matin. J'aime profiter pleinement de mes journées. Mon mari est davantage un oiseau de nuit, peut-être est-ce une manière efficace de limiter nos échanges.

Je demeure muet tandis que Holly, ayant ajouté du lait à son café, en boit une première gorgée.

— Monsieur Harper… se lance Katherine.

— Je vous en prie, appelez-moi Ben.

— Holly m'a demandé si j'acceptais de vous rencontrer pour répondre à quelques questions au sujet de mon mari.

Holly tourne la tête vers sa belle-mère.

— Ben est au courant pour…

Sa voix déraille.

— Alors, à tout le moins, laissez-moi commencer par là.

— Je vous remercie, dis-je.

— J'aurais tort de décrire mon mariage comme un mariage de convenance, explique Katherine, le bras posé sur l'accoudoir. Notre relation est une union qui a fonctionné pour nous deux, dans les deux sens. Nous étions liés, et il y a eu des moments, par le passé, où j'ai pu me décrire comme heureuse. (Katherine marque une pause et se penche en avant, s'adressant directement à Holly.) Je savais bien comment était Francis et que, partout où l'occasion se présentait, il la saisissait. Toutefois, je n'ai jamais cru qu'il obtenait quoi que ce soit par la force avec les femmes – jusqu'à aujourd'hui. Cela, je ne me le pardonnerai jamais. Jamais. (Holly ferme les paupières.) Je me suis totalement trompée sur son compte.

— Se peut-il que Francis ait agi de la sorte avec d'autres femmes ? demandé-je.

Katherine flanche.

— Je suppose que oui. Ça me rend malade d'y penser, d'ailleurs.

— Vous avez peut-être lu qu'Abigail Langdon, la fille qui a été condamnée pour le meurtre de mon frère, a été tuée à son tour la semaine dernière.

Katherine se verse lentement une tasse de café noir avant de se reculer contre le dossier du canapé.

— J'ai vu, oui.

— La police a émis une hypothèse selon laquelle, à l'époque des meurtres, Langdon et Fairchild étaient possiblement en contact avec un homme, ou un groupe d'hommes, qui auraient abusé d'elles.

Je guette une réaction chez Katherine, un tressaillement qui indiquerait qu'elle savait, ou y croyait, mais elle reste impassible.

— Puis-je vous montrer une photo ?

— Certainement.

Je sors de ma poche le cliché sur lequel on voit Francis Richardson avec les deux filles.

Je la lui tends en disant :

— Tout au bord de la photo, on aperçoit...

— Je vois.

Katherine fixe l'image de ses prunelles brun intense. Elle dispose la photo sur la table basse en marbre noir, dans ma direction.

— Madame Richardson ?

— Vous attendez de moi un commentaire sur l'éventualité que mon mari ait eu des relations sexuelles avec ces filles ? Je ne peux pas vous dire ça. Je suis désolée.

— Êtes-vous en train de m'affirmer que c'est impossible ?

— Je n'ai aucune raison de croire que la relation avec ces deux filles ait été plus loin que ce qu'on voit sur cette photo. La célébration de la victoire après un match de rugby. Trop enthousiaste, oui. Inapproprié ? Sans doute. Mais rien de plus.

Holly redresse la tête et plante son regard sur Katherine.

— Je n'ai connaissance de rien qui laisse suggérer une relation avec ces deux filles en particulier, poursuit Katherine en se tordant les mains pour en contenir le tremblement, mais il a bien eu un enfant avec une gamine, une fille de seize ans.

Laissant ces paroles flotter dans la pièce, Katherine attrape le pichet d'eau glacée posé sur le plateau en argent au centre de la table. Elle remplit trois verres et en saisit un pour elle-même avant de caler un coussin écarlate dans son dos.

— Je me suis fiancée à Francis le jour de mon vingt et unième anniversaire. Sous bien des angles, le mariage avait été décidé bien avant cela. Mon père et le sien se connaissaient depuis des années. Dès le jour de ma naissance, ils avaient imaginé unir nos familles. L'attrait d'une union alliant pouvoir et argent, peut-être. Ou était-ce simplement l'arrogance des hommes ?

« Au moment des fiançailles, Francis avait déjà servi dix ans dans l'armée, il travaillait pour le ministère de la Défense. Après le mariage, il était prévu qu'il démissionne et entame une nouvelle carrière à la City. Il lui fallait l'épouse parfaite à présenter aux investisseurs, pour jouer les hôtesses dans les cocktails.

« Je ne dis pas que nous n'avons pas été amoureux, mais je décrirais ça plutôt comme un tourbillon, presque une frénésie. En six mois nous étions fiancés et, trois semaines plus tard, il est venu me trouver pour me dire qu'il avançait la date du mariage. Nous devions rester fiancés quelques mois et, soudain, nous étions censés nous marier cinq petites semaines plus tard. Il a refusé de m'expliquer pourquoi, et quand j'en ai parlé à mon père, il m'a simplement dit d'accepter les choses en l'état et de m'estimer heureuse. Comme tout le monde, il a dû supposer que j'étais enceinte. Je ne l'étais pas.

« La nuit précédant le mariage, Francis est venu chez moi. Dans des moments de déprime, il m'est arrivé de me demander pourquoi il avait attendu le dernier soir. Peut-être pour que je n'aie pas le temps de rompre ? Ou était-ce juste cet instinct pervers qui court en lui, cette manière d'utiliser l'adversité pour établir son contrôle ? Nous étions dans le bureau de mon père, et nous avons eu une discussion incroyablement pragmatique.

« Une fille de seize ans était enceinte. Son père travaillait sur le domaine des parents de Francis et sa famille vivait dans la maison de gardiens. Le père de Francis avait proposé de prendre les choses en main – de payer la famille pour qu'elle s'en aille, en gros. Le bébé devait naître deux mois plus tard. Francis et moi devions le recueillir sitôt qu'il serait né.

« Francis avait trente et un ans.

73

Un train passa en ferraillant tandis que Corrine progressait discrètement le long du sentier touffu qui bordait les bois de Haddley. Après une avancée rendue difficile par les ronces et les chardons, elle parvint au pied de la butte et leva les yeux vers le sommet, qui l'avait hantée pendant tant d'années. Sur la pente, les maigres arbrisseaux d'alors avaient donné naissance à une nouvelle forêt.

Elle contourna la butte sans bruit et trouva le creux où il s'était tapi ce jour-là, il y a si longtemps, désormais comblé par un large buisson d'aubépines. Tout était déjà prêt la semaine d'avant, mais un seul garçon avait émergé du couvert des arbres. Il avait insisté sur le fait qu'il fallait qu'il y en ait deux : Abigail et elle étaient contraintes de prouver leur dévouement.

Sept jours plus tard, tout était de nouveau en place.

Abigail n'en pouvait plus d'impatience, c'était palpable au moment où elles s'étaient éloignées du bus d'un pas guilleret.

La poursuite à travers bois, sans respirer.

Les couteaux dissimulés sous le lierre rampant qui tapissait la butte.

Quand les garçons s'étaient agenouillés, Abigail n'avait pas flanché. Elle avait poussé un cri de plaisir en enfonçant la lame.

Pour Josie, un temps d'hésitation. Les yeux de Nick Harper sur elle ; sa peur, sa confusion uniquement égalées par les siennes.

Le hurlement venu de nulle part. Son geste, enfoncer le couteau ; Abigail lui saisissant la main pour déchirer les chairs.

Il se tenait au-dessus d'elles pendant qu'elles mutilaient les corps.

Et elle avait senti l'excitation qui émanait de lui. Il savait qu'Abigail et elle lui appartenaient pour toujours.

La veille au soir, sous la noirceur du ciel nocturne, elle avait quitté l'abri à bateaux et traversé le village de St. Marnham jusque chez lui. Postée entre les troncs, tremblant de froid, elle avait attendu, écarquillant les yeux pour distinguer dans la brume les lumières vives de son domicile. Elle s'était crispée en voyant la porte s'ouvrir, il était seul ; elle avait senti que c'était le moment, pour elle.

La capuche dissimulant toujours son visage, elle avait traversé la pelouse à toute vitesse et filé sur le sentier menant chez lui. Les volets sur la façade avant étaient ouverts et elle s'était retrouvée, gelée, à épier l'intérieur. À le voir traverser la pièce, nimbé de cette arrogance invincible, un frisson lui avait parcouru le corps.

Ses doigts rigides, resserrés sur le verre – courant sur sa peau.

Ses mains puissantes, touchant ses cheveux – attrapant ses épaules.

Ses jambes, impeccablement croisées – appuyant dans son dos.

Ses yeux à la fenêtre, regardant au-dehors – voyant chacun de ses gestes.

Elle avait fait volte-face et détalé, regagnant le couvert des arbres, le sanctuaire obscur sous la canopée. Se frayant un chemin dans les bois, elle avait compris qu'elle ne devait y retourner que lorsqu'elle serait en mesure de lui imposer son ultimatum.

En silence, elle était revenue dans l'abri à bateaux. Cherchant désespérément à se réchauffer, elle avait tenté de s'enfouir sous les gilets de sauvetage pendus au mur. Toute la nuit, elle était restée assise, sans fermer l'œil, tremblant de peur.

Jusqu'à ce matin, quand son plan avait enfin pris forme.

Elle prendrait l'enfant.

74

Holly se lève et vient s'asseoir auprès de Katherine.

— Il ne vous a pas laissé le choix, dit-elle. Il vous l'a dit au tout dernier moment.

— J'aurais pu partir, ce soir-là, ou n'importe quel autre soir depuis, répond Katherine. J'ai choisi de me détacher de la vérité. Pendant tout le mariage, j'ai essayé de rationaliser ce qui s'était passé, de me convaincre que c'était une faille qui ne se reproduirait pas.

— Puis-je vous demander ce qui s'est passé ensuite ?

— La lune de miel a duré sept semaines, nous avons fait le tour des Maldives sur un yacht privé. Là-bas, nous étions en sécurité, aucun risque de croiser des connaissances. Et si c'était arrivé, je pouvais me réfugier sur le bateau. À notre retour, une voiture nous attendait à l'aéroport de Heathrow pour nous conduire directement ici, à notre nouveau foyer. Deux jours plus tard, Jake était né et, deux jours après, il est venu vivre avec nous. Nous n'avons jamais véritablement eu à mentir. Les gens ont fait leurs propres suppositions – le changement de date du mariage, la lune de miel à rallonge. À compter de ce jour, j'étais la mère de Jake et il était notre fils. (Sa bouche se crispe.) Mais je crois toujours que c'est l'affaire d'une fois, Francis et cette fille, une erreur. Je l'ai cru alors et je le crois encore aujourd'hui. Abuser des gamines... non. Ce n'est pas Francis. Je lui ai laissé sa liberté, surtout après Lily.

— Lily ? fais-je, et Holly tend la main vers sa belle-mère.

— Notre fille. Elle a vécu avec nous moins de trois ans. Il n'y a pas un jour où je ne pense pas à elle, dit Katherine avant de se tourner vers Holly. Et je sais que c'est pareil pour Francis.

— Ça se voit à la manière dont il s'occupe d'Alice, dit Holly.

Je lui jette un regard plein de reproches.

— Je t'assure, Ben.

— Lily s'est noyée dans l'étang après avoir quitté la maison par le portillon à l'arrière du jardin, m'explique Katherine en reportant son attention sur moi. On a tout essayé pour la sauver. La femme qui a donné l'alerte, l'équipe qui est arrivée de la maison médicale, comme si tout le village s'était mobilisé. Mais c'était trop tard.

J'allume discrètement mon portable pour envoyer un message à Min, tandis que Mrs. Richardson continue de parler.

— Francis l'adorait, tout comme moi. Il harcèle les femmes, les traite comme des marchandises dont il se débarrasse ensuite, mais Lily, il l'adorait. Elle était vraiment à lui. Je crois que c'est sans doute pour cela qu'il l'aimait autant, tout comme il est fou d'Alice.

— Elle vous aime tous les deux beaucoup, dit gentiment Holly.

Katherine penche la tête et ferme les paupières. J'imagine ce que ce doit être, pour elle. S'exposer pour la première fois dans sa vulnérabilité, alors qu'elle a passé des décennies à la cacher aux yeux de tous.

— Ni Francis ni moi n'avons plus voulu avoir d'enfant, après Lily. Nos vies étaient lancées, sur des chemins séparés. En affaires, nous formions une équipe, nous nous montrions dans le monde, pour séduire des investisseurs. Le reste du temps, c'était chacun pour soi. Je n'ai prêté aucune attention à ce que faisait Francis.

« Jusqu'à vous, Holly. J'aurais dû intervenir plus tôt. L'interroger, ou du moins lui en parler, déjà. J'aurais dû le stopper. J'aurais dû le stopper dès le premier jour. Et j'aurais dû venir vous parler plus tôt, être prête à vous aider, poursuit Katherine en se tournant vers Holly. Quand je vous voyais, je voyais une énième conquête. Comme je me trompais !... Je refusais d'y penser, et c'était tellement égoïste de ma part. J'ai tout nié en bloc, trop effrayée de la réaction de Jake s'il découvrait tout ça. Il nourrit un tel ressentiment à l'égard de son père.

— Vous avez fait tout ce qui était en votre pouvoir pour nous soutenir, Jake et moi.

— Le soutien de son père lui aura coûté tellement cher.

— Mais Jake vous avait, vous.

— Vous êtes gentille, de me dire ça, fait Katherine, mais je me suis toujours demandé si j'aurais pu agir différemment. Souvent je me dis que j'ai peut-être surcompensé en voulant être sa mère.

— Jake ne s'est jamais douté de rien ? demandé-je.

Katherine secoue la tête.

— C'était notre fils.

— Avec Francis, il a une relation compliquée, mais il est très attaché à vous, dit Holly.

Mon téléphone vibre et, m'excusant brièvement, je gagne le coin de la pièce où je prends connaissance du message de Min. Elle me fait suivre le récit que le *Richmond Times* a fait de la mort de Lily, il y a une trentaine d'années. La vision lugubre des arbres nus entourant les berges boueuses de l'étang me renvoie tout le malheur de ce jour-là. Les rubans de police barrent l'accès à l'eau, tordus, lacérés. Les photographies en noir et blanc du journal ont capté tout le désespoir de cette journée.

La lecture de l'article m'apprend qu'une dénommée Mary Hess, de passage à St. Marnham, a découvert le drame et a sorti le corps de Lily de l'eau. En dépit de tous ses efforts et de ceux des personnels de santé accourus de la maison médicale toute proche, il n'a pas été possible de réanimer la petite fille de deux ans, dont on a déclaré le décès sur place.

L'article se termine sur le communiqué d'un fonctionnaire local, présentant ses condoléances à la famille éplorée. L'administration s'engageait à effectuer un audit en règle de la sécurité des lieux, n'excluant aucune option, pose de barrières, vidage de l'étang. Songeant au décor que nous venons de longer, je cherche en vain le moindre changement intervenu au fil des ans. Cette journée atroce a marqué de nombreuses existences, mais je ne crois pas qu'on en trouve une trace autre que la petite plaque sur le banc en bois.

Sous le texte, une série de photos supplémentaires montrent l'extérieur de la propriété des Richardson, le village de St. Marnham et, enfin, une image floue de Mary Hess.

Je fixe l'écran et mes mains se mettent à trembler.

75

Ra-ta-tat-tat.

Ra-ta-tat-tat.

Des coups portés à la porte du salon d'hiver viennent interrompre mes pensées. J'éteins mon téléphone et le rempoche prestement. Un troisième *ra-ta-tat-tat*, et la porte s'ouvre. Francis Richardson fait son entrée depuis le vestibule.

— Vous êtes une vraie raclure ! m'écrié-je.

Je m'élance vers lui, bouillant de colère.

— Ben, non ! crie Holly tandis que je bondis sur le canapé blanc où ma chaussure laisse une empreinte indélébile.

Je me jette sur Richardson de toutes les forces de ma carrure d'un mètre quatre-vingts. Mon poing s'envole et fracasse sa mâchoire. Il s'écroule au sol. Je me baisse vers son corps étalé sur le seuil, le saisit par le col pour le redresser et le frappe de nouveau. Son crâne fait un bond en arrière et le sang jaillit sur le dallage blanc. Il recule vers le couloir et je le relève une nouvelle fois, lui balance mon bras au visage.

Holly m'attrape le coude et me tire en arrière.

Alors seulement j'entends Katherine crier :

— Ça suffit, ça suffit !

76

— Appelle un taxi, fonce à la maternelle et assure-toi qu'Alice est en sécurité, dis-je à Holly en enjambant Francis Richardson vers la sortie.

— Alice ? répète Holly.

— On doit s'assurer qu'elle est en sécurité.

Katherine rejoint sa belle-fille.

— Laissez-moi vous conduire, lance-t-elle en prenant Holly par la main. On y sera en moins de deux.

— Ben, où vas-tu ? me lance Holly alors que je quitte la maison en courant.

— Vérifie qu'Alice est en sécurité !

Je fonce sur le sentier, gagne le village. Le chemin le plus court pour retourner à Haddley passe par Lower Haddley Road. Slalomant dans des rues congestionnées par la sortie des classes, je me dirige à fond de train vers le côté des bois qui longe le fleuve, puis regagne le Common. Dans mon esprit, les images fusent. Moi, à huit ans, sortant des bois en courant, la chaleur torride me brûlant la nuque. Michael renversé par la voiture de Holly. Les visages de Nick et Simon. Ma mère tombant sous le train de huit heures six pour Waterloo.

Toutes ces morts, pour protéger un secret.

Je cours à perdre haleine sur le Common.

J'ouvre la porte de chez moi et me précipite à l'étage.

Depuis le seuil de l'ancienne chambre de Nick, je reprends mon souffle et observe les fragments qui demeurent de la vie de mon frère. Ma mère s'installait souvent là-haut, des moments de quiétude en tête à tête avec son aîné. Des souvenirs prisonniers du temps, qui la ramenaient à lui.

Tout a un peu été chamboulé, depuis l'époque. Ma vie a grignoté du terrain petit à petit, mais dans un coin de la pièce le bureau de Nick demeure intact. Je parcours en vitesse les vieux papiers de ma mère, mais ne déniche rien que je n'aie déjà vu. Je sais que ça a déjà été fouillé. J'ouvre une boîte pleine des cahiers de cours de Nick, je les feuillette, en vain. Je vide une enveloppe marron contenant nos bulletins scolaires, qui se retrouvent pêle-mêle au sol. Dans un autre carton, je trouve le prix de fin d'année que Nick a gagné en anglais. Il avait rédigé un essai sur *Le Retour au pays natal*, de Thomas Hardy. Ma mère avait été si fière, de le voir monter sur l'estrade devant toute l'école pour la remise des prix. C'était Nick qui rêvait de devenir journaliste, pas moi.

Je m'assieds par terre, j'époussette les jaquettes d'une pile de livres entassés dans un coin. Je les passe en revue et tombe sur l'exemplaire du fameux roman. Je l'attrape et fais défiler les pages jaunies par le temps.

Sous le rabat intérieur, je trouve deux photos.

Les deux photos manquantes du jour de la finale. Les deux images qui confirment que ma mère a été assassinée. Et pourquoi.

77

Je contemple les deux images. Elles sont restées cachées toutes ces années. Ma mère a dû être la dernière personne à les avoir en main.

Elle a dû voir ce que je vois présentement. Et elle a dû exiger des réponses.

La veille de sa mort, elle est allée chercher ces réponses, espérant encore se fourvoyer. Elle a dû refuser de croire au pire.

Quoi qu'il se soit passé ce soir-là, ça n'a pas suffi à faire taire son inquiétude. Le lendemain matin, tandis que du fond de ma gueule de bois je l'entendais me crier dessus, elle devait se ronger les sangs au sujet de sa découverte. Angoissée, en proie au doute, elle devait se sentir à la fois paumée et trahie au moment de quitter la maison.

Assis sur le lit de Nick, j'approche la première photo de mes yeux – un cliché pris juste après que l'équipe victorieuse avait posé avec son trophée. Le groupe se disperse et James Wright tient encore la coupe à bout de bras, mais il tourne le dos à l'objectif.

Phil Doorley semble voler, en plein bond dans les airs.

Abigail Langdon et Josie Fairchild se trouvent sur le côté du groupe.

Francis Richardson ne les tient plus par la taille.

Dans son polo blanc immaculé, c'est son fils, Jake, qui a désormais les bras passés autour de leurs épaules.

Je dois me faire violence pour ramasser la deuxième photo. C'est celle que ma mère a dû trouver incompréhensible.

Prise juste après l'action décisive ayant fait basculer le match, elle capture un instant de joie pure, mais qui me laisse aujourd'hui le cœur en miettes.

Un Jake Richardson triomphant flanque le drapeau d'angle. Bras écartés, il sourit à la femme debout sur la ligne de touche, mains en l'air, tout à sa liesse. Son visage aussi respire la fierté ; c'est la femme que, quelques années auparavant, le *Richmond Times* a nommée Mary Hess. Mais, à l'époque de ce match, on devait la connaître sous son nom d'épouse.

Mary Cranfield.

XII

« À compter de ce jour, nous avons eu
notre petit secret – un secret impossible à partager,
qui allait nous unir à jamais. »

78

Les jambes en plomb, je redescends au rez-de-chaussée. La main sur la poignée de la porte, je suspends mon geste. La maison des Cranfield a été un refuge – un lieu où j'allais pour me sentir aimé. Un lieu hors du monde. La prochaine fois que j'entrerai chez eux, c'en sera fini.

Je sors de chez moi et, d'un pas lent, lourd, je longe le Common désert. Seul le bruit d'un avion survolant la ville vient trouer le silence. Empruntant les marches que j'ai parcourues des milliers de fois, ces marches qui ont vu passer ma mère le jour même où les Cranfield ont emménagé à Haddley. Je lève les yeux au ciel. Me souviens du bonheur que l'arrivée de ces nouveaux voisins lui avait procuré, deux ans après la mort de Nick. Ils lui avaient apporté l'espoir d'un renouveau.

Debout sur le perron, je consulte une dernière fois les photos, conscient que le pouls de ma mère avait dû accélérer à tout rompre en les voyant. Pourquoi Mrs. Cranfield, qui n'était pas d'ici, avait-elle exprimé une telle joie au bord d'un terrain de rugby lors d'un match dont elle ne connaissait aucun joueur ? Ma mère avait-elle fait le lien immédiatement ? Je l'ignore mais, ce que je sais, c'est qu'elle a dû laisser à Mrs. C. une chance de s'expliquer. Elle a dû aller s'asseoir auprès de son amie, à la veille de sa mort, en quête de réponses qui fassent sens. Quoi qu'elle ait appris, ça n'avait pas dû la satisfaire. Ravagée par sa découverte, elle s'était rendue à la gare de St. Marnham le lendemain matin, refusant de croire à la plus grande trahison qui soit.

Je contourne la maison des Cranfield pour venir me poster au carreau de la cuisine. Une batterie de casseroles suspendues au-dessus de la gazinière, un empilement de livres de recettes amplement consultés, le tout convoque comme par enchantement les odeurs d'un foyer où l'on cuisine.

Sans un bruit, je pousse la porte donnant sur le jardin.

Mr. Cranfield est assis, seul, devant une nappe bleue en lin légèrement passée. Hébété, il fixe un billet de train posé contre le moulin à poivre en bois. Percevant ma présence, il ramasse le bout de papier et le fait glisser vers moi. Je déchiffre la date : mercredi dernier. Un aller-retour King's Cross-Leeds.

— Elle m'a dit qu'elle partait en excursion à Chawton House avec son groupe de lecture. Je lui ai répondu qu'elle avait de la chance, avec la météo.

Je repousse lentement le billet de son côté de la table. Avançant d'un pas, je remarque que la porte menant au garage est grande ouverte. Une chaise rembourrée occupe le centre de la pièce. Au-dessus pend un nœud coulant artisanal.

Je pose la main sur l'épaule de Mr. Cranfield, qui lève les yeux vers moi.

Je ne prononce qu'un mot :

— Non.

79

— Mrs. Cranfield, j'appelle doucement, il faut qu'on parle.

Pas de réponse. Quittant la cuisine, je passe dans l'entrée, puis me dirige vers le salon, à l'avant de la maison. La poignée grince au moment où je pénètre dans la pièce. Assise dans son fauteuil à haut dossier préféré, près de la cheminée, se tient Mary Cranfield.

— J'espérais tellement que ce ne soit pas toi, Ben, dit-elle tandis que j'entre sans un mot. George ? demande-t-elle, fermant les yeux un court instant. Il a été un bon mari.

— Il l'est toujours, réponds-je, et je l'entends qui expire lentement.

— Parfois, les secrets les mieux cachés sont ceux qu'on se cache à soi-même, dit-elle. Je ne crois pas qu'il ait jamais cherché à savoir.

Mes bras se raidissent et je sens mes mains serrer à toute force les deux photos que je tiens encore.

— Viens t'asseoir à côté de moi, fait Mrs. Cranfield en me désignant le canapé recouvert d'une couverture. Une dernière fois. (Je traverse la pièce et m'assieds près d'elle.) J'aurais tout donné pour que ce soit moi qui les trouve, déclare-t-elle en apercevant les photos.

Ce n'est pas faute d'avoir essayé, je dois le reconnaître. J'ai cherché partout, sourit-elle, mais c'était ta famille, Ben, alors en fin de compte ce n'est que justice que ce soit toi qui les aies trouvées. Je peux voir ? (Mrs. Cranfield défait le fermoir de son sac à main pour récupérer ses lunettes.) Je sais qu'elles sont quelque part là-dedans. Tu ne les aurais pas vues dans la cuisine, par hasard ? Attends, non, les voici. Sans ça, je ne vois plus rien, ces jours-ci.

Elle parle presque comme si de rien n'était.

Je lui tends les clichés.

— Je fais si jeune. Je suis surprise que tu m'aies reconnue. Jake aussi. Il a l'air si heureux.

Je me dis qu'une nuance de regret perce dans sa voix.

— C'est toi, la mère de Jake, c'est ça ?

— Oui, c'est ça. (Elle hoche doucement la tête sans quitter des yeux les photos posées sur ses genoux.) Et j'aime penser que je suis son ange gardien. (Elle tend la main vers moi, je demeure immobile.) Ils me l'ont pris, Ben, continue-t-elle avec une certaine rudesse. Ils me l'ont pris au bout de deux jours seulement. Ils ne m'ont rien laissé. Juste le petit pyjama que je lui avais choisi – même ça, ça n'était pas assez bien pour eux. (Par-dessus ses demi-lunes, le regard qu'elle me lance est incendiaire.) C'est mon fils.

— Raconte-moi ce qui s'est passé.

— J'ai fait ce qu'ils m'ont demandé quand ils m'ont renvoyée en Irlande. J'ai essayé de l'oublier mais c'était impossible. J'étais sa mère. J'avais besoin d'être avec lui, de veiller sur lui. Katherine Richardson ne lui aurait jamais donné l'amour dont il avait besoin. Quant à son père… (Mrs. Cranfield se tait.)

Nous savons tous ce que son père veut. Jake avait besoin de moi. Il avait besoin de sa mère.

— Comment l'avez-vous retrouvé ?

— Ce fut la partie la plus aisée. Francis Richardson n'aurait jamais mené une existence discrète et rangée. Je les ai épiés. D'abord de temps en temps, puis avec de plus en plus de régularité. Au bout de quelques années, j'ai pris l'habitude de venir une ou deux fois par semaine à St. Marnham. C'étaient des jours heureux. J'arrivais du nord de Londres juste à temps pour voir Jake s'amuser dans la cour à la récréation du matin. Puis je déjeunais en ville et revenais plus tard dans la journée, le regarder courir près de l'étang. Sa mère était rarement avec lui, toujours la nounou. Ils n'ont jamais fait attention à moi. Je brûlais de lui parler, de le prendre dans mes bras, mais je savais que, pour cela, je devais attendre le bon moment.

— Et ce moment, ça a été la mort de Lily ?

Mrs. Cranfield hoche la tête.

— Quand tu as appris, pour la fille, j'ai su que tu reconstituerais le puzzle.

— Que s'est-il passé ?

— Personne n'avait appris à Jake à distinguer le bien du mal. Ce n'était pas sa faute. Aucun des deux ne tenait vraiment à lui.

— Raconte-moi cette journée.

— Cette petite n'avait rien dans le crâne. Toujours à chouiner, toujours fourrée dans les jupes de sa mère. Tout le monde voyait que c'était sa petite chouchoute, même Jake. Il était au bord de l'étang avec la gosse, à nourrir les canards. La nuit tombait et Jake lui a dit qu'il était l'heure de rentrer. J'étais drôlement fière de lui, mais elle, elle a éclaté en sanglots. Le problème, c'est qu'elle n'en faisait qu'à sa tête. Il fallait bien que quelqu'un lui donne une leçon.

« Jake lui a dit qu'il rentrait et qu'elle devait venir avec lui si elle ne voulait pas se retrouver toute seule dans le noir. Il s'est éloigné et elle a fini par le suivre. J'ai décidé de rester quelques minutes assise au bord de l'eau, pour attendre mon train. J'ai eu la surprise de les voir resurgir, à peine trois ou quatre minutes plus tard, de la grille au fond du jardin.

« Jake la tenait par la main, il lui a fait traverser la route, en regardant bien à droite et à gauche. Le lampadaire illuminait son visage réjoui tandis qu'ils s'avançaient vers la rive boueuse. On voyait qu'elle jubilait d'avoir remporté la partie.

« Elle s'est approchée de plus en plus de l'eau et c'est là qu'elle a glissé. Je l'ai vue essayer de se rattraper à Jake, mais elle avait les mains pleines de gadoue. Il s'est écarté vivement, par réflexe. Elle s'est enfoncée davantage. J'ai entendu son cri perçant. Ses bottes en caoutchouc se sont remplies d'eau. Jake s'est rétabli sur la berge, puis s'est penché vers elle. Il a tendu la main. Et il l'a poussée.

Après un dernier regard aux photos, Mrs. Cranfield ouvre son sac à main, ôte ses lunettes, qu'elle range dans leur étui.

— D'abord, elle a battu des bras, envoyant des gerbes d'eau marronnasse. Il a dû lui maintenir la tête sous l'eau, mais pour un garçon de sept ans il était costaud. Puis les battements ont cessé. Même s'il l'avait voulu, il n'aurait pas pu aller les chercher à temps.

« Il lui a maintenu la tête sous l'eau encore quelques secondes, je l'ai observé puis j'ai fait le tour de l'étang. C'était la première fois que je lui parlais depuis qu'il était nourrisson. J'ai pris ses mains dans les miennes, les ai nettoyées et lui ai dit de rentrer chez lui et de ne jamais parler de tout ça. Que je m'en occuperais, j'étais là pour ça.

Horrifié, je la dévisage.

— Tu as vu ce qu'il a fait et tu n'as rien dit ?

— Qu'aurais-tu fait, toi ? demande Mrs. Cranfield, le front barré par la perplexité. On ne pouvait pas lui en tenir rigueur. Il avait simplement besoin d'une mère.

— Tu l'as laissé noyer sa sœur !

— Il le fallait. À compter de ce jour, nous avons eu notre petit secret – un secret impossible à partager, qui allait nous unir à jamais.

80

Je m’extrais d’un bond du canapé.

— Tu es folle. Folle à lier ! hurlé-je au visage de Mrs. Cranfield. Tu l’as laissé tuer une petite fille de deux ans. Ensuite tu l’as laissé détruire une vie après l’autre.

— Je n’ai jamais voulu cela, Ben, réplique posément Mrs. Cranfield. Mais la vie était si rude, pour Jake, surtout après Lily. Sa relation avec son père a toujours été tendue. Je me suis souvent demandé si Francis avait vu ma photo dans le journal. Si oui, j’espère que ça l’aura tourmenté sans repos ; que ça l’aura dévoré comme un cancer de l’esprit. Est-ce que ça l’aura fait soupçonner qu’il y avait quelque chose derrière la mort de sa fille ? Je n’en sais rien. On n’a jamais parlé. Tout ce que je sais, c’est que je devais être là pour essayer de guider Jake.

— Tu ne l’as pas guidé. Tu l’as laissé devenir un monstre ! Comment as-tu pu faire une chose pareille ? Comment as-tu pu me faire ça à moi ?

— Je n’ai jamais eu l’intention de te faire souffrir. Si ces filles n’avaient pas débarqué dans le tableau, tout aurait été si différent… Oh, oui, très différent.

Sonné, je fais les cent pas dans la pièce avant de revenir m'asseoir en face de Mrs. Cranfield, sur l'accoudoir du fauteuil inclinable de son mari.

— Parle-moi d'elles.

— Ces filles, Ben, c'étaient des poisons. (J'attends que Mrs. Cranfield poursuive.) J'ai fait de mon mieux – tu dois me croire. J'ai vraiment essayé de le freiner. Il avait fait tellement de progrès, bien réussi ses examens, été sélectionné dans l'équipe de rugby. C'était un beau jeune homme promis à un bel avenir, dit-elle en jetant un coup d'œil aux photos sur le canapé. Si seulement il avait rencontré une gentille fille de son âge… mais au lieu de ça, ces deux gamines ont débarqué. Elles le vénéraient comme un gourou. C'était inconditionnel. Et lui prenait plaisir à être admiré. Tout l'été, ça n'a fait qu'empirer. Elles ont éveillé quelque chose en lui, quelque chose qu'il tient de son père. Son père le manipulait et, désormais, il voulait à son tour exercer son pouvoir.

— Il était là quand elles ont tué Nick et Simon ?

Ses paupières se ferment.

— Tu n'as pas idée de ce que ça a été, Ben.

Et bien que, sur le moment, j'aie envie de haïr Mrs. Cranfield comme je n'ai jamais haï personne, je me rends compte que je n'y parviens pas complètement. Sa souffrance se lit sur son visage. Le drame de sa vie me touche.

— Quand Jake est devenu adolescent, j'ai espacé mes visites à St. Marnham, nous nous retrouvions plutôt au centre de Londres. Je lui payais un déjeuner ou l'emmenais au théâtre. Mais, en grandissant, il a moins voulu me voir. Cet été-là, il n'a cessé d'annuler nos rendez-vous. Je suis venue à St. Marnham pour lui parler. Quand je les ai vus ensemble, tous les trois, je l'ai mis en garde. J'ai même contacté le lycée, leur ai dit que les filles fréquentaient des hommes plus âgés. J'étais désespérée. Si j'avais su, Ben, si j'avais su ce que ces trois-là avaient en tête, tu dois me croire… dit Mrs. Cranfield en faisant un geste dans ma direction et, pour la première fois, sa voix se brise.

Je m'écarte.

— J'aurais fait n'importe quoi pour les arrêter, continue-t-elle. Au début de la semaine, il avait refusé de me voir. J'aurais dû agir à ce moment-là. Ce jour-là, ce jour de malheur, il était dans les bois. Il voulait tester son pouvoir, voir jusqu'où elles iraient pour lui obéir.

Elles ont tué, et lui il est resté à regarder.

81

Un vent de panique s'empara de Holly, qui courut de la salle de classe d'Alice jusqu'à la salle d'accueil matinal, puis dehors dans la cour. Personne, à la maternelle, n'avait vu sa fille ce matin. Son corps se mit à trembler ; Katherine lui saisit le bras et composa le numéro des secours.

En l'espace de quelques minutes, la police était à la porte. Holly reconnut la blonde qu'elle avait vue avec Ben.

— Madame Richardson ? (Dani Cash posa la main sur son bras.) Pourriez-vous nous dire ce qui s'est passé ?

Holly répéta ce qu'elle savait. Alice n'était jamais arrivée à l'école ce matin-là.

— Son père était censé la déposer, fit Holly que Dani emmenait à l'extérieur de l'établissement, où attendait le véhicule de patrouille. Mais il n'est pas son père et je ne sais pas s'il le sait. Ben m'a dit de récupérer Alice, de vérifier qu'elle était en sécurité.

— Où est Ben à l'heure actuelle ? demanda Dani, tandis que Katherine se tenait à ses côtés près de la voiture.

— Il est rentré à Haddley, répondit Katherine, mais nous ne savons pas où il est allé.

— Ben pense que votre époux pourrait être impliqué dans le meurtre de sa mère ?

— Pas mon mari, corrigea-t-elle. Mon fils.

82

— Raconte-moi, pour ma mère, dis-je.

— Je n'ai jamais voulu cela, répond Mrs. Cranfield. Je te le promets, jamais.

— Raconte-moi.

— Après ton frère et Simon Woakes, il m'a fallu trouver un moyen de contrôler Jake. Il était navré, plein de remords, sincèrement désolé. En m'installant à Haddley, je m'assurais qu'il le reste. Et, pendant un temps, les choses se sont améliorées. Il a rencontré Holly, a monté sa propre entreprise ; ça allait vraiment mieux. Il méritait une deuxième chance.

Je voudrais hurler sur Mrs. Cranfield, lui crier qu'elle n'a jamais laissé à Nick la moindre seconde chance, mais je la laisse poursuivre.

— Clare est venue me voir la veille de sa mort. Elle avait rassemblé des tas d'indices mais ne parvenait pas à en tirer un tableau clair. Pourquoi avais-je assisté à un match de rugby autrefois ? Bien sûr, ç'avait été idiot de ma part, mais je voulais juste aller voir mon fils. J'ai essayé de nier, de dire que ce n'était pas moi, qu'elle devait se tromper, mais rien n'y a fait. Elle avait la lettre.

Je m'assieds et regarde Mrs. Cranfield ouvrir de nouveau son sac à main, dont elle tire une enveloppe blanche en lambeaux. Elle soulève le rabat et ses mains sont prises d'un tremblement. Elle me tend la lettre.

— Tu devrais la lire.

Une seule page, un papier très fin virant au gris, que je déplie. Un court message manuscrit s'étale sur toute la feuille. Un gribouillis au désespoir croissant, illisible, informe ma mère que son argent ne serait pas dépensé en vain. Je file à la dernière ligne.

Je peux tout vous raconter à leur sujet. Francis Richardson, Mary Cranfield, tous ceux-là. Vous auriez du mal à croire tout ce que je pourrais vous raconter.

— Ça, il m'a été impossible de l'expliquer. Quand on a vidé les affaires de ta mère, j'ai trouvé la lettre. Ça a été un soulagement immense, même si je n'ai jamais pu mettre la main sur les photos.

« Ce soir-là, j'ai tout essayé pour convaincre Clare, mais c'était peine perdue. Le lendemain matin, je l'ai guettée, elle a traversé le parc, absorbée dans ses pensées. Je devais protéger Jake. Il avait fait de tels progrès. J'aurais tant voulu que ça ne tombe pas sur elle, je t'assure.

— Tu l'as poussée, dis-je, contrôlant à peine la colère dans ma voix. Puis tu es venue me consoler. C'est ignoble ! hurlé-je. Je t'ai aimée comme une mère et, tout ce temps, c'était toi !

Mrs. Cranfield demeure immobile sur son siège.

— Raconte-moi le reste, dis-je en me levant pour la surplomber.

— Ben, je t'en supplie, non.

— Dis-moi !

— La mort de ta mère a servi d'avertissement à Langdon. Il a fallu encore trois ans avant qu'elle ne prenne contact directement, mais là, elle a été carrément menaçante – un vrai danger. Tant que Jake avait sa boîte, on s'en est sortis. Mais ses exigences se sont faites de plus en plus importantes et, à la fin, il n'est plus resté d'argent. Jake a commencé à flancher à toute vitesse. Il s'est mis à nourrir des soupçons au sujet de Michael Knowles et a bêtement décidé de s'en occuper lui-même. Il l'a poussé sur la route. Sa paranoïa s'est intensifiée. J'ai profité de l'anniversaire de la mort de Clare qui approchait pour agir.

— En orientant les soupçons sur moi.

— Pas sur toi, non, Ben. Je savais que tout le monde ne parlerait que de cette date anniversaire. N'importe qui aurait pu retrouver la trace de Langdon et la tuer. Je n'ai fait que créer de la confusion. C'était une horreur, cette fille, Ben.

— Et Josie Fairchild ?

— Elle n'a jamais couru après l'argent, elle. Après la mort de Langdon, elle a juste voulu disparaître, recommencer de zéro. Elle espérait que Jake lui donnerait de l'argent. Je lui en aurais donné. Je ne voulais plus voir couler le sang.

— Mais Elizabeth Woakes l'a suivie dans les bois ?

— Oui… Avec les souvenirs remués par l'anniversaire, elle l'a aussitôt reconnue à la gare. Fairchild a pris la fuite et Jake n'a pas eu d'autre choix. Il l'a étranglée, puis est retourné la pendre à un arbre plus tard dans la nuit.

Je lui lance un regard dégoûté et elle dit :

— Il fallait que je prenne soin de mon bébé, Ben.

Elle tente de me prendre la main et je me dégage. Je ne veux plus qu'elle m'approche.

— Et Jake, où est-il maintenant ? dis-je doucement, fixant Mrs. Cranfield qui se ratatine devant moi. *Où est-il ?*

— Je l'ignore, répond-elle, désormais apeurée. Qu'est-ce que tu vas faire ?

— Je vais le tuer.

83

Je fonce chez Jake et Holly. Je tambourine à la porte, mais personne ne répond. Je vais à la fenêtre, aucun signe de vie, mais la table basse du salon est retournée. Je cours à l'arrière de la maison et escalade la grille. Je pénètre à l'intérieur par la porte donnant sur le jardin, restée ouverte.

— Jake !

Mon cri brise le silence. Parvenu dans l'entrée, je réitère mon appel puis monte à l'étage.

— Jake, c'est Ben Harper. Je sais tout.

— Ben, à l'aide !

À ces mots, la terreur s'empare de moi. Je me précipite.

— Alice, où es-tu ? hurlé-je.

— Ben, on est dans la chambre d'Alice. (La voix tremblante de peur, Jake m'appelle depuis le palier.) Viens, mais fais tout doucement.

Je pousse la porte avec précaution.

Jake est figé d'un côté de la pièce, Alice est assise au centre, au milieu de sa dînette.

Une femme est accroupie derrière elle, qui brandit un couteau sous sa gorge.

Je tombe à genoux.

— Alice, je suis là, maintenant, ça va aller, tout va bien se passer. Tu restes bien sagement assise et tu fais tout ce que la dame te dit.

C'est à peine si Alice hoche la tête. Je lance un regard à la femme.

— Bonjour, Josie, dis-je en regardant droit dans les yeux la femme qui a tué mon frère. (Alice occupe toutes mes pensées.) Je m'appelle Ben Harper. (Je vois qu'elle me reconnaît.) Vous n'êtes pas venue ici pour vous en prendre à Alice.

Elle secoue la tête et j'entends au loin la complainte d'une sirène. Sa main tremble.

— Posez ce couteau et laissez-moi vous aider. Je sais que vous n'avez rien fait à la femme dans les bois.

— C'était pas moi. C'était lui. Ç'a toujours été lui. Depuis le tout début, lui et Abigail, crache-t-elle en posant sur Jake un regard effrayé.

— Et aujourd'hui il va payer. Josie, lâchez ce couteau et tout sera fini.

Ses yeux s'agrandissent en m'entendant répéter ce prénom.

— Je m'appelle Corrine, maintenant, souffle-t-elle.

— Alice n'a rien fait de mal, Corrine. Lâchez-la. (Derrière moi, j'entends les marches grincer, quelqu'un monte l'escalier.) Vous en prendre à Alice ne vous mènera nulle part, reprends-je en retenant ma respiration et en avançant très légèrement vers elle.

— Je veux juste recommencer de zéro, dit Josie.

Elle me regarde d'un air misérable. Je devine tout le malheur de sa vie, mais ne ressens aucune compassion.

— C'est encore possible, réponds-je en avançant encore un peu. Il faut simplement que vous posiez ce couteau.

Elle me regarde fixement. Puis, très lentement, elle lâche son arme.

J'expire un grand coup tandis qu'Alice, d'un bond, se réfugie dans mes bras, la tête sur mon épaule. Je la serre fort contre moi et Josie Fairchild s'effondre au sol, en sanglots. La porte de la chambre d'Alice s'ouvre à la volée.

Mary Cranfield est postée sur le seuil.

— Il faut que ça s'arrête, dit-elle en ramassant le couteau.

Je pousse d'une main Josie vers le lit d'Alice et m'écrie :

— Mrs. C., non !

— Ma ! crie Jake, caché derrière la porte.

Sans hésiter un instant, elle pivote et, d'un geste, plonge la lame droit dans le cœur de son fils, avant de le recueillir contre sa poitrine. Elle le tient serré contre elle, le sang afflue, ils s'effondrent au sol sans qu'elle cesse de le bercer.

— Là... là... chuchote-t-elle à Jake qui convulse dans ses bras. C'est fini, chut... C'est fini.

Elle se tourne vers moi, les yeux baignés de larmes.

— J'aurais dû y mettre fin il y a des années. Pardon, pardon.

ÉPILOGUE

J'ai soulevé Alice doucement et nous sommes sortis de sa chambre. Holly nous a retrouvés au pied de l'escalier. Je lui ai passé sa fille, qui a refermé si fort ses bras autour du cou de sa mère que j'ai cru qu'elle ne la lâcherait jamais plus. Ensemble, nous avons regagné d'un pas lent ma maison.

J'ai suivi Holly et Alice à l'intérieur, sachant que je devrais désormais les protéger comme ma mère m'a protégé. Avec le temps, je les aiderai à reconstruire leurs vies, et je sais qu'un jour je pourrai de nouveau regarder Alice courir en toute innocence sur le Common. Elle est ma famille.

Tous les jours, depuis, la femme qu'Alice considère comme sa grand-mère vient la voir, passe du temps avec elle au jardin et apprend à mieux la connaître. L'avocat de Katherine a déjà conclu un accord de divorce à l'amiable avec Francis.

Dani Cash a arrêté Mary Cranfield, qui a été mise en examen pour le meurtre de ma mère et ceux d'Abigail Langdon et de Jake Richardson. Hier après-midi, Dani m'a appris que la police s'attendait à ce qu'elle plaide coupable. Je ne crois pas que je reverrai jamais Mrs. Cranfield.

À la fin de notre conversation téléphonique, Dani a conclu par ce reproche :

— Je sais que je gâche sans doute ma salive, mais vous avez conscience que vous auriez dû attendre l'arrivée de la police avant de pénétrer chez Jake Richardson ?

— Vous savez aussi bien que moi que je n'aime pas toujours attendre la police.

— Elle avait un couteau, a protesté Dani d'un ton ferme. Il aurait pu se passer n'importe quoi, je suis bien placée pour le savoir. J'ai vu ce qui est arrivé à un homme formidable. Je n'aurais pas supporté que ça se reproduise avec un autre.

J'ai fait le serment de faire attention, à l'avenir. Et dit que ce serait sympa d'aller se balader au bord de la Tamise, un soir. Elle a promis de m'appeler.

Dans les jours qui ont suivi la mort de Jake, Nathan Beavin et Will Andrews sont allés faire un test de paternité dans une clinique privée de Richmond. Une fois qu'on les a vus côte à côte, le résultat ne surprend plus guère. Nathan a emménagé à St. Marnham et travaille dans le restaurant de son père. Avec Holly, nous avons gardé Max samedi soir, pendant que Sarah était à ce qu'elle appelait son « second premier rendez-vous » avec Nathan.

Ce matin, j'ai reçu une carte postale du labyrinthe de Hampton Court. Ma mère adorait raconter la fois où, lors d'une virée familiale, nous avions passé plus d'une heure à chercher la sortie. Nick courait devant avec mon père tandis que ma mère, galérant avec moi en poussette, suivait son propre itinéraire. Nous étions arrivés à mi-chemin les premiers, elle avait savouré cette victoire. J'étais trop jeune pour me rappeler cette journée. C'était un souvenir de ma mère.

Sur la carte, mon père avait écrit qu'il espérait que nous nous reverrions. Holly m'a empêché de la déchirer. Elle l'a posée sur la cheminée du salon. Je l'y ai laissée, pour l'instant. Je suis retourné dans le placard de l'ancienne chambre de Nick et j'ai ressorti la boîte à chaussures. Le lion en peluche flamboyant a été convié à la dînette d'Alice. C'est le dernier cadeau que mon père m'avait donné avant de nous quitter.

Hier soir, une fois Alice endormie, j'ai pu lire à Holly la version définitive de mon article. Puis je l'ai envoyé à Madeline, qui le publiera aujourd'hui. J'y évoque la femme forte qu'était ma mère, l'espoir que son courage m'avait insufflé et ma fierté de la voir reconstruire sa vie – une nouvelle vie qui lui avait été brutalement volée.

> Pendant plus de vingt ans, Haddley et St. Marnham ont recelé de sombres secrets. L'heure de la justice a enfin sonné pour ma mère, et pour beaucoup d'autres. La leçon que j'ai apprise d'elle quand j'étais petit garçon sonne plus vrai que jamais – les secrets sont une chose dangereuse…

REMERCIEMENTS

Ça vous semblera peut-être un peu étrange, mais l'écriture d'un livre est vraiment un travail collectif. Nombreux sont ceux qui ont joué un rôle dans la publication de *Douze Secrets*, à chacun j'adresse un immense merci.

Il y a une poignée de personnes auxquelles je suis particulièrement reconnaissant et que je me dois de remercier ici. Des années durant, Selina et Susan m'ont apporté un soutien inconditionnel. Tous les primo-romanciers ont besoin qu'on leur insuffle une dose de confiance en eux.

James Patterson m'a offert de travailler à ses côtés sur ses *Bookshots*, ç'a été une chance dont je lui serai éternellement reconnaissant.

Mon agente, Juliet, est une force de la nature. Je l'ai contactée la première fois un dimanche soir, espérant qu'elle trouverait mon mail le lundi matin. Elle m'a répondu le soir même et, dès le lendemain, j'ai reçu une première réponse encourageante. Elle s'est montrée d'une intelligence sans faille tout au long du processus éditorial.

Je tiens à remercier tout le monde chez Little, Brown et Hachette d'avoir misé sur moi et mes

Douze Secrets, alors que l'emploi que j'occupais aurait pu les faire réfléchir à deux fois. Je tiens également à remercier mon employeur de l'époque pour son soutien inconditionnel et ses vœux de succès.

Travailler avec les équipes de Little, Brown et Hachette a été une joie. Dès le début, leur enthousiasme s'est révélé contagieux et j'y ai puisé beaucoup de confiance. Un immense merci à eux tous.

Gemma n'est pas seulement une as du marketing, c'est aussi une ex-collègue et une amie en or. Mes éditeurs Ed et Rosanna, toujours encourageants et d'une grande franchise, ont su se montrer directs quand il le fallait. Lorsque nous travaillions à la structure du roman et aux détails de l'intrigue, Rosanna s'est révélée pleine de ressources, créative et d'une incroyable patience.

Toute mon affection à ma famille, et en particulier à O., H. et W. qui m'ont prêté leur nom. Et à ma mère qui a perdu mon père, après cinquante-cinq années de mariage, peu avant la sortie de *Douze Secrets*. Espérons qu'il lise quelque part.

Enfin, merci à vous, lecteurs, qui avez lu *Douze Secrets*. J'espère que la rencontre avec Ben, Dani et tous les personnages de Haddley et St. Marnham vous a plu. Je me dois de préciser qu'ils n'existent que dans mon esprit et que, dans la vraie vie, je suis ravi d'habiter entre Putney et Barnes.

Merci de votre lecture.

Ouvrage composé par
PCA – 44400 Rezé

#lisez! engagé
www.lisez.com
Pour plus d'information :
Imprimé sur du papier issu de forêts gérées durablement.

Imprimé en Espagne par Liberdúplex
en janvier 2025
Nº d'impression : 124712

POCKET – 92, avenue de France, 75013 Paris

S33913/01